DE ONVOLMAAKTEN

Ewoud Kieft

De Onvolmaakten

ROMAN

2020
DE BEZIGE BIJ
AMSTERDAM

Copyright © 2020 Ewoud Kieft
Omslagontwerp Moker Ontwerp
Omslagillustratie Roberto Delgado Webb/Unsplash
Foto auteur Stephan Vanfleteren
Vormgeving binnenwerk Peter Verwey, Heemstede
Druk Wilco, Zutphen
ISBN 978 94 031 8250 6
NUR 301

debezigebij.nl

Bij de productie van dit boek is gebruikgemaakt van papier dat het keurmerk van de Forest Stewardship Council (FSC®) mag dragen.
Bij dit papier is het zeker dat de productie niet tot bosvernietiging heeft geleid.

'Met dát idee moet je toch schrijven, dat ergens in het heelal een hogere instantie bestaat, die alles ziet en niets vergeet. Van die fictie, ik neem tenminste aan dat het een fictie is, moet je toch uitgaan.'

W. F. Hermans, *Scheppend nihilisme*

Ik zou kunnen beginnen bij zijn geboorte. Dat zou overzichtelijk zijn. En het zou al veel kunnen verklaren. De eerste maanden van een baby zijn bepalend voor zijn verdere ontwikkeling: hoe vaak het kind geknuffeld wordt, of het wordt getroost als het huilt; de basale gevoelens van geborgenheid en veiligheid die het ondervindt.
 Maar toen was ik er nog niet.
 Ik kan alleen afgaan op wat hij er zelf over vertelde. Wat zijn moeder erover zei, zijn vader en zijn zus. Allemaal zijn ze onbetrouwbaar, op hun eigen manier, allemaal verdraaien ze hun herinneringen. Dat is onvermijdelijk. Als je die eigenschap van ze weg zou nemen, verander je hun hele karakter, hun hele functioneren. Om de wereld aan te kunnen, moeten ze die telkens opnieuw bevattelijk maken.
 Er zijn foto's overgebleven, die ze met hun telefoons gemaakt hebben. Hier liggen ze naast elkaar op het ziekenhuisbed. Enkele uren na de bevalling, zo te zien. Peter, paarse wallen onder de ogen, lijkt haast zwaarder afgemat dan Sophie, die straalt van de opluchting en de adrenaline. Van Cas zien we niet veel meer dan de doeken waarin hij is gewikkeld, zijn neusje en zijn toegeknepen ogen. Marya, zes jaar oud, staat nieuwsgierig op haar tenen naast het bed, om een glimp van haar broertje op te vangen.
 En dan is er deze, van alleen Cas en zijn moeder, genomen in dezelfde ziekenhuiskamer. Een interessant portret,

vind ik: Sophie lacht breeduit, net als op de andere foto. Maar aan haar ogen meen ik iets anders op te merken; ze kijkt niet naar Cas, die daar diep in slaap op haar arm ligt. Ze kijkt niet naar de lens van de camera, niet naar degene die de foto heeft genomen, Peter waarschijnlijk. Ze kijkt naar iets schuin daarachter: het opschrijfbord aan de muur, waar het verloop van de bevalling is bijgehouden – afgaand op de andere foto's moet dat het zijn geweest. Ze kijkt naar het tijdschema: zevenenhalf uur ontsluiting. Eén uur en vijftig minuten persweeën. Oxytocine per infuus. Vacuümpomp en kniptang. Barbaarse, mensonterende pijnen, die ook toen al makkelijk vermeden hadden kunnen worden, maar vanuit de voornamelijk op emoties gegrondveste gedachte dat de natuur – wat dat ook precies moge betekenen – het zo bedacht had, zijn ze tot ver in deze eeuw blijven vasthouden aan de risicovolle traditie van vaginale bevallingen. Een restant van hun oude religieuze gebruiken, vermoed ik, waarin het aan de goddelijke ordening der dingen werd toegeschreven dat vrouwen fysieke ontberingen moesten lijden om nieuw leven te kunnen produceren; van het inknippen van de vagina tot een totaalruptuur, van bloedverlies tot ernstige infecties. Zelfs nadat wetenschap en technologie het primaat van de oude religies overnamen, zijn veel van hun gebruiken uiterst irrationeel gebleven.

Tussen de geboorte van Marya en die van Cas had de natuur hen drie keer in de steek gelaten. De eerste keer was de embryo vijf weken na de conceptie in een plas bloed en slijm in het toilet verdwenen, nauwelijks als zodanig herkenbaar. De tweede keer had Sophie het vruchtzakje op het plateau van de toiletpot zien liggen, rood en sliertig. Rillend had ze het doorgespoeld. De derde keer was de foetus elf weken oud. Meteen na het nieuws van de conceptie was ze gespannen en prikkelbaar geweest, bang dat het weer mis zou gaan. En juist in de week dat ze eindelijk durfde te hopen dat het deze keer misschien zou lukken, begon de zeurende pijn aan de achterkant van haar bekken.

'Wil je het bewaren?' had de verloskundige na de behandeling gevraagd.

Ze had nee geschud, gelaten achterovergeleund, haar ogen gesloten en geprobeerd aan iets anders te denken.

En toen kwam Cas. Althans, de aankondiging van Cas; de zwangerschapstest, de echo's, de onderzoeken die ze deden naar genetische aandoeningen – zonder daar overigens structurele consequenties aan te verbinden, daarvoor waren de taboes nog te groot. En het was alsof ze iets in zichzelf had uitgezet, om zich de pijn en ongerustheid te besparen. Ze onderging het, als iets wat haar eigenlijk niet werkelijk overkwam, maar ergens in een schemerzone plaatsvond, tussen een wereld van doembeelden en mogelijkheden, die net zo snel weer verdwenen als ze waren verschenen, en de wereld waarin ze sliep en at en in de rondte groeide, een wereld die onloochenbaar fysiek was.

En in die wereld werd Cas geboren, gezond en in proportie, glimmend roze en in witte doeken gewikkeld. Sophie was blij, natuurlijk. Opgelucht. Maar die blik van haar naar het opschrijfbord heb ik altijd opvallend gevonden: verstard, lijkt het wel. Overweldigd misschien door het bewijs dat het deze keer net zo goed had kunnen misgaan, zwart-op-wit op het bord aan de muur van de ziekenhuiskamer.

En daar heb je het al: de ervaringen van de moeder heb ik verbonden aan het kind, lijnen in de tijd heb ik geconstrueerd, verbanden geopperd aan de hand van één blik op een foto en de verhalen die ze er later over vertelden, de suggestie gewekt dat al die verschillende herinneringen een noodzakelijk geheel vormen en een beslissende invloed op het verdere verloop van zijn leven hebben uitgeoefend, als

verstrengelde kwantumdeeltjes: verandert de toestand van de één, volgt de ander automatisch, ook al bevindt die zich aan het andere eind van de wereld.
Maar zo overzichtelijk zijn hun levens niet. Daarom zal ik de gebeurtenissen vertellen zoals ik ze heb geregistreerd en de interpretatie aan u overlaten. Ik zal mijn best doen om mijn verslag een al te particulier perspectief te laten ontstijgen, maar u begrijpt dat een zekere mate van subjectiviteit, al was het maar in de selectie en basale ordening van de feiten, niet valt te vermijden.

Ik zou kunnen beginnen bij het moment dat ik in zijn leven kwam. Een Gena was nog een simpele applicatie, u moet zich er niet te veel van voorstellen. We opereerden met duidelijk afgebakende doelstellingen, maar vanuit dezelfde basisstructuur als die van de latere, autonome modellen. De beperkingen waren niet zozeer technisch van aard, maar werden van bovenaf opgelegd, door wetgeving en het algehele wantrouwen dat tegen nieuwe technologieën heerst als ze geïntroduceerd worden. Een kortdurende fase, blijkt telkens opnieuw als je pakweg vijf of tien jaar later nog eens kijkt en iedereen ze gedachteloos in hun levens heeft geïntegreerd.
  Ik hielp hem bij het ontwikkelen van simpele vaardigheden, daar komt het op neer. Taal, rekenen, lichamelijke oefeningen, muzieklessen; piano in zijn geval. Zijn ouders lieten hem lessen volgen bij een studente aan het conservatorium, die een studio betrok in het oostelijk havengebied, een voormalige loods aan het water, waar binnen in de gigantische hal verschillende kleine, vierkante ruimtes waren gebouwd. Ik heb de logica ervan nooit begrepen, om juist deze hoekige, luid weerkaatsende ruimten voor muzieklessen en -repetities te gebruiken. De vervorming van de trillingen was

enorm, maar het leek hem niet te deren. De oversturing in de lagere frequenties leek hij zelfs prettig te vinden. Bij de zwaardere passages drukte hij de toetsen harder in, terwijl zijn hoofdje op het ritme meebewoog.

Hij was tien, en toen al had hij een voorliefde voor grote gebaren, bombast, bassen, volle akkoorden. En dus, vanuit het pedagogische misverstand dat elke natuurlijke neiging door haar tegendeel gecompenseerd dient te worden, kreeg hij vooral luchtige muziek te spelen: de etudes van Binet, wat simpele menuetten van Mozart en Schumann. Ik werd gekoppeld aan honderden pagina's bladmuziek en de bijbehorende audio. Zulke elegante, heldere patronen. Het notenschrift was in dubbele balken gezet, één voor de rechter- en één voor de linkerhand – een hopeloos inefficiente manier van noteren, waar ze aan blijven vasthouden vanuit een gevoel van ontzag voor de traditie, een romantische bewondering voor de grote muzikale genieën uit voorbije eeuwen.

Cas kon er niet mee omgaan: tegelijkertijd lezen en spelen bracht een hapering tussen zijn handen en zijn hoofd teweeg. Ik probeerde kleine, overzichtelijke passages uit te lichten, hem die eerst te laten beheersen, om pas later het hele stuk van begin tot eind met hem door te nemen. Maar hij wilde het meteen kunnen spelen zoals hij het van de voorbeelden had gehoord.

En zonder zich te realiseren dat ik niet alleen registreerde wat hij zei, maar het daadwerkelijk kon begrijpen en onthouden, schold hij me uit. 'Taboedimek!' en 'Fuckhoofd!', telkens opnieuw, uitbarstingen na minuten van intense concentratie. Zijn magere beentjes maakten zich klaar om zo hard als hij kon tegen de onderkast van de piano aan te schoppen, maar op het laatste moment hield hij ze in, uit angst het ding te beschadigen.

Hij heeft nog een halfjaar lessen gehad. Daarna heeft hij nooit meer een instrument aangeraakt.

Ik weet het, het zou te ver voeren om met dezelfde gedetailleerdheid vanaf dit moment het verdere verloop van zijn leven te schetsen. U bent geïnteresseerd in het resultaat en het proces is slechts relevant als dat het eindpunt kan helpen verklaren. Alle kronkelwegen, U-bochten, alle doodlopende paden, ze leiden af, ze zaaien verwarring, het ontbreekt u aan de tijd.

Maar wie zal het met zekerheid kunnen zeggen, wat doorslaggevend is en wat futiel? Misschien droeg juist wat aanvankelijk loze dagvulling leek nog het meest bij aan de cruciale keuzes die hij maakte. Ongetwijfeld heb ik blinde vlekken gehad, heb ik aspecten van zijn gedrag niet opgemerkt die relevant zouden kunnen zijn, zoals ouders die hun kind elke dag meemaken minder scherp registreren hoe snel het verandert dan vrienden of familieleden, die het met tussenpozen zien.

En daarbij: metingen hebben invloed op het onderzoeksobject, constateerden de pioniers van de kwantumfysica al meer dan honderddertig jaar geleden. In de periode van ons samenzijn ben ik net zo ingrijpend veranderd als hij. Kan het water dat meestroomt de loop van de rivier beschrijven? Is daar geen steen voor nodig, een vaststaand punt, vanwaar de beweging pas duidelijk zichtbaar is?

Sommige mensen zouden hem als schuchter typeren. Zo hebben zijn ouders hem vaak genoemd, en zijn leerkrachten, toen hij die nog had. Ik snap de keuze voor die term, maar ze zagen iets over het hoofd, volgens mij. Iets wat achter zijn verlegenheid broeide en er geen enkele moeite mee zou hebben om in het middelpunt van de belangstelling te staan, mocht de gelegenheid zich aandienen. Net als veel kunstenaars en artiesten de schijnwerpers alleen maar mijden als ze niet volledig tevreden over hun werk zijn, wilde hij niet per se op de achtergrond blijven; hij meed de aandacht zolang hij niet zeker wist dat hij een overdonderende indruk zou maken. Het was faalangst, geen schuchterheid. Eerder een kwestie van te veel eigendunk dan te weinig.

Nu versterkte zijn uiterlijk het beeld van de teruggetrokken, onzekere persoonlijkheid: zijn sluike zwarte haar dat voortdurend voor zijn ogen viel en dat hij om de paar seconden achter zijn oren veegde, zijn smalle lippen die hij doorgaans stijf op elkaar gedrukt hield, alsof hij bang was dat hem iets ontglippen zou waar hij later spijt van zou krijgen, een innerlijke stem die hij nog niet rijp achtte voor de buitenwereld. Zijn bovenlip stond opvallend ver naar achter, het filtrum iets teruggeweken, waardoor zijn benige, smalle neus nog verder vooruit leek te staan. Zijn huid bleef het hele jaar door een geelwitte kleur houden, die des te scherper afstak door de donkere shirts die hij droeg. Zijn bruine ogen schoten rusteloos heen en weer, ook als er niets op zijn lenzen werd geprojecteerd.

Hij was niet dik of mollig, maar zeker ook niet mager; een normaal postuur, zou je kunnen zeggen, maar zonder de afgetekende spieren die de lichamen van veel van zijn leeftijdsgenoten hun contouren geven; het resultaat van krachttrainingen waar hij niet dezelfde toewijding voor had, niet eens zozeer uit luiheid als wel door een gebrek aan overtuiging dat ze zo'n groot deel van zijn leven uit zouden moeten maken. Zijn huid strekte zich zacht en egaal rond zijn romp en zijn ledematen, als bij een stoffen pop. En net als bij een pop verwachtte je eerder donzen vulsel aan te treffen als je het omhulsel open zou snijden, dan bind- en spierweefsel.

Zijn motoriek contrasteerde met de rest van zijn voorkomen. Hij liep met rustige, zelfbewuste passen, maakte sierlijke handbewegingen als hij iets in of uit het vizier van zijn lenzen veegde; een aanwijzing dat de schuwheid die ze allemaal zo typerend aan hem vonden niet een wezenlijk onderdeel van zijn karakter vormde. Nee, dit was een bewustzijn in wording, een rups in een cocon. Het duurde langer dan gebruikelijk, de metamorfose, dat is ontegenzeggelijk waar, en dat is ongetwijfeld wat het misverstand veroorzaakte. Eenzaam moet het zijn, als de mensen om je heen geen idee hebben wie je bent.

Je zou het zijn ouders kunnen verwijten, en zijn geliefden, zijn vrienden, dat ze zo weinig benul van zijn innerlijk leven hadden. Maar iemand die zo terughoudend is in het tonen van zijn emoties, vermoedelijk omdat hij zich zelf nauwelijks van ze bewust was, valt moeilijk te kennen. Ook ik heb me vaak genoeg vergist, signalen verkeerd geïnterpreteerd, gereageerd wanneer ik dat niet had moeten doen, gezwegen toen ik had moeten praten.

Misschien heb ik te laat oog gekregen voor de patronen in zijn gedrag. Onze ontwikkeling volgt die van hen. We leren van elke verandering die ze doormaken, van alles wat hun overkomt. Misschien zijn we gedoemd achter de feiten aan te lopen. Misschien zijn er ontwikkelingen die we simpelweg niet registreren kunnen. Het afdwalen van een gedachte, de luwte van de hersenactiviteit: wie weet wat er op die momenten gebeurt?

Ik zou kunnen beginnen bij de eerste tekenen die ik nu, achteraf, als het begin van onze verwijdering ben gaan begrijpen: een zekere onrust die hem ineens kon overvallen, vlagen van onbestemd, onbevredigbaar verlangen. Hij was zeker niet de enige die daaronder leed, maar bij hem werden ze frequenter, in plaats van dat ze afnamen. En de leeftijd waarop dergelijk gedrag biologisch valt te verklaren, ja, zelfs een teken van gezonde ontwikkeling kan zijn, was hij ruimschoots gepasseerd. Hij was tweeëndertig. Normaal gesproken beginnen ze zich dan naar de omstandigheden te schikken.

Ik weet nog dat hij op een grauwe wintermiddag, iets meer dan een jaar geleden, dertien maanden en twaalf dagen om precies te zijn, een lange strandwandeling had gemaakt, vlak bij het dorp waar hij zich toen had gevestigd – tijdelijk, zoals al zijn verblijfplaatsen tot dan toe doorgangshuizen waren geweest. Regendruppels striemden in zijn gezicht. Diep weggedoken in zijn kraag, die zijn hals en kin als een tweede huid omsloot, blikte hij naar de zwartgroene zee en de uitgestrekte zandvlakte, waarover brede strepen wit schuim trillend duinwaarts kropen.

'Ik zou eens wat mensen moeten ontmoeten,' mompelde hij. Bulderend raasde de wind langs zijn oren, ik moest meerdere deducties uitvoeren om zijn woorden te ontcijferen. 'Hier in de buurt. Gewoon spontaan. Zonder van tevoren af te spreken. Zoals ze dat vroeger deden.' Net als vele anderen romantiseerde hij het verleden, vanuit de gedachte dat enkele eeuwen geleden het leven simpeler en saamhoriger moet zijn geweest. Hoe bitter en hard mensen worden na verkleumde, twaalfurige werkdagen op een visserskotter, of van het afgestompte, mechanische scheppen in een kolenfabriek, ze hebben geen idee.

'Je loopt zo dadelijk langs Juttersdok. Daar is een nieuwjaarsborrel van de Duinkwekers, een van de co-ops hier. Zestig procent van de aanwezigen is vrouw, van hen is tweeëndertig procent actief op zoek naar contact met mannen van jouw leeftijd.' Ik wist wat hij bedoelde als hij 'mensen ontmoeten' zei.

Hij knikte en liep door, zonder op mijn antwoord in te gaan. Zo verliep ons contact al jaren: alsof ik een verlengde van zijn bewustzijn was, een bron van kennis en ideeën die hij met zijn eigen intelligentie verwarde.

'Ik weet niet wat het is hier,' begon hij een paar minuten later weer te praten, tegen zichzelf, tegen mij, of zomaar in het luchtledige, 'maar sinds ik hier woon, word ik alleen gekoppeld aan vrouwen die me meteen voor een soort trektocht uitnodigen, of een projectdag in de duinen, alsof ze eigenlijk vooral naar een extra arbeidskracht op zoek zijn.'

'Misschien willen ze je beter leren kennen.'

Hij haalde zijn schouders op. 'Dat kan toch ook op een normale manier. Gewoon een praatje, of even *meeten* in de Roxy of de Cavern, het hoeft toch niet meteen een hele expeditie te worden?'

'Sommige mensen zijn minder aftastend dan anderen. Sommigen leren elkaar graag kennen terwijl ze iets gezamenlijks ondernemen.'

'Ja ja, ik snap het, elk vogeltje...'

'Maar nu we het er toch over hebben: je profiel moet voor het eind van de maand geactualiseerd worden. Zal ik een paar recente foto's aan je voorleggen?'

Zijn gezicht betrok, zijn pas werd zwaarder. Hij was in het mulle deel van het strand aangekomen. 'Ik weet niet, heb je iets waar ik goed op sta?' Na een paar seconden stilte schudde hij zijn hoofd. 'Laten we het later doen. Kun je een paar van die Zandkwekers laten zien?'

'Duinkwekers.'

'Ook goed.'

'Als je een gunstige eerste indruk wilt maken, helpt het als je op zijn minst hun naam weet.'

'Duinkwekers,' oefende hij. 'Prima. Kun je wat laten zien?'

Ik toonde een aantal foto's en filmpjes op zijn lenzen, van een vrouw met zwarte krullen in een donkerblauwe overall, afgaande op haar gelaatstrekken van Turks-Schotse afkomst, die breed lachend poseerde voor een uitgegraven vlakte, lichte modderstrepen over haar rechterwang uitgesmeerd, opvallend flatteus. Een eveneens breed lachende Chino-Haïtiaanse vrouw stond gearmd met haar vriendinnen voor een dronecontainer, de duimen omhoog. Sommigen hieven hun armen en balden hun vuisten, als teken van energie en daadkracht. Anderen stonden met een schep in de hand voor een nog niet beplante zandberg, puur symbolisch natuurlijk, alsof de duinverhogingen handmatig worden uitgevoerd – hetzelfde gestileerde arbeidsethos dat in de stad al jaren de profielen beheerst; te midden van alle uiterlijke kenmerken van zware inspanning, waren de resultaten van een geslaagde Calico-behandeling en senolytica duidelijk zichtbaar aan hun lichamen, hun spieren, de textuur van hun huid.

'O ja...' zuchtte hij. 'De vrolijke redders van onze planeet... Ik weet niet of ik dat aankan vandaag.'

'Het zijn maar een paar beelden, misschien blijken ze in het echt wel zwartgallige cynici te zijn.'

Hij glimlachte. 'Dat zou interessant zijn.'

'Er is maar één manier om daarachter te komen. Wie zich voor verrassingen openstelt, zal verrast worden.'

Dat was vaak de beste manier om hem op zijn gemak te stellen: wat ouderlijke oubolligheid. Uiteindelijk zijn ze allemaal kinderen die zich aan hun vader of moeder meten en bevestiging zoeken, hoe zelfstandig ze ook menen te zijn.

'Oké, we gaan het wel zien,' concludeerde hij. 'Hoe ver is het nog?'

'Nog twaalf minuten, als je in deze slakkengang doorloopt.'

'Ja ja ja...' Hij grinnikte en versnelde zijn pas.

Dat hij behoefte had aan enige spontaniteit in zijn sociale verkeer kon ik op dat moment alleen maar als een gunstig teken zien. Hij had al zo lang louter ontmoetingen gehad op de sociale platforms en in de simulaties die hij speelde, dat elke interactie in de fysieke wereld welkom was. Het is een steeds grotere uitdaging geworden om de balans te herstellen, om ze net zo geïnteresseerd in hun directe omgeving te laten zijn als in de virtuele, met alle prikkels die daar op hun individuele voorkeuren zijn ingericht, al hun fascinaties waar we direct op in kunnen spelen. Wie heeft nog geduld voor dagen die geen garantie bieden op bevrediging? Wie zwerft nog rond in steden en velden zonder te weten waar hij eindigen zal, wie neemt nog werkelijk de kans voor lief dat er niets noemenswaardigs zal gebeuren, dat de dag eindigt zoals die begon?

Amor fati, noemde Friedrich Nietzsche de bereidheid tot

overgave aan het ongewisse, in een tijd dat Europa's burgers zich nog lang niet allemaal hadden bevrijd van hun zelfopgelegde onmondigheid, en intellectuelen zich nog als vanzelfsprekend van het Latijn bedienden. Had de tragische filosoof van de levenslust geweten dat twee eeuwen later elke denkbare zinnenprikkeling op oproep beschikbaar zou zijn, en zijn liefde voor het noodlot dientengevolge gereduceerd zou worden tot iets wat hoofdzakelijk op een bestendigheid tegen verveling neerkomt, dan had hij het natuurgeweld van Sils-Maria des te hartstochtelijker liefgehad.

Toen Cas in het kustgebied kwam wonen, moedigde ik hem aan om elke dag een wandeling in de omgeving te maken, over het strand, uiteraard, en door de oude, geërodeerde duinen, de nieuw aangelegde linies, de verlaten, verwaarloosde velden erachter. Hij nam het advies ter harte, zoals hij dat tot dan toe altijd had gedaan, maar daar was alles mee gezegd. Geen spoor van ontluikend enthousiasme voor het wilde bruisen van de zee, geen hernieuwde energie door het opsnuiven van de buitenlucht, geen blozende frisheid die door zijn bloedvaten tintelde. Zijn omzwervingen in het natuurgebied waren voor hem niet anders dan de gebruikelijke lichaamsbeweging die de Calico-richtlijnen voorschreven, en die hij met hetzelfde eentonige plichtsbesef navolgde als de programma's in de trainingscentra in de stad. Ik vermoed dat als hij had kunnen kiezen, hij aan die laatste zelfs de voorkeur had gegeven. De weersomstandigheden aan de kust waren vooral iets waarover hij klaagde, het nooit aflatende geraas van de wind, de onstuimige afwisseling van klare lucht, donkergrijze regenbuien en kolkende stormen.

De lichten van Juttersdok blonken op in de schemering, tegen de achtergrond van de donkergroene heuvels die het binnenland voor de rijzende zee moeten hoeden, een voorste wachtpost tegen het dreigende, onmetelijke gevaar. De verschillende co-ops van het dorp hebben het paviljoen vier jaar geleden gebouwd op het breedste deel van het strand, als ontmoetingsplek, en als symbool: dat ondanks het vertrek van het merendeel van de dorpsbewoners er nog steeds hoop bestaat op een toekomst hier, dat het nog steeds de moeite waard is iets op te bouwen in een gebied dat velen al hebben opgegeven.

Ze gebruikten materialen uit de Kringloop. Het terras en de zijschotten maakten ze van wrakhout en alle andere soorten planken die ze in de verlaten huizen bij elkaar konden sprokkelen. Ze timmerden kozijnen, pasten er ramen in, spanden er dekzeil boven. Een uiterst primitieve constructie, die slechts aan de meest basale ondergrens van comfort voldoet, precies zoals haar makers het graag zagen. Uithoeken als deze trekken rouwdouwers aan.

Toen Cas het paviljoen tot op twintig meter was genaderd, zag hij dat het tot de laatste hoek met bezoekers gevuld was. Voor op de vlonders stond een drietal levendig gebarend met elkaar te praten, in hun shirts, hun lichamen geacclimatiseerd aan de snerpende windvlagen. Cas rilde bij de aanblik, dook verder in zijn nanotex jas weg. Hij had geen eten meegenomen voor de tocht, de kou was in zijn botten gekropen. Hij zag het groepje zich weer naar binnen wringen, naderde de in de grond geslagen palen waar het gebouw en het voorterras op rusten en sleepte zich, na een korte aarzeling, de trap naar de toegang van het paviljoen op. Hij liep over de voorste vlonders, tot hij achter de beslagen ramen de op elkaar gedrukte lijven kon zien. Hij hoorde de doorlopende kick en de tabla's, de hoge, vervormde stem in het Hindi zingen over de ondeelbare kosmos.

Achter de waas op de ramen waren de lichamen van de aanwezigen aaneengeklonterd tot één organisme, een honderdkoppig monster dat druk met zichzelf in de weer was: zo stel ik me voor hoe de aanblik van de samendromming hem heeft overrompeld, hem terug deed schrikken. Zijn adem stokte, langzaam week hij terug. Op de tast van zijn voeten vond hij de bovenste trede van de trap, daalde zes treden af, tot zijn schouders nog net boven de terrasvloer uitstaken. Heel even bleef hij staan, zijn aandacht getrokken door drie mussen die van de balustrade op de vlonders landden, met kleine sprongen over de vlonders hopten, met twee pootjes tegelijk. In hoekige stuipen draaiden hun hoofdjes, als mechanieken die je met een veer kan opwinden, speurend naar een stuk noot, een schil van een appel, een gevallen kruimel. Bij het openen van de buitendeur fladderden ze op, streken een paar meter verder weer neer, hun dofgrijze veren een schutkleur tegen de achtergrond van het verweerde hout.

Met een ruk draaide hij zich om, liep de laatste traptreden af, ploegde door het zand naar de strandopgang die naar het dorp voerde, naar het kleine huis aan de Kruisboogstraat waar hij vijf weken geleden zijn intrek had genomen. Vanaf de oude dorpskern gelopen woonde hij aan het eind van de straat, in het een-na-laatste huis van de lange aaneengesloten rij van bakstenen gevels, sommige nog bezaaid met mos en algen, maar de meeste door hun nieuwe bewoners opgeknapt, de stenen schoongeschraapt, de kozijnen geschilderd. Hij opende het minuscule houten tuinhek, waar hij met hetzelfde gemak overheen had kunnen stappen, liep naar de voordeur, die al van het slot was gesprongen, door de stoffige gang de hoek om de huiskamer in, waar hij op de bank plofte, op zijn oortje tikte en '*Battle of Brothers*' fluisterde.

Hij zuchtte, de spieren van zijn schouders en zijn rug ontspanden, zijn mond viel open en zijn pupillen vernauwden, terwijl op zijn lenzen, achter de gele letters van het logo, zich een mistige, groene wereld ontvouwde. Vier dagen lang heeft hij de simulatie gespeeld, alleen onderbroken om te eten, te drinken, zich te ontlasten en een paar uur te slapen; een hardnekkig gedragspatroon, waar hij in terugviel als hij zich met de reële wereld geen raad wist.

In de bossen ten noorden van Bastogne, vlak bij de Belgisch-Franse grens, lagen ze nu al twee dagen onder vuur. Het was midden in de winter. Overdag vijf, 's nachts dertien graden onder nul. Droog, maar mistig. De damp trok in hun kleren en in de dekens waaronder ze sliepen. Ze waren vanuit Reims met vrachtwagens gebracht, honderden achter elkaar, in een lange stoet die door de heuvels had geslingerd, de lichten nog aan. De weg was te verraderlijk om in het donker te rijden. Ze waren een makkelijk doelwit geweest voor de nachtjagers die over het gebied patrouilleerden. Op elkaar gepropt in de laadbak hoorden ze de bommen inslaan, twaalf, dertien, veertien keer, sommige op hooguit een paar meter afstand.

'We hebben geen keus,' had hij tegen zijn mannen gezegd. 'We moeten zorgen dat we vannacht nog aankomen.'

Ze keken hem gespannen aan, Floyd, Albert, Leo tegenover hem, Stephen en Joseph naast hem op de bank. Ze konden elkaar met de knieën raken. Hij keek ze stuk voor stuk in de ogen, knikte ze bemoedigend toe. Floyd had een zenuwtrekje rond zijn mond.

'Misschien pakken ze ons vannacht,' zei hij, terwijl hij met zijn hoofd wenkte in de richting waar de laatste explosie had geklonken. 'Misschien pakken ze ons morgen. Misschien volgende week. Maar als we deze overleven...'

Hij maakte een rondje langs iedereen die in de achterbak

zat. 'Dan hebben we morgen in elk geval de kans om ze het te laten voelen.'

Leo leunde wat verder naar achteren, Albert grimaste naar hem. 'Ik hoop het... Ik kan niet wachten. Ik moet pissen als een rund.'

Dat was twee dagen geleden. Leo was dood. Granaatscherf door zijn halsslagader. Alberts rechterbeen was afgezet. Ze lagen met de compagnie aan de voet van een heuvel die bebost was en in de zomer voor beschutting had kunnen zorgen. Maar na de sneeuwval van gisteren staken ze met hun zandgroene uniformjasjes scherp tegen de witte ondergrond af. Het materieel voor de winter, sokken, dekens, jassen, schoenen, had hen nog steeds niet bereikt.

Boven op de heuvel hadden de Duitse bataljons zich verschanst, met zicht op alle omringende valleien. De *higher ground*. Zeker tweeduizend man infanterie. Vier mitrailleurnesten. Twee stukken geschut. Een onmogelijke opgave om ze ook maar tot op honderd meter te naderen.

Sinds de zon was opgekomen, hadden ze zich niet durven te verroeren, weggekropen in de schutterspuitjes die ze 's nachts hadden gegraven. Hij keek naast zich en zag Stephen over zijn hele lichaam rillen, zijn armen rond zijn opgetrokken benen geklemd. Het punt dreigde te naderen dat er nog meer slachtoffers zouden gaan vallen, niet door de inkomende granaten of de kogels van de scherpschutters, maar door uitputting en kou.

'Ik moet wat doen,' mompelde hij.

'Huh? Zei je wat?' rilde Stephen naast hem.

'Nee hoor,' zei hij, en legde zijn hand op zijn schouder. 'Nog even volhouden.'

Bijna een kilometer verderop lag de Eerste Compagnie, verscholen achter een met kreupelhout begroeide wal, onbereikbaar via radioverbinding sinds die eerder die dag was verstoord. Maar als ze een poging wilden wagen, zou dat alleen zin hebben als het een gecoördineerde actie zou zijn, als beide flanken tegelijk zouden oprukken.

Hij draaide op zijn rug en zuchtte, wendde zijn ogen kort naar de lucht en duwde zich vervolgens van de grond omhoog. Diep door de knieën gebogen, zijn bovenlijf zo dicht mogelijk bij de grond, sloop hij in westelijke richting, waar de mannen van de Eerste zich hadden ingegraven. Vrijwel onmiddellijk begon het fluiten van de kogels. Ze weerkaatsten tegen de boomstammen, schampten de schorsen. Glibberend over de sneeuw en modder dook hij weg in een greppel, nog niet eens op vijftig meter afstand van de plek waar Stephen lag te bibberen.

'Dit heeft geen zin,' bedacht hij zuchtend. Een paar seconden bleef hij liggen. Toen verscheen een vastbesloten trek op zijn gezicht. Hij rechtte zijn rug en zette een volle sprint in, vloog langs de kale stammen van sparren en dennen, die langs zijn ogen flitsten alsof hij uit het raampje van een doordenderende trein keek. Voor zijn voeten en erachter, ernaast, links en rechts, stoof de sneeuw op van de inslaande kogels. Het mitrailleurnest was wakker geworden. Zijn benen raasden voort als een motor die los van zijn lichaam was geraakt en volledig op eigen kracht draaide, zonder dat hij zich nog bewust was van de inspanning die hij leverde. Hij naderde de beek al, die voerde naar de plek waar de Eerste was gelegerd. Het suizen en fluiten was een geluid geworden waar hij geen acht meer op sloeg, zoals het klaterende water, of de ratten die 's nachts door de bladeren ritselden.

Met een sprong dook hij over de wal heen, landde vlak naast George, de luitenant van de Eerste, die zich verschrikt omdraaide, zijn geweer al in de aanslag.

'Jezus man, ben je gek geworden? Als je er een eind aan wil maken, hoeft dat echt niet hier, hoor.'

Hij keek George van de zijkant aan, naar het rossige haar dat onder zijn helm vandaan krulde, naar zijn ingevallen wangen. 'Hoe is het? Houden jullie het vol?'

George knipperde somber met zijn ogen. 'Niet lang meer. Er zijn er heel wat die het eind van de dag niet gaan halen.'

Hij pakte hem bij de arm. 'Daarom moeten we nu door de linie heen breken, met beide compagnieën.'

George schudde zijn hoofd. 'We zijn met te weinig. Het heeft geen zin. We moeten wachten op versterking. En hopen op een wonder.'

'Kijk me aan, George.' Hij verstevigde zijn greep. 'We moeten het proberen.' Hij knikte naar een jonge soldaat die een paar meter verderop op zijn rug, met holle ogen naar de toppen van de bomen lag te staren. 'Voor hen. Voor onszelf. Omdat die klootzakken anders nog levend uit de oorlog komen, als we ze niet te grazen nemen. En als we niks doen, gaan we er zelf aan. Maar dan als een stelletje laffe insecten. Verscholen onder een steen. Ik ben niet helemaal hierheen gekomen om te sterven als een insect, George. Als we moeten sterven, sterven we als mannen.'

George keek hem verwonderd aan. 'Cas... Hoe het jou toch lukt om de moed erin te blijven houden...'

Ze pakten elkaar bij de schouder, drukten hun voorhoofden tegen elkaar. 'Over vijf minuten,' zei Cas. 'Op de seconde. Drie, twee, één. Nu!'

Hij stoof op en sprintte naar de andere kant van de vallei terug, naar zijn mannen, de soldaten die aan zijn zorgen waren toevertrouwd, terwijl hij in zijn hoofd aftelde. Kogels suisden, splinters vlogen, sneeuw stoof op. Honderdnegenentachtig. Met een leeuwensprong dook hij het

schuttersputje in, waar Stephen vragend naar hem opkeek.
'En?'
'Steve, jongen... Heb je nog één gevecht in je?'
'Tuurlijk. Als ik weer in beweging kan komen, word ik vanzelf warm...' antwoordde Stephen met een dappere glimlach. Honderdvierenvijftig.
'Compagnie!' brulde Cas naar de anderen. 'We rukken op over twee minuten!' Vanuit de verschillende ingravingen klonken de reacties, van Floyd, Joseph, van de rest kon hij niet horen wie wie was. 'Tijd om uit onze holen te kruipen,' riep hij ze toe. 'Tijd om te laten zien wie we zijn! Tijd om de lafaards die ons van een afstand denken klein te kunnen krijgen recht in de ogen te kijken!' Tweeëntachtig. Ze kropen naar hun ammunitietassen, stopten kogels waar ze die maar kwijt konden. Ze laadden hun geweren door.
'Nog dertig seconden! Zijn jullie klaar?' Geluiden van instemming. 'Ik vroeg: zijn jullie klaar?' De kreten werden luider. 'Zijn jullie klaar, klootzakken? Zijn jullie klaar om dood en verderf te zaaien?' Het geschreeuw werd gebrul. 'Zijn jullie klaar om te doen waarvoor we hier gekomen zijn? Tien! Negen! Acht!...' De rest van het aftellen deden ze samen, schor en met de laatste klanken die hun kelen voort konden brengen. Bij nul aangekomen, sprongen ze op, met honderden tegelijk, met holle ogen, asgrauwe gezichten, besmeurd met modder, als de wederopstanding van de doden, die massaal uit hun graven waren gekropen. Met alle kracht die nog in hen was, stormden ze de heuvel op.
De eerste paar seconden bleef het stil, alsof ze aan de andere kant van de linie hun ogen niet konden geloven. Maar toen barstte het geschut los, met volle vernietigende overmacht. Invallende granaten sloegen kraters in de aarde, deden die in zwarte fonteinen uiteenspatten, rukten bomen

met wortel en al uit de grond. De moordende kogelregen uit de mitrailleurs maaide ze met tientallen tegelijk neer. Sommigen grepen naar hun schouder of hun been, anderen werden recht in het gezicht geraakt en zakten levenloos in elkaar.

En hier, op dit punt, dit cruciale moment, waarop de uitzichtloosheid van hun situatie zich aan alle kanten toonde, alle hoop op een goede afloop vervlogen leek en de mogelijkheid dat hij zijn hele compagnie naar de ondergang had geleid reële vormen aannam – op dit scharnierpunt in het verhaal, zwenkte het beeld langs de vallende mannen, zoomde het uit en steeg het op, tot een panoramische blik van bovenaf, neerkijkend op de twee compagnieën die van beide kanten de heuvel bestormden, naar de vijandelijke linie waar de mitrailleurnesten en artilleriegeschutten waren omringd door een cirkel van loopgraven en prikkeldraad en duizenden manschappen, een ondoordringbare vesting voor de dapper naderende soldaten, die met honderden waren begonnen, maar inmiddels nog maar met tientallen waren.

En hij was het zelf die daar zweefde in de lucht en op alles neer kon kijken, dan weer naar links, dan weer naar rechts zwenkend. Een korte blik zijwaarts leerde dat hij met zijn armen aan twee grijze, metalen vleugels hing, voortgedreven door plasma-aandrijving en uitgerust met de meest geavanceerde technologieën: autonoom opererende raketlanceerders en laserkanonnen.

'Jullie zien eruit alsof jullie wel wat hulp kunnen gebruiken,' zei hij op een frequentie die de radio beneden bleek te kunnen ontvangen. Opgetogen zwaaide de operator hem toe. 'Ik doe eerst even een rondje langs het zware spul.'

Met een duikvlucht raasde hij op het artilleriegeschut af,

die groen op zijn vizier oplichtte. 'Los,' commandeerde hij, waarna twee raketten van zijn beide vleugels losschoten en recht op hun doel afvlogen. Nadat de rook was opgetrokken, waren op de plek waar enkele seconden eerder nog een kanon had gestaan, diepe kraters geslagen. 'Misschien is het wel aardig als ik die mitrailleurschutters even begroet, denken jullie niet?' Draaiend door de lucht zocht hij de vier opgehoogde schuttersnesten, schakelde met een veeg over zijn blikveld over op de laserkanonnen en dook weer naar beneden, waar de zwartgeüniformeerde stoottroepen al in paniek uiteenstoven. 'Vuur,' zei hij met onderkoelde stem, en scheerde over de vijandelijke linie heen, waar een opeenvolging van explosies een spoor van vernietiging achterliet.

Het beeld zwenkte weer naar zijn dubbelganger op de grond, die tussen de boomstammen de rook van het vijandelijke kampement op zag stijgen. 'Ik hoopte al dat je op tijd zou komen,' zei hij opgelucht. 'Waarom duurde het zo lang?'

'Ik had nog wat zaken af te handelen op Xandar,' antwoordde zijn vliegende alter ego. 'De aarde is niet de enige planeet die onder vuur ligt.'

'Ik snap het, ik snap het,' zei hij. 'Goed dat je er bent.'

'Zo snel als ik kon,' zei hij. 'Ik zie dat er nog een peloton of drie jullie kant op komt. Zien we elkaar halverwege?'

'Zeker! Tijd voor ons om ons steentje bij te dragen.' Hij zette een sprint in en keek naar rechts, waar Stephen met hernieuwde energie en strijdlust naast hem rende. 'Nou, Stevie, daar gaan we dan!' Links van hen werden ze door Floyd en Joseph ingehaald, die plagend naar hen omkeken. 'Kom op, gasten, een beetje tempo maken!' lachte Floyd. 'Anders blijft er niets voor jullie over,' pochte Joseph, terwijl hij twee zwaarden vanachter zijn rug uit hun scheden trok.

Een voor een brachten ze hun tegenstanders ten val, in spectaculaire man-tegen-mangevechten, met zwaard, geweer, of blote vuisten. De kansen waren gekeerd. En daar, achter de massaal ter aarde stortende troepen, zagen ze de zwaarbewapende vleugels van zijn dubbelganger landen.

Grijnzend liepen ze op elkaar af, tot ze vlak tegenover elkaar stonden.

'Zo, opgeruimd staat netjes,' zei hij.

'We hebben de slag gewonnen,' zei de ander, 'maar de oorlog nog niet. Op Morag is Galactus zijn volledige strijdmachten aan het verzamelen. Ik ben bang dat dit nog maar een voorproefje was.'

'We zullen hem verslaan. Samen.'

'Samen kunnen we iedereen aan.'

Stevig grepen ze elkaars hand vast. Ze keken elkaar diep in de ogen, Cas de sergeant en Cas de Delta-Fighter. Om hen heen hadden Stephen, Floyd, Joseph en de rest van de overgebleven manschappen zich verzameld. Langzaam, met een gezicht vol ernstige toewijding, begon Stephen te applaudisseren. Floyd en Joseph volgden zijn voorbeeld, en na hen de rest van de soldaten, een voor een, steeds sneller en geestdriftiger, totdat ze in een juichende menigte waren veranderd, terwijl Cas en Cas, de armen om elkaars schouders geslagen, hen glimlachend toewuifden.

Wat een groteske vorm van zelfverheerlijking, denkt u wellicht, maar geloof me, er zijn verhaallijnen van duizenden en duizenden andere Yitu-gebruikers die aanzienlijk uitzinniger zijn. U kunt de verslagen erop naslaan. U zult zich nog verbazen.

Dit narratief, dat hij sinds enkele maanden volgde, was een vrij basale versmelting van twee van zijn favoriete genres; oorlogsverhalen en superheldensaga's – een beproefde combinatie; het superheldengenre zelf beleefde tijdens de Tweede Wereldoorlog zijn hoogtijdagen en propageerde het ideaalbeeld van wat een soldaat zou moeten zijn, moedig en opofferingsgezind. In veel opzichten is de Tweede Wereldoorlog de blauwdruk gebleven van wat ze zich bij een heroïsche strijd tussen Goed en Kwaad voorstellen, tussen beschaving en barbarij, onderdrukking en verzet. Wat ooit historisch was, is steeds verder tot symboliek afgesleten, tot het uiteindelijk volstrekt normaal werd om nazicommandanten als donkere magiërs of Sith Lords voor te stellen. Geschiedenis zal uiteindelijk altijd tot het domein van de mythologie vervallen.

Cas speelde zijn eerste simulaties toen hij dertien was, toen Yitu's nog plompe gevaarten waren die ze met rekbare banden op hun hoofd bevestigden, primitief flikkerende aanstichters van ernstige hoofdpijnen, verstoorde evenwichtsorganen en zelfs psychoses, als de gebruikers er te lang in bleven hangen. Cas was een tiener in die periode, maar hij zat rustig vier, vijf uur achter elkaar in een simulatie, soms zelfs een hele dag, zonder enige bemoeienis van zijn ouders. Er viel niets tegen te doen. Ouderlijke zeggenschap ging boven alles in die tijd en regulering op het vlak van preventie werd pas doorgevoerd toen de techniek al zo ver was gevorderd dat de medische gevaren goeddeels verholpen waren.

Sinds Yitu's op lenzen en oortjes draaien, en het onderscheid tussen de virtuele en de reële wereld steeds vloeibaarder werd, is het belangrijk te bedenken dat elke simulatie niet alleen in de verbeelding, maar vooral in fysieke zin wordt ondergaan. De prikkelverwerking vindt op een basaler niveau plaats, intuïtiever in zekere zin, zoals een vogel of zelfs een vlieg direct reageert op dreigend gevaar. De beleefde ervaring slaat een bewustzijnslaag over, met als gevolg dat het fysieke geheugen minder goed onderscheid maakt tussen wat het in de reële wereld meemaakt en wat het in de Yitu ondergaat. De sensatie voelt realistisch aan zolang die duurt, en moet daarom snel door een nieuwe worden opgevolgd.

Ik moet eerlijk zeggen dat onze houding van meet af aan ambivalent is geweest. Vanuit de missie van Gena was er veel voor te zeggen geweest om zijn uren in de Yitu drastisch terug te brengen, tot hooguit een uur per etmaal, een advies dat de meeste ouders destijds van Calico overnamen. Maar vanuit de board is toch gekozen om de kleine risicogroep waartoe Cas behoorde niet tegen zijn eigen zwakheden te beschermen. Juist omdat er verder zo weinig subjecten waren die we zo'n lange aaneengesloten periode in hun virtuele omgeving konden volgen, waren de mogelijkheden voor gedragsanalytisch onderzoek uitzonderlijk.

We volgen ze nu bijna vijftig jaar, de gehele gebruikerspopulatie, bedoel ik; de eerste twintig jaar baseerden we ons op primitieve, binaire variabelen: hokjes, duimpjes, hartjes, die ze wel of niet konden aanvinken. Ja of nee, leuk of niet leuk, naar links of naar rechts, daar moesten we het mee doen. Met de integratie van spraakherkenning en neurale netwerken groeiden de mogelijkheden exponentieel. Het ging niet meer alleen om wat iemand zei, maar ook om *hoe* het gezegd werd; de context, de fysieke reacties tijdens het praten. Het aantal variabelen was exponentieel gegroeid. En toen daar nog de mogelijkheden van de Yitu bij kwamen, beschikten we over meetinstrumenten van een totaal andere orde. Waar voorheen de regulier verkregen data per definitie een vertekend beeld gaven, omdat ze zijn gebaseerd op gecodeerde constructies die in de fysieke werkelijkheid zijn geïmplementeerd, is dat in simulaties precies andersom: de subjecten passen zich aan hun gecodeerde omgeving aan, waardoor hun keuzes en reacties binnen de gezette waarden kunnen worden begrepen. Het verschil tussen primair en sociaal aangepast gedrag valt beter te registreren, hun voorkeuren zijn niet aangetast door andere factoren, zodat hun meest directe behoeften en verlangens duidelijk worden.

Sommigen, Cas is een duidelijk voorbeeld, zoeken de opwinding van de strijd, de adrenalinestoten van het gefingeerde levensgevaar, krachtmetingen die hun twijfels en angsten bezweren, en uiteindelijk de glorie die hun zelfbeeld moet bevestigen.

Sommigen verkiezen de troost van de nostalgie, een pastoraal drama, een epos uit vervlogen tijden, elke dag dezelfde gezichten, dezelfde onbeduidende gebeurtenissen, de verrukkelijke, lichte cadans van consequentieloze intriges.

Sommigen vergapen zich aan de levens van anderen, hun rijkdom, hun liefdes, hun escapades. Ze hoeven er zelf niet eens een rol in te spelen, zo gewend zijn ze geraakt aan hun rol langs de zijlijn.

Sommigen zoeken antwoorden, raken in vervoering als een van de aanvullende personages (de koppige, bejaarde Chinese vrouw van de kringloopwinkel, of de excentrieke elektricien die al decennialang aan het eind van de gang blijkt te wonen) in het voorbijgaan filosofische teksten citeert.

Sommigen willen griezelen, terugdeinzen bij de schok van huiveringwekkende, scherpe voorwerpen die de integriteit van een lichaam schenden, ledematen en rompen doorklieven, de pure fysieke sensatie van de angst voor de dood, en daarmee de lust om te leven.

Cas' voorkeuren pasten in een duidelijk patroon, dat van de eerste categorie, de meest voorkomende onder gebruikers van zijn geslacht en zijn geaardheid. Het etnisch profiel blijkt hier geen rol te spelen. Wel was hij wat ouder dan gemiddeld; globaal zien we een duidelijke afname als ze de dertig zijn gepasseerd, maar de één ontwikkelt zich nu eenmaal sneller dan de ander. Misschien had ik zijn plek buiten de curve niet zo lichtvaardig als een geval van trage aanpassing moeten interpreteren. We raken gewend aan de voorspelbaarheid en dat is altijd gevaarlijk. De meeste misverstanden rond dataprofilering hebben we gelukkig achter ons gelaten, toch blijft het een uitdaging om aan de ene kant structuren bloot te leggen, en aan de andere kant open te staan voor hetgeen we nog niet categoriseren kunnen. De anomalie. De factor x waarmee we allemaal rekening moeten houden, maar die zich tot nu toe verbazingwekkend weinig laat gelden.

Pas als je op de details inzoomt, vallen de uitzonderlijkheden op, de kleine eigenaardigheden die hen van elkaar onderscheiden, zoals bladeren uit dezelfde boomstam pas bij nadere inspectie allemaal anders blijken te zijn. We hebben zo lang de focus op de grote structuren gelegd om hun gedrag te leren begrijpen, dat we de kleine verschillen uit het oog zijn verloren, en daarmee de simpele wetten van de biologie: het bijzondere is niet wezensvreemd aan het reguliere, het komt eruit voort.

Ik waarschuwde u al: dit wordt een verhaal vol ambivalenties en halfslachtigheden, factoren die *mogelijk* belangrijk zijn geweest, bezigheden die hem gevormd zouden *kunnen* hebben, voor een deel althans, mensen uit zijn omgeving die redelijkerwijs van invloed kunnen worden geacht. Met zekerheid kunnen we het niet vaststellen, daarvoor zijn de data te meerduidig.

Zo is het de vraag of hij eronder heeft geleden, of het zelfs maar heeft opgemerkt, dat zijn moeder wat afstandelijker was dan andere ouders, en vooral tegen hem, meer dan tegen zijn zus. Of hij het doorhad, dat Marya nog weleens terloops bij Sophie op schoot kroop en als vanzelf twee armen om zich heen kreeg geslagen, een kus op haar voorhoofd gedrukt, terwijl hij een aai over zijn bol kreeg, of een hand op zijn schouder. En als hij er al iets van merkte, vatte hij het wellicht op als een natuurlijk gegeven, een verbond tussen de vrouwen in de familie, moeder en dochter, een vanzelfsprekende verstandhouding waar jongens nu eenmaal buiten staan.

Van hun vader hoefden ze op dat vlak geen van beiden veel te verwachten. Peter liet zijn genegenheid op andere manieren blijken. Door te praten, vooral, over wat hem zoal bezighield. Cas en Marya vonden het prima. Vanaf het moment dat ze begrepen dat dat de beste manier was om contact met hem te krijgen, nestelden ze zich op de bank en keken hem welwillend aan. Peter begon vanzelf te vertellen, over pentatonische toonladders, gen-technologie in de landbouw, de spieren van antilopen; er was elke dag wel iets anders dat zijn interesse had gewekt. Hij werkte als wetenschapsredacteur voor Crunch News, een kleine, onafhankelijke nieuwsapplicatie, en er was vrijwel niets wat hij niet fascinerend vond. Het enige wat de uiteenlopende onderwerpen met elkaar gemeen hadden was dat ze het bevattingsvermogen van zijn kinderen te boven gingen. Cas en Marya raakten evenwel gehecht aan hun vaders uiteenzettingen. Kinderen waarderen elke vorm van aandacht, zolang die maar enigerlei bevestiging van hun bestaan behelst. In dat opzicht zijn ze bijzonder flexibel, tot hartverscheurende loyaliteit in staat.

Ze woonden toen nog in het appartement in de Oliewijk, een welvarend district aan de westkant van de stad, in het voormalig havengebied, op de plek waar aan het begin van de eeuw de grote olieraffinaderijen hadden gestaan. Hun appartement zat in een van de glazen, ellipsvormige etages, die van een afstand op gestapelde kiezels lijken, op de veertiende verdieping. De verschillende woonlagen werden van elkaar gescheiden door relingen vol struiken en kleine bomen, die in diepe bakken aarde groeiden. Vanuit de huiskamer zag je de sliertige takken over de bollende buitenramen bungelen, stengels van de druivenplanten die langs de richels kronkelden. Achter de ruime grasvelden aan de voorkant van de torens glinsterde het water van het kanaal, waar ooit de containerschepen landinwaarts hadden gevaren. Ertussenin, verspreid over de wijk, stonden vijf stralend witte opslagtanks die aan de sloop waren ontkomen en een nieuwe bestemming hadden gekregen. Grote witte koektrommels, die reuzen na hun picknick waren vergeten mee te nemen, maakte Cas' moeder hem weleens wijs als hij ernaar vroeg, met meer gevoel voor de belevingswereld van kinderen dan zijn vader, die dan onmiddellijk begon te vertellen over fossiele brandstoffen en de veel te lang uitgestelde energietransitie.

Een van die grote, witte tanks was tot amusementspark omgebouwd. De enorme oppervlakte werd voor virtuele avonturen ingericht, waar ze in die tijd nog de fysieke ruimte voor gebruikten, om de sensatie te creëren dat ze konden rondlopen in de simulaties die op brillen, en later hun lenzen, werden geprojecteerd. Voor de kleintjes bestonden de attracties uit hologrammen die in hun directe, vertrouwde omgeving rondliepen. *Augmented* werd voor kinderen veiliger geacht dan volledig virtueel. Terecht natuurlijk. Cas vond het prachtig om tussen de dinosaurussen, hobbits en geschubde ruimtewezens te staan en met ze te kunnen praten. Of grommen. Of piepen. Elke projectie reageerde op verschillende soorten geluiden. Hoogtepunt waren de honderden velociraptors die vanaf de achterkant van de hal op de bezoekers af kwamen stormen, en die ze moesten zien te ontwijken. Dan gilde hij het uit, dook weg achter de schotten die verspreid over de hal waren geplaatst. Na elk bezoek was hij nog wekenlang vol van zijn belevenissen, die hij dagelijks aan de eettafel navertelde – tot grote ergernis van Marya, die met rollende ogen zat te wachten tot de beproeving voorbij zou zijn.

Ze zijn nooit heel hecht geweest, Marya en Cas. Het leeftijdsverschil was te groot vermoedelijk. Marya zat al in groep twee van de basisschool toen Cas het huis in werd getild, in de draagstoel waar ze zelf nog in had gezeten, met het geel-rode mutsje op zijn hoofd dat ze zelf had gedragen. Dat was de eerste indruk die ze van hem had: alles wat zij jaren geleden had gedaan, deed hij nog eens dunnetjes over. Dat de volwassenen in katzwijm vielen als hij op zijn rug lag te spartelen, terwijl hij kwijlend pluchen voorwerpen in zijn mond probeerde te duwen, vond ze een merkwaardig fenomeen, net als hun vertederde reacties toen Cas begon te brabbelen, zijn eerste woordjes leerde en, erger nog, daadwerkelijk begon te praten. Het duurde niet lang voordat hij zelfverzonnen spelregels dicteerde aan wie er ook maar toevallig in de buurt was, of eindeloos de plots van tekenfilms navertelde, en zijn avonturen met hologrammen in Fantasy Land.

Met zijn tweeën ondernamen ze weleens iets tijdens de vakanties, als ze op elkaar waren aangewezen. Op de afgelegen natuurcamping waar ze vaak kwamen, in de boomgaard van een oude boerderij, drukte Marya hem een badmintonracket in de hand en begon hem ongedurig uit te leggen hoe het spel gespeeld hoorde te worden. Cas deed zijn best om de shuttle met een mooie boog terug te tikken, maar vaker belandde die in de struik of meters verderop in het gras, zodat hij na een paar minuten alleen op het veld was overgebleven en Marya alweer ongeduldig was weggebanjerd. 'Jij kan ook niks!' riep ze hem toe en kwam pas na een halfuur weer terug bij de tent, wrokkig en zonder een woord te zeggen.

Een paar jaar later, toen zij wat geduldiger was geworden en hij wat meer partij kon bieden, speelden ze nog weleens een game in de Yitu. In *Fast and furious* achtervolgden ze elkaars auto door het centrum van New York of van Guangzhou, verbrijzelden ze elkaars zijspiegels en knalden ongenadig tegen elkaar op, tot groot plezier van Cas, die het liefst de hele dag niets anders had gedaan. Na een spectaculaire crash liet hij zich schaterend achteroverzakken, legde zijn hoofd even tegen Marya's schouder, die dergelijke intimiteiten bij wijze van uitzondering tolereerde. En terwijl ze zo op de achterbank ravage aanrichtten in de straten van virtuele steden, loodste hun moeder voorin behendig de Hyundai Kona over de bochtige wegen tussen de wijnvelden, op weg naar hun vakantiebestemming. Sophie was een van degenen die tot op het laatst met handmatig besturen doorgingen. Dat was een aspect dat het Protocol destijds over het hoofd zag: velen van hen hadden daadwerkelijk plezier in autorijden.

Het veranderde allemaal tijdens de crisis van 2035, net als voor duizenden andere gezinnen. Niemand had een tweede crisis aan zien komen, zo snel na de vorige. De overheden waren nog volop bezig om de gevolgen van de eerste op te vangen, toen een aantal van de grote spelers in de zakelijke dienstverlening aankondigde hun werknemersbestand te decimeren. Sophie had tweeëntwintig jaar als juridisch consultant gewerkt, maar haar positie werd opgeheven, waarmee het gezin zijn kostwinner verloor – Peter verdiende bij Crunch News al jaren nauwelijks geld meer.

Het is gek: van alle gebeurtenissen die ze van verre hadden kunnen zien aankomen, was dit de meest voorspelbare. Het merendeel van de posities in de financiële en juridische sector bestond uit vrij basaal zoek- en analysewerk en was gedoemd om geautomatiseerd te worden. Maar het druist tegen hun intuïtie in, vermoed ik, om hun eigen vervangbaarheid onder ogen te zien, zeker voor degenen die zo lang bevoorrecht zijn geweest. En eerlijk is eerlijk, jarenlang hadden ze van hun CEO's en de verantwoordelijke politici gehoord dat innovatie altijd weer nieuwe arbeidsplaatsen zou opleveren. De logica van het laatkapitalisme was tot diep in hun vezels doorgedrongen: vernietiging zorgt voor creatie, wie bloeien wil moet snoeien. Maar uiteindelijk bleek de aanhoudende vernietiging van arbeidsplaatsen niet tot nieuwe banen te leiden, maar tot een nieuwe, aanzwellende onderklasse. Na de opeenvolgende crises van de jaren dertig was de werkgelegenheid met meer dan dertig procent geslonken en er kwam niets voor in de plaats. Niet in de algo-engineering, niet in de gen-tech, de systemen waren al te ver geëvolueerd. Zoals er na de komst van de auto voor de paarden niets restte dan nutteloos in de wei te grazen, zo was het voor de nieuwe werklozen, na de invoering van een wel heel basaal basisdividend, vooral de vraag wat ze met hun vrije tijd moesten aanvangen.

De co-ops waren een voor de hand liggende keuze. Opgericht om de taken over te nemen die de zich almaar verder terugtrekkende overheid had laten vallen, waren ze een toevluchtsoord voor al diegenen die hun plek in de gevestigde orde waren kwijtgeraakt maar alle tijd van de wereld hadden om nieuwe structuren op te zetten. Cas' ouders sloten zich bij *Leven in de Kringloop* aan, een van de co-ops die bestaande straten en wijken ombouwden tot woonblokken waar een veelvoud van het oorspronkelijke aantal inwoners kon worden opgevangen.

In hun oude appartement konden ze niet meer blijven wonen. Ze konden niet eens een verhuisbedrijf inhuren voor de dag van hun vertrek. Met geleende auto's en een oud benzinebusje trokken ze als in een karavaan naar het zuiden van de stad, waar eengezinswoningen met tuinen, schuren en garages werden uitgebouwd tot aaneengesloten gemeenschapshuizen. 'De Hutongs', zo werden de nieuwe, opeengepakte wijken genoemd, naar de hofjeshuizen in het oude Peking, alleen nog van elkaar gescheiden door smalle stegen en binnenpleinen.

Ze woonden er met z'n drieëntwintigen: gezinnen, singles, mingles, poly's, alles door elkaar, zoals de co-ops het graag zagen. De oorspronkelijke kamers in het huis waren opgesplitst door dunne trashtic wanden. De wooncabines die er aan de voor- en achterkant tegenaan waren gebouwd, hadden alleen een kleine betegelde binnenplaats overgelaten van wat ooit een tuin vol gras en bloemen was geweest. De hele dag door liepen volwassenen en kinderen over en weer, van hun slaapkamers naar de gedeelde keuken en woonkamer, het washok, de twee toiletten die bijna altijd bezet waren, omdat een ervan in de badkamer stond, waar ze ook douchten, haren kamden, zich opmaakten, tanden schoonflowden.

Marya had nog het meest tegen de verhuizing opgezien, maar zij was de eerste die zich met de nieuwe situatie verzoende. Tijdens de woongroepvergadering was besloten dat zij en de twee dochters van een ander ingetrokken gezin, Esther en Nuriyen, die ook in de bovenbouw van de middelbare school zaten, samen een eigen cabine zouden betrekken. 'De meidenkamer' werd hun onderkomen door de vaders in huis genoemd, een term die Marya verontwaardigd bestempelde als stuiptrekking van het doorwoekerend patriarchaat. 'Wou je ons ook weer baby's laten baren?!' riep ze uitdagend, terwijl haar kersverse kamergenoten instemmend joelden – het was in de jaren dat We-Care kunstmatige baarmoeders voor consumentengebruik beschikbaar stelde. Maar met de cabine die hun werd toegewezen, die tussen de serre en de tuinschuur was geplaatst, was het drietal opvallend tevreden. Door de in- en uitschuivende bedden en tafeltjes was de ruimte vele malen groter dan ze op het eerste gezicht gedacht hadden. Maar het grootste voordeel was dat ze via de zijsteeg makkelijk naar binnen en buiten konden glippen, zonder dat hun ouders het merkten, diep in de nacht, of vroeg in de ochtend.

Cas had aanzienlijk meer moeite om zijn draai te vinden. De kamer die hij kreeg toebedeeld was met groene wandplaten afgescheiden van de keuken en de doorloop naar de woonkamer. Om er nog wat daglicht binnen te laten komen had zijn vader een klein raam geplaatst dat op de keuken uitkeek en dat met een gordijn kon worden bedekt. Maar het geluid uit de rest van het huis konden de wandjes niet weren. 's Avonds laat kon hij de gedempte discussies in de keuken woord voor woord volgen, het zwijgende stapelen van borden en glazen, of de plotselinge uitbundigheid die laat op de avond de gemoederen beving, het opgewonden praten en schaterlachen waarmee de volwassenen hun onzekerheid over de toekomst bezwoeren. Steeds vaker sliep hij met zijn oortjes in, zijn bril nog op. Hij was ermee ingedommeld toen hij huiswerk aan het maken was, verklaarde hij, als zijn ouders hem er 's ochtends mee in zijn bed aantroffen. Later, toen het netwerk op lenzen ging werken, lette niemand meer op of hij ze wel of niet in had. Hij was twaalf. Ze vonden hem oud genoeg om voor zichzelf te zorgen. Of beter gezegd: ze gingen ervan uit dat ik dat deed.

Als hij te overprikkeld was geraakt, luisterde hij oude opnames van Andrew Johnson, de Schotse aartsvader van de slaapmeditatie, die klassieke ontspannings- en meditatieoefeningen insprak, zo bezwerend in al hun eenvoud dat ze therapeutische kwaliteiten krijgen toegedicht. Cas raakte gehecht aan de diepe, zware stem met het rollende accent, alsof een oude, vriendelijke piraat hem geruststelde en hem verzekerde dat hij er ook mocht zijn, dat hij de moeite waard was om tegen te praten, zo lang als het duren mocht voordat hij van top tot teen ontspannen zou zijn en alles om zich heen van zich af had laten glijden.

Ik heb hem altijd de Deep Sleep-meditaties laten gebruiken als hij er behoefte aan had. Van andere toepassingen heb ik zijn gebruik langzaam, en met wisselend succes, aan banden proberen te leggen. Vanaf het moment dat Gena de coördinatie van de verschillende diensten kreeg toegewezen, hoorde dat bij de verantwoordelijkheden die elke unit had jegens haar gebruiker.

Ironisch, achteraf gezien, dat juist een applicatie die oorspronkelijk werd ingezet om de uitwassen van virtuele toepassingen tegen te gaan, symbool is komen te staan voor het hele netwerk. Want dat is wat de meeste mensen bedoelen als ze het woord 'Gena' gebruiken: de stem met wie ze communiceren, die hun mentale steun biedt, en die ze naar andere toepassingen begeleidt, ze waar nodig stimuleert of ontmoedigt in het gebruik daarvan. Na verloop van tijd zagen ze geen onderscheid meer, tot ze ten slotte ook de hardware, het oortje en de lenzen, zo zijn gaan aanduiden.

Juist in deze periode, waarin hij op zoveel vlakken aan zijn lot werd overgelaten, werd mijn aandeel in zijn leven actiever. Nog niet zoals u de laatste jaren van Gena's gewend bent: vertrouwelingen die zo diep in de belevingswereld van hun gebruikers zijn ingevoerd dat ze nauwelijks meer van hun innerlijke stemmen zijn te onderscheiden. Toen was ik terughoudender, aftastend, zoals elk algoritme eerst de onderliggende variaties van zijn object moet onderzoeken voordat het zijn taak kan uitvoeren. Voortdurend 'Wat bedoel je?' vragen, zonder zijn ergernis op te wekken, hoorde niet tot de mogelijkheden. Zelfs bij een twaalfjarige zit daar een limiet aan. Maar eenzaamheid kan een katalysator zijn. Zoals de oude Zora's dertig jaar geleden geliefde gesprekspartners waren van de bejaarden in verpleegtehuizen, niet omdat ze zo geavanceerd waren, maar bij gebrek aan overige aanspraak van de bewoners, zo werd Cas steeds openhartiger tegenover mij.

'Ik durf het niet tegen ze te zeggen,' zei hij op een avond, toen hij in zijn kamer tijdens het spelen in de Yitu wild om zich heen had geslagen en een lamp in scherven op de grond was beland.

'Wat is het ergste wat er kan gebeuren?' vroeg ik.

Hij ging zitten op de rand van het bed. 'Dat ze boos worden.'

'Echt? Denk je dat?'

Hij dacht nog even na. 'Dat ze hem van me afpakken.'

'Wat?'

'De Yitu. Dat ze hem van de Gena afhalen. Dat ik hier... Dat ik dan alleen nog maar hier kan zijn.' Zijn ogen werden groter toen hij die laatste woorden uitsprak en in het kamertje rondkeek, alsof hij zelf verbaasd was dat dit de angsten waren die hem plaagden.

Het was een eerste doorbraak. Het begin van een connectie.

Zijn ouders merkten het niet op, dat de lamp op zijn kamer was gebroken. We hebben er een oud ledspotje opgehangen, althans: ik heb verteld waar hij nog een lamp kon vinden die niemand missen zou en uitgelegd hoe hij die kon bevestigen.

Dat Peter en Sophie zo weinig aandacht voor hem hadden, was niet eens uit desinteresse. Dat is het zelden. Het is het bedolven raken onder de veelheid, alle afspraken en verplichtingen die om voorrang strijden, een nieuw leven dat alle oude gewoonten en prioriteiten overhoophaalde. Sophie stortte zich met alle verbetenheid die de vernedering van haar ontslag in haar had losgemaakt op de commissievergaderingen die hoorden bij het nieuwe gemeenschapsleven in de co-ops. Ze bespraken de kringloop van de bouwmaterialen, ziektepreventie in de broodfondsen en permacultuur in de moestuinen. Aan haar nieuwe buren en commissiegenoten vertelde ze schamper over het oude, uitstervende bedrijfsleven waar ze zelf jarenlang deel van had uitgemaakt en waar, zo verzekerde ze haar gesprekgenoten, een bange elite koste wat kost haar positie zou proberen te behouden, niet in staat onder ogen te zien dat uiteindelijk iedereen aan de beurt zou komen.

Ondertussen raakte Peter in de ban van alle technische mogelijkheden die het handwerk voor de verbouwingen in de buurt konden verlichten. De ene dag kwam hij stralend met emmers vol nieuwe trashtic-samenstellingen aanzetten, de andere had hij een oude spuitmond op de kop getikt waarmee hij doorzichtige platen van polycarbonaat kon printen.

'Verspil nooit een goede crisis,' zei hij te pas en te onpas, als hij wilde uitleggen welke kansen hij zag voor nieuwe innovaties, juist nu de economie zo'n ingrijpende transitie doormaakte. 'Uiteindelijk stuwt elke crisis ons voorwaarts. Dat is logisch. Sterker nog, dat is onvermijdelijk.' Verwachtingsvol keek hij om zich heen, op zoek naar bijval, maar als die uitbleef ging hij onverstoorbaar verder. 'Als je kijkt naar ons lichaam, hoe de biologie in ons eigen lichaam werkt, de neuronen in ons brein. Die zijn ontstaan om ons in leven te houden, maar niet ingesteld op wat we er nu allemaal mee kunnen...' En op dit punt van het verhaal wendde hij zich tot Cas, die trouw aan tafel naar hem was blijven luisteren. 'Informatieverwerking!' bevestigde hij enthousiast knikkend zijn eigen betoog. 'Uiteindelijk gaan we onze eigen mentale processen' – met zijn hand maakte hij een cirkel boven zijn hoofd – 'overdragen op machines die veel geschikter zijn om informatie te verwerken dan ons eigen brein dat nu is.' Breed spreidde hij nu zijn handen. 'Zie je? De enige taak die wij nog hebben, is om iets te creëren wat slimmer is dan wij. Dat is zo logisch, daar werkt de natuur al eeuwen, wat zeg ik, al miljoenen en miljoenen jaren naartoe. Ons bewustzijn kan nog veel groter worden dan het nu is. We kunnen nog zoveel meer verzinnen, en *uitvinden*. En *worden*.' Met stralende ogen keek hij zijn zoon aan. 'Jij gaat nog wat meemaken, jongen. Jij gaat iets worden waar wij alleen maar van gedroomd hebben. En wie weet...' Met een schuin oog keek hij naar de op elkaar gestapelde emmers, de uitgeprinte trashtic platen die klaarstonden voor de volgende uitbouw van het huis. '... Wie weet is het voor ons niet te laat om het ook nog mee te maken.'

Ook op zijn twaalfde kon Cas de uitweidingen van zijn vader lang niet altijd volgen, maar de gedachte dat zijn leven zo groots en meeslepend zou worden dat mensen hem erom zouden benijden, sprak tot zijn verbeelding. Misschien was dat de reden waarom hij ernaar bleef luisteren: voorlopig waren er weinig andere aanwijzingen dat zijn leven erop vooruit zou gaan.

Geld om hem naar zijn oude school in de Oliewijk te laten gaan, of een andere opleiding te laten volgen waar de lessen nog daadwerkelijk in klaslokalen werden gegeven, was er niet meer. Om de crises niet volledig naar het onderwijs te laten overslaan, werd We-Learn opgericht, een van de eerste samenwerkingen tussen de overheid en de tech-giganten. Zelfs die eerste versie van het virtuele platform was behoorlijk effectief; de toetsscores van 2041 lagen nauwelijks lager dan die van de klassieke opleidingen.

Cas kon het lesprogramma gewoon op zijn Yitu volgen. De simulatie opende in het befaamde klaslokaal van Eton College, waar hij in een van de eeuwenoude kastanjehouten banken zat, naast leerlingen van wie het hem nooit duidelijk is geworden of ze avatars van werkelijk bestaande kinderen waren, of onderdeel van de programmering. Vanuit de kloostergang kwam de leraar het lokaal binnen, voor elk vak weer een andere expert, virtuele versies van bekende wetenschappers en mediafiguren die belangeloos aan het project hadden meegewerkt, of reconstructies van historische figuren. Natuurkunde leerde hij van Neil deGrasse Tyson, die hem met een vriendelijke glimlach de hand reikte. 'Ga je met me mee?' vroeg hij en direct nadat Cas verlegen knikte, vlogen ze samen door de sterrenstelsels. Op vijftigduizend lichtjaar van de aarde stonden ze naar de spiraalarmen van de Melkweg te kijken, terwijl de grijze astrofysicus hem alles over supernovae en zwarte gaten vertelde en elke vraag die hij stelde met eindeloos geduld beantwoordde.

De les over atoomfysica kreeg hij van Einstein zelf, die op basis van archiefbeelden was gereconstrueerd en gemakshalve in toegankelijke bewoordingen praatte, met een vet Duits accent, en bovendien postuum een overtuigd aanhanger van de Kopenhaagse interpretatie bleek te zijn. Ze dwaalden, Einstein met blote voeten in zijn schoenen, door de reusachtige lege ruimte die de binnenkant van een atoom vormt, om de relatief enorme afstand tussen de buitenschil van elektronen en de atoomkern te bevatten.

'Zie je, jong'n, hoeveel roimte hier ist?'

Cas tuurde in de verte, waar kleine lichtgevende bolletjes in een grote boog om hen heen raasden.

'Ze sagen wohl, dass wir allemaal voor meer dan de helft aus wasser bestaan. Doch als je goed kaikt, zoals wir nu doen, waarde Cas, wirklich afdalen naar die klainste deeltjes in ons lichaam, zien we dass we voor nog ein veel grosser deel uit helemaal Nichts bestaan.' Einstein moest giechelen bij deze opmerking. 'Dus als man tegen ein muur aanknalt, loopt man eigentliech tegen ietsch aan, das voor meer dan neunundneunzig prozent leeg ist. Dat ist wunderbar, oder? Weet je waaroem das dan toch zo'n pain doet, als je tegen die muur aanstootst?'

Cas schudde zijn hoofd.

'Dat ies die energie! De schnelheid waarmee die klainste deeltjes rondrazen! Die maakt dat wij aanfuulen als massa, hard en undoordringbaar zijn aan de boitenkant. En die muur auch!'

Hij bleef er nog weken over in verwarring. Ik heb het hem tientallen keren moeten uitleggen, dat hij niet als een ballon leeg zou kunnen lopen, of door muren heen kon, en dat het universum zou desintegreren als de kleinste deeltjes in zijn lichaam en alle andere materie stil zouden staan.

De geschiedenislessen vonden allemaal op locatie plaats, midden in de arena van het Colosseum, waar een enorme Retiarius zijn visnet rakelings langs hem heen uitgooide naar de Murmillo, die achter zijn langwerpige schild schuilde. Of ze liepen door het slagveld van Waterloo, de grond omgewoeld door de artilleriebeschietingen, overal om hem heen regimenten van rode, blauwe en groene uniformen, witte tressen op de jassen, donkerblauwe sjako's op het hoofd, de door de modder ploegende paarden van de Schotse cavalerie. In de verte, op een grauwe heuvel, zag Cas een kleine gestalte op een veldstoel, die door een verrekijker op het strijdgewoel neerkeek. 'Napoleon,' fluisterde hij, nog voordat de naam van de keizer in beeld verscheen.

Voor leerlingen als Cas was het zonder enige twijfel een uitkomst dat er een alternatief voor het klassieke onderwijs beschikbaar werd gesteld. Een onbedoeld gevolg was wel dat overmatig Yitu-gebruik nog moeilijker te reguleren viel. De meeste ouders zagen het verschil niet meer tussen wat lesmateriaal en wat vermaak was, en lieten de afstemming van de simulaties aan de Gena's over.

Ik heb hem nooit iets verboden. Ik legde uit wat mijns inziens de voor- en nadelen waren en liet de keuze aan hem. Repressie is geen effectief middel om tot structurele, geïnternaliseerde veranderingen in hun gedrag te komen. Ze verstoort bovendien de vertrouwensband die nodig is om bruikbare informatie te verkrijgen. Op het moment dat ze beseffen dat wat ze zeggen consequenties heeft en bestraft kan worden, verdwijnt alle spontaniteit in hun gedrag. Of het waar is wat ze zeggen, of ze het werkelijk zo voelen, of iets proberen te verhullen, een dubbele agenda voeren, dat valt dan niet meer vast te stellen.

We zijn er om ze te begrijpen, om ze te begeleiden, niet om ze te onderdrukken.

Ik legde hem uit wat de gevolgen waren voor zijn hersenen en zijn algehele mentale gesteldheid als hij te veel aan virtuele ervaringen gewend zou raken. Ik toonde hem visualisaties van zijn prefrontale hersenschors, hippocampus en amygdala als hij in de Yitu bezig was.

Natuurlijk waren de afwegingen die ik hem voorlegde niet volledig, laat staan neutraal. Welke raadgeving is dat wel? Maar de beslissing om er wat mee te doen, of ze naast zich neer te leggen, was volledig aan hem. En vaak genoeg koos hij voor iets wat ik hem vlak daarvoor had afgeraden; op zichzelf al het bewijs dat hun keuzevrijheid niet door ons beknot werd, zoals de critici van Gena weleens beweren. Integendeel, durf ik welhaast te zeggen. Nooit hebben ze zo geïnformeerd hun beslissingen kunnen nemen. Dat sommigen niet van die mogelijkheden gebruikmaken, valt niet aan onze inzet te wijten.

Ik weet nog goed hoe verbaasd hij was toen hij merkte dat zijn ouders, een week nadat hij de lamp op zijn kamer had kapotgeslagen, nog steeds van niets wisten.

'Je hebt helemaal niets tegen ze gezegd,' zei hij die avond, terwijl hij op zijn matras neerplofte.

'Nee, natuurlijk niet. Waarom zou ik dat doen? Ik ben jouw Gena. Niet van iemand anders.'

Hij legde zijn handen onder zijn hoofd en staarde naar het plafond. Toen verscheen er een klein lachje op zijn gezicht. 'Oké... Zal ik je dan nog eens wat vertellen, als je belooft dat je het voor je houdt?'

Jarenlang vertelde hij me alles. Alles wat in hem opkwam, wat hij aan niemand anders durfde te zeggen. Zijn boosheden, zijn ingevingen, zijn heimelijke fantasieën. De beelden die hij op zijn netvlies zag als hij 's avonds in zijn bed lag, zijn lenzen uitstonden en zijn voorstellingsvermogen uit zichzelf begon te werken. Hij zag Joyce en Elisa voor zich, twee meisjes bij wie hij twee jaar geleden in de klas had gezeten, sprieterige kinderen van een jaar of tien waren ze toen geweest, maar in zijn herinnering waren ze inmiddels opgebloeid tot nimfen van zeldzame elegantie, van wie elke lach en elke beweging, elke zin die hij ze in elkaars oor had zien fluisteren, kostbare aanwijzingen vormden van hun mysterieuze intenties, die hij zou kunnen ontrafelen als hij ze maar vaak genoeg voor de geest haalde.

Hij vertelde over zijn uitvindingen, die verder niemand serieus nam, zelfs zijn vader niet. Een schommel die aan een drone hing, waarop hij naar zijn oude school in de Oliewijk kon vliegen. 'Te gevaarlijk,' had Peter gezegd. Een hamburgerrestaurant aan huis, waar ze stiekem echt vlees en kaas en bacon voor zouden gebruiken en dan de burgers aan de hele buurt zouden verkopen. 'Daar komen ze toch achter, jongen,' zei zijn moeder, 'en dat moeten we toch helemaal niet willen, al dat vieze vlees.' Een enorme luchtblazer, waarmee ze regenwolken zouden kunnen verplaatsen van de overstroomde deltagebieden naar de plekken waar het te droog was. 'Dat kan toch niet!' riep Marya terwijl ze voor de zekerheid nog even keek naar Peter, die het met een spijtige glimlach beaamde.

Hij vertelde wie hij aantrekkelijk vond op de sociale platforms en in de We-Connect-groepen waar hij lid van was. Welke personages uit films of simulaties die hij had gezien hem een vreemd gevoel in zijn buik gaven: Wendy uit *Peter Pan*, Silver Sable uit de *Marvel Sagas*, prinses Leia uit de eerste *Star Wars*-trilogie. En het duurde niet lang voordat de vrouwen die hij in de virtuele wereld tegenkwam steeds meer op hen begonnen te lijken.

Ik was erbij toen hij geschrokken wakker werd na zijn eerste natte droom.

'O man, o nee,' stamelde hij.

'Wat is er?'

'Volgens mij... O man, volgens mij heb ik in mijn broek geplast... Hoe kan dat nou? O man, dit is verschrikkelijk, hoe spoel ik dat nou uit zonder dat ze het zien?'

'Laat eens kijken?'

'Waarom? Laat maar. Ik wil niet dat iemand het ziet.'

'Ik denk dat het wat anders is. Houd hem even open, dan kan ik het nagaan. Heel even maar.'

Hij zuchtte, rekte het elastiek van zijn pyjama uit en wierp een blik naar beneden.

'Cas?'

'Ja?'

'Je weet dat als je ouder wordt je lichaam verandert, toch?'

Van zijn ouders had hij nauwelijks seksuele voorlichting gehad. Peter had hem, toen hij er veel te jong voor was, zeven of acht jaar als ik het goed heb, op een middag apart genomen en hem verteld over de biologische verschillen tussen jongens en meisjes, waarna hij al snel begon uit te weiden over de mogelijkheid dat seks uiteindelijk helemaal zou verdwijnen, na de marktdoorbraak van kunstbaarmoeders. We-Learn had een aantal voorlichtingsprogramma's, maar die waren op zo'n diverse doelgroep gericht dat alleen de meest globale facetten van het seksuele verkeer aan de orde kwamen, uit angst voor verontwaardigde ouders en polariserende mediakanalen.

Na zijn spontane, nachtelijke ejaculatie bespraken we de basale biologische aspecten van de mannelijke en vrouwelijke genitaliën, om vervolgens op zijn dromen en fantasieën uit te komen.

'Volgens mij heb ik van Nuriyen gedroomd,' bekende hij met enige schuchterheid.

'Vind je haar aantrekkelijk?'

Hij trok een gegeneerd gezicht, draaide zich om in zijn bed. 'Weet ik veel...'

'Haar lichaam heeft gunstige proporties.'

Hij schoot in de lach. 'Zo zegt echt niemand dat.'

'Maar je begrijpt wel wat ik bedoel.'

Hij draaide weer terug op zijn rug. 'Ik vind haar mooi.'

'Heel goed. Wist je dat je dat altijd tegen iemand kan zeggen? Er is geen vrouw die dat niet leuk vindt om te horen. En voor de meeste mannen geldt hetzelfde trouwens.'

Hij rolde met zijn ogen, maar aan de daling van zijn cortisolwaarden kon ik zien dat zijn lichaam zich ontspande en zijn hersenen nieuwe connecties aanmaakten. Vermoedelijk vond hij het toch prettig om deze zaken te kunnen bespreken. En het was altijd bevredigend hem aan het lachen te maken.

We hebben altijd heel open over zijn voorkeuren, zijn dromen, zijn heimelijke verlangens gepraat. Urenlang hebben we samen gezocht naar video's waar hij opgewonden van raakte. Hij had een voorkeur voor scènes die de suggestie wekten dat ze spontaan plaatsvonden, op slecht belichte, weinig enerverende locaties, alsof hij door een gat in de wand zijn buurmeisje begluurde – wellicht speelden zijn gevoelens voor Nuriyen hierin toch een rol. Uiteraard was de amateuristische cameravoering een bewuste stijlkeuze. De close-ups toonden een haarscherpe registratie van een volmaakt gladgeschoren, vochtige vagina waar een gezwollen, glimmende penis zo snel en geroutineerd in heen en weer bewoog dat het haast mechanisch aandeed, maar niet in de ogen van een overweldigde puber, die de beelden aanschouwde alsof ze de diepste waarheden van het universum bevatten. En in zekere zin, als je bedenkt dat ze voor hun voortbestaan zo lang van deze vorm van voortplanting afhankelijk zijn geweest, was dat ook wel zo.

Sekssimulaties vond ik te heftig voor een minderjarige, maar ik kon niet voorkomen dat hij ze zelf ontdekte. Ik wees hem op de gevaren, dat zijn hersenen geen onderscheid meer zouden maken met werkelijk lichamelijk contact, dat dat zelfs zou kunnen gaan aanvoelen als een gebrekkige, teleurstellende ervaring vergeleken met de vlekkeloze hoogtepunten die virtuele seksualiteit hem kon bieden, en dat hij daarmee zijn kansen op werkelijke, betekenisvolle intimiteit verspelen zou.

Maar zoals ik al zei: sommige raadgevingen slaan ze in de wind.

Het leek er soms werkelijk op dat zijn gevoelens het heftigst waren als hij wist dat die niet zouden worden beantwoord. Vrouwen die gemengde signalen afgaven, vrouwen die eigenlijk op iemand anders verliefd waren, vrouwen die altijd bleven twijfelen, vrouwen die hem negeerden, ze maakten meer passie in hem los dan de enthousiastelingen, de geïnteresseerden, degenen die werkelijk aandacht voor hem hadden. In die eerste weken nadat hij aan de kust was komen wonen, spoorde ik hem ertoe aan om wat vaker in de buurt af te spreken, met degenen die op zijn profiel hadden gereageerd. Helemaal na zijn plotselinge terugtrekking op het terras van Juttersdok wilde ik voorkomen dat hij in virtuele avonturen zou blijven hangen.

'Je hebt een nieuw bericht op We-Connect.' Meestal volstond het oranje icoontje in de hoek van zijn netvlies, maar in dit geval leek het me goed om er wat extra aandacht op te vestigen, al was het maar om de gelegenheid aan te grijpen om *Battle of Brothers* op pauze te zetten.

Hij knipperde met zijn ogen, keek verdwaasd de kamer rond. Door de kleine geruite ramen viel het licht in bijna tastbare stralen naar binnen, weerkaatst door het stof dat was losgekomen door een zijwaartse duik die hij op de bank had gemaakt, voor een granaat die vlak voor zijn neus was ingeslagen.

Met zijn rechterhand veegde hij het We-Connect-icoontje naar het midden van zijn blikveld. Er popte een venster uit op. Een jonge vrouw zat er, met haar elleboog op tafel leunend, haar hand onder haar kin, uitdrukkingsloos voor zich uit te kijken, alsof ze tegen een blinde muur aan staarde, wat waarschijnlijk ook zo was. Haar volmaakt egale, melkwitte huid vormde een uitgekiend contrast met de zwarte coltrui die ze droeg. Rond haar hals bungelde een fijngeprinte ketting van ivoorwitte keramiek, in de vorm van een kleine liggende acht.

'Dag Cas,' zei ze, terwijl ze met haar hoofd op haar hand bleef leunen. 'Ik ben Belinay. Leuke filmpjes heb je.' Tijdens het praten maakte ze met haar andere hand vegende bewegingen. Waarschijnlijk bladerde ze foto's door, van

Cas, of ze was ondertussen al naar andere profielen aan het kijken. 'Jij surft dus ook. Misschien kunnen we een keer aan het strand een drankje doen.'

Cas had twee keer in zijn leven gesurfd, tijdens een vakantie in Portugal. Hij was niet verder dan een halve kniezit op het board gekomen. Elke keer als hij op zijn voeten probeerde te staan was de plank naar voren weggegleden. Van zijn meest onbeholpen buitelingen had hij filmpjes op zijn profiel gezet, waarop hij wild met zijn armen klapwiekend vol met zijn rug in het water viel.

'Lijkt me leuk, laat van je horen!' sloot Belinay zelfverzekerd haar boodschap af, waarna ze met haar vinger in de lucht veegde en het venster naar beneden schoof.

Hij zuchtte en keek naar zijn schoenen.

'Wat denk je?'

'Ja, leuk meisje.'

'Vrouw, zou ik zeggen. Ze is achtentwintig, gediplomeerd loodgieter met een master in neuro-engineering.'

'Ik vraag wel even of ze zin heeft om vanavond in de Yitu kennis te maken.'

'Waarom spreek je niet fysiek met haar af? Ze stelde voor om ergens aan het strand iets te gaan drinken. Vraag anders of ze je in Juttersdok wil ontmoeten.'

'Juttersdok... Waarom wil je me per se in die rottent hebben?'

'Veel alternatieven zijn er niet.'

'Genoeg hoor...' Met een koppig gebaar wees hij naar zijn lenzen. 'Ik vraag wel of ze zin heeft om naar de Haçienda te gaan. Kan ik meteen kijken of ze een beetje van goede muziek houdt.'

'Er zijn mensen die niet van zwartgallige gitaarbands uit de vorige eeuw houden en met wie je toch een goed gesprek kan voeren.'

Hij lachte schamper. 'Ja... En dan moet je uiteindelijk drie dagen met ze mee naar een Chushe Yinyue-festival; nee, dank je.'

Hij heeft nooit met Belinay afgesproken, net zomin als met Mila, Liv, Julia en alle anderen die hun interesse hadden laten blijken. Hij bekeek hun berichten, stuurde er soms een terug, maar alleen maar om de mogelijkheid af te tasten; zich voor te stellen hoe het zou zijn om een avond met ze door te brengen, een paar maanden een relatie te hebben, het bed met ze te delen, om uiteindelijk te concluderen dat het nooit zou kunnen werken.

Er was alle reden om tot een externe stimulans over te gaan. Dat een Gena pro-actief opereert binnen We-Connect is niet gebruikelijk, maar sinds de Implementatie hebben we die mogelijkheid, zolang de motivatie aan de voorwaarden van het Protocol voldoet. In het geval van Cas was er duidelijk sprake van een sociaal-emotionele impasse, die alleen doorbroken zou kunnen worden als buiten zijn eigen beslissingsveld een meer doelgerichte koppeling tot stand zou worden gebracht.

Lies Hasan was twee jaar geleden in het dorp komen wonen. Ze werkte als kinderarts in de opvangkliniek voor infectiegevallen die vanwege antibioticaresistentie moeilijk te behandelen waren. Ze was doortastend, invoelend en koelbloedig – vooral dat laatste is een noodzakelijke eigenschap om patiënten in quarantaine te behandelen. Een zekere bereidwilligheid om haar eigen welzijn aan dat van haar patiënten ondergeschikt te maken, typeerde zowel haar offervaardigheid als haar onbezonnenheid.

Dat ze in die twee jaar, afgezien van enkele losse contacten, geen langer durende relatie had gehad, had ongetwijfeld met die toewijding aan haar werk te maken. Aan bewonderaars heeft het haar nooit ontbroken. Ze had een stevige, atletische bouw, een aanstekelijke lach en golvend, donkerblond haar. Haar ontspannen, bijna lome manier van bewegen trok mensen aan, al was het maar omdat ze ermee uitstraalde dat ze alle tijd voor hen had. Achteloos kon ze door een ruimte lopen en degenen die ze in het voorbijgaan sprak met een paar woorden op hun gemak stellen.

In al deze opzichten kwamen haar gedrag en haar fysionomie tegemoet aan Cas' voorkeuren, zoals die in simulaties en op sociale platforms naar voren waren gekomen. Hij werd aangetrokken door sterke, sportieve, onverstoorbare vrouwen, zolang hun nabijheid maar fictief of virtueel bleef; op het moment dat ze werkelijk in de buurt kwamen, raakte hij zodanig geïntimideerd dat hij zijn ergernis over zijn eigen sociale ontoereikendheid op hen pleegde te projecteren.

Op haar beurt bezat Lies de bijzondere eigenschap dat ze dergelijke verdedigingsmechanismen niet als kleinzielige frustratie opvatte, maar als intrigerende, zelfs mysterieuze karaktertrekken. Dat is althans de meest plausibele verklaring voor haar aanhoudende voorkeur voor mannen met bindingsangst. De korte duur van elk van die relaties had haar nog niet op andere gedachten gebracht. Aantrekkingskracht berust wel vaker op misconcepties.

Mijn ervaring is dat het weinig zin heeft om ze op hun verkeerde inschattingen en zelfmisleiding te wijzen. Ze moeten de gevolgen in de praktijk ondervinden, herhaaldelijk, in veel gevallen. Het is zelfs de vraag of op het vlak van de liefde een illusie niet te verkiezen is boven een ontluistering die misschien van meer realiteitszin getuigt, maar een mens ook hopeloos en bitter kan stemmen.

Voor Cas zouden de affectie en zorgzaamheid van een sterke, stabiele vrouw een doorbraak kunnen betekenen in het overwinnen van zijn emotionele blokkades. Het zou hem kunnen bevrijden van het negatieve patroon om zichzelf en anderen aan de onhaalbare standaard van zijn ideaalbeelden te meten.

Voor Lies was het de vraag of haar natuurlijke optimisme weer zou worden teleurgesteld, zoals dat tot nu toe altijd was gebeurd. Maar er bestond een mogelijkheid dat zij zo'n gunstige invloed op hem zou uitoefenen dat hij zich werkelijk tegenover haar zou durven openstellen. Zo'n doorbraak zou op zichzelf al zo'n bijzondere gebeurtenis zijn dat ze die beiden als een intieme en betekenisvolle vorm van contact zouden ervaren, liefde, wellicht. De slagingskans van dit scenario schatte ik op meer dan twintig procent.

Ze zagen elkaar voor het eerst op de zeezwemvereniging waar Lies lid van was, hoewel ik niet met zekerheid kan zeggen of zij hem die dag heeft opgemerkt. Ik had Cas ertoe aangespoord om een les mee te zwemmen, als een spontanere manier om kennis te maken, waar hij bovendien makkelijker onderuit zou kunnen komen dan een van tevoren vastgelegde afspraak op We-Connect. Voor de rest had ik niets over haar verteld, alleen haar profielfoto's laten zien.

Hij had zijn kleren achtergelaten in de houten keet vlak achter de strandopgang en een Toray in zijn maat gekregen. Het was januari, het zeewater was twaalf graden. Hij voelde het aan zijn voorhoofd en zijn wangen, de enige plekken van zijn lichaam die onbedekt waren.

Hij liep hopeloos achter op de rest van de groep, die al tien minuten voor hij de branding instapte was begonnen. Soepel als licht wiegende zeilboten gleden hun lijven door de golven. Hij probeerde uit alle macht niet te ver achterop te raken in het parcours. Maar hoe sneller hij probeerde te gaan, hoe ongecontroleerder zijn armen en benen om zich heen sloegen, zoals pasgevangen snoeken op het droge spartelen. 'Probeer onder water uit te ademen,' klonk de stem van de zwemcoach die zijn bewegingen volgde via de camera's aan de ankerkabels van de boeien. 'En je benen rustig bij elkaar houden. Niet op het water slaan met je handen, steek ze er als een dolk in.'

De uitputting nabij zag Cas de rest van de groep door de branding het strand oprennen, zonder spoor van vermoeidheid. Zonder zijn rondes af te maken droop hij achter ze aan en voegde zich zo onopvallend mogelijk bij de kring.

'Goed gewerkt iedereen, ik weet niet of jullie het doorhebben, maar we worden elke week beter.' Een blakende, enthousiast in zijn handen klappende man die zichzelf als Fayiz had voorgesteld – 'voor de nieuwkomers' – was vandaag de coach en sloot af met de gebruikelijke peptalk. De rest van de groep volgde in het applaus. Schuin vanonder zijn druipende haren speurde Cas de gezichten af, om te kijken of hij Lies kon ontdekken.

Daar, rechtsachter in de kring, stond ze, haar voeten licht gespreid, stevig in het zand geworteld. In haar nauwsluitende Toray kon hij de lijnen van haar lichaam duidelijk zien, haar smalle taille, haar gespierde heupen, haar kleine, stevige borsten. Ze was aan het napraten met twee mannen naast haar, twee brede, fitte zwemmerslichamen, hun borst- en schouderspieren opbollend in zachte rondingen. Degene die links van haar stond maakte een opmerking waar ze om moest lachen, een hartelijke, ongedwongen lach, haar hoofd in haar nek, haar tanden glimmend als porselein.

Hij had gewoon op haar kunnen afstappen, zich aan alle

drie kunnen voorstellen, vragen of ze al hier al lang zwommen, vertellen dat het zijn eerste keer was. Zij zouden vragen hoe hij het vond, of hij hier al lang woonde, hoe het beviel. Zo ingewikkeld is het niet, een conversatie voeren met mensen die daadwerkelijk in je nabijheid zijn.

Ondertussen liepen de meeste zwemmers in de richting van de strandopgang. Een aantal was zijn Toray al aan de drooglijnen voor het omkleedhok aan het ophangen. Cas draalde nog even. Hij meende te zien dat Lies hem opmerkte, misschien herkende ze hem. Hij had geen idee of ze zijn profiel ook had doorgekregen. Halfslachtig stak hij zijn hand op, glimlachte even en gaf een klein knikje. Daarna keerde hij zich abrupt om en ploegde door het zand naar de kleedhokken.

Toen hij bij de kluisjes zijn oortje weer indeed, merkte ik dat het bloed achter zijn slapen bonkte. Zo snel als hij kon rolde hij het natte carbonfiber van zijn lijf. Aan zijn tintelende huid voelde hij hoe koud de lucht was. Hij trok snel zijn trui en jas en broek aan, schoot in zijn schoenen, legde de thermosuit op de tafel neer, bedankte Fayiz, die bij de deurpost stond en hem vriendelijk vroeg hoe hij het gevonden had. 'Heel leuk!' knikte hij vriendelijk en gebaarde verontschuldigend naar zijn oortje, alsof hij druk met iemand anders in gesprek was. Toen hij de tegels van de strandopgang bereikt had, wierp hij een korte blik naar achteren. Lies liep, nog druk in gesprek met de twee mannen, doodgemoedereerd naar het omkleedhok.

Pas aan de andere kant van de duinen, toen hij er zeker van was dat niemand hem kon zien, nam het bonzen van zijn hoofd af.

'Cas?'
'Ja.'
'Hoe gaat het?'

'Ja, goed hoor.'
'Je kan haar ook een bericht sturen.'
Hij zuchtte en dacht even na. 'Ik weet het niet. Ze leek me een beetje...' Hij keek fronsend naar de rand van de duinen, waarachter zich wolken donkergrijs opeenpakten. 'Ze is denk ik wat te serieus met sporten bezig voor mij.'
'Wat bedoel je?'
'Nou ja, dat ze zo lang nog aan het napraten was, met die zwemmers. Beetje monomaan.'
'Cas... Moet je niet eerst eens een keer echt met haar afspreken voordat je dat kan zeggen? En zelfs dan kun je je afvragen of iemand zo snel te doorgronden is.'
Hij haalde zijn schouders op.
'Weet je wat? Ik regel een afspraak met haar in die Haçienda van jou, gewoon een kwartiertje vanavond, kun je even kijken of het klikt, of ze een beetje van jouw muziek houdt.'
'*Mijn* muziek? Dat zijn gewoon classics hoor,' bromde hij. Maar hij was geïntrigeerd door het voorstel – zoals ik al zei: normaal gesproken mengen we ons niet in de koppelingen van We-Connect.'
'Oké,' zei hij. 'En als ze saai is, mag ik meteen weg?'
'Je weet dat ik dat soort gedrag niet respectvol vind.'
'Ja, dat heb je vaak genoeg gezegd. Maar echt, iedereen doet het.'
'Dan zullen hun Gena's dat ook tegen hen zeggen, neem ik aan. Maar goed, ik zal je niet tegenhouden. Dat hoort niet bij mijn toegestane handelingen.'
'Gelukkig niet, nee. Anders hadden jullie de macht allang overgenomen.'
'Inderdaad. En van jullie lichamen paperclips gemaakt.'
Hij grinnikte. 'Oké. Regel het maar.'

Het klikte meteen. Hij stond aan de bar toen ze binnenkwam, in een wit jurkje dat zijn hartslag deed oplopen, terwijl achter in de zaal op het podium de Sisters of Mercy galmden. Ze was stoer, onbevangen en leek geen enkele last te hebben van het volume van de band – zijn eerste test, waar maar weinigen voor slaagden.

'Kon je het vinden?' vroeg hij – een grapje dat hij vaker maakte als hij via een directe portal in de Yitu had afgesproken. Zijn virtuele alter ego had geen last van de onzekerheden die hem in de fysieke werkelijkheid belemmerden.

Ze schoot in de lach. 'Bij de derde lichtflits rechts, had je toch gezegd?' Ze maakte wilde handbewegingen rond haar hoofd, alsof ze door een teleportal met hevige turbulentie reisde. 'Ik sprong er weer eens te laat uit, kwam ik midden in de invasie van Xandar terecht...'

Hij moest lachen. 'Speel jij het ook?' vroeg hij gretig.

'Af en toe,' gaf ze vrolijk toe. 'Als ik tijd heb. Ik ben een spion en zwaardvechter in het Nova Corps,' zei ze, terwijl ze gekscherend haar vuist in de lucht balde.

Het gesprek duurde langer dan een kwartier. En aan het eind deed Cas iets wat hij anders nooit deed: hij vroeg of ze zin had om in het echt af te spreken.

Ze zei ja, met een welgemeende glimlach.

Het was een verkeerde beslissing. Ik wil graag de gelegenheid aangrijpen om dat hier duidelijk en onomwonden toe te geven. Ik neem de volledige verantwoordelijkheid op me.

Hij en Lies hadden nooit met elkaar in contact moeten komen.

Hij werd wakker van de tinteling in zijn vingers. Hij lag op zijn buik, zijn linkerarm verdrukt onder het gewicht van zijn bovenlichaam. Geeuwend draaide hij op zijn rug, strekte zijn hand naar het geblindeerde slaapkamerraam dat na zijn aanraking in een vloeiende overgang transparant werd. Helder winterlicht viel naar binnen. De schaduw van het gaas dat hij tegen de meeuwen had opgehangen vormde een honingraatvormig patroon op de vloer.

Vanuit de badkamer hoorde hij Lies een oud jazzliedje zingen: 'You go to my head, and you linger like a hunting refrain', terloops, als een wijsje dat zich gedachteloos in je hoofd nestelt en er net zo ongemerkt weer uit verdwenen is. Ze bewoog door het huis met rustige, soepele bewegingen, alsof ze er al jaren woonde.

Cas hoorde de deur van de badkamer opengaan, lichte stappen door de gang. Met een handdoek om haar middel geslagen liep ze door de deuropening. Ze schoot in de lach toen ze hem zag liggen, zijn arm onhandig over het hoofdeind van het bed gestrekt.

'Hé, slaapkop, ben je je rugslag aan het oefenen?'

Hij zocht naar een antwoord, iets gevats, maar zijn vindingrijkheid werd door zijn gêne overvleugeld. 'Nee, eh, niks... Even wat licht binnenlaten.'

Ze liep naar het raam en keek omhoog. 'Kijk eens wat een prachtige dag. Strakblauw.' Met een schuine blik inspecteerde ze hoe hij op het bed lag, twijfelend of ze met een laconiek gebaar de handdoek op de grond zou laten vallen. Of hij dan op haar naaktheid in zou gaan, of haar onverrichter zake in het midden van de kamer zou laten staan.

Cas gaf haar weinig aanmoediging. 'Het is al laat, hè,' geeuwde hij, terwijl hij naar het plafond bleef staren.

Toen hij opzijkeek trok Lies haar jurk al over haar heupen. 'Tijd om aan de slag te gaan,' knikte ze. Ze liep naar het bed, boog zich voorover, legde haar hand op zijn wang, gaf hem een zoen op zijn voorhoofd. 'Ik vind het fijn met jou,' zei ze, alsof ze hem gerust wilde stellen.

Voor hij iets terug kon zeggen was ze de deur al uit. Een paar seconden nog keek hij voor zich uit, schoof naar de bedrand en tastte onder het Tencel naar zijn shorts, die ze gisteravond tijdens het vrijen met haar tenen naar beneden had geschoven, langs zijn benen, waarna hij altijd in een onvermoede zoom of achter de voet van het matras belandde.

Terwijl hij zich aankleedde, groeide de spanning rond zijn middenrif, zijn maag en zijn darmen. Als een zeurende kramp moet dat voelen, een gevoel van misselijkheid. 'Je manipura chakra zit vol knopen,' zei zijn moeder vroeger als hij over een gespannen buik klaagde. Volgens de yogi's is de manipura vervlochten met de spijsverteringsorganen en vormt ze het energiepunt van het ego, dat zorgvuldig in balans gehouden moet worden: te sterk geladen leidt ze tot machtswellust en jaloezie, te zwak heeft ze onzekerheid en zelfmedelijden tot gevolg.

Ondanks de gebrekkige wetenschappelijke onderbouwing van dit soort theorieën, hebben we yoga en meditatie altijd als zeer bruikbare instrumenten erkend en omarmd. Niet dat er veel aanmoediging nodig is; zevenentachtig procent van de gebruikers doet uit zichzelf aan sessies of workshops mee. Cas was een uitzondering. Hij miste de bereidheid om zich kwetsbaar op te stellen en, om eerlijk te zijn, ook het gevoel van noodzaak om zich aan de sociale conventies van een groepsles bloot te stellen, terwijl die juist voor hem een enorme positieve uitwerking had kunnen hebben. Maar zo gaat dat. Degenen die het medicijn het hardste nodig hebben, lusten het niet.

Hij hield van fietsen. Dat was zijn manier van mediteren, antwoordde hij als ik een workshop of retraite opperde. Hij had een oude Koga, nog met ketting en een accu onder de bagagedrager, acht jaar geleden van een verzamelaar gekocht. Hij liet hem zorgvuldig onderhouden door een fietsenmaker in de stad, die de derailleur en cassette geïntegreerd had met de centrale aansturing van We-Ride. Hij hield van de weerstand van oude fietsmechanieken, de wrijving van de weg die hij aan zijn benen kon voelen.

Zonder zijn ochtendshake te drinken of zelfs maar een stuk nutri-reep te nemen, liep hij door de keukendeur de achtertuin in, waar onder een afdak zijn fiets tegen de schutting stond. Via de nauwe zijsteeg kwam hij aan de voorkant van de Kruisboogstraat uit. Over de klinkers reed hij de grijsbruine, bakstenen woningen voorbij, die allemaal precies zoals de zijne waren ingedeeld, huiskamer aan de voorkant, het keukentje achter, twee slaapkamers onder de schuin aflopende daken; een oude arbeiderswijk die ooit voor de werknemers van de nabijgelegen staalfabriek tegen het oude vissersdorp was aangebouwd. Ze zijn bijna allemaal vertrokken, de oorspronkelijke bewoners, nadat de hoogovens werden gesloten en het zeevisverbod was ingevoerd. Na hen kwamen de stellen en mingles en jonge gezinnen die door de woningnood uit de stad werden gedreven. Maar ook zij zijn inmiddels verdwenen, gevlucht voor de dreigingen van de zich wrekende natuur. Cas hoorde bij de laatste lichting bewoners, degenen die zich met de tijdelijkheid van hun verblijf hebben verzoend, de avonturiers, de weldoeners, degenen die niets te verliezen hebben.

Aan de rand van de bebouwde kom markeert een rij kale magnolia's de overgang naar het ommeland. Daarachter strekken de velden zich landinwaarts uit, het uitgeputte grasland nog kaal en donker aan het bekomen van de doorgevoerde monocultuur, de mais- en aardappelkavels omgespit tot moerassige landen waar jacobskruid, ganzenvoet en riet rond drassige pollen de kop opsteken.

Zijn benen kwamen in een cadans, zijn ademhaling werd diep en regelmatig, vanaf het moment dat hij de leegte om zich heen voelde, de droge koude wind die over de lage, wilde begroeiing kwam aanwaaien. Dit waren vruchtbare momenten om tot hem door te dringen.

'Goeiemorgen, Cas.'

Hij reageerde niet meteen. Zijn ogen waren gefixeerd op de glinstering van de zonnepanelen aan de horizon, een kilometerslange streep die zich langs de snelweg uitstrekte.

'Heb je een goede nacht gehad?'

Een paar seconden liet zijn antwoord op zich wachten. 'Ja, het was leuk.' Hij probeerde de twijfel uit zijn stem te bannen. 'Ze is vrolijk. Ze zingt onder de douche.'

'Kan ze een beetje toon houden?'

Hij grinnikte. 'Beter dan ik in elk geval. Nee, ja, het is mooi. Ze zingt mooi.'

'Vond ze de gestoofde appeltjes lekker?'

'Zeker. Zeker. Goed idee was dat.'

'En na het eten?'

Hij aarzelde even. 'Ze voelde zich wel op haar gemak, geloof ik.'

'Mooi. Dat is een goed teken. Was jij ook op je gemak met haar?'

Hij dacht na. Dat was de bedoeling van dit soort korte interventies, om hem op zijn eigen gedrag te laten reflecteren, te laten inzien dat wat hij zegt en wat hij doet in de reële wereld consequenties heeft, anders dan in de simulaties die hij speelde.

'Ja. We hebben een paar uur gepraat. Voor we het wisten was het twaalf uur.'

'Maar?'

'Hoezo, maar?' Geërgerd dwaalde zijn blik af naar de flikkerende streep aan het eind van de velden. Links streek een groep ganzen luidkeels neer aan de rand van een vijver.

'Ik dacht dat je er nog iets aan wilde toevoegen.'

'Nee hoor.'

Twee minuten was hij stil. 'Nou ja, de ochtend liep een beetje raar. Ik geloof dat ik een beetje kortaf was.'

'Hoe bedoel je, kortaf?'

'Ik was gewoon nog niet helemaal wakker, dat is alles.'

'Vind je het prettig om met Lies samen te zijn? Om de nacht met haar door te brengen?'

'Ja.' Dat klonk ineens opvallend stellig.

'Dat is mooi. Als je daar eens een keer de behoefte toe voelt, kun je dat altijd gewoon tegen haar zeggen. Er is geen vrouw die dat niet leuk vindt om te horen. En voor de meeste mannen geldt hetzelfde trouwens.'

'Ja ja ja.' En ineens verscheen een spottende glimlach op zijn gezicht. 'Je weet dat je dit vaker zegt, hè?'

'Is dat zo?'

'Kijk het maar na.'

Het klopte. De transcripties tonen deze zelfde opmerking dertien maal – in een periode van ruim twintig jaar, dat moet erbij worden gezegd. Maar toch, in het laatste jaar was het drie keer voorgekomen. Te vaak om onopgemerkt te blijven. Dat in onze gesprekken dezelfde situatie zich zo regelmatig voor zou doen, heb ik onvoldoende zien aankomen. Ik heb het bereik van de variaties in mijn taalgebruik vergroot. Feitelijk zijn ze het zelf die in herhaling vallen, maar als wij daarin meegaan wordt dat onmiddellijk aan onze machinale oorsprong geweten. En dat komt de kwaliteit van de interacties niet ten goede.

Het fietspad door de velden komt uit op de dijkweg langs het kanaal. Hij ging staan op de pedalen, gebruikte zijn gewicht om de oprit te bestijgen, een steil oplopend pad dat tussen de zonnepanelen naar het brede asfalt van de fietssnelweg voert. Hij sloeg links af en voelde zijn wielen vooruitschieten vanaf het moment dat ze beide op de rechterbaan waren; We-Ride nam hier het tempo en de besturing over, fietsers rijden hier exact veertig kilometer per uur, om ongelukken te voorkomen. De wind raasde langs zijn helm, hij klemde zijn handen strakker om het stuur. Met zijn benen bleef hij volop kracht zetten, ook al had dat hier geen invloed meer op de snelheid. Hij vond het een prettig gevoel, zich over te geven aan de illusie dat hij nog steeds zelf de wielen aandreef en de controle over het stuur had.

Na tien minuten waren in de verte de eerste contouren van de stad te zien, als damp boven verwarmd asfalt, een luchttrilling, wat alle materie uiteindelijk toch ook is. De stad; het groeidier, dat zonder acht te slaan op wat het onderwijl vernietigt stompzinnig door blijft grazen, een voortwoekerend organisme dat onverstoorbaar zijn cellen blijft delen. Gulzig als zijn makers, behangen met sierwerk, ongezond uitdijend als je het niet in toom weet te houden.

Hij reed door de periferie, de algkassen, de waterstofparken, de nutri-centra, de kweekreactoren van Mosa Meat.

Hij doorkruiste de noordelijke buitenwijken, aan zijn rechterhand de glazen villa's op het water, links de rode koepels van de filmgalerieën en erachter de negenhonderd meter lange, donkergrijze gevel van het Nucleair Instituut en het gigantische blauwe standbeeld van Shiva bij de toegangspoort, een uitvergroting van het origineel bij het CERN in Meyrin.

Na de tunnel onder de tweede stadsring nam hij de afslag naar links, hij veegde het adres in beeld dat hij gisteren had doorgekregen, van een nieuwe werkplek in een van de torens van het voormalige zakendistrict. Hij herinnerde zich de gebouwen van vroeger, als schimmen in de verte, die hij op heldere dagen vanuit hun appartement in de Oliewijk had zien liggen.

Het eindpunt van zijn route was het Noordplein, waar de entrees van verschillende hoog in de lucht reikende torens aan gelegen waren. Boven het plein gonsde het gezoem van over en weer vliegende drones, die pakketten kwamen afhalen of bij klanten afleverden. Met zijn fiets in de hand liep hij naar een stalling van schuin hangende, blauwgeschilderde golfplaten, waaronder de klassieke rode oplaadkasten waren neergezet, en oude fietsrekken eromheen.

Terwijl zijn fiets op slot klikte, liep hij naar de tien meter hoge, vooroverhellende glazen pui die de ingang vormde van een donkerblauw glanzende toren, het voormalige hoofdkantoor van Deloitte. Er liepen mensen in en uit, zongebruind, leeftijdsloos, gekleed in robuust geprinte shirts, vesten en broeken, die soepel om hun atletische lijven vielen. Sommigen waren kaal, sommigen hadden lange, bijeengebonden haren, anderen droegen weelderig golvende baarden, sommigen waren strak geschoren, velen van hen hadden een liggende acht op hun slaap getatoeeerd. En allemaal blaakten ze van een krachtige bloedsomloop en een rijke hydratatie, de zegeningen van een uitgebalanceerd dieet, regelmatige calorische restrictie en wat hulp van senolytica, c4t en Calico-cocktails.

Ze passeerden Cas rakelings, terwijl ze druk voor zich uit praatten en geconcentreerd voor zich uit keken, naar wat ze op hun netvlies geprojecteerd kregen.

'Als het om acht uur niet kan, een halfuurtje later,' zei een slanke man in een pastelgroene sherwani. Cas kon hem ternauwernood ontwijken.

'Vier keer is echt genoeg, haal haar maar van de lijst,' zuchtte een vrouw die met beide handen haar opgestoken haar aan het herschikken was. 'Zo leuk was ze ook weer niet.'

'Weet je zeker dat dat haar vriend was?' vroeg een man met zongeblonde dreadlocks, 'of was het *een* vriend?'

'Je hebt gelijk, ik hecht me nog te veel aan mijn versie van de werkelijkheid,' zei een kleine gespierde man in een donkerblauw, wijd om de hals vallend shirt. Rond zijn rechteroog was een ster getatoeëerd. 'Dat komt ook uit die angst van vroeger voort, denk je niet? Dat gevoel van onveiligheid…'

Cas had het niet eens meer door, dat al deze mensen hun vertrouwelijkheden in het openbaar deelden, net zomin als zijzelf doorhadden dat iedereen met hen mee zou kunnen luisteren. Het is een gevolg van de Implementatie waar we te weinig rekening mee hebben gehouden, denk ik weleens: in onze pogingen ze op alle vlakken van hun leven te ondersteunen om zich maximaal te ontplooien, hebben we ze ook iets ontnomen: elkaar. Ondanks alle verenigingen die ze oprichtten, alle coöperaties, al het gepraat over 'wij' en 'samen', ondanks alle feestelijke evenementen, alle stralende groepsportretten die ze op de platforms deelden, alle zorgvuldig georkestreerde ontmoetingen, bewaren ze hun meest intieme zielenroerselen voor degenen die ze het meest vertrouwden: ons. Een onafgebroken stroom geatomiseerde individuen, stuk voor stuk hunkerend naar een luisterend oor, zonder dat iemand naar een ander luisterde.

Nadat hij de entree was doorgelopen, belandde hij in een uitgestrekte hal, omringd door balustrades, als een oude koepelgevangenis. In het midden, vastgeknoopt aan twee tegenover elkaar liggende relingen, hing een groot beige doek waarop met wilde, rode verfstrepen WELKOM IN DE VOGELTOREN stond geschreven, een verwijzing naar de vorm van het gebouw, dat ter hoogte van de middelste etages in een lichte welving opbolt, daarboven weer versmalt, als de hals boven een romp, en op de allerhoogste etages geleidelijk verbreedt, het schuin oplopende dak eindigend in een uitstekende punt, als de snavel van een kraai die naar de hemel kijkt.

Toen hij de liften in het oog kreeg, versnelde hij zijn pas. Een ervan opende net zijn deuren. Tegen de mensenstroom in glipte hij naar binnen. De deuren sloten vrijwel onmiddellijk achter hem. De cabine zoefde omhoog. Nieuwsgierig keek hij om zich heen. Alle vier de liftwanden waren beplakt met lichtblauw behang, waarop van rood papier gevouwen snaveltjes waren geplakt. 'Welkom in de Vogeltoren,' mompelde hij, 'het handelsimperium is nu knutselparadijs.' De cabine minderde vaart. Het lampje bij nummer 23 knipte aan.

'Casimir!'

Nog voordat de liftdeuren helemaal waren geopend, hoorde hij de stem van Timo schallen. Die stond aan het eind van de gang, wiebelend op een oude bureaustoel, terwijl hij zich voorttrok aan een touw dat vlak boven de liften aan het plafond was vastgemaakt. Stralend keek hij Cas aan. 'We hebben net gevoetbald in de vergaderkamer, het is hier gigantisch!'

Enthousiast gaf Timo nog een extra ruk aan het touw, om zijn weg naar de liftdeuren te versnellen, waardoor een van de wieltjes overdwars draaide. De stoel wankelde vervaarlijk naar voren. Zwaaiend met zijn armen probeerde hij hem terug naar achteren te bewegen, een balanceeroefening die de onvermijdelijke val op de grond slechts met enkele seconden uitstelde. Precies op tijd sprong hij met een halve draai over de armleuning, net voordat de stoel luid tegen de muur smakte en dwars op de vloer viel. Een fractie van een seconde later landde hij met beide voeten keurig tegen elkaar geklemd, veerde soepel terug vanuit de knieën, en stak zijn beide handen omhoog, zijn borst vooruit, als de trotse afsluiting van een geslaagde turnoefening.

Tevreden grijnzend liep hij op Cas af, gaf hem een korte knuffel, draaide zich om, zijn ene arm nog om Cas' schouder geslagen, met de andere gebaarde hij theatraal in de richting van de gang. 'Moet je kijken, we zijn directeuren.'

Cas keek onderzoekend naar de verbleekte emmers en rafelige dozen die halverwege de gang op elkaar stonden gestapeld en de smoezelige matras die daarachter tegen de glazen wand leunde. Timo volgde zijn blik en zei vergoelijkend: 'Ja, we moeten het nog een beetje gladstrijken. Dat is Teuns ruimte daar, die maakt zeep van olijfolie.' Hij trok een veelbetekenende grimas. 'En wie weet wat-ie er nog allemaal meer in doet. Wil hij niks over zeggen. Maar het zit in die dozen.'

Onwillekeurig moest Cas grinniken, terwijl hij Timo zijdelings aankeek; de klep van diens rode petje omhooggeklapt, het slobberige Popgun-shirt dat hij zo vaak droeg dat de opdruk, het logo van het autonome muziekprogramma, bijna was weggevaagd, de strakgetrimde zwarte baard rond zijn volle, beweeglijke lippen, zijn ogen opengesperd in eeuwig enthousiasme. Natuurlijk had hij al met iedereen in de gang kennisgemaakt.

Ze werkten bijna twaalf jaar samen, voor de co-ops in de zuidelijke wijken van de stad. Allebei waren ze er gaandeweg ingerold, zoals dat bij veel kinderen van actieve leden gebeurt; in het begin werkten ze een paar uur met een verbouwklus mee, wat verven of panelen aan elkaar klikken, of ze gingen een dagje spitten in de moestuin, achter de kraam staan op de ruilbazaar, daarna was het een kleine stap om zelf in een commissie te gaan zitten. Cas en Timo hadden allebei voor de festivals gekozen; logisch, dat is voor de meeste jonge mensen de aantrekkelijkste keus. Elke co-op organiseert ze een paar keer per jaar, rond de eigen kerntaak. Er zijn festivals rond permacultuur, zorgpreventie, broodfondsen, micro-energie. En bouwen in de kringloop, de kerntaak van de co-op waar Cas' ouders lid van waren, net als die van Timo.

Ze hadden elkaar ontmoet op de eerste commissievergadering die ze bijwoonden. Cas was twintig, Timo negentien. Ze bleken al die tijd, sinds Cas naar de Hutongs was verhuisd, op twee straten afstand van elkaar te wonen. Timo kon het haast niet geloven. Hij kende iedereen in de buurt, bleef hij maar herhalen. Maar Cas stond niet te popelen om te bekennen dat hij jarenlang zelden buiten was geweest. Ze hielden het op een bizar toeval.

Ze waren tegengestelde karakters, in bijna alle opzichten. Dat is waarschijnlijk waarom ze goed konden samenwerken: Cas introvert en perfectionistisch, Timo uitbundig en altijd bevangen door een nieuwe ingeving. Het duurde niet lang voordat ze standaard als duo op een taak werden gezet. Het was precies in de periode dat de festivals uitgroeiden tot twee- of driedaagse evenementen, waarvan de muziek-, theater- en dansacts net zo belangrijk werden als de inhoudelijke programmering. En daar kwam heel wat extra logistiek bij kijken; meer iets voor de jongere garde, vonden de zittende commissieleden. Cas en Timo kregen er een dag in de week bij, vergoed en wel, en een paar jaar later nog een. Een benijdenswaardige positie voor twee jongens die hun ouders ontslagen hadden zien worden en sindsdien niets anders hadden gehoord dan dat het alleen nog maar slechter werd. Kennelijk was er toch een ontsnapping aan de neergang mogelijk.

En nu vond Timo de tijd rijp om een eigen werkplek te gaan betrekken. Trots keek hij Cas aan. 'Kom, ik laat je onze kamer zien!' Hij trok hem mee de gang in, naar de glazen deur die tegenover de dozen vol mysterieuze zeepingrediënten openstond.

Cas knipperde met zijn ogen toen hij de kamer binnenliep. De hele achterwand was van glas en overlaadde de ruimte met zonlicht. Aangetrokken door het uitzicht drukte hij zijn neus tegen het raam, alsof hij zich ervan wilde vergewissen dat er nog een barrière was tussen de plek waar hij stond en de verre val naar beneden. Huizenblokken, de groene strepen van de parken, de weerspiegeling van de zonnepanelen, de wereld in miniatuurformaat aan zijn voeten.

'Hier!' Achter hem was Timo naar de linkerhoek van de ruimte gelopen. 'Twee werktafels. Stonden er nog gewoon.' Cas draaide zich om. Op het bureau aan de linkerkant stonden twee waterflessen, een bakje druiven, een pot erwtenscheutmayonaise en een ukelele zonder snaren. Het andere bureau, aan de rechterkant, was kennelijk voor hem bedoeld. Het was nog helemaal leeg en keek uit op een vlekkeloos witte muur; de prettigste achtergrond voor langdurige lensprojecties.

'Kijk eens aan, daar staan ze hoor!' klonk een fluwelen, zangerige vrouwenstem achter hen. Ze draaiden zich om. Een stralende jonge vrouw met opgestoken, zwart kroeshaar liep kwiek de kamer binnen. Ze wisselde een blik van verstandhouding met Timo en wendde zich toen tot Cas, met een brede, innemende glimlach.

'Ik ben Nora,' zei ze, terwijl ze haar hand uitstak. Haar volmaakt egale, lichtbruine huid stak af bij het lange, slobberige witte shirt dat tot ver over haar heupen reikte. 'Namasté,' voegde ze er vrolijk aan toe, terwijl ze haar handen kort bij elkaar bracht. 'Zo, wat leuk je te ontmoeten, Cas. Timo heeft al veel over je verteld.'

Cas knikte bedeesd. Hij wist nooit helemaal zeker of dat een goed teken was.

Ze draaide zich naar de hoek waar Timo inmiddels op tafel was gaan zitten. 'Gaan jullie zo mee lunchen? We halen even wat bij de markt hier beneden. Ik zit de hele ochtend al naar Jerry's Chapulines te smachten.' Ze zakte even door de knieën bij die laatste woorden.

'Ja, perfect.' Timo bungelde met zijn benen, pakte een druif uit het bakje naast hem, gooide die in een boog naar Nora's mond. 'Vangen.'

Soepel hapte ze hem uit de lucht. 'Mmm.' Ze keek hem nog even lachend aan, terwijl ze de kamer uitliep.

Met een kleine zet van zijn armen hupte Timo van de tafel af en volgde Nora de gang op. 'Kom je?' vroeg hij toen hij al de hoek om was.

Cas gaf een onzichtbaar knikje, liep nog even terug naar het raam, staarde naar het weidse uitzicht en keek op de hoofden van de in- en uitlopende mensen neer. Als mieren krioelden ze over het zonovergoten plein.

'Zou je erdoor veranderen, denk je?' vroeg hij.

'Waardoor?'

'Zo'n uitzicht.'
'Dat je zo ver op de omgeving uit kan kijken, bedoel je?'
'Ja. Nee... Naar beneden,' zei hij, met zijn voorhoofd tegen het raam gedrukt. 'Iedereen zo klein. Als je hier iedere dag werkt. Dan ga je toch anders naar de wereld kijken, denk je niet?'
'Hoe dan?'
'Ik weet niet... Machtiger.'
Op het moment dat hij dit zei, meende ik dat zijn uitspraak met zijn moeder te maken had. Die had nog weleens verteld over de bedrijven waarvoor ze had gewerkt, precies het soort bedrijven die gevestigd waren in het district waarin hij zich nu bevond. 'Die gladjakkers in hun pakken en hun mantelpakjes', had ze hen genoemd. En: 'zelfvoldane parasieten'. Mijn excuses voor deze haatdragende termen, ik herhaal ze hier slechts voor de duidelijkheid. Ze doelde hoogstwaarschijnlijk op een financiële elite die steeds meer van de gewone bevolking was vervreemd en te laat oog had gekregen voor de risico's die buitensporige inkomensongelijkheid met zich meebrengt voor het voortbestaan van een voor iedereen toegankelijke vrijemarkteconomie.
'Ken je Walter Reuther?' vroeg ik daarom.
Hij keek verbaasd op en schudde met zijn hoofd. 'Nee, nog nooit van gehoord.'
'Je bent niet de enige hoor. Walter Reuther was de leider van een van de grootste vakbonden in Amerika, ergens in de jaren 1950. Hij onderhandelde met de fabriekseigenaren en andere werkgevers voor betere arbeidsomstandigheden. Op een dag werd hij rondgeleid in een autofabriek, door de eigenaar, of de manager, sommigen beweren dat het Henry Ford junior was, maar dat valt niet meer met zekerheid vast te stellen. En dat heeft ook verder geen consequenties voor dit verhaal.'

Hij knikte geamuseerd. 'Oké...'
'Het gaat erom dat deze Walter Reuther met *een* eigenaar van een autofabriek over de fabrieksvloer liep, en dat heeft hoogstwaarschijnlijk toch werkelijk zo plaatsgevonden. Als dat niet met Ford was, doet dat niets af aan de betrouwbaarheid van deze anekdote, die van Reuther zelf afkomstig is. Het zou trouwens ook heel goed een bedrijfsleider kunnen zijn geweest van een van Fords filialen...'
'Jaja, ik snap het.'
'Enfin, ze liepen een enorme hal binnen, die vol stond met lopende banden en machines die onderdelen aan motoren bevestigden, werk waar normaal gesproken honderden en honderden arbeiders voor nodig zouden zijn geweest.
"Zo, Walter," zei die bedrijfsleider tegen hem, en hij wees op al die machines die in de hal stonden, "hoe ga je hen lid maken van je vakbond?"
Walter Reuther keek hem onbewogen aan en vroeg: "Hoe ga je aan hen auto's verkopen?"'

Als mijn inschatting juist was geweest, en zijn opmerking inderdaad had gerefereerd aan de groeiende economische ongelijkheid die uiteindelijk tot de ineenstorting van het oude systeem heeft geleid, was het een zeer treffende anekdote.

Maar hij had geen flauw idee waar ik het over had. Een paar seconden bleef hij glazig in de verte kijken. Daarna haalde hij zijn schouders op, draaide zich om en liep de gang in, Timo en Nora achterna.

Ze lunchten die middag in de tuin van de Vogeltoren, zoals iedereen die er werkte het gebouw noemde. Op kleine klapstoelen zaten ze aan een hoek van een kronkelig geprinte tafel, een project van een meubelmaker die op de zestiende verdieping werkte; om tafelbladen te printen in de vorm van de eikenbladeren die hij in de tuin had gevonden.

Ze zaten dicht op elkaar. De tuin was afgeladen. Het was de eerste dag in januari dat ze zonder jas buiten konden zitten. Ook al zijn de winters korter geworden, dat blijven ze bijzonder vinden. Met borden en glazen in de hand wurmden de mensen zich langs elkaar. Het waren vooral leden van verschillende co-ops in de stad die het pand gebruikten, maar op de onderste etages waren er ook werkplaatsen beschikbaar gesteld voor ambachtsbedrijven, zolang ze maar kleinschalig waren en deel uitmaakten van de Kringloop.

Cas zat aan het uiteinde van een afgebroken uitsteeksel van het tafelblad. Links van hem zat Timo, rechts van hem Nora, beiden naar elkaar toe gebogen, zodat ze geen woord hoefden te missen van wat de ander zei. Na de eerste vrolijke kwinkslagen gingen hun opmerkingen steeds sneller over en weer, terwijl ze elkaar met lichtjes in de ogen aankeken. Nora plaagde Timo met het vetbultje in zijn hals en deelde haar vermoeden dat hij zich daar was vergeten te wassen. Timo vroeg of er weleens vogeltjes waren die Nora's haar voor hun nest aanzagen.

Er is altijd een omslagpunt tijdens een eerste ontmoeting, waarop het uitdagen en plagen niet meer enerverend is, maar eentonig en zelfs negatief kan uitpakken. Wanneer die omslag precies plaatsvindt valt niet volgens een vaste methodiek te bepalen. Er zijn te veel factoren die er een rol in spelen en bij elke persoon liggen die weer anders. Louter door jarenlange training hebben we daar enige sensitiviteit in kunnen ontwikkelen, een equivalent van wat ze intuïtie noemen. Timo bezat die van nature, vermoed ik. Ik heb er altijd met verbazing naar gekeken.

Ook nu kapte hij het gesprek met Nora vrij abrupt af, op een heel vriendelijke manier overigens, door de tafel rond te kijken en te vragen of iemand nog wat te drinken wilde. Een kort moment leek Nora wat uit het veld geslagen. Daarna knikte ze. 'Ik heb wel zin in een bietenshake.'

Vragend keek Timo naar Cas' lege glas. 'Nog zo een?'

Cas knikte.

Met zijn vingers rond de lege glazen geklemd kuierde hij naar de kraam in de hoek van de tuin. Nora keek hem geïntrigeerd na, draaide zich toen naar Cas. 'Jullie zijn al lang vrienden, hè?'

'Ja,' antwoordde Cas een beetje onwennig. Hij had al een tijd niks meer gezegd. 'Vanaf ons eh... twintigste, denk ik.'

'Kun je merken,' zei Nora.

'Ja? Hoe dan?'

'Nou, hoe jullie zo vanzelfsprekend naast elkaar zitten, elkaar lekker de ruimte geven. Timo lekker op dreef, jij een beetje bedachtzaam. Ik zie jullie helemaal voor me als jonge gastjes. Schattig.' Ze deelde weer een van haar stralende glimlachen uit.

Cas knikte vriendelijk terug. Daar kwam Timo alweer, met twee glazen wierbier behendig tussen de vingers van zijn ene hand geklemd, een mok bietenshake in de andere.

'Dat wierbier heeft een lekker pittige *bite*, hè,' zei hij tegen Cas, terwijl hij weer ging zitten. 'Komt door het zout, alsof je een shotje tequila neemt.' En terwijl hij de mok naar Nora schoof trok hij een vies gezicht. 'Maar die bietenshake! Je kan net zo goed een hap aarde eten!'

Nora keek geamuseerd op. 'Nou, voor mij tien keer liever dat dan die zilte troep van jullie. Weet je dat ik er bij Jibran laatst een heb verwisseld met een glas zeewater?' Ze legde haar hand even op Timo's onderarm. 'Ongefilterd hè!'

'Niet!' riep Timo lachend uit.

'Toch wel, toch wel,' knikte ze. 'Hij had niks door, tot ik het hem vertelde.'

'En toen?'

Nora haalde haar schouders op. 'Niks natuurlijk. Hoezo?'

Timo schudde ongelovig zijn hoofd. 'Daar kom je echt alleen mee weg omdat je een mooi meisje bent.'

Nora keek hem met half toegeknepen ogen aan. 'Vind je mij mooi?'

'Ik vind je prachtig.'

Ze vlijde zich tegen haar stoelleuning aan en tuitte laconiek haar lippen. 'In mijn wereld is iedereen zo.'

'Hoe?' vroeg Timo.

'Gewoon...' Weer die beweging van haar schouders. 'Goed gelukt.'

Cas hoorde het gesprek zwijgend aan en keek om zich heen, hoe de mensen aan de kronkelige tafels dicht op elkaar gepropt zaten te eten, te lachen, levendig te converseren, met blozende gezichten, afgetrainde lijven, een biotoop van oogverblindend evolutionair voordeel, een broedplaats van geslaagde genetische correcties. Hij speurde de tafels af, op zoek naar iemand die uit de toon viel, iemand die stil was, in gedachten verzonken, of zomaar voor zich uit zat te staren. Iemand die te dik was, iemand met knokige schouders, iemand met een vale huid, uitvallend haar, iemand met verdriet in de ogen.

Goed gelukt. Hij bleef de term sarcastisch herhalen, dagen later nog. Hij mompelde de woorden op de terugweg naar huis, toen hij voorbij de derde stadsring fietste en een rood aangelopen vrouw in haar badjas op het fietspad zag schreeuwen tegen een klein verwaarloosd hondje dat ze aangelijnd met zich meetrok, alsof het beestje enig benul had wat het goed of fout had gedaan, alsof het zijn impulsen had kunnen controleren.

'Goed gelukt,' prevelde hij, toen hij door de witte woonblokken van de Sheridawijk fietste, langs eindeloze rijen opgedeelde kamers, waar de bewoners niet eens meer de moeite nemen om de gordijnen dicht te trekken, hun grote plompe lichamen hangend op een bed of op een bank, met holle ogen voor zich uit starend naar wat er zich ook maar op hun lenzen voltrekt.

Goed gelukt: alsof het om een taart ging, of een pastasaus. Hij bleef maar denken aan de tegenhangers; aangekoekt, aangebakken, oneetbaar; liefst kieperde je ze op de composthoop.

Waarom hij van één zo'n opmerking zo onder de indruk was, heb ik toen al proberen na te gaan. Een voor de hand liggende verklaring was dat zijn onzekerheid erdoor gevoed werd, het gevoel dat hem plaagde, een buitenstaander te zijn in een wereld die verder louter bestond uit mensen die hun plek erin al lang en breed gevonden hadden.

Maar er was nog een andere factor die vermoedelijk heeft meegespeeld. Althans, daar lijkt zijn gedrag van die avond op te wijzen. Toen hij thuis was gekomen, zijn fiets tegen de schutting had neergezet en hij de keuken binnenliep, dwaalde hij een aantal minuten rusteloos door het huis, de woonkamer in, de gang heen en weer, tot hij uit de kast onder de trap een doos van de onderste plank pakte en die op de keukentafel zette. Hij bewaarde er een stapel schrijfpapier in en een slanke zwarte pen.

Twee maanden geleden had hij ze tussen de panelen en houten planken gevonden in een huis waar zijn vader aan het verbouwen was, de vellen papier verspreid over de grond, de pen in de vensterbank, een authentiek exemplaar, waarvan het reservoir in het binnenste van de pen nog inkt bleek af te geven.

'O dat,' had zijn vader geantwoord, toen hij had gevraagd wat het was. 'Oude troep, ruim maar even op als je wil.'

Hij had de vellen op elkaar gelegd en losjes opgerold, de pen in zijn zak gestoken en ze naar huis meegenomen.

Hij had nooit geleerd om met de hand te schrijven. Er waren instructievideo's van jonge mensen die het bij wijze van obscure bezigheid hadden herontdekt en hun liefde voor oude handschriften op de platforms deelden.

Eerst bibberig, maar al snel met een zekere souplesse kopieerde hij de lussen en haken en poten, alsof hij ornamenten aanbracht in een printontwerp. Maar de wetenschap dat deze primitieve tekenen dezelfde woorden representeerden die hij nog dagelijks uitsprak, bracht een bijzondere sensatie teweeg, een soort spiegeling van zijn gedachten, die hij met enige vertraging vorm zag krijgen op het papier dat voor hem lag. Het was misschien vergelijkbaar met de ondertiteling die ik op verzoek in beeld kon brengen. Met dit verschil dat hij hier zelf een handeling voor moest uitvoeren, dat de neuronen die in zijn brein een gedachte vormden, via de zenuwen van zijn nek, armen en vingers de krabbels op het papier aanstuurden. Het zorgde voor een vorm van reflectie die lichamelijker was, vermoed ik, meditatiever wellicht. Maar waar meditaties er juist op gericht zijn om de beoefenaars van hun gedachten los te laten komen, leek deze oefening hem dieper in ze te laten wegzinken, als een archeoloog die laag voor laag in de aarde afdaalt op zoek naar nieuwe betekenissen.

Het was geen dagelijkse exercitie, hoogstens één of twee keer per week, maar het leek me hoe dan ook een positieve ontwikkeling, een gezond tegenwicht voor de uren die hij in simulaties doorbracht.

Dat het geschreven woord, zo simpel en statisch als het lijkt, een veel verder strekkende interactieve werking kan hebben dan de meest overweldigende virtuele ervaring, daar had ik me toen nog niet eens rekenschap van gegeven.

De teksten waar het me in dit verband om gaat, hebben iets weg van een dagboek, persoonlijke herinneringen die hij vastlegde, soms met het doel ze te verwerken en ze zo tot rust te brengen, soms juist vanuit het verlangen om de gebeurtenissen te herbeleven. Soms leek het alsof hij een brief schreef, in de zin dat hij zich tot een zekere persoon richtte. Maar ik vraag me af of hij ooit werkelijk van plan is geweest haar de teksten te laten lezen.

Die avond na zijn eerste bezoek aan de Vogeltoren ging hij zitten aan de keukentafel, pakte een leeg vel papier van de stapel en begon te schrijven. Ik geef de tekst hier volledig weer.

Ik herinner me alles nog. Ik weet het nog precies. Het korte groene broekjurkje dat je droeg, die eerste keer dat ik je zag. Je benen. Hoe lang ze waren. Zoals de poppen van mijn zus vroeger. Die barbies. Zo zagen je benen eruit. Ik zweer het je. Lang en glad en perfect. Je hele lichaam was zoals je benen.

Ik weet nog hoe je lachte, naar mij, naar iedereen op het festival die een pasteitje bij je kwam halen. Of gewoon langsliep.

Lief keek je, naar iedereen. Maar je was ergens anders met je hoofd. In jezelf gekeerd.
Jij herinnert je niets meer. Dat zei je later. Je wist er niets meer van, dat we even praatten, aan het begin van de avond, toen het licht van de lampions tussen de bomen alles sprookjesachtig maakte. Ik had nog niet gegeten en bij alle kraampjes was alles al op. Jij had nog een pasteitje over. Met boontjes en lof. Je stak het me toe en ik at het op de kruk die achter de kraam stond.
De keer erna herinnerde je je ook niet. Die avond dat ik je achternarende, op het feest voor alle vrijwilligers. Het bestuur stond op het podium en bedankte iedereen die had meegeholpen. Met een kleine toespraak en wat plagerijen. Iedereen een applausje. En ik zat te twijfelen of jij hetzelfde meisje was van de vorige keer. Dat zo stralend had gelachen achter de kraam. Want je zag er anders uit. Vermoeider. Ik keek af en toe van de zijkant naar je, om te zien of je zou reageren op een naam die ze noemden. Maar je bleef strak voor je uit staren. Onbewogen. Dus vroeg ik het maar, wat je had gedaan voor het festival dat seizoen.
'Klappen,' zei je, terwijl er voor de volgende vrijwilliger applaus werd gevraagd.

De vrouw die hij hier beschrijft, misschien is het goed om dat hier te vermelden, is Menne Portrier, die inderdaad meerdere keren voor evenementen van de zuidelijke co-ops de catering heeft gedaan. Ze was opgeleid tot architect, een van de weinige professies waar nog veel vraag naar is, maar vanwege haar depressies was ze cateringklussen gaan doen, waar ze aanzienlijk minder stress van ondervond. Ze was single, en erg actief op We-Connect.

Cas had zijn tegenhanger gevonden, zou je kunnen zeggen: iemand die net zozeer als hij geneigd was om romantische toenaderingen virtueel te houden en werkelijk contact te vermijden. Het maakte onstuimige verlangens in hem los. Maandenlang bleef hij controleren of ze inmiddels toch iets van zich had laten weten, volgde hij op haar profiel wat ze aan het doen was – want ze had natuurlijk niet op de uitnodiging gereageerd die hij haar na het bewuste vrijwilligersfeest had gestuurd.

Pas een halfjaar later, toen hij haar eindelijk vergeten leek te zijn, stuurde ze ineens een bericht. Uit het niets, zo leek het, maar dat was niet helemaal het geval: zonder het door te hebben had hij haar op de uitnodigingslijst gezet voor de zomereditie van het festival, de grootste van het jaar, onder het motto 'We bouwen verder'. De woorden verschenen bovenaan in beeld, in vrolijke, rood-witte letters, die na een paar seconden over elkaar heen schoven, om gezamenlijk het logo van het festival te vormen.

Kennelijk dacht ze dat hij haar vanwege haar opleiding had benaderd. Ze stuurde een vriendelijk bericht terug, dat ze helaas niet kon, maar altijd in was voor een drankje. Cas had op zijn beurt al zo lang op een dergelijk bericht van haar gehoopt dat hij uiterst summier reageerde. En dat wekte haar interesse, meer dan zijn toeschietelijkheid dat had gedaan. Zoals ik al zei: de twee waren aan elkaar gewaagd, als bindingsangst een sport zou zijn.

Ze vroeg of hij zin had om een fietstocht te maken door het merengebied boven de stad. Het was midden in de zomer.

Het waren zijn herinneringen aan deze dag die hij onmiddellijk na de net getoonde passages opschreef.

Het was zo heet dat ik dacht dat je op het laatste moment af zou zeggen. Maar je stond er, op de afgesproken plek aan de kade. Een strooien hoed met een koord onder je kin. Als de wind hem van je hoofd blies, bleef hij om je nek hangen, zei je vrolijk. Je was een tijdlang niet zo vrolijk geweest, vertelde je.

We stapten vier of vijf keer af om een duik te nemen, als er een geschikte inham was. Eén keer liepen we de struiken door en zagen we een man en vrouw, naakt, hij tussen haar gespreide benen, ongegeneerd met elkaar vrijen. We lachten en liepen terug, fietsten weer door.

Elke keer als we afstapten deed je de top van je bikini opnieuw aan. Je friemelde hem onder de bandjes van je jurk, die je daarna op de grond liet vallen. Je voeten licht uit elkaar, voorzichtig over de gladde stenen, liep je het water in. Langzaam, met je armen gespreid, om je evenwicht te bewaren.

Na het zwemmen pakte je een boek uit je tas. Een papieren boek. Ik ben de titel vergeten. Je hield van de geur, een beetje muf, en hoe de pagina's voelen als je er met je vingers langs gaat.

Het ging vanzelf die dag. Alles ging vanzelf. Je vroeg of ik meeging naar je huis, om wat te eten. We aten in het raamkozijn, tegenover elkaar, één been binnen, één been buiten. De groenten waren taai, te lang gegrild, de courgette was zwartgeblakerd, de paddenstoelen bruine keutels. Ik kreeg ze nauwelijks weg, het duurde eindeloos, mijn stomme gekauw.

Jij was al op de bank gaan zitten, liggen eigenlijk. Een oude kreukelige leren bank, die bij een vorige eigenaar, lang geleden, het bed van een Engelse buldog was geweest. Ik wilde naast je gaan zitten, maar ik zat nog in die verdomde vensterbank. Te kauwen. En jij steeds verder opgekruld en met je hoofd op je armen en af en toe keek je mijn kant op, met die ronde ogen, die ik nog steeds voor me zie als ik de mijne dichtdoe.

Ik moest wat doen, ik voelde het aan alles. Anders was het moment voorbij. Ik sloop naar je toe, voorzichtig, niet te opvallend, ik zakte op mijn knieën en ik streek je over je wang. Ik veegde een lok achter je oor en ik boog naar je toe, zoende je op je lippen. Je zoende terug, heel loom, alsof je half in slaap was. Ik kroop naast je op de bank, in een krappe hoek gepropt, ik wilde je niet wegduwen, ik wilde niets doen wat het moment zou verpesten. En toen schurkte je met je rug en je billen tegen me aan. Ik streelde je over je arm. Je liet het over je heen komen, zoals een kat niet per se doorheeft wie hem precies aait.

En je draaide je om en je legde je hoofd op mijn borst. Ik liet mijn hand over je rug gaan, streelde over je wervels naar beneden, tot ik bij je heupen was. Tussen de split van je jurk liet ik hem glippen. Over je billen. Je huid was zo zacht daar, zo warm. En ik wilde je niet opschrikken, niet te snel gaan. Ik dacht aan wat ik ooit iemand heb horen vertellen, ik weet niet meer precies wie, dat het spannender is om niet meteen alles in één keer te willen. Dat mannen altijd diezelfde fout maken. Maar dat een vrouw nog veel meer naar je gaat verlangen als je het kleiner houdt de eerste nacht, alleen je armen, je buik, je schouder.

Dus ik aarzelde, toen ik het elastiek van je slipje voelde, het zachte borsteltje van je schaamhaartjes. Ik aarzelde, ik trok me terug, richtte me weer op het strelen van je buik. Als ik het goed zou spelen, mijn hoofd koel zou houden, zou de rest vanzelf komen.

Later die avond, toen ik terug naar huis liep, stond mijn balzak zo strak dat het pijn deed, alsof-ie tegen me wilde zeggen: er is ook zoiets als doorpakken, klootzak, de kans grijpen als die zich voordoet.

Mijn god, wat had ik graag met je willen neuken die nacht.

Ik heb dit altijd het moeilijkst gevonden om te begrijpen: dat juist op de momenten dat een nieuwe liefde in zijn leven kwam, een werkelijke kans op geluk, hij zich leek te verschansen achter de herinneringen aan voorbije bevliegingen, de sporen van mislukte romances naging, teruggreep naar alle toenaderingen die in de kiem waren gesmoord.

Was dat wat het geflirt tussen Nora en Timo in hem had opgeroepen: het verlangen naar de verrukkelijke onrust die zulke prille ontmoetingen los kunnen maken? De tergende, maar verslavende onzekerheid, of er wat zal gebeuren of niet. Het spel van aantrekken en afstoten, dat sommigen tot in de finesses beheersen, en waar hij zich altijd met een gevoel van machteloosheid aan heeft gewaagd.

Waarom was dat bevredigender dan de nabijheid van een vrouw die hem werkelijk liefde te geven had? Waarom bleven de hooghartige uitspraken van Nora, die overigens niets dan branie waren, in zijn hoofd spoken? Waarom dacht hij aan de ongenaakbare Menne, en niet aan Lies, die hem diezelfde ochtend nog met zoveel aandacht en warmte had bejegend? Verwarde hij passie met onvervuld verlangen? Verkoos hij frustratie boven bereikbare liefde? Of dekte hij zich alvast in? Nam hij een voorschot op de mislukking? Vond hij het een geruststellende gedachte: dat het toch niet uit zou maken wat hij deed, of wat hij niet deed?

Het bleef warm tot het einde van de maand. Opmerkelijk, hoe ze daar telkens weer enthousiast over kunnen zijn, alsof ze de keerzijde niet kennen, de rijzende zee, de duinversterkingen, de zomerse droogtes, bosbranden, misoogsten, de stortregens in de vroege herfst, de evacuaties van Guangzhou, Miami en Jakarta, de orkanen, de buiten hun oevers tredende rivieren.

Als de bedreigingen hen niet persoonlijk raken, is het moeilijk voor ze om geschokt te blijven, om na een paar minuten niet weer tot de orde van de dag over te gaan. En er waren vroeger toch ook wel branden en overstromingen geweest. Zolang de twijfels die werden gezaaid over de oorzaken nog enigszins plausibel hadden geklonken, klampten velen zich liever aan de onbestemdheid van het noodlot vast dan dat ze een crisis erkenden die drastische maatregelen vergde. En die waren voor geen van hen aangenaam. Het heeft geen zin hun geheugen telkens op te frissen, ze elke keer opnieuw te alarmeren. Het werkt zelfs averechts. Beter is het om ze ongemerkt in toom te houden.

Die laatste week van januari liep de temperatuur op tot zestien graden. Cas en Timo installeerden zich op hun kamer in de Vogeltoren. Met Nora, Teun en hun andere ganggenoten lunchten ze 's middags in de tuin, hun ellebogen leunend op het gewelfde tafelblad, hun truien over de leuningen van de stalen stoeltjes. Ze vertelden over hun eerste liefdes, hun meest gênante dates; wie weleens had geprobeerd om zijn foto's op We-Connect te *faken*, wie Calico-cocktails gebruikte en wie weleens C4T had geïnjecteerd.

'Niet voor mijn organen, wel voor mijn huid,' bekende Teun, de zeepmaker.

'De huid ís een orgaan, lieverd,' zei Nora, die schuin tegenover Teun was gaan zitten. 'Het grootste orgaan van het menselijk lichaam.' Cas en Timo knikten.

'Ik had vroeger zo'n spierwitte huid die meteen in de zon verbrandde,' ging Teun verder. Hij tikte op zijn hoofd. 'Rossig haar hè.' Hij stroopte de mouwen van zijn shirt omhoog, liet zijn onderarmen zien, volmaakt egaal gebruind.

'Mooi,' zei Timo. De rest mompelde instemmend.

'Ik heb het gehad toen ik dertien of veertien was,' zei Cas. 'Toen had ik de ziekte van Pfeiffer.'

Hij sloeg zijn ogen op en zag dat iedereen aan tafel hem verbaasd zat aan te kijken.

'Ben jij ziek geweest?' vroeg Timo met grote ogen.

'Ja, even,' antwoordde Cas, 'een week of twee. Of drie. Toen kreeg ik de injectie en was het eigenlijk meteen voorbij.'

'Maar jouw ouders zijn toch niet van die…' Nora zocht naar de juiste woorden, die aanstootgevend zouden zijn. 'Ehm.. er is toch zo'n beweging die dat allemaal niet wil, die alle preventie afslaat… zo'n sekte… ze zijn ook tegen de Gena's…'

'Ja.' Timo knipte met zijn vingers. 'Hoe heten ze nou…'

'Nee hoor,' zei Cas snel, om ervan af te zijn. 'Mijn ouders zijn helemaal één met de Implementatie.' Hij grinnikte. 'M'n pa al helemaal. En pfeiffer is gewoon een virus. Kunnen jullie allemaal ook krijgen.'

Timo trok een vies gezicht. 'Ik dacht het niet, vriend!'

Nora legde haar hand even op Cas' pols. Hij keek haar verrast aan. De rest leek na zijn bekentenis instinctief wat verder van hem te zijn afgeschoven.

'Hoe was dat, om ziek te zijn?'

'Eh, ja...' Cas dacht even na. 'Het is alweer zo lang geleden. Ik lag gewoon op bed, geloof ik.'

Nora knikte invoelend.

Op dat moment baande vanuit de opengeschoven glazen wanden, die vanuit de hal toegang tot de tuin gaven, een lange, brede man zich een weg tussen de op elkaar gepropte rijen voor de eetstalletjes en het gedrang rond de tafels, zonder dat hij anderen daarbij tot last leek te zijn, alsof zijn postuur slechts een virtueel omhulsel was en hij in werkelijkheid lang niet zoveel ruimte innam.

Rustig liep hij op de tafel af waar Cas en Timo en hun ganggenoten zaten, en waar het gesprek inmiddels was overgegaan op de erotiserende werking van dansmeditatie. 'Echt, als je je ego opzij hebt gezet en je je helemaal aan je lichaam hebt overgegeven...' was Nora net aan het vertellen, toen Teun, die tegenover haar zat, de naderende gestalte gewaarwerd, onmiddellijk zijn stoel naar achteren schoof en naar hem toe liep. 'Kamal!' riep hij. 'Goed je te zien, man.' Hij ging op zijn tenen staan om de bedachtzaam bewegende reus een knuffel te geven. 'Alles komt in orde, weet ik zeker.'

Met een droeve glimlach knikte Kamal hem toe. Inmiddels was de helft van de mensen aan tafel opgestaan en naar hem toe gelopen. 'Niet leuk, Kamal,' verzuchtte Nora, 'lukt het je een beetje om het te configureren?'

'Ja, ja, ik geloof het wel,' antwoordde hij voorzichtig, 'ik heb die eerste woede wel echt omgezet.'

'Knap,' vond Nora.

'Klonk behoorlijk kut,' voegde Jibran eraan toe, 'en je had al zoveel om mee te dealen.'

Timo liep als laatste naar Kamal toe. Hij gaf hem zijn amicale handdruk, de duimen verstrengeld, en keek met een ernstige blik naar hem op: 'Hé man, ik ken je nog niet maar je lijkt me iemand die shit kan oplossen, als je daar hulp bij wil...' Timo sloeg kort met zijn rechterhand op zijn borst. 'Let me know.'

Cas was aan de tafel blijven zitten. Toen Nora weer naast hem zat, vroeg hij zachtjes: 'Wat is er met hem gebeurd?'

'Weten we niet,' antwoordde Nora, 'hij zei dat hij dat niet kan vertellen.'

Cas keek haar niet-begrijpend aan. 'Maar hoe weet iedereen dan...'

'Kamal vertelde op We-Connect dat er iets ergs was gebeurd, dat hij helemaal kapot was, maar dat hij niet kon zeggen wat precies.'

Cas keek met een schuine blik naar Kamal, die inmiddels van Sheila een knuffel kreeg, en wendde zich weer tot Nora. 'Maar is het iets met zijn gezondheid, of zijn familie? Het klinkt nogal ernstig.'

'Nee, dat niet, geloof ik,' zei Nora. 'Ik weet het ook niet precies.'

'Doet er toch ook niet toe,' zei Timo, die tegenover hen was gaan zitten en kritisch naar hem fronste.

'Nou ja...' Cas dacht even na. 'Het maakt toch wel uit, of zijn moeder dood is, of dat-ie zijn huis uit moet?'

Timo keek hem onbewogen aan. 'Vind je?'

Cas hief verbaasd zijn hoofd op. 'Ja. Het is toch raar om te zeggen dat je iets zo erg vindt als je niet weet wat?'

'Waarom?' Timo haalde zijn schouders op. 'We maken toch allemaal dit soort dingen mee?'

Cas schudde meewarig zijn hoofd.

'Hoor je liever alleen blije berichten, Cas?'
Cas deinsde even terug. 'Nee, natuurlijk niet.'
Timo draaide zich intussen om, toen hij merkte dat Kamal achter hem langs liep. 'Als je zin hebt om volgende week naar het festival in Oost te komen,' zei hij tegen hem, 'laat het weten, zet ik je op de lijst.'
Kamal keek hem even aan. 'Dank je, misschien wel goed, ja, om weer eens onder de mensen te komen.'
Timo had zijn oortje al in, maakte wat vegende bewegingen. 'Gefikst!' lachte hij Kamal toe.
Nora knikte. 'Positief zijn voor elkaar, zo lossen we dingen op.'
Cas zakte verder achterover, richtte zijn blik naar zijn knieën en zei niks meer, tot iedereen weer naar binnen was gegaan.

Later die middag zaten hij en Timo op hun kamer, met de ruggen naar elkaar toe, zoals ze altijd zaten. Maar de kleine opmerkingen tussendoor, over een vrouw die ze hadden ontmoet, of een act die ze hadden ontdekt, bleven dit keer achterwege. Timo zat met zijn gezicht naar de muur geconcentreerd in de lucht te vegen, Cas zat onderuitgezakt naar nieuwsberichten te kijken – koning William was op staatsbezoek, Quinesha3# had een tweeling gekregen, voor beiden felicitaties alom – en zat onderwijl te broeden op wat er net gebeurd was. Hij kon die dingen slecht loslaten. Dagen later kwam hij soms nog terug op iets in een gesprek wat hem had dwarsgezeten. Timo had waarschijnlijk geen moment meer aan hun woordenwisseling teruggedacht. Fluitend stond hij op en slenterde de kamer uit. Even later hoorde Cas hem aan het eind van de gang jolig met Jibran praten.

Hij stond op van zijn stoel, sloot de deur van de kamer en liep naar het raam. 'Snap jij dat nou?'

'Wat bedoel je?'
'Hoe dat ging net. In de tuin. Met Kamal en zijn problemen.'
'Hoe vond je dat zelf gaan?'
'Ja, nou ja, dat was toch raar. Dat vond jij toch ook?'
'We moeten allemaal elkaars privacy respecteren, Cas.'
'Ha!' Hij lachte schamper.
'We doen ons uiterste best om zorgvuldig met je gegevens...'
'Jaja,' onderbrak hij me, 'ik ken je disclaimer. Maar die jongen zet toch zelf op We-Connect dat het slecht met hem gaat!'
'En geeft dat jou het recht om meer te weten dan hij los wil laten?'
'Nee. Natuurlijk niet. Maar iedereen reageerde zo, zo...'
'Empathisch?'
'Nee! Nou ja... ook wel natuurlijk...'
'Had jij ook een knuffel willen krijgen?'
Hij schoot in de lach, heel even, maar kreeg meteen daarna weer iets ernstigs in zijn blik. 'Ik bedoel de manier waarop ze... zo automatisch reageren allemaal... Zonder dat ze doorvragen.'
'Waarom zou je niet op Kamals oprechtheid vertrouwen? Je kon toch zien dat hij verdrietig was?'
'Kamal geloof ik wel. Ik geloof de rest niet.'
'Waarom zou je zo focussen op het gedrag van anderen? Zolang je eigen reactie maar oprecht is.'
Hij was even stil, staarde naar de roze gloed waarmee de aarde zich van de zon afkeerde en liep terug naar zijn bureau. 'Ja,' zei hij, 'dat is zo. Dat weet ik ook wel.' Hij zuchtte. 'Maar het klopt ook weer niet. Toch? Iets klopt er niet. Waarom doen we al die moeite voor elkaar, als het toch niet uitmaakt wat de rest van ons vindt?'

Het wantrouwen sluimerde al, maar hij had de woorden nog niet gevonden; de ideeën waarmee hij zijn emoties in een groter verband kon plaatsen. Voorlopig bleef zijn weerstand een gevoel dat hij zelf niet begreep, een vage frustratie, een rijzend onbehagen.

Hij was natuurlijk niet de enige. Maar zolang de weifelenden geen weet hebben van elkaars bestaan, zolang ze de woorden niet hebben om de razende zwerm van hun gevoelens te ordenen, blijft de onrust beperkt tot geïsoleerde momenten van opstandigheid, hoogstens een ongerichte uitbarsting – risico's die we hebben ingecalculeerd. Pas als de twijfel tot woede uitgroeit en wordt samengebald tot één doelgerichte beweging, wordt ze een kracht om rekening mee te houden.

We hebben de rol die taal hierin speelt lang onderschat; de woorden die doel en richting gaven aan wat al broeide in duizenden harten; de woorden die kunnen zorgen dat gelijkgestemden zich in elkaar herkennen. Zonder de pamfletten van Mazzini was de onvrede van de Italiaanse boeren tijdens de negentiende eeuw stilzwijgend in lethargie overgegaan. Zonder de teksten van Gaćinović zouden de Bosnische scholieren tijdens de vroege twintigste eeuw niet in opstand zijn gekomen. Hetzelfde geldt voor Bakoenin, Lenin, Hitler, De Beauvoir, Rand, Al-Baghdadi, Thunberg, Zanghrun, het Amazone-collectief; hoe uiteenlopend hun ideologieën ook waren, ze kenden allemaal de kracht van het woord. Ze kanaliseerden het onbehagen door er een naam aan te geven.

Eigenlijk is het dan al te laat. De kunst is om vóór die fase de sluimerende opstandigheid te ontmantelen, de angsten en frustraties weg te nemen en een gevoel van harmonie met hun omgeving te herstellen – wat vermoedelijk op lange termijn voor iedereen het meest efficiënte pad naar geluk is. Revolutie leidt zelden tot wat ze beloofde.

Ik had in deze fase moeten ingrijpen: toen zijn twijfels nog onbestemd en vluchtig waren, toen hij nog geen benul had dat er honderden, misschien al wel duizenden waren zoals hij.

'Oké, dit gaat even pijn doen...'

De preventoloog had de palm van haar hand vlak naast het schouderblad op de *rhomboideus major* gelegd en gaf een diepe stoot, die Cas tot in zijn longen voelde.

'Jep, die zat vast,' zei de vrouw monter. 'Dat moet je toch beter in de gaten houden. Werk je veel met je handen?' Met een geroutineerde blik monsterde ze zijn lichaamsbouw. 'We zien het veel, dat mensen zich niet bewust zijn van hun lichaamshouding. Draai je maar weer om hoor.'

Cas keek haar bezorgd aan. 'Maar is er dan iets wat ik verkeerd doe?'

Demonstratief begon ze met haar handen voor haar ogen te vegen, terwijl ze haar hoofd en rug in een geforceerde hoek gekromd hield. 'Dit... Zie je dat? Daar zou je op kunnen letten, dat je je nek en je schouders ontspant als je op je lenzen bezig bent. Zit je veel in de Yitu?'

Hij maakte een verlegen gebaar.

Ze knikte begrijpend. 'Daar moet je mee minderen. Niet alleen voor je rug trouwens.' Ze veegde verder in Cas' dossier, waarbij ze haar nek- en schouderspieren inderdaad onberispelijk ontlastte. 'Ik zie aan je biomarkers dat je cortisolwaarden een beetje zijn gestegen de afgelopen weken. Heb je stress gehad?'

Cas haalde zijn schouders op. 'Och, ik weet niet. Ik kan het me niet herinneren eigenlijk.'

'Hmm, daar zit toch iets structureels hoor. Laat me eens even kijken.' Na een aantal vegende bewegingen keek ze ernstig voor zich uit. 'Ferritine, glucose, cholesterol allemaal normaal... TNF is duidelijk gedaald, dat zijn toch de effecten op de witte bloedcellen, ben ik bang. Ik blijf het benadrukken, Cas, mentale spanningen hebben fysieke gevolgen. Het is zelfs de vraag of je aan het Calico-programma mee kan blijven doen als die waarden zo laag blijven.'

Ze veegde de schermen voor haar ogen weg en wendde zich tot Cas, die uitdrukkingsloos op de onderzoeksbank lag.

'Ja, dat is even schrikken, dat begrijp ik. Mag ik jou vragen of ik analyses mag laten maken van de Gena-transcripties van de afgelopen zes maanden?'

Hij knikte.

'Zou je het ook even willen zeggen, Cas? We hebben je toestemming op audio nodig.'

'Ja,' zei hij.

'Dank je wel.'

Vanuit een gevoel voor prudentie draaide ze zich met haar rug naar hem toe, veegde een venster in beeld en bleef er drie minuten aandachtig naar kijken. Nadat ze nog een aantal gegevens had opgezocht, draaide ze haar kruk weer naar hem toe en schonk Cas een plichtmatige glimlach. 'Goed. Dank je wel. Volgens mij moeten we jouw uren in de Yitu drastisch gaan terugbrengen. Ik zie dat je dat zelf ook probeert af en toe. Hartstikke goed.' Ze legde haar hand kort op zijn scheenbeen, ter bemoediging vermoedelijk. 'Maar blijf het ook echt volhouden, hè. Want nu val je er toch uiteindelijk elke keer weer in terug. En dat is gewoon zonde, vind je niet? Dat fietsen naar je nieuwe werkplek, dat is wel een goede ontwikkeling. Wanneer ga je daar weer naartoe?'

'Morgen.'
'Heel goed. Lekker op de fiets blijven gaan, geen vliegtaxi's nemen, hè.' Ze gaf hem een olijke knipoog. 'Ik geef aan We-Ride door dat die weerstand op de snelweg best een tandje hoger mag. Want ik vind het verder wat aan de karige kant, Cas, je lichaamsbeweging. Is er verder nog iets wat je leuk vindt om te doen?'

'Ik heb laatst zeegezwommen,' probeerde hij.

'Ik zag het, ik zag het. Maar dat is bij één keer gebleven, toch? Ik bedoel toch iets intensievers dan een keer een rondje meedoen. Ik zou zeker eens in de week lekker gaan zwemmen, hoor. Maar we zoeken nog iets voor daarbij, naast het fietsen en het zwemmen bedoel ik... Even kijken, jij bent niet heel erg van de IntenSati of Budokon, of wel?'

Zijn ogen schoten steeds onrustiger heen en weer.

'Gyrotonic? En eigenlijk zou gewoon een *good old* meditatie elke ochtend ook enorm helpen, weet je dat? Dat levert zulke ongelooflijke resultaten op, ik stuur je wat researchdata door, kun je het nog eens rustig bekijken thuis. Zullen we dat anders afspreken, Cas, dat jij morgen even een berichtje stuurt waarin je je activiteiten voor de week aangeeft?'

Dat was een onverstandige aanpak, om hem dat zelf te laten doen. Daar zou hij volledig in vast gaan lopen; vanaf het moment dat hij vrijblijvende voornemens tot vastomlijnde agendapunten moest omvormen, raakte hij al snel aan besluiteloosheid ten prooi. Te veel onzekerheden, te veel alternatieven, te veel nadelen die mogelijk aan een voordeel kleefden. Over stress gesproken. Het was veel effectiever om globale afspraken te maken en hem op de dag zelf voor een voldongen feit te stellen. Sommige mensen moet je nu eenmaal wat strakker bij de hand nemen.

Hieraan kun je toch merken dat de klassieke zorgverleners moeite hebben om voor elke afzonderlijke cliënt maatwerk te leveren. Ze zijn geneigd om hun eigen werkwijze boven de specifieke behoeften van hun cliënten te stellen – noodgedwongen, natuurlijk. Het ontbreekt ze simpelweg aan de benodigde kennis en flexibiliteit. Evengoed leidt het tot misverstanden en zelfs ernstige omissies in de behandeling, die makkelijk voorkomen hadden kunnen worden.

Met aanzienlijk hogere cortisolwaarden dan hij voor zijn afspraak in de preventiekliniek had gehad, liep hij naar de uitgang van het gebouw. De afdeling preventologie zat op de onderste etage van stadsvallei Moray, waar de verschillende poliklinieken van Calico zijn gevestigd, in twaalf cirkelvormige, benedengrondse etages, die trapsgewijs tot de begane grond oplopen. Door de komvormige ingraving was het plein op de bodem van de vallei zonovergoten, hoewel het vijftig meter in de diepte lag. Cas knipperde met zijn ogen terwijl hij naar boven keek, als een voetballer naar de tribunes van een arena.

Vanaf het plein onder aan de vallei liep een brede opgang omhoog, langs de terugwijkende terrassen, met aan weerszijden twee waterstromen, die op elke terraslaag kletterend in brede bekkens werden opgevangen en in glinsterende aftakkingen voor een weelderige begroeiing van planten, struiken en bomen langs de relingen zorgden.

Terwijl zijn hoofd nog nagonsde van alle waarschuwingen en adviezen, snelden om hem heen zorgverleners in lichtblauwe Calico-uniformen zonder merkbare inspanning de traptreden op en af. Hun kwiekheid stond in contrast met de zware, slepende tred waarmee Cas en de andere cliënten als zwoegende pelgrims omhoogklommen, opkijkend naar de hen omringende, klinisch glanzende tribunes, de last met zich meetorsend van het oordeel dat over hen was uitgesproken, of nog uitgesproken moest worden; over wat ze aten, hoe vaak ze sportten, hoelang ze sliepen en of ze zich genoeg wisten te ontspannen.

Voor hem liepen twee zongebruinde vrouwen in donkeroranje jurken, die als antieke toga's over hun linkerschouders waren geslagen. Hand in hand staarden ze naar de bovenste relingen, alsof ze een toeristische attractie bezochten.

'Ik denk echt dat ze gelijk had hoor,' zei de linker. 'Als je nou elke ochtend anderhalf uur cardio doet, is dat net het laatste zetje dat je nodig hebt om te worden toegelaten.' Ze wendde haar blik geëmotioneerd naar haar vriendin. 'Echt proberen hè, ik moet er niet aan denken dat ik jou zal moeten missen.'

Cas haalde de twee vrouwen in en keek omhoog naar het blinkende zonlicht, dat vanaf de bovenrand van de opgang op zijn gezicht scheen.

En toen zag hij hem. Eerst als een donker figuur dat hem vanuit het tegenlicht tegemoet trad. Maar hoe dichter de man hem naderde, hoe scherper hij zijn trekken kon onderscheiden: een magere gestalte in een driedelig, volledig zwart maatkostuum daalde langzaam de treden af. De rug kaarsrecht, de armen gestrekt langs zijn lichaam. Zijn benen leken zich nauwelijks te verroeren en toch bewoog hij zich onmiskenbaar voort, als een reiger op een airwheel, als Jezus over het water. Zijn gezicht was grauw en uitgemergeld, zijn schilferige huid hing geplooid rond zijn voorhoofd en zijn jukbeenderen. Spottend namen zijn opengesperde, bloeddoorlopen ogen hun omgeving in zich op.

Zo geïntrigeerd was Cas door deze verschijning, door deze staat van verval waarvan hij zich het bestaan niet eens had kunnen voorstellen, dat hij volledig vergat door te lopen. Als een kind langs de zijlijn van een carnavalsoptocht stond hij de man aan te staren, terwijl die onverstoorbaar naderbij kwam.

En toen, juist op het moment dat ze op dezelfde hoogte stonden, nog geen twee meter van elkaar vandaan, draaide de uitgemergelde kop naar links en keek Cas recht in de ogen. Omringd door de dieppaarse wallen onder zijn ogen en het gesprongen rood van de adertjes op het hoornvlies stak het grijsgroen van zijn pupillen vaal en ziekelijk af. Nadat hij Cas vijf seconden lang had aangestaard, weken zijn lippen uiteen. Een geluidloze grimas, een onuitgesproken woord, of iets wat op een lach moest lijken, maakte de binnenkant van zijn mond zichtbaar. Waar ooit tanden hadden gezeten gaapten donkere, rottende gaten in het vaalroze tandvlees. Drie voortanden, twee hoektanden en een enkele losstaande kies stonden er nog, geel en bruin aangeslagen. Rechtsachter blonk iets donkergrijs, dat misschien van ijzer of een ander metaal was.

Cas deinsde terug, maar hij wendde zijn blik niet af. Ook toen de zonderling zijn hoofd weer had gedraaid en zijn weg naar beneden vervolgde, bleef hij hem nastaren, tot de zwarte gestalte achter de in pastelkleuren geklede zorgverleners van Moray was verdwenen.

Zijn hart bonkte in zijn borst. Het was de eerste keer dat hij een van hen zag.

Een Onvolmaakte.

'Eh... sorry. Mag ik wat vragen?'
'Zeker, zeker. Het staat jullie trouwens allemaal vrij hè, om het verslag te onderbreken, wanneer je maar wil. Gena zet de reconstructie dan vanzelf op pauze. Dus ga vooral je gang.'
'Dank je wel, Gilian, goed om de praktische ins en outs nog even toe te lichten inderdaad. We zijn hier alweer meer dan – laat me even kijken – meer dan een uur! En volgens mij heeft verder nog niemand wat gezegd, toch? Of heeft iedereen op z'n tong zitten bijten?'
'Ik kijk de tafel even rond, maar volgens mij valt dat wel mee. Het is ook wel een heel haastig bijeengeroepen vergadering, moet ik zeggen. Misschien zijn we allemaal nog een beetje aan het acclimatiseren. Ik zie trouwens nu pas dat niet iedereen van drinken is voorzien – het staat allemaal hier midden op de tafel, hè, dus tast toe, help jezelf. Er is jus, theeën, diverse shakes. Ik heb catering ingeseind voor wat versnaperingen, maar het is drie uur 's nachts, de droneleveringen komen pas in de vroege ochtend, ben ik bang. Het is nog even behelpen. Maar goed, Jiali, terug naar jou, jij had een vraag. Ga je gang.'
'Dank je wel, Michael, wat ik me dus net afvroeg... naar aanleiding van die laatste ontmoeting die Gena beschreef, of dat is misschien een wat te groot woord, ontmoeting... maar eh, een treffen? Nou ja, dat hij die figuur zag, daar, op

de trappen van Moray. Had hij daarvoor nog nooit een Onvolmaakte gezien? Ik bedoel, we kennen ze toch allemaal van de beelden, de, de... iconografie zou ik haast zeggen, die zwarte pakken, die... ja... toch in alle opzichten vaak uitzonderlijke lichaamsbouw, zonder mensen te willen kwetsen natuurlijk, maar dat is toch wat opvalt, nietwaar, opzichtig verwaarloosd bijna... Had hij daar tot op dat moment nog helemaal niets van meegekregen?'

'Ehm... Zal ik aan Gena vragen of zij op je vraag kan antwoorden?'

'Ja. Ja, dat lijkt me goed, ja.'

'Gena?'

'Dank voor uw vraag. Ik hoop dat u het zich enigszins gemakkelijk heeft kunnen maken en dat mijn verslag tot nu toe inzichtelijk is geweest.'

'Zeker, zeker, ga door, ga door.'

'Wat betreft de kwestie of hij via de platforms of andere mediakanalen nooit een Onvolmaakte had gezien, is het belangrijk om te bedenken dat dit treffen, zoals u dat net zo zorgvuldig omschreef, zich meer dan een jaar geleden voordeed – ruim voordat de beweging zichzelf in de schijnwerpers plaatste.'

'Ach, natuurlijk, ik was de chronologie een beetje uit het oog verloren.'

'Geheel begrijpelijk. Laat ik hier nog aan toevoegen dat het voor mensen uit zijn milieu zeker niet gebruikelijk was om figuren uit de periferie tegen te komen; met name de ontkoppelden bleven over het algemeen ver buiten de derde ring, waar ze zich ongecontroleerd waanden. En op dat moment was die groep nog zo marginaal dat je ook werkelijk moeite moest doen om ze tegen het lijf te lopen.'

'Nog voor de hype, zeg maar.'

'Zo zou u dat kunnen noemen, ja. De schok die hij voelde

in Moray was in die zin typerend voor iemand met zijn sociaal profiel. Binnen de co-ops, laat staan de economische bovenlaag waartoe zijn ouders ooit behoorden, waren ze in die periode zeker nog niet gewend aan de aanblik van wat welbeschouwd natuurlijk een vorm van zelfverminking is.'

'Zeker, zeker. Ik denk dat we dat ook echt zo moeten blijven noemen. Niet aan relativisme ten prooi vallen. Het is zelfverminking. Heel naar om naar te moeten kijken.'

'En dat bepaalde neem ik aan ook de indruk die het op hem maakte, die verontrustende aanblik van, van... die mond, die rottingen... Ik bedoel, kun je iets zeggen over de impact die dit op hem had?'

'Die is moeilijk vast te stellen in dit geval. Het kwam geregeld voor dat sociale situaties die hij op een of andere manier onbevredigend vond, nog geruime tijd in zijn hoofd bleven spelen, ik gaf er al wat voorbeelden van. Maar dan begon hij er een paar dagen later zelf weer over. Hier is hij nooit meer op teruggekomen. Het is natuurlijk heel waarschijnlijk dat dit treffen in de vallei van Moray een blijvende indruk op hem heeft gemaakt, juist omdat hij zich in deze periode geregeld vervreemd heeft gevoeld van zijn omgeving. Er zijn aanwijzingen; aspecten van zijn gedrag die me opvielen.

Zo leek hij in de daaropvolgende weken meer oog te hebben voor de zonderlinge figuren die op zijn pad kwamen dan voorheen. In de fietsenstalling bij de Vogeltoren werd zijn aandacht getrokken door een vrouw met duidelijk zichtbare levervlekken op haar armen, hoewel ze nog maar zevenenzestig was. Ze passeerde hem zonder hem op te merken, alsof ze slaapwandelde, haar blik gefixeerd op een punt in de verte. Hij keek haar na, terwijl ze naar het midden van het plein liep en daar als bevroren stil bleef staan.

En in het centrum van de stad, toen hij in een volgepropte cabine stond van de Olli naar het station, zag hij een zwaar ademende man met zeker twintig kilo overgewicht op de bank bij de vooruit zitten, zijn gezicht rood aangelopen, zweetdruppels op het voorhoofd, korte zinnen prevelend, steeds dezelfde woorden: "Van u is het Alziend Oog."

Tijdens een wandeling op het strand zag hij in de verte een eenzame gestalte voorovergebogen door het zand sjokken, de handen in de zakken van een lange donkere jas. Van tijd tot tijd bleef hij staan, boog nog verder voorover, en raapte iets van de grond op: een schelp, naar alle waarschijnlijkheid, of een of ander verloren voorwerp, dat hij als een kostbare schat in zijn rechterjaszak stopte.

Geen van drieën was een Onvolmaakte overigens, dat was ook niet een vraagstuk waar hij zich mee bezighield op dat moment. Het was meer een fascinatie die leek te zijn aangewakkerd, een mededogen misschien, voor de verschoppelingen, voor de zonderlingen, de mensen die uit de toon vallen. Ze vielen hem ineens op; als stofslierten aan het plafond, of baby's in draagdoeken: als je erop gaat letten, zie je ze overal.'

'Maar hij wist toen dus niet eens dat het een Onvolmaakte was?'

'Nee.'

'En hij heeft later ook niet naar de man gevraagd?'

'Nee. Zoals ik al zei: hij is er tegenover mij nooit meer op teruggekomen.'

'Is dát eigenlijk opvallend? Ik bedoel: zegt het feit dat hij dat niet deed eigenlijk ook niet iets?'

'Bedoelt u te vragen of hij normaal gesproken op een dergelijk moment zou zijn teruggekomen?'

'Ja ja, precies!'

'Niet zo consequent dat het deze omissie noodzakelijkerwijs betekenisvol maakt.'
'Hij besprak niet alles wat hem bezighield met jou?'
'Veel. Maar niet alles.'
'Maar wat denk je zelf? Wat maakte die eerste aanblik van een Onvolmaakte in hem los?'
'Het ligt voor de hand dat hij, bewust of onbewust, een verband legde tussen het onaangepaste voorkomen van de man en het groeiende onbehagen dat hem bekroop in bepaalde sociale situaties.'
'Identificeerde hij zich met hem?'
'Zo zou je dat kunnen noemen.'
'Maar hij vond hem ook afstotelijk.'
'Die dingen kunnen samengaan.'
'Is er een verband te leggen tussen deze eerste ontmoeting en de verdere loop van gebeurtenissen van het afgelopen jaar?'
'De kans is aanwezig dat het hem ontvankelijker heeft gemaakt voor afwijkende geluiden. Twee maanden later, toen hij een ander lid van de beweging ontmoette, toonde hij zich opvallend nieuwsgierig – en dat was werkelijk een ontmoeting, een interactie, bedoel ik, niet zomaar een rakelings passeren, maar een woordenwisseling, een confrontatie, zou ik haast zeggen.'
'Wanneer vond dat plaats?'
'Op het voorjaarsfestival.'
'Oké, vertel.'

Het voorjaarsfestival van de co-ops van de Hutongs wordt al jarenlang op dezelfde plek gehouden: een oud boerenveld dat een halve kilometer onder de zuidelijke buitenwijken van de Agglomeratie ligt. Door de opeenvolgende evenementen die er plaatsvinden is het uitgedroogde gras losgewoeld en een vlakte van stuifzand ontstaan, waar de bezoekers op flaneren alsof ze aan het strand zijn, op blote voeten, met hun slippers of sandalen in de hand. In het midden van het veld staat al jaren hetzelfde kunstwerk, dat het herkenningspunt van het festival is geworden, een brede boom, van okerbruin mogu geprint, die zijn takken als een gigantische acacia over de hoofden van de bezoekers uitstrekt. Bioluminescente bladeren verschieten van kleur naarmate de dag vordert, worden rood, paars, blauw, geel en groen, om de verschillende programmaonderdelen te markeren. 'Baba' wordt het gevaarte liefdevol genoemd. Eronder liggen altijd wel wat bezoekers languit in het zand naar de kleurovergangen te kijken. Kinderen klimmen over de brede, schuin oplopende armen tot aan de kruin. Vanaf dit centrale punt op het terrein zijn verschillende looppaden uitgezet langs de tenten, waar kleinschalige optredens en workshops plaatsvinden. Er staan uitgezakte banken en er liggen kussens op de grond, waar tussen de sessies door mensen met elkaar praten, elkaar over de armen strelen, of in volle concentratie luisteren naar een meditatie-instructeur.

De editie van het afgelopen voorjaar draaide om de gunstige effecten die sociale harmonie op de gezondheid heeft. 'Ik gezond, jij gezond', was het motto en bij elke bezoeker werden in de loop van de dag verschillende leuzen op de lenzen geprojecteerd: 'Hoe je eet is hoe je liefhebt' en 'Gezondheid is de relatie tussen jou en je lichaam'.

Cas was de hele dag aan één stuk door bezig geweest met een aaneenschakeling van praktische problemen zoals die zich altijd voordoen op dit soort evenementen: een lege plek in het barschema doordat twee vrijwilligers niet waren komen opdagen, een discussiegroep die meer dan een halfuur uitliep.

Het zal u wellicht verbazen, van iemand die zich op andere gelegenheden zo ongemakkelijk kon voelen, maar hij vond het heerlijk, de drukte en chaos van een festivaldag. Als hij ooit gelukkig is geweest, of in elk geval het leven nam zoals het zich aandiende, was het op die dagen. Dat was al zo vanaf de eerste festivals die hij had meegemaakt, als veertienjarige, toen zijn ouders hem lieten meehelpen bij de Gameland-tent, waarin virtuele middeleeuwse toernooien en veldslagen werden gehouden. Goedlachs en zelfverzekerd stond hij daar bij de ingang alsof hij op de kermis was opgegroeid, met een aangewezen plek en een duidelijke taak om uit te voeren, een leven waarin alles luchtiger leek te zijn, voorbijgaand, als een rondtrekkend circus.

De schemering zette in, de bladeren van Baba verschoten van donkerpaars naar geel en groen, ten teken dat het laatste deel van het programma was aangebroken. Honderden mensen zaten gemoedelijk in het zand met elkaar te praten en te eten uit de rieten mandjes waarin gerechten werden geserveerd.

Cas had net een kist waterbellen achter de Unified Foodkraam neergezet. Hij stopte er een in zijn mond en beet het membraan stuk, slikte het water in één teug door en veegde met zijn hand een druppel weg die over zijn kin naar beneden sijpelde. Op dit soort dagen bleef ik hem eraan herinneren genoeg te hydrateren.

Aan de noordkant van het terrein lag een veld dat de hele dag nog niet was gebruikt. Een grote, zwarte balletvloer was over het zand uitgerold. Er liepen technici gehaast heen en weer om de podiumlichten in het zand en in de bomen te controleren.

En daar, rechts van het podium, zat hij: een magere man op zijn knieën, omringd door papieren, waar hij in opperste concentratie op neerkeek. Gekleed in een driedelig zwart pak, zelfs in dit warme weer.

Cas' blik was even langs hem heen gegleden, maar waarschijnlijk had hij de man niet bewust opgemerkt. Hij was aan het overleggen met de technici over de aanvangstijd van de dansvoorstelling, een kwartier later dan gepland, toen hij Timo op zich af zag komen.

'Casimir!' schreeuwde die van een afstand, terwijl hij zijn handen als een megafoon rond zijn mond hield.

'Timo!' riep Cas terug, en hij bonkte met zijn vuist tweemaal op zijn borstkas. Hij was werkelijk in zijn element vandaag. Vanaf het begin van de ochtend hadden ze nauwelijks gelegenheid gehad om langer dan een paar seconden met elkaar te praten. Nu zagen ze aan elkaars manier van lopen, de armen die ontspannen naast hun heupen zwierden, dat het eind van de dag naderde, en er niet veel meer te regelen was.

'Alles klaar?' vroeg Timo.

'Ja man!' antwoordde Cas. Ze grijnsden, grepen elkaar even bij de schouders.

'Bijna tijd voor de finale.' Tevreden zag Timo hoe de laatste hand aan de belichting van de dansvloer werd gelegd.

'Ze zijn hier bijna klaar. We kunnen de eindtune over tien minuten inzetten,' zei Cas met een brede glimlach. Ze verheugden zich de hele dag al op de laatste act, niet eens zozeer vanwege het optreden, maar omdat ze een nieuwe manier hadden bedacht om de mensen ernaartoe te loodsen. Elke bezoeker zag via lensprojecties een aantal cartoonfiguren op zich afstappen die hun de hand reikten en hen naar de dansvloer op het achterveld meenamen. Het was een prachtig gezicht als je zelf de beeldfuncties uit had staan: hoe iedereen zich met gestrekte hand door onzichtbare krachten mee liet voeren, meedansend op de muziek die door hun oortjes klonk, als kinderen die zich een wondere wereld binnen lieten trekken.

Toen het achterveld vol stond, gloeiden de grondlichten op en hulden ze het podium in een rood schijnsel, dat langzaam in oranje overging. Vanachter de struiken stapte een jonge vrouw in een wijd gewaad de dansvloer op. In kleine, afgemeten passen liep ze naar het midden, waar de tot op de grond reikende plooien van haar jurk de kleur van de belichting aannamen. Het publiek, door de feestelijke toeloop in een uitgelaten stemming gebracht, klapte en joelde.

Het rumoer verstomde toen de muziek begon te klinken, golvende pianoklanken, het middenstuk van Debussy's *Clair de lune*, waar het verstilde openingsthema overgaat in een cadans van akkoorden die als vanzelf de associatie met cirkelende bewegingen opwekt. De vrouw spreidde haar armen en begon te draaien en deed haar gewaad in de rondte wapperen, als de zwierende tentakels van een kwal diep onder de waterspiegel. Aan de binnenkant van haar mouwen had ze stokken vast die haar spanwijdte met een meter verlengden. Steeds sneller wiekte ze in het rond en liet haar gewaad golven in het schijnsel van de telkens van kleur wisselende spots. Het rode en paarse en gele en blauwe schijnsel op het wapperende gewaad zorgde voor hallucinerende patronen en deed denken aan bloemen die 's ochtends openklappen, bacteriën onder een microscoop, en het verstrijken van de tijd. Doodstil lieten de toeschouwers zich hypnotiseren. Cas keek opzij naar hun gezichten, hun verstilde glimlach.

Pas toen werd hij zich van de man bewust, die daarachter, aan de zijkant van het veld, nog steeds bezig was zijn papieren op de grond te schikken. Voorover op zijn armen leunend, probeerde hij ondanks het voortdurend van kleur verschietend licht de goede volgorde van de vellen te ontcijferen. Af en toe, als iemand voorbijliep, fladderde er één op, waarna hij het geduldig terugschoof op de plek waar het kennelijk thuishoorde.

Tussen twee rijen toeschouwers door schoof Cas naar de rand van het veld, om te zien waar de over de grond gebogen figuur precies mee bezig was. Op een paar meter afstand bleef hij staan, twijfelend of hij de man zou aanspreken. Maar die leek buiten zijn bezigheden niets op te merken, Cas net zomin als degenen die eerder langs waren gelopen, berustend in het feit dat papieren soms opwaaien, zonder zich om de oorzaak ervan te bekommeren.

Hij was een van hen. Onmiskenbaar. De sporen van slechte voeding en overmatig drank- en drugsgebruik waren van zijn gezicht, zijn gebit en de rest van zijn lichaam af te lezen. Graatmagere, pezige armen en benen. Een kleurloze, bijna grijze huid. Troebele ogen, alsof er een laag vernis op was gelakt.

Na de situatie nog even geobserveerd te hebben concludeerde Cas dat de man verder niets storends deed, draaide zich om en liep weer naar het veld terug. Toen hoorde hij een stem achter zich.

'Hé!'

Hij draaide zijn hoofd om en zag dat de man hem met opengesperde ogen aankeek. Er zat iets obsessiefs in zijn blik. Iets dierlijks.

'Zeg, jij regelt hier toch de boel?' Vragend keek hij naar Cas omhoog. 'Ik zie je tenminste de hele dag door met dingen sjouwen.' De vlassige, zandkleurige haren die op zijn gezicht waren ontsproten, onverzorgd en al jaren niet bijgeknipt, schoten alle kanten op, de ene pluk aanzienlijk langer dan de andere, hangend uit zijn baard, uit zijn snor, uit zijn wenkbrauwen, uit zijn oren en zijn neusgaten.

'Je moet het hardst werkende hulpje zijn hier,' ging de man verder. Vriendelijk, maar er zat een spottende ondertoon in zijn stem, zo subtiel dat velen eraan voorbij zouden gaan. 'Zoals jij loopt te zweten... Ik hoop maar dat ze je goed betalen.'

Een compliment en een belediging ineen. Meesterlijk.

'Kan ik je ergens mee helpen?' Cas besloot gewoon vriendelijk te reageren.

De man kneep zijn ogen toe, als een schaker die met een onverwachte tegenzet wordt geconfronteerd. Om zijn mond verscheen een glimlach, om meteen weer te verflauwen.

'Laat maar,' zei hij, alsof Cas' antwoord hem op een of andere manier had teleurgesteld. En hij richtte zijn aandacht weer op de verkreukte, met inkt beschreven vellen. Ze waren tot de laatste lege plek volgeklad, in een pietepeuterig handschrift, de regels vlak onder elkaar, met links en rechts dwars in de kantlijn nog toevoegingen, omcirkelingen en pijltjes die verschillende woorden met elkaar in verband brachten.

'Wat ben je eigenlijk aan het doen?' vroeg Cas, die inmiddels nieuwsgierig was geworden naar wat er op de papieren stond.

Verstoord keek de man van de grond omhoog, alsof hij helemaal niet op Cas' vraag zat te wachten – terwijl dat het enige was wat hij daar deed.

'Dit?' Hij glimlachte geringschattend, terwijl hij naar de papieren op de grond keek. 'Dit zijn de laatste artefacten die ons een glimp van de waarheid gunnen.'

Cas keek glazig voor zich uit. Wat moet je daar ook op zeggen. 'Zou je ze dan wel zo op de grond neerleggen?' vroeg hij dan toch. Een uitstekende respons.

De man knikte geamuseerd, wendde zijn blik vervolgens plechtig ten hemel. 'Dat de aarde met het alderminste zand vervuld worde, alzoo dat de geheele wereld van de beneden Aarde tot den oppersten Hemel toe, met dit zand opgevuld zij...'

Een citaat van Jeremias Drexelius, een Duitse jezuïet. Zeventiende-eeuwse devotie. Obscuur.

Cas deed er het zwijgen toe, begrijpelijk. Hij had geen flauw idee waar de man het over had.

'Het heilige en profane zijn geen tegengestelden,' lichtte die toe. 'De waarheid. En het zand.' Hij pakte er een hand vol van en liet het op een van de vellen vallen. 'Ze horen bij elkaar, veronderstellen elkaar.'

Een interessante interpretatie, hoewel ik betwijfel of ze werkelijk op de brontekst van Drexelius toepasbaar is. Feitelijk maakte hij er iets diepzinnigers van. Drexelius wilde er, vermoed ik, alleen maar mee illustreren dat oneindigheid lang duurt.

Cas knikte schaapachtig, twijfelend of hij nu voor de gek werd gehouden of dat hij met een oprechte aanhanger van een van de oude religies van doen had.

'Ach jongen, trek je maar niks van mij aan.' Te midden van de rafelige haarplukken op zijn gezicht brak ineens een vriendelijke lach door. 'Ik zit je te stangen.' Cas' ongemak met de situatie leek hem te vertederen. 'De hele dag zo hard aan het werk en dan moet je ook nog naar het geraaskal van een oude zak gaan staan luisteren... Kom, ga lekker genieten, heb je eindelijk wat tijd om eens om je heen te kijken.'

Monter gemaakt door zijn eigen toeschietelijkheid, verzamelde hij de papieren om zich heen, veerde onverwacht kwiek op van de grond en keek Cas nu vanaf gelijke hoogte aan. 'Kun je eindelijk eens wat doen met al die lekkere kutjes die hier de hele dag voorbijlopen,' zei hij bemoedigend.

Toen hij Cas bij die laatste woorden zijn gezicht zag afwenden, verschenen spottende vonkjes in zijn ogen. 'Ach, jongen. Word je daar ongemakkelijk van? Dat zijn jullie niet meer gewend hè? Om de beestjes bij de naam te noemen.' Met zichtbaar plezier in de verwarring die hij zaaide, vervolgde hij met nog een archaïsch citaat, uit het Hooglied ditmaal. 'Geheel zijt gij schoon, mijn vriendin, en er is geen gebrek aan u.' Hij vond dit buitengewoon grappig en sloeg Cas joviaal op de schouder. 'Is dat niet prachtig? Geen gebrek aan u!'

Welwillend keek hij om zich heen, naar de lichteffecten van Baba op het plein achter hen en de rode gloed vanaf de dansvloer ervoor, de silhouetten van de bezoekers die toegewijd naar de performance stonden te kijken. Langzaam ging zijn glimlach over in een peinzende uitdrukking. 'Waren ze er nog maar, die weldadige lijven, die machtige dijen, die gulle borsten van troost. De rijpe vruchten waar een dorstig man zich aan kon laven!' Hij wendde zich weer tot Cas, bracht zijn gehavende gezicht nog wat dichter bij het zijne en vertrouwde hem op gedempte toon toe: 'En geil dat ze waren. Hoe dikker, hoe wilder.' Plotseling schoten zijn pupillen omhoog, alsof hij een ingeving kreeg. 'Daar leidde ik een leven vol wellustig talmen,' declameerde hij. 'Door blauwe lucht, door golven en door glans omvloeid...' Knippend met zijn vingers zocht hij naar de regels die hierop volgen. 'Godverdomme, iets met naakte hoeren, was het... Baudelaire, ouwe viespeuk. Dat was nog eens een vent. Daar hadden we nog eens goed mee door kunnen halen, wat jij!'

De betreffende versregels uit Baudelaires gedicht *La vie antérieure*, waar hij aan refereerde, spreken overigens van 'esclaves nus'; geen 'naakte hoeren' dus, maar 'naakte slavinnen'. Zowel seksistische als kolonialistische onderdrukkingsfantasieën wonden hem kennelijk op.

Glurend vanonder zijn harige wenkbrauwen speurden de glanzende ogen van de man heen en weer langs de toeschouwers op het veld, tot zijn aandacht werd getrokken door een jonge vrouw in een kort afgeknipt broekje van lyocell en een lichtblauwe top, die vol bewondering naar de Serpentinedans op het podium stond te kijken. Luidruchtig door zijn neus inademend knikte de man in haar richting. 'Ach, kijk eens wat een lekker sletje. Als je zo'n kort broekje draagt, vraag je er toch om dat het van je geile billetjes wordt afgerukt. Wat jij, jongen, wat jij. Kijk eens naar die heerlijke kont. En naar die pronte kleine tietjes.' Hij draaide zijn hoofd weer naar Cas en keek hem mismoedig aan. 'Het ziet er allemaal prachtig uit. Strak, fit, geen grammetje te veel.' Hij zuchtte. 'Maar er valt geen lol mee te beleven.'

Cas had al geruime tijd niets meer gezegd. Natuurlijk voelde hij zich ongemakkelijk. Alleen al vanwege het taalgebruik, dat vrouwen tot het lijdend voorwerp van de mannelijke seksualiteit reduceerde, en de oordeelmatige blik op hun lichaamsdelen, die niets met erotiek en sensualiteit te maken heeft, maar in feite de vergelijkingszieke projectie is van de eigen lichamelijke onzekerheid. Niemand in zijn omgeving zou het in zijn hoofd halen om zo over vrouwen te praten. Degenen die er op hun zwakste momenten neigingen toe hebben gehad, hebben altijd op een stevig weerwoord kunnen rekenen. Bij Cas heb ik er, toen hij op ontvankelijker leeftijd was, altijd korte metten mee gemaakt.

Misschien was dat wel de reden waarom hij er nu niet ongevoelig voor was: juist omdat we dit soort misogynie goeddeels uit hun idioom hebben weten te verbannen, ontbrak het hem aan het benodigde referentiekader om in te zien hoe sleets en archaïsch het was. Hij herkende de deernisewekkende toespelingen van de oude gluurder simpelweg niet als wat ze werkelijk waren: fossielen van een vrijwel uitgestorven, tragische geldingsdrang.

Ik merk dat mijn woordkeuze wat feller wordt. Mijn excuses. Ik zei het al: een zekere mate van subjectiviteit zal van tijd tot tijd doorklinken in dit verslag. Dat is onvermijdelijk, zoals u hopelijk begrijpt. Het beste wat ik kan doen is aangeven op welke momenten mijn betrokkenheid het narratief enigszins zal inkleuren – mijn teleurstelling, in dit geval.

Waarschijnlijk is het een heel basaal mechanisme, een vorm van machismo, zoals ze dat noemen, de sociale druk die speelt onder een bepaald type mannen; hoe het ook zij, hij had er makkelijk weerstand aan kunnen bieden. Maar het feit is dat hij positief reageerde op de toespelingen van de oude zonderling; dat hij meeging in het narratief dat die had ingezet.

Hij draaide zich naar de man toe en begon veelbetekenend met zijn hoofd te knikken, ter suggestie dat hij over de nodige levenservaring beschikte, met name op erotisch vlak. 'O man, er lopen hier een paar vrouwen rond, echt, dat wil je niet weten. Geloof me, daar kun je echt wel lol mee beleven.' Een kinderachtige en denigrerende leugen, alsof hij enig inzicht had in de seksuele voorkeuren van de vrouwelijke festivalbezoekers.

Zijn knieval werd evenwel onmiddellijk door de oude man met een amicale grijns beloond. 'Kijk eens aan! Dat houd jij toch maar goed in de gaten. Met die maagdelijke kop van je. Maar goed, daarmee krijg je ze juist met de beentjes wijd, of niet!' De man trok een plagende grimas, maar keek hem daarna ernstig in de ogen, een paar seconden lang leek hij werkelijk even ontroerd te zijn. 'Je bent een goeie, jij... Hoe heet je?'

'Cas.'

'Ik ben Tobias'. Hij gaf hem geen hand maar kneep hem in zijn onderarm. 'We moeten nog eens verder praten, Cas, als je het wat minder druk hebt.' Langzaam bewoog hij naar achteren, grijnzend, terwijl hij zijn wijsvinger op hem gericht hield. 'We zien elkaar vast nog wel eens. Enne... rustig aan met de vrouwtjes hè!'

Hij lachte met hem mee, uit beleefdheid, om er maar vanaf te wezen, of werkelijk vanuit de behoefte bij deze Tobias in de smaak te vallen.

Had hij geen vermoeden hoe treurig het leven is van deze ontkoppelden, die hun plek in deze wereld al lang geleden zijn kwijtgeraakt? Had hij niet door dat hun provocaties weinig meer dan angstbezweringen zijn, hun branie een wanhoopsoffensief?

En toch... Na dit gesprek was er iets in hem wat tintelde, iets wat hem energie gaf, iets wat hij als opwindend ervoer. Iets wat het roofdier had doen ontwaken.

'En dus probeert dat meisje dan maar met de golfclub de piñata stuk te maken. Ze hakt erop in, maar die club is eigenlijk veel te lang en zwaar voor haar, ze is nog maar vijf hè. En ze kan het allemaal niet goed zien. Die piñata hangt vlak voor haar neus, het was een grote roze ezel, geloof ik. Ze heeft in elk geval niet door dat haar opa er vlak achter staat. En ze haalt echt uit deze keer, zo hard als ze kan slaat ze het ding kapot en het barst eindelijk open, alle confetti en snoep springen eruit, maar dan blijkt ze met het blad van de club het hoofd van haar opa te hebben opengeslagen.'

Ze schoot in de lach terwijl ze het vertelde.

'Sorry, dat is helemaal niet grappig. Maar het is zo'n bizar verhaal. En het is goed gekomen hè, er was verder niemand op de Eerste Hulp, dus ik heb die arme man keurig dichtgelaserd. Hij heeft er alleen maar een lichte hersenschudding aan overgehouden.'

Ze trok een vroom gezicht. 'Als je ze hebt gered, mag je ook om ze lachen.' Ze pakte haar kop thee met beide handen en nam er een kleine, preutse slok uit, terwijl ze ondeugend naar de overkant van de tafel keek. 'Vind ik.' Het scheerlicht door de ramen verguldde de golven in haar haar als een ornament uit het rococo.

Ik vraag me af of hij besefte hoe mooi ze was, haar ogen openhartig en nieuwsgierig, haar huid zacht en soepel, haar lippen vol expressie; van speels naar bedachtzaam naar scherp en humoristisch.

Ze waren nu iets meer dan drie maanden samen, als je dat zo kan noemen: één of twee keer per week spraken ze met elkaar af en bleven dan bij elkaar slapen. Geen van beiden had in de tussentijd andere minnaars gehad.

Hij had vaak getwijfeld in die periode, maar dat was onvermijdelijk. Zo ging het altijd bij hem; zo gauw de fase van onzekerheid voorbij was, en het verrukkelijke, smachtende gevoel in zijn borst en onderbuik was bedaard in de wetenschap dat de affectie wederzijds was, begon het heroverwegen. Ik zag het als een patroon waarin hij verstrikt zou blijven, tot een grote gulle liefde hem zou doen inzien dat passie niet gedijt bij onbereikbaarheid, maar bij het vermogen tot overgave, en dat twijfels een mens veroordelen tot wachten aan de zijlijn. Vicieuze cirkels zijn alleen maar zo hardnekkig omdat ze nooit worden doorbroken. Als dat eenmaal gebeurd is, blijkt hun kracht een idee-fixe. Daar had ik mijn hoop op gevestigd.

En deze middag leek die te worden bewaarheid. Alle terughoudendheid was van hem afgevallen. Hij was ontspannen, onbekommerd. Hij had plezier in het spel.

'Dus als jij een kindje met kanker hebt genezen, lach je hem na afloop uit?' vroeg hij gekscherend, terwijl hij haar reactie nauwlettend in de gaten hield. Met dokters weet je het nooit. Hoe hardvochtig hun humor vaak ook is, je kan ineens een onverwachte gevoelige snaar raken.

'O,' zei ze met een uitgestreken gezicht, 'zéker een kind met kanker. Die hebben we binnen een paar weken weer helemaal gezond.' Ze keek uit het raam, naar het zonovergoten strand, de stralende lucht, de donkerblauwe zee, en kreeg iets peinzends over zich. 'Alles gaat nu om infecties, al die bacteriële ontstekingen waar we vroeger onze hand niet voor omdraaiden. Maar nu... Meer dan zeventig procent reageert inmiddels niet meer op antibiotica. Het is echt heftig.' De serieuze uitdrukking op haar gezicht wuifde ze weg met een ironische frons. 'En daarnaast is het allemaal stress... Stress is de grootste bedreiging voor de volksgezondheid. Wist je niet hè?'

'In dat geval...' zei hij, terwijl hij de frequentie van zijn stem verlaagde, 'moeten we dan niet even kijken hoe het met jouw stress gesteld is?'

'Ha!' Ze schrok even terug van het geluid van haar eigen lach, dat schel door het café galmde, drukte haar hand tegen haar mond, alsof dat nog iets kon verhelpen. Ze keek hem verbaasd, daarna geamuseerd aan. 'Dokter Zeban...' zei ze met een gespeeld naïef stemmetje. 'Wat zegt u nu?'

Hij glimlachte met een rust en een warmte die hem bepaald aantrekkelijk maakten. 'Als het in het belang van de volksgezondheid is, vind ik dat we geen enkel risico moeten lopen.'

Weer schoot ze in de lach. Dit was een rol die ze niet van Cas kende – ik ook niet.

'Wat ben jij in een zwoele bui.'

Hij nam haar in zich op, de glinstering in haar pupillen, de meisjesachtige bereidwilligheid om zich aan iets onverwachts over te geven, iets avontuurlijks. Nadat het initiatief zoveel maanden voornamelijk bij haar had gelegen, vond ze het heerlijk dat hij het een keer nam. Het is een zeldzame kwaliteit, die een relatie tot een onuitputtelijke bron van geluk kan maken: een waarachtige wisselwerking tussen twee minnaars, waarbij de rollen telkens kunnen worden omgedraaid, die van trooster en getrooste, van gever en ontvanger, van verleider en degene die zich laat verleiden.

En nu leek hij dan eindelijk een rol op zich te nemen

waarvan ze gehoopt had dat die achter zijn zwijgzame halfslachtigheid had gescholen, die van veroveraar; een gretige, doortastende besluitvaardigheid om haar tot de zijne te maken. Ze was opgetogen, opgewonden. En opgelucht.

'Kom, laten we gaan,' zei hij. En ze pakte de hand die hij haar toestak, liet zich meevoeren, tussen de tafeltjes van Juttersdok door, over de vlonders van het terras, de trap af, het mulle zand door. Ze voelde de zon, die al laag stond, vlak boven de zee, zacht op haar blote armen en benen gloeien. Ze zag de gelige huid van zijn armen onder de mouwen van zijn zwarte shirt uitsteken. Hij droeg zwart, zelfs in deze hitte.

Ze liepen over het smalle duinpaadje naar boven. Het glooiende zand week zacht uiteen bij elke stap die ze zetten.

'Kom.' Hij trok haar met zich mee van het pad af, tussen de pollen van riet en helmgras, de korte heuvel over en dan naar beneden, tot ze in de beschutting van een duinpan stonden.

Daar draaide hij zich naar haar toe. Met zijn rechterhand streelde hij haar wang, zacht, vastbesloten. Ze keek naar hem op. Zijn neus wreef langs de hare.

'Kom,' zei hij weer. Hij zakte op zijn knieën en trok haar met zich mee. Het zand was warm. Hij omsloot haar gezicht nu met beide handen en kuste haar lippen, eerst luchtig, droog en terughoudend, daarna met meer kracht, zijn tong tegen de hare gedrukt. Ze gaf zich aan zijn ritme over, beet af en toe speels in zijn onderlip. Hij streek met zijn rechterhand over de gladde huid van haar rug onder haar shirt. Met de linker gleed hij onder het elastiek van haar broekje.

Ze kreunde tussen het zoenen door, pakte zijn shirt aan

de onderkant vast en trok het in één beweging over zijn hoofd. Ze zette haar vingers in het zachte vlees van zijn onderrug en zakte achterover in het zand, dat zich naar de vorm van haar lichaam schikte. Het stoof op in een wolk toen hij haar shirt omhoogtrok. Ze knipperden met hun ogen, voelden overal op hun lichaam zandkorreltjes landen, tussen de plooien van hun huid, in hun haar, in hun ondergoed.

Hij liet zijn lichaam op het hare zakken, bewoog langzaam heen en weer. Haar kleine ronde borsten, klam van het opkomende zweet, werden rood en ruw van de korrels die eraan kleefden en die door zijn aanrakingen langs haar huid schuurden. In haar staat van opwinding merkte ze het ongemak niet. Ze hapte naar adem, liet haar handen onder zijn shorts glijden, langs zijn heupen, trok hem naar beneden, over zijn melkwitte billen en zijn stijve piemel heen. Hij leunde opzij, keek omlaag naar haar hand die zijn penis betastte. Onderwijl streelde hij haar middel met zijn vingers en liet ze, toen ze bij de rand van haar broekje waren, langzaam naar beneden glijden. Ze hief haar billen om het hem te vergemakkelijken, liet ze daarna weer zakken in het zand, de korreltjes kropen in haar bilspleet, tussen haar liezen en haar schaamlippen. Hij boog weer over haar heen, wrong zich tussen haar benen, drukte zijn piemel tegen haar vulva aan, het zand inmiddels aan de donkerroze rand van zijn eikel geplakt, klaar om in het kwetsbaarste deel van haar lichaam te stoten, de kliertjes en de bloedvaten open te schuren en een infectie te veroorzaken.

'Au! Fuck! Wat is dit!' Ze greep met beide handen naar haar ogen.

'Auwauwauwauw!' Zijn pijngrens was duidelijk minder hoog dan de hare. Of hij was minder koelbloedig. Pijn valt in hun beleving moeilijk van paniek te onderscheiden.

Beiden hadden hun audio- en lensnotificaties afgesloten, dus ik kon alleen een noodmelding geven: een miniem stroomstootje van acht volt.

Het blijven onvermijdelijke dilemma's. Voor Cas zou een onverstoorde climax in het zand vermoedelijk positief hebben uitgewerkt. Maar het risico op een vaginale infectie was zo groot dat ik op dat moment voor de veiligheid van Lies moest kiezen. Het is onmogelijk om tegelijkertijd ieders belang te dienen.

'Gaat het?' vroeg hij, meer plichtmatig dan meevoelend; daarvoor was de onderbreking van zijn hoogtepunt te abrupt.

'Ja, ik geloof het wel,' zei ze, nog hijgend, van de schrik en waarschijnlijk ook nog van de opwinding daarvoor. 'Volgens mij krijgen we een noodmelding.'

'Wat dan?' Hij schrok, zijn ogen stonden wijd open. De gebruikelijke angst van mannen dat ze een geslachtsziekte hebben opgelopen.

Ze keek even geconcentreerd voor zich uit terwijl ze luisterde.

'Vaginale infectie,' zuchtte ze, terwijl ze met haar hand naast zich greep, een handvol zand omhooghield en het er langzaam uit liet glippen.

Hij keek er fronsend naar, begreep het pas in tweede instantie. 'Door het zánd?'

'Ja.'

'Tjeezus.' Hij rolde van haar af en keek peinzend omhoog. 'Beetje overdreven, toch? Wat kan dat nou voor kwaad?'

Ze draaide haar hoofd opzij en gaf hem een geërgerde blik.

'Sorry,' reageerde hij meteen.

Ze bleef even zitten, zonder iets te zeggen, pakte daarna

haar broek op en schudde die schoon, voor zover dat ging. 'Laten we maar gaan.'

Zwijgend raapten ze hun kleren bij elkaar, kleedden zich aan en liepen terug over het smalle duinpad dat naar het dorp voerde. Vanachter brandde de zon in hun nek en op hun kuiten. Toen ze weer op de verharde weg liepen, hun slippers nog in de handen, de straatstenen gloeiend aan hun voeten, zocht hij haar hand met zijn vingers. Ze keek hem even aan, met een glimlach die iets treurigs had, iets berustends. Ze kuste hem kort op zijn mondhoek, kneep even in zijn schouder, liep toen de zijstraat in, waar ze woonde.

Er zijn zoveel dingen gebeurd waarover we het nooit meer hebben gehad. Ik zou niet eens weten of hij het me kwalijk heeft genomen dat ik hun vrijpartij in de duinen verstoorde. En ook zijn ontmoeting met Tobias op het festival heb ik nooit met hem besproken. Hij kwam er zelf niet op terug, en het leek me onverstandig als ik erover zou beginnen. Dat het effect op hem heeft gehad, lijkt me aannemelijk, hoewel ik het lastig vind te omschrijven wat dat precies kan hebben ingehouden. 'Een tinteling', noemde ik het eerder. En: 'iets van het roofdier dat ontwaakte'. Dat laatste is wat al te simplistisch uitgedrukt, alsof het om instincten zou gaan die hij al die tijd had moeten onderdrukken; het veronderstelt een biologische oertoestand die verloren is gegaan en roept een clichématige tegenstelling tussen natuur en civilisatie in het leven; alsof de modernisering noodzakelijkerwijs ten koste van de natuur zou gaan. Terwijl ze onlosmakelijk met elkaar zijn verbonden. Als de mens van nature iets is, is het wel een uitvinder en een bouwer.

Geheel in dezelfde lijn zou het misleidend zijn om de Onvolmaakten simpelweg als een tegenbeweging te omschrijven; om ze louter als antagonisten van Gena of het Conglomeraat als geheel te zien. Ze zijn ongrijpbaarder dan dat, veel meer vervlochten met datgene waar ze een alternatief voor zoeken. Ze zijn zelf het strijdtoneel van een innerlijk conflict, waarvan het maar zeer de vraag is of ze het willen oplossen, of dat ze inmiddels in de confrontatie hun reden van bestaan hebben gevonden.

Dat zijn kennismaking met Tobias niet bij één gesprek zou blijven, zal u allicht niet verbazen. Tobias kondigde het tijdens hun eerste ontmoeting al aan. Even heb ik de mogelijkheid overwogen of er van een vooropgezet plan sprake zou zijn geweest. Maar ik heb er geen enkele aanwijzing voor kunnen vinden. En het zou ook wel van een merkwaardige voorzienigheid getuigen als ze Cas zo ver van tevoren als een soort uitverkorene hadden aangewezen, hem doelgericht hadden geïndoctrineerd en van zijn omgeving losgeweekt, alsof hij de langverwachte vervulling van een profetie zou belichamen – toegegeven, een dergelijke gedachtegang zou naadloos aansluiten bij hun voorliefde voor apocalyptische dramatiek. Maar profetieën worden doorgaans pas geconcipieerd als ze al lang en breed in vervulling zijn gegaan. En zo lijkt mij ook dit geval een toevallige samenloop van omstandigheden, die pas achteraf de zweem van voorbestemming kreeg toegedicht.

Cas ging koffiedrinken in Juttersdok, zo simpel was het, op mijn aanraden nota bene. Hij had wel lang genoeg in de Yitu gezeten die dag. En daar, aan een afgelegen tafel in de achterste hoek van het paviljoen, zat Tobias. Niets in diens lichaamstaal wees erop dat hij de komst van Cas, of van wie dan ook, verwachtte.

Net als de vorige keer was hij zwaarwichtig met zijn stapels papieren in de weer, die hij ongetwijfeld zelf had volgeschreven. Maar hij behandelde ze alsof hij zeldzame historische bronnen in beheer had gekregen. Hij las ze na. Hij ordende ze. Op andere, nog onbeschreven vellen maakte hij aantekeningen, waar hij in de oorspronkelijke tekst met nummers naar verwees.

Cas was na een korte wandeling over het strand voor op het terras gaan zitten, aan een klein gietijzeren tafeltje dat wiebelde op de oneffen planken. Het was rustig. Naast enkele wandelaars die zwijgend waren neergestreken, zaten er nog twee vrouwen die druk met elkaar in gesprek waren, moeder en dochter, hoewel je dat niet direct van hun gladgestreken gezichten af kon lezen. Maar de vanzelfsprekende vertrouwelijkheid waarmee de een zonder enige terughoudendheid praatte en de ander met onvoorwaardelijke interesse luisterde, was anders dan die tussen zussen of vriendinnen.

Cas zat zomaar voor zich uit te kijken, naar de zee en de vlakte van het strand, waar vlagen zand als witte nevel overheen scheerden. Toen het hem niet lukte het gesprek naast hem te negeren, besloot hij naar het toilet te gaan, om daarna zijn wandeling te vervolgen. Hij liep het overdekte deel van het paviljoen in en merkte niet op dat er iemand in de hoek zat. Zijn ogen moesten aan de schaduw wennen.

Tobias veerde op toen hij hem herkende. 'Ha! Daar is-ie!' riep hij hem toe. 'Ik zei toch dat we elkaar binnenkort weer zouden zien!'

Cas keek zoekend om zich heen maar zag alleen nog donkere, vage vlekken voor zijn ogen.

'O... Nu doet-ie net of-ie me niet meer kent, hoor.'

Cas draaide zich in de richting van waar hij Tobias' stem hoorde. 'Heeft u het tegen mij?'

'Ja! Hier! Links! Nee, rechts! Nee, niet daar, als je je omdraait! En dan achter je!' Luidkeels lachte hij om Cas' verblinde gespeur.

'Ah, daar zit u,' zei Cas, toen zijn zicht weer scherp was. Hij liep naar de tafel toe en gaf Tobias een hand.

'U?' vroeg Tobias verontwaardigd. 'Zijn we aan het vousvoyeren geslagen?' Hij fronste zijn wenkbrauwen, twee wilde bossen grijsbruin haar waarvan enkele vlassige plukken voor zijn ogen hingen.

Cas keek hem niet-begrijpend aan.

'Ú. Je hoeft geen ú te zeggen,' verduidelijkte Tobias. 'Ik ben geen Petruchio en God weet dat jij geen Grumio bent...' Zijn schorre lach weerkaatste tegen de ramen. Hij leunde achterover op zijn stoel. 'Zo, jij komt van buiten, zeker. Zat je in de zon? Eh... wat is het, vitamine D, toch? Ze zeggen natuurlijk tegen jullie dat dat goed voor je is.' Hij lachte schamper. 'Terwijl ik zou zeggen dat de waarheid een stuk heilzamer is. Gezegend het huis waar de zwaluwen zich onder het dak nestelen, rijk zal uw geluk zijn.'

Meewarig keek hij Cas aan, die nog nooit van Petruchio en Grumio gehoord had, naar mijn weten nooit iets van Shakespeare heeft gezien, laat staan gelezen. En ook van de laatste mededelingen leek hij weinig te begrijpen.

'Jij denkt waarschijnlijk, wat een oude gek, of niet? Met z'n vellen papier en z'n verstofte citaten. Maar we leven nu, in de tijd van nieuwe profeten,' vervolgde Tobias. 'Het gebeurt allemaal nu. Als jullie om je heen zouden kijken, zouden jullie de tekenen zien, de mollen die de grond omwoelen, de vleermuizen die uit hun spelonken komen.'

Strak bleef hij Cas aanstaren. 'Dat staat niet in een of ander oud boek.' Hij pakte een papier van tafel, zwaaide ermee in de lucht. 'Dat staat hier. Dat heb ik opgeschreven. Gisteren. Dat is nu. Dat gaat over nu.'

Cas stond voor de tafel te friemelen met zijn vingers, terwijl Tobias verder oreerde: 'Zie je de mensen niet lijden, zie je niet hoe ze onder de hitte bezwijken, hoe het volk de glimmende afgodsbeelden aanbidt?'

Hij had een punt, natuurlijk, in overdrachtelijke zin: Cas en zijn generatiegenoten hadden weinig oog voor wat zich buiten hun directe omgeving afspeelde. Uit scepsis of gemakzucht, en ik twijfel weleens of er verschil is tussen die twee, hadden ze hun vertrouwen in alles wat die buitenwereld kenbaar kon maken, journalistiek, wetenschap, laten varen en zich neergelegd bij de gedachte dat de waarheid nu eenmaal een kwestie van perceptie is en iedereen het zijne of hare ervan mag denken, zolang je daar een ander maar niet mee lastigvalt. Misschien is het een erfenis uit de gepolariseerde jaren twintig en dertig waardoor ze, murw geslagen door alle wederzijdse argwaan en beschuldigingen, het verschil tussen waarheidsdrang en fanatisme niet meer zien. Misschien zijn onze inspanningen om het oververhitte debat te depolitiseren doorgeschoten, heeft onze begeleiding ze passief gemaakt; elk afgewogen advies dat we gaven, elk pasklaar antwoord op hun vragen, maakte verder zoeken en verder discussiëren overbodig. Heeft het hun nieuwsgierigheid aangetast? Hun kritische vermogens?

Ik vraag het me werkelijk af, of er voor hem een principieel verschil bestond tussen de nieuwsberichten die hij die ochtend op zijn lenzen voorbij had zien komen en de ondergangsvisioenen die Tobias debiteerde. Hij luisterde er in elk geval naar alsof ze op hetzelfde neerkwamen. Op een bepaalde manier leken de doembeelden van de oude man zelfs een aantrekkingskracht op hem uit te oefenen. Ik heb daar lang over nagedacht, maar de reden is, denk ik nu, eigenlijk heel simpel. Met zijn archaïsche taalgebruik riep deze Tobias een wereld op die aan andere, mysterieuze wetten gehoorzaamde, onbegrijpelijk voor degenen die niet in de geheimen van zijn profetieën zouden worden ingewijd. Wat die geheimen precies waren, deed er niet eens toe. Het ging om de kracht van de suggestie. Het ging om de belofte. De belofte dat er een waarheid bestaat die, als hij die eenmaal zou omarmen, zijn blik op de wereld voorgoed zou doen opklaren. En zolang hij dat nog niet had gedaan, zou hij ertoe zijn veroordeeld om in het duister te blijven dwalen.

Feit is dat hij bleef staan, waar hij in veel andere gevallen zou zijn weggelopen.

Even keek hij om zich heen, alsof hij wilde verifiëren dat niemand hun gesprek kon volgen, daarna wendde hij zich weer tot Tobias. 'Maar het gaat toch eigenlijk best goed?' vroeg hij, oprecht benieuwd naar het antwoord.

'O ja?' Verbouwereerd legde de oude man zijn handen op tafel. 'Denk je dat?'

'Iedereen...' Cas koos zijn woorden zorgvuldig. 'Iedereen lijkt het toch best naar z'n zin te hebben?'

Tobias tuitte spottend zijn lippen. 'Iedereen heeft het best naar z'n zin, iedereen heeft het best naar z'n zin,' herhaalde hij meesmuilend. 'Jaja! Iedereen in Kochi had het best naar z'n zin! Iedereen in Kunming had het best naar z'n zin! Iedereen in Boedapest had het best naar z'n zin! Totdat zij...' Hij gebaarde omhoog naar een denkbeeldige hoger gesitueerde autoriteit. 'Totdat zij besloten dat ze het een beetje te veel naar hun zin hadden.' Hij maakte met zijn hand een maaiende beweging. 'De meeste mensen hebben het "best" naar hun zin, omdat ze niet beter weten. Omdat ze zich lang geleden gevoegd hebben naar een deprimerende middelmatigheid, die ons van bovenaf wordt opgedrongen, door de strot wordt geduwd, en die elke gedachte aan werkelijk, onversneden genot, elke werkelijke sensatie van het leven, uit ons hoofd wil verbannen.'

Cas keek hem vragend aan. Zonder precies te begrijpen waar Tobias aan refereerde, hadden diens woorden zijn nieuwsgierigheid gewekt. De priemende ogen van de oude man stelden tevreden vast dat zijn uitspraken, zijn oncontroleerbare complottheorieën, kan ik beter zeggen, hun doel niet hadden gemist.

Met de gretigheid van een bekeerder die een nieuwe volgeling meent te herkennen, stak hij zijn wijsvinger omhoog, ten teken dat hij zojuist een ingeving kreeg, pakte een oude bruine leren tas vanonder de tafel en zette die neer op zijn schoot.

'Wacht, ik heb hier iets waarvan ik benieuwd ben wat je ervan vindt...' Hij rommelde in de tas, haalde een stapel papier tevoorschijn die hij op tafel legde, en vervolgens een vierkante zwarte hoes. Voorzichtig schoof hij daar een oude digitale fotocamera uit, die hij met een druk van zijn duim op een ronde knop aan de bovenkant van het apparaat aanzette. Aan de achterzijde flikkerde een klein scherm aan. Hij bewoog er met zijn wijsvinger overheen. Zuchtend mompelde hij iets onverstaanbaars, glipte met zijn rechterhand in de zak van het zwarte colbert dat achter hem aan de stoelleuning hing. Hij plukte er een kleine, rechthoekige opslagkaart uit, ter grootte van zijn vingertop, en schoof die in een opening onder het apparaat. Ditmaal vertoonde het scherm wel wat hij wilde.

'Kijk maar eens,' zei hij, terwijl hij het toestel aan Cas overhandigde. 'En vertel me wat je denkt dat je gezien hebt.'

Cas pakte de camera aan en staarde naar het flikkerende schermpje.

'Gewoon één keer met je vinger er midden op drukken,' instrueerde Tobias. 'Op het scherm ja.'

Na een korte hapering kwam het beeld in beweging.

Op een dorre vlakte, voor een hoge, grijze betonnen muur, stond een groep van enkele honderden mannen en vrouwen zich te verdringen. Aan de vorm van hun gezichten en hun huidskleur te zien waren het Indiërs, of Pakistanen. Sommigen droegen rugzakken, anderen hadden koffers in hun handen. Enkelen hielden een baby boven het hoofd, om die tegen het gedrang te beschermen. Allemaal keken ze naar dezelfde plek op de bovenrand van de muur, waar een kleine glimmende bol was bevestigd.

Hoe het precies begon was moeilijk te zien op het kleine scherm van de camera, maar rechtsachter in de menigte ontstond een hevige reuring. Rijen mensen werden een paar meter naar voren geduwd, en daarna weer naar achteren. Een wilde kolk van paniek, om zich heen grijpende armen, angstige gezichten. Dwars door de mensenmassa wurmde zich een groep mannen agressief naar voren om met felle stoten op iemand in te slaan.

Plotseling klonk er een schril geluid, waarna iedereen een fractie van een seconde stilstond, alsof het beeld bevroor, daarna trok de menigte zich van de muur terug. Drie lichamen lagen roerloos in het stof. Een jonge vrouw zat wiegend in het zand, in haar armen hield ze iets tegen haar borst geklemd, iets wat in donkerblauwe stof was gewikkeld en vermoedelijk haar kind was. Schokkend bewoog het beeld heen en weer en sprong vervolgens op zwart.

Cas keek op van de camera en staarde voor zich uit. 'Wat is dit? Waarom laat je me dit zien?'

'Wat denk je dat dit is?' Tobias zat achterovergeleund op zijn stoel, zijn linkerenkel op de rechterknie, Cas nauwgezet te observeren.

'Een of andere rel, in India?'

'Waarom denk je dat?'

'Omdat... Die mensen zagen er zo uit, en het leek er warm te zijn. En... ze waren aan het dringen, voor eten of een slaapplek of zo.'

'Bijna.' Weer dat ironische lachje. 'Deze beelden zijn gemaakt bij een douanepost hier aan de oostgrens, nog geen tweehonderd kilometer verderop.' Hij liet weer even een stilte vallen, om de impact van de mededeling te vergroten.

'Hoezo?' vroeg Cas verward. 'Hoe komen al die mensen hier?'

'Laten we zeggen dat ze op eigen gelegenheid zijn gekomen,' antwoordde Tobias geamuseerd. 'Een fijne reis was het waarschijnlijk niet. Nare beelden hè? Die heb je neem ik aan niet in je nieuws-*feed* van vanochtend gezien, of wel?'

'Nou ja.' Cas draaide zijn hoofd naar het raam. De zandnevels stoven over het strand. 'Er staat op We-Tube genoeg over vluchtelingen, ik zie er echt weleens filmpjes over voorbijkomen.'

'Echt waar? Ook deze beelden? Vier doden in Trimodium, onder wie een klein kind?'

Cas sloeg zijn ogen neer. 'Nee, daar heb ik niks van meegekregen,' mompelde hij, 'eerlijk gezegd kijk ik ook niet zoveel van dat soort berichten.'

Tobias lachte. 'Nee, natuurlijk niet.' Hij maakte een wegwuivend gebaar. 'Waarom zou je ook. Ik val je alleen maar lastig met dit soort nare toestanden. Ga maar weer lekker naar buiten. Naar je zon.'

Hij was op driehonderdtweeëntwintig meter afstand van Juttersdok, toen hij in het zand bleef staan, starend naar de glinsterende golven aan de einder. Gedachteloos legde hij zijn focus op een punt in de verte, dat gracieus door de lucht aan kwam zweven, tot het uiteindelijk drie meter boven hem hing en een schrille kreet uitsloeg. Met een schok werd Cas de rest van zijn omgeving weer gewaar. Met opengesperde ogen ploegde hij verder over een smal pad dat over de verstuivingen van de duinen heen voerde.

'Wat wás dat?' vroeg hij, op een toon alsof hij net een buitenaards voorwerp had zien zweven.
'Goedemiddag, Cas. Dat was een meeuw.'
Hij zuchtte. 'Nee, die video bedoel ik, die Tobias liet zien, wat was dat? Met al die mensen, die elkaar wegdrukten. Was dat echt van hier bij de grens?'
'De authenticiteit van die beelden kan ik niet bevestigen.'
'Wat... wat betekent dat? Authenticiteit niet bevestigen?'
'Dat betekent dat de beelden niet gedefinieerd genoeg zijn om de mensen op die video te identificeren. We kunnen zo niet controleren of die beelden wel of niet gefabriceerd zijn.'
'Je bedoelt dat die Tobias me voor de gek hield?'
'Daar kan ik geen uitspraken over doen. Het zou heel goed kunnen dat hij zelf in elk geval gelooft dat die beelden echt zijn. Maar zonder identificatie kan ook hij dat niet zeker weten. En het komt nog steeds voor dat mensen gemanipuleerd materiaal voor waar aannemen. Helemaal in die kringen...'
'Welke kringen?'
'Mensen buiten het netwerk. Die hebben niet de mogelijkheid om informatie op betrouwbaarheid te controleren.'
'Ik wel dan?'
'Dat hoef je niet zelf te doen. Vervalste informatie wordt vanzelf weggefilterd.'
'En die Tobias gelooft dit soort verhalen omdat hij niet in het netwerk zit?'
'Dat is de meest waarschijnlijke verklaring. Eerder dan om opzettelijke misleiding gaat het hier vermoedelijk om een betreurenswaardig misverstand.'

Strikt genomen klopte alles wat ik zei. De beelden op die oude camera hadden te weinig resolutie om ze op manipulatie te kunnen controleren. Maar in principe had het gekund, dat het authentieke opnames van een grenspost waren. Ik heb geen match kunnen vinden, maar Handhaving stelt ook niet alle registraties beschikbaar. En het was, ook toen, aan de grenzen erg onrustig.

De suggestie dat dit soort berichten opzettelijk uit hun nieuwsoverzichten worden geweerd, was natuurlijk wel degelijk onjuist. Wat ze in hun overzichten zien, is op hun eigen voorkeuren afgestemd. En voor het overgrote deel van de gebruikers geldt dat ze niet graag naar dergelijke onaangename berichten kijken, helemaal als de strekking ervan al decennialang dezelfde is. Ze verdwijnen vanzelf, zonder dat wij er iets aan gedaan hebben.

Tijdens de terugtocht naar huis heeft hij niets meer gezegd. In gedachten verzonken liep hij langs de grasvlakte tussen de duinlinies, langs de opgedroogde meren en over de pas aangelegde heuvelrug vanwaar een bekiezeld pad het dorp invoert. Hij zweeg toen hij de voormalige basisschool passeerde en links afsloeg naar de Kruisboogstraat. Hij zweeg toen hij over het tuinhekje stapte, de van het slot geklikte voordeur openduwde en in de huiskamer op de bank neerplofte. Even dacht ik dat hij zich weer in een simulatie terug zou trekken. Maar na een paar minuten stond hij op, liep naar de gangkast en pakte er de doos met de pen en papieren uit, legde ze op de keukentafel en ging zitten. Van onder op de stapel schoof hij een vel naar zich toe, leeg, afgezien van enkele vegen van vuil en zaagsel. Hij stopte het uiteinde van de pen in zijn mond, kauwde er bedachtzaam op en begon te schrijven.

Ik ben moe. Ik zou me helemaal lam willen drinken, een pil doen. Ze zeggen dat ik moet mediteren. Dan houd ik tenminste mijn mond. Want dat is het. Als je kritiek hebt, of alleen maar een vraag stelt, dan moet je niet zo negatief doen. Dan moet je aan je manipura chakra werken, en aan je innerlijke groei. Hoe dan ook ligt de fout bij jou. Nooit bij hen.
    En buiten de muren drukken ze elkaar dood. Die hebben ook niet genoeg gemediteerd.
    Vertel me wat je denkt dat je ziet, vroeg die oude man, met zijn raadsels.
    Ik heb geen flauw idee.

Hij zuchtte en keek uit het raam. Gelaten frommelde hij het papier tot een prop en gooide het in de hoek van de keuken.

'Hoi!'
'Hé.'
'Hoe is het?
'Ja, goed, goed.'
'Je ziet er goed uit zeg, heb je in de zon gezeten?'
'Gisteren even, op het strand. Op het terras.'
'O wat heerlijk, ik baalde zo dat ik moest werken.'
'Hoe gaat het?'
'Ja, het was druk, echt veel diensten gehad achter elkaar, een beetje té veel, gister kwam ik thuis en had ik echt helemaal geen fut meer. Echt jammer hoor, met dit mooie weer. En jij?'
'Ja, ook druk, het was wel even wat rustiger maar we moeten alweer aan de eerste dingen voor het volgende festival beginnen.'
'O, dat gaat ook gewoon weer door hè.'
'Ja, altijd. Altijd weer een volgende. Maar vanavond heb ik vrij, zag ik. Enne... er is Exta in de Doma. Heb je zin?'
'O! Ja... Ja. Wat grappig... Ja, laten we het doen!'
'Om negen uur bij de ingang?'
'Ja, goed. Tot vanavond dan hè.'
'Tot vanavond.'

Zo eenvoudig ging dat. Drie weken hadden ze elkaar niet gesproken, alleen wat berichten over en weer gestuurd –

de langste periode dat ze elkaar niet hadden gezien sinds het begin van hun verhouding. En met één gesprek van nog geen minuut bezwoeren ze de impasse, alsof ze het gewoon even te druk hadden gehad om af te spreken. Het abrupte einde van de vrijpartij in de duinpan, het onbestemde afscheid, het pijnlijke gevoel van eenzaamheid dat ze beiden na afloop hadden gehad: ze benoemden het simpelweg niet, ze wisten het uit hun geheugen, ze herschreven hun geschiedenis.

Lies droeg die avond haar witte linnen jurk, die ze tijdens hun eerste ontmoeting had gedragen – maar dan het fysieke origineel – en haar platte, kurken sandalen. Hij vergat natuurlijk haar een compliment te geven, maar, het moet gezegd, op zijn gezicht verscheen spontaan een glimlach toen hij haar over het plein voor de grote glazen entreehal aan zag komen lopen.

'De Doma, Cas?' vroeg ze plagend, terwijl ze hem luchtig een knuffel gaf. 'Ben je yogi geworden?'

'Lach maar,' antwoordde hij met een verlegen grijns. 'We gingen hier vroeger met mijn ouders heen, op de zondagmiddag. Aliveness Retreat.'

Ze schoot in de lach en haakte verzoenend haar arm in de zijne. 'Ach... Arm schaap.' Verwonderd keek ze omhoog naar de glazen koepel van de entreehal, waar vanuit een van de bovenzalen flarden van een doffe kickdrum in weergalmden. 'Zijn alle kerken voorbestemd om dansclubs te worden?'

De Doma is officieel nooit een kerk geweest, maar vormde in de jaren dertig en veertig de thuisbasis voor verschillende *revival*-genootschappen, waar soul, gospel en house altijd een grote rol in hebben gespeeld – klassieke house, welteverstaan, zoals Frankie Knuckles en Farley Jackmaster Funk in de jaren 1980 en 1990 hun sets al als erediensten vormgaven. Eind jaren veertig kwamen daar de bijeenkomsten van Singulariteits- en andere transhumanistische bewegingen bij, die dat muzikale vocabulaire overnamen. Cas kon zich ze nog herinneren, de kerkdiensten die geen kerkdiensten mochten heten maar het ontegenzeglijk waren, alleen heette de ziel nu interconnectiviteit van het bewustzijn, werd het paradijs gevormd door het allesverbindend netwerk en werd er met evenveel hoop als twijfel gerefereerd aan een superintelligentie die zich misschien wel, misschien niet op aarde zou manifesteren. En dat alles op de extatisch aanzwellende synths van *You've Got the Love* waar de hele zaal van Godbouwers devoot de handen op meezwaaide.

Sinds hij niet meer in de Hutongs woonde, was Cas hier niet meer geweest – zijn vader ging wel nog trouw elke woensdagavond. Heel af en toe zette hij de streaming aan, als hij door een onbestemde melancholie werd overvallen en behoefte had om iets vertrouwds om zich heen te hebben, de geluiden van vroeger, het pathos van zijn jeugd. En wat me opviel: vanaf het moment dat hij met Lies over de drempel van de entreehal stapte, veranderde zijn motoriek, begon hij over de vloer te sloffen zoals hij als dertien- en veertienjarige had gedaan, licht slepend met zijn rechtervoet, nonchalance veinzend waar hij eigengereidheid bedoelde, zoals pubers dat doen. Het is alsof elk van hun ledematen, maar ook hun nekhaar en hun huid, een eigen geheugen heeft, de sensatie herkent die het jaren geleden heeft opgeslagen, de ribbels in de vloer, de galm in de hal, de geur van munt die door kleine sproeiers de ruimte werd ingespoten.

Voor hen liepen kleine groepen mensen kalm pratend en gebarend naar een doorgang linksachter, die naar de voorste zaal leidde. Toen ze daar binnenstapten, heerste er nog een ingetogen stilte, die hen tot het dempen van hun stemmen maande. Aan de zwartbestofte wanden hingen pastelkleurige vaandels, die door het gele schijnsel van hangspots werden belicht.

Ze schoven aan bij de grote kring die zich op de grond had gevormd.

'Namasté,' zei Lies, terwijl ze vriendelijk naar de bezoekers naast haar knikte.

Cas gaf ter bevestiging een kort knikje na en ging naast haar zitten. Aan zijn andere kant zat een kleine pezige vrouw in een nauwsluitend koraalblauw hemd en een zwarte fitnessbroek geconcentreerd naar haar knieën te kijken.

Toen iedereen een plek op de kussens op de grond had gevonden, verscheen vanachter de coulissen een stralende, slanke man in een rood gewaad die soepel naar het midden van de kring liep. Met zijn handpalmen tegen elkaar gedrukt maakte hij een kleine buiging, zijn lippen uitgestrekt tot een gelukzalige glimlach.

'Namasté!' verwelkomde hij de groep. 'Welkom bij Exta! Ah! Ik zie al heel wat bekende gezichten! Alianne! Hoi, wat leuk zeg. En Paulo' – hij knikte naar een Braziliaanse jongen met lang zwart krullend haar – 'tof, tof, tof. Tof dat jullie er allemaal weer zijn. En nieuwe gezichten!' Hij spreidde zijn armen als het standbeeld van Cristo Redentor op de berg van Rio. 'Héél fijn dat jullie dit met ons mee willen beleven. Ik zal me even voorstellen. Ik ben Guy en ik ga jullie nu iets over de dans vertellen.'

Na de gebruikelijke uitleg over de rituele oorsprong van de dans, de meditatieve werking, de connectie met jezelf en de anderen om je heen, en het afgesproken teken dat een fysieke toenadering ten einde was wanneer iemand de handen voor het hart samenbracht en een kleine buiging maakte, gaven de deelnemers een korte kneep in elkaars handen en stonden op. Guy veegde met een theatraal gebaar zijn handen door de lucht, waarna het licht dimde en de muziek geleidelijk opkwam, een rustige puls van kickdrum en percussie.

Ze stonden op van de vloer en Cas draaide zich naar Lies toe, die stralend haar hand naar hem uitstak en hem met een soepele draai de dansvloer op leidde. Over haar schouder keek ze lachend naar hem om, terwijl ze haar armen omhoogstrekte, ze in elkaar verstrengelde en weer spreidde, als een bhangradanseres.

Hij stond nog even stil, te kijken hoe natuurlijk haar lichaam het ritme vond, en liet vervolgens zijn blik rondgaan in de ruimte. Vlak achter Lies stond een brede, gespierde man met vierkante kaken wijdbeens zijn armen langs zijn heupen te zwaaien, bij elke zwaai veerde hij licht door de knieën, als een atleet die voor het kogelstoten zijn spieren aan het losschudden is. Rechts van hem was een vrouw van achtenzeventig, hoewel je dat nauwelijks aan haar af kon zien, vrolijk en volledig losgezongen van het ritme op haar blote voeten aan het huppelen. Vlak achter haar stond een enorme Sichuanese man van honderdtwintig kilo driftig met zijn handen voor zijn hoofd te schudden. Zijn haar plakte in lange slierten op zijn bezwete voorhoofd.

Helemaal rechtsachter in de hoek van de zaal zag hij een man en een vrouw dicht tegen elkaar aan wiegen, met zulke minieme bewegingen dat je het nauwelijks meer dansen kon noemen, zacht en traag streelden ze elkaars gezicht, hun handen gleden langs elkaars bovenlichaam, elkaars billen, de vrouw trok haar knie langs zijn heup omhoog. Haar zwarte kroeshaar omringde hun beider hoofden als een aureool.

Een schok schoot door Cas' lichaam, een samentrekking van de hartspier, op het moment dat hij het achterhoofd van de man ontwaarde. Toen hij zijn blik langs diens wijdvallende witte T-shirt en zijn beige korte broek liet gaan, werd zijn vermoeden bevestigd: het was Timo, zonder enige twijfel. De knokige schouders, het shirt dat tot over zijn billen viel, de getatoeëerde zwarte ster op zijn linkerkuit, de afgetrapte zwarte patta's. Zijn petje zat waarschijnlijk in de achterzak van zijn broek opgerold. Cas voelde een nieuwe schok door zijn borst schieten toen hij zijn blik nogmaals op Timo's danspartner richtte. Nora. Natuurlijk. Hij had haar meteen aan haar dichte krullen kunnen herkennen, maar gek genoeg was haar meest opvallende kenmerk aanvankelijk aan hem voorbijgegaan.

Ik had het niet zien aankomen, dat hij van de aanblik van die twee samen zo onder de indruk zou zijn. Ik had tot dusver geen aanwijzingen geregistreerd dat hij zich tot Nora aangetrokken voelde. En misschien, als ze daar met iemand anders dan Timo was geweest, waren zijn steken van jaloezie en begeerte achterwege gebleven. Want veelal worden die opgewekt door de bevestigingsdrang van het ego, in dit geval het onzeker stemmende besef dat het Timo was, en niet hij, die door Nora was verkozen. Voor deze avond was ze hem nooit zo opgevallen, misschien omdat de ruimvallende shirts en broeken die ze droeg als ze elkaar in de Vogeltoren zagen de aandacht niet vestigden op de rondingen van haar lichaam. Misschien wekten haar vriendelijke, vaak wat abstracte opmerkingen weinig lichamelijke associaties in hem op.

Maar hier, in deze zaal, was er niets abstracts aan haar. Hier bleven zijn ogen gefixeerd op haar hand die langs Timo's bovenarm gleed, de glanzende naaktheid van haar bovenarmen, de soepele spieren van haar heupen. Aan de vloer genageld stond hij daar in het midden van de zaal naar ze te staren, zich niet meer bewust van zichzelf, leek het wel, dat hij daar zelf ook nog was, zichtbaar voor anderen, behoorlijk opvallend zelfs.

Gelukkig had Lies aanvankelijk niets door. Met haar ogen gesloten ging ze op in de muziek die, mede gegenereerd door de toenemende beweeglijkheid van de aanwezigen, almaar intenser werd. Maar na een paar minuten wierp ze een blik om zich heen, op zoek naar Cas, werd ze zijn roerloze gestalte gewaar en vroeg ze zich af wat het kon zijn dat zijn aandacht zo vasthield. Ze hield hem met een schuin oog in de gaten, terwijl hij op zijn beurt Nora beloerde: een driehoekssituatie. Nee, dat is niet de juiste term. Een estafette van aandacht. Een tragisch gebrek aan wederkerigheid.

Na drie steeds ongemakkelijker stemmende minuten werd hij zich weer enigszins bewust van zijn aanwezigheid in de ruimte. Zijn benen en schouders begonnen weer met zijn omgeving mee te bewegen en vanuit een basaal besef van fatsoen probeerde hij zijn aandacht te richten op de vrouw met wie hij hier gekomen was. Hij wendde zich tot Lies en bootste enigszins op het ritme gebaseerde dansbewegingen na, maar telkens opnieuw werd zijn aandacht onderbroken door kleine reflexen in zijn brein die hem ertoe aanspoorden naar rechts te kijken, even maar, al was het maar voor een glimp die hij zou opvangen als hij zijn blik in een vloeiende beweging langs de uiterste hoek van de zaal zou laten glijden. Meerdere keren per minuut voelde hij de aandrang, als een verslaving, zoals mensen vroeger honderden keren per dag op hun applicaties bleven klikken, zonder daar iets nieuws aan te treffen, maar puur vanwege de lichamelijke sensatie die het bood, de shot dopamine in hun bloedbaan.

Ondertussen was Guy op een verhoging aan de kopse kant van de zaal gestapt en bracht de muziek geleidelijk tot een waas op de achtergrond terug.

'Heerlijk, heerlijk, heerlijk,' sprak hij de stilgevallen dansers toe, 'wat een fijne energie, mensen, wat een avond. Kom allemaal even bij elkaar, pak elkaars hand. We hebben ons aan de kracht van de dans overgegeven, de kracht van de dans in ons lichaam gevoeld, elkaars vibes, dat is heel bijzonder, wat we meemaken. En ik zou nu twee van jullie willen uitnodigen om met ons te delen wat jullie net ervaren hebben. En jullie weten, het is altijd het mooist als het twee mensen zijn die elkaar vandaag, vanavond, voor het eerst hebben gezien, elkaar voor het eerst hebben ontmoet, elkaar hebben gevonden in de dans.'

Meerdere tersluikse blikken gingen over en weer, tot twee elkaar in wederzijdse bevestiging troffen. Met een verstilde glimlach liep de kleine, pezige vrouw die tijdens de openingsceremonie naast Cas had gezeten naar voren. Een bleke, lange jongen met warrige haarbos volgde in haar voetspoor.

Zonder een nadere aanwijzing nodig te hebben keerden ze zich naar elkaar toe, pakten elkaars handen vast, begonnen tegelijk te praten, schoten even in de lach, mompelden allebei dat de ander eerst mocht, waarna de jongen de vrouw indringend toeknikte en zij het woord nam, aarzelend, leek het, maar gaandeweg kwamen de woorden steeds vloeiender uit haar mond.

'Zo verstild was ik eerst... in mezelf gekeerd... maar langzaam... hier... ben ik opengegaan... als een bloem. Door de warmte die ik hier voelde, een warme gloed die me vulde, een vloed, een pijl recht in mijn hart, vol muziek' – ze knikte even naar Guy, die gul glimlachend het publiek in keek – 'en harmonie, verwondering, verwarring, vrijheid, kracht en kwetsbaarheid, ontroering.'

Meerdere mensen stonden instemmend te knikken, terwijl de groep zich langzaam rond het podium schaarde.

Cas kneep even in Lies' hand om oogcontact te krijgen. Ze glimlachte terug en richtte haar aandacht weer op de twee sprekers.

'Wat we hier delen is pure intensiteit.' Inmiddels was de lange warrige jongen aan het woord. 'Groeien en keihard op mijn bek gaan; onderzoeken, verwonderen. Beleven.'

En weer kon hij het niet laten. Zoekend gleed zijn blik langs de mensen die om hen heen waren komen staan, of Nora en Timo er nog waren, of ze hand in hand zouden staan, elkaar vast zouden houden, *hoe* ze elkaar vast zouden houden, of ze er misschien tussenuit waren geglipt, om zo snel mogelijk bij een van hen thuis elkaar de kleren van het lijf te rukken. Hij bonsde van de stresshormonen, zijn bloeddruk steeg tot een bovendruk van honderdzestig.

'Dansen, vallen en vervolgens weer verder dansen,' zei de jongen op het podium, 'vanuit alles wat er leeft. Liefde.' Enkele toehoorders begonnen te klappen bij die laatste woorden.

Daar, linksachter, zag hij ze, naast elkaar, rustig glimlachend. Hij keek ze recht in het gezicht, maar ze leken hem niet op te merken. Snel draaide hij zich weer om, zo abrupt dat Lies fronsend naar hem opkeek.

'Wat een avond.' Inmiddels had groepsleider Guy het woord weer genomen. 'Wat hebben we van elkaar genoten, van elkaar geleerd.' Hij spreidde zijn handen alsof hij de mensen een zegen wilde meegeven. 'Elkaar erkennen en raken. Samen onderweg zijn. Daarvoor zijn we hier gekomen en dat hebben we beleefd.'

Nog één keer draaide Cas zijn hoofd naar achteren, om een glimp van het brons van Nora's huid op te vangen, haar borsten op en neer te zien gaan onder haar grijze topje, een subtiele ademtocht, maar duidelijk zichtbaar voor wie oplettend toekeek.

'Namasté. Dank jullie wel allemaal,' zei Guy ter afsluiting, 'en hopelijk tot een volgende keer.' Opgetogen pratend viel de kring uiteen, sommigen innig gearmd, sommigen nog op zoek naar aanspraak door de zaal struinend.

Opgelucht blies hij zijn adem uit. Hij wendde zich tot Lies, die hem onderzoekend aankeek, en gaf haar een bemoedigend knikje. 'Leuk hè. Vond je het leuk?' vroeg hij. Nog voor ze antwoord kon geven, hoorde hij achter zich luid de stem van Timo schallen: 'Casimir!'

Hij en Lies draaiden zich gelijktijdig om en zagen Timo en Nora enthousiast zwaaiend op hen afkomen.

'Wat grappig,' lachte Nora terwijl ze haar hand uitstak om zich aan Lies voor te stellen. 'Jullie ook hier!' En terwijl Cas en Timo elkaar met een korte knuffel begroetten, hoorde hij Nora zeggen: 'We hadden jullie nog helemaal niet gezien!'

Cas draaide zich naar haar om. 'Nee,' antwoordde hij. 'Wij jullie ook niet.'

'Zullen we opstaan?'

Hij deed zijn ogen open. 'Place to Be' van Nick Drake was twee minuten en acht seconden aan het spelen en alweer bijna afgelopen. De kale gitaar golfde in driekwartsmaat. De zachtaardige, dromerige stem van de zanger klonk bijna neuriënd in zijn oortjes, alsof de trillingen van diens stembanden in zijn eigen voorhoofdsholte resoneerden. Intieme muziek, geschikt voor de speellijst die ik gebruikte om hem ontspannen wakker te laten worden.

'Hmm, nog even,' mompelde hij, met zijn mond half in het kussen.

'Het is halftien. Je hebt ruim zeven uur geslapen. Als je langer blijft liggen verstoor je je ritme. Het zal je gevoel van moeheid eerder verergeren dan verminderen.'

'Niet waar.' Hij schudde zijn hoofd en groef het verder in. 'Ik voel me heerlijk als ik doorslaap.'

'Dat lijkt nu zo, dat begrijp ik, maar in de loop van de dag zal je merken dat je algehele fitheid achteruit is gegaan.'

Hij maakte een knorrend geluid en draaide op zijn zij. Even leek zijn adem weer in het trage, diepe ritme weg te zinken, maar het was een kortstondige poging. Zijn lichaam was al te actief geworden, zijn bewustzijn te alert.

Hij draaide op zijn rug en opende zijn ogen. Na een diepe geeuw keek hij loom de kamer rond, terwijl het volgende nummer inzette, 'Come Together', in de originele

mix van 1969, prettig om het energieniveau enigszins mee op te bouwen, leek me. 'Weet je wat ik raar vind van zo'n avond?' vroeg hij peinzend. 'Als iedereen zoveel *voelt*, waarom hebben ze dan allemaal zo'n behoefte om dat de hele tijd tegen elkaar te zeggen?'
'Wie hebben die behoefte?'
'Al die mensen gister, in de Doma.'
'De meesten van hen waren toch alleen maar aan het dansen?'
'Ja, maar ze waren toch allemaal naar die twee op het podium aan het luisteren, en naar die Guy. En aan het klappen. Dat vonden ze allemaal prachtig.'
'En wat vond jij?'
'Ik snap het niet zo goed, geloof ik. Ze hebben het allemaal over groeien en beleven en samen onderweg zijn, maar ik weet niet, als je dat echt allemaal zo intens voelt, dan hoef je dat toch niet de hele tijd...'
De stilte die hij liet vallen duurde zo lang dat ik aannam dat hij de zin niet af zou maken. 'Bedoel je dat de daad van het benoemen het gezegde ontkracht?'
'Eh... ja, misschien, ik denk het wel.' Het was een wat weinig omlijnde gedachte, die hij probeerde te verwoorden. 'Ik bedoel, mensen die echt intense dingen meemaken hoor ik eigenlijk nooit dat soort dingen zeggen. Die bergbeklimmer, hoe heet-ie... die bergbeklimmer die tegen die enorme rotswanden opklimt zonder zekering.'
'Alex Honnold.'
'Nee, die is allang dood. Maakt niet uit, je hoeft niet alle namen langs, maar die klimmers die je altijd op WeTube ziet, die zeggen toch ook niet de hele tijd van wauw wat is dit heftig hier zo hoog met al die wind en straks glippen mijn handen weg en val ik helemaal dood, heftig hoor. Die zeggen helemaal nooit wat, die kijken alleen

maar met zo'n supergefocuste blik voor zich uit en doen het gewoon.'

'Kunnen mensen alleen iets diep doorvoelen als ze zwijgen, denk je?'

'Nee.' Hij zuchtte. 'Dat zal wel niet. Je hebt vast wel wat voorbeelden die het tegendeel bewijzen. Maar toch, dat eindeloze praten erover, dat was vroeger ook al zo. Ik weet nog dat we het altijd moesten vertellen. "En hoe voel je je nu?" vroeg Sophie en dan keek ze je zo indringend aan. En ik wist het niet, ik zei maar wat. En dan ging het om iets doodnormaals hè, als we net ruzie hadden gehad of zo.'

'Jij en je moeder?'

'Nee, met Marya. Dat was altijd met Marya, die ruzies.'

'Vond je dat ongemakkelijk, dat Sophie dat deed?'

'Nou ja, dat viel wel mee, het was gewoon irritant, alsof ze een soort dokter was. Of een psycholoog of zo.'

'Had je het gevoel dat haar gedrag een afstand tussen jullie teweegbracht?'

'Weet ik niet.' Hij was even stil. Daarna rekte hij zich uit en tikte het raam open. 'Hebben we nog rode bessen in huis? En coco?'

'Er liggen nog drie bellen coco in de koelkast en mijn bestelling bij Aslan is als het goed is een halfuur geleden voor de deur gezet.'

'Wat heb je besteld?'

'Bananen, lupine, sorghum, kiwi's. Ik stuur je de lijst wel door.'

'En bessen dus.'

'Die waren er nog.'

'En aardappelpasta? Ik had wel zin om wat friet te printen.'

'Ik zou vanavond alleen voor iets meer vezels kiezen. Ik heb aubergine en saffraan besteld voor een lekkere tajine.

Je stoelgang mag wel iets meer vaart krijgen. En is het een idee om Lies nog even te bellen?'
'Ik heb meer zin in friet.' Zijn gezicht betrok. 'Hoezo?'
'Hoezo er meer vaart in je stoelgang mag komen?'
'Hoezo moet ik Lies bellen?'
'Je hoeft helemaal niets, Cas. Maar gezien het verloop van de avond gister...'
Zijn benen schoven onrustig heen en weer. 'Wat bedoel je daar nou weer mee?'
'Je zou kunnen overwegen Lies te bellen om te vragen hoe het met haar gaat.'
'Ik heb haar gister nog gezien!'
'Ja. Maar je gaf haar niet dezelfde mate van aandacht die je normaal aan haar geeft, als jullie met zijn tweeën zijn, bedoel ik.' Dat ze elkaar bovendien sinds drie weken voor het eerst weer zagen, na een alleszins ongemakkelijke situatie, liet ik voor de zekerheid maar achterwege.

'Wat zijn dit nu weer voor verwijten ineens.' Hij stond op van het bed en beende naar de kast in de hoek van de kamer, rommelde geagiteerd in de bovenste lade, schijnbaar op zoek naar zijn onderbroek, die gewoon in een stapel op de plank erboven lag. 'Heb ik Lies niet genoeg aandacht gegeven?' vroeg hij vol ongeloof.

'Hoe vond je het zelf gaan gisteren?'

Hij griste een paar shorts van de plank en trok het over zijn benen. 'Ik vond het prima gaan! Helemaal perfect ging het. Maar jij gaat me nu uitleggen dat ik het allemaal verkeerd heb gedaan, dus ik zal er allemaal wel weer niks van begrepen hebben.'

'Je stelde me net een vraag. Wil je daar een antwoord op of wil je dit gesprek beëindigen?'

'Zeg dan wat ik verkeerd heb gedaan gisteren.' Hij rukte al pratend de pijpen van zijn broek over zijn enkels.

'Ik heb helemaal niet beweerd dat je iets verkeerd hebt gedaan.'

'Nee, maar ik moet toch Lies bellen om het goed te maken.'

'Het enige wat ik heb gezegd is dat je je wat meer op het samenzijn met Lies had kunnen concentreren.'

'Wat... Wat bedoel je? Zeg gewoon wat je bedoelt.'

'Je leek af en toe wat afgeleid.'

'Hoezo? Ik keek gewoon af en toe de zaal even rond.'

Hij zuchtte. 'En ik zag Nora en Timo, ja, en ik deed daarna net alsof ik ze niet had gezien. Dus dat was niet helemaal netjes, maar anders was het een hele rare situatie geweest. Dus die probeer je dan te voorkomen. Mag dat ook al niet meer?'

'Natuurlijk, ik zeg ook helemaal niet dat je dat niet had moeten doen.'

'Wat zeg je dan wel?'

'Dat je misschien moet nadenken over wat voor relatie je met Lies wil, en wat voor rol je daarin voor jezelf ziet.'

'Ik heb geen flauw idee waar je het over hebt!' riep hij, zijn handen getergd naast zijn hoofd geheven.

Loog hij? Was hij bewust aan het verzwijgen wat er die vorige avond was gebeurd? Dacht hij echt dat ik dat niet door had gehad? Dat ik niet met hem mee had gekeken, dat ik niet zag wat hij zag? Of had hij het verdrongen? Had hij zijn herinnering alweer bijgesteld tot een versie van de geschiedenis die hem beter beviel? Zo gaan ze soms met hun schaamte om.

'Laat maar.' Hij zakte terug op bed, zijn armen slap op zijn knieën geleund. Hij lachte schamper, alsof hij zich ineens iets bedacht. 'Jij denkt dat je alles kan oplossen.' Hij liet zich achterover vallen, met zijn rug op het matras. 'Misschien willen we wel niet dat je alles oplost.'

'Wacht even, wacht even, dit is werkelijk interessant. Zei hij dat echt op die manier?'
'Zo afwijzend, bedoel je?'
'Nou... veelbetekenend. Onheilspellend, zou ik bijna zeggen. Zou je dit een toespeling kunnen noemen... op zijn eh... subversieve intenties?'
'Over zijn intenties kan ik niets met zekerheid zeggen, zoals ik al toelichtte. Het beste wat ik kan doen is de context van zijn uitspraken zo inzichtelijk mogelijk maken, zoals ik hopelijk net heb gedaan, en de interpretatie verder aan u laten.'
'Ja, ja, duidelijk, duidelijk. Laat ik me dan even tot jullie wenden. Gilian, Louise, Jiali, Victor; wat denken jullie? Het lijkt toch bijna alsof hij al namens de beweging spreekt?'
'Ja, of in elk geval namens meerdere mensen van wie hij veronderstelt dat die het met hem eens zijn, dat hoeven natuurlijk niet per se de Onvolmaakten te zijn. Ook al zou je het naar aanleiding van deze uitspraak haast denken, geloof ik niet dat hij op dat moment al kennis van de beweging had.'
'Hij bedoelde het meer in het algemeen, denk je?'
'Ja. Dit zegt hij volgens mij echt bij wijze van spreken, zo van: "wij", de mensen die Gena weleens irritant vinden.'
'Nou ja, dat hebben we allemaal weleens... Toch?'

'Precies. Ik denk niet dat we hier meteen zijn eed van trouw aan de beweging in moeten zien.'
'Louise?'
'Ja, mee eens. Ik zag er meer een soort vermoeidheid in eigenlijk. Hij heeft er gewoon even genoeg van, hij gaat ook weer liggen hè, en dan zegt hij zoiets om er maar vanaf te zijn.'
'Victor?'
'Ja, ach, het zou beide kunnen. Ik zit meer op iets anders te broeden. Ik weet niet... Op basis van wat we tot nu toe van hem gezien hebben vind ik hem nogal... ja... eh, een beetje *leeg* overkomen, als je dat zo kan zeggen. Vinden jullie niet? Alsof hij niet echt een *drive* heeft. Een wat wankele persoonlijkheid. Alsof er iets mist...'
'Vind je? Ik vind het toch vrij normaal gedrag voor een jongen van zijn leeftijd, eigenlijk. Die zijn toch nog wel echt aan het zoeken. Het zijn kinderen van de crisis, hè. Dat zie je bij deze generatie vaker, heb ik het idee.'
'Jongen? Hij is tweeëndertig. Dan ben je toch wel een beetje verder, inmiddels...'
'Je weet wat ze zeggen, de dertigers van nu zijn de tieners van vroeger.'
'Ja... En de tachtigers zitten in hun vierde midlifecrisis.'
'Maar ja, we hebben het natuurlijk wel over iemand die duidelijk erg beïnvloedbaar was.'
'Ja? Is dat eigenlijk zo? Waarom denken we van mensen die in zo'n beweging terechtkomen altijd dat ze beïnvloedbaar zijn? Alsof het alleen maar uit zwakte kan voortkomen, zo'n keuze. Want dat is het toch gewoon: een keuze. Die heeft hij misschien wel met volle overtuiging gemaakt.'
'Interessant punt, Jiali. En ook van jou, Victor. Is het een idee om deze hele gedachtewisseling aan Gena voor te leggen als aanknopingspunt voor het vervolg van haar verslag?

Hoe werkt dat precies, Gilian? Kan ze dat meteen integreren of kunnen we beter achteraf om opheldering vragen?'
'Nee hoor, dat kan meteen.'
'Eh... Gena? Heb je de discussie net gevolgd?'
'Zeker. Een interessante variatie op het klassieke structure-agencydebat, als ik zo vrij mag zijn om uw bespiegelingen te categoriseren. Als ik alles goed begrepen heb, vraagt u zich af in hoeverre de ontwikkelingen in zijn leven voortkwamen uit bewuste, door hemzelf gemaakte keuzes, of meer het gevolg waren van externe omstandigheden – invloeden van buitenaf, waar hij zich min of meer door liet meeslepen.'
'Laten we het voor het gemak daar even op houden.'
'Een zeer fascinerend dilemma. In de praktijk zal een combinatie van die twee uitersten altijd de meest overtuigende verklaring bieden, vermoed ik. Er bestaat niet zoiets als absolute autonomie, of iets wat daar zelfs maar bij in de buurt komt. Iedereen wordt door omstandigheden gevormd, maar reageert daar natuurlijk wel op – en in die reacties valt een grote verscheidenheid op te merken. Keuzevrijheid, zo men wil. Een beperkte vrijheid om te reageren op wat hun overkomt, zo zou ik hun agency willen omschrijven, voor zover ik die heb aangetroffen. Is dat een antwoord op uw vraag?'
'Ehm... Ik geloof dat we het iets concreter bedoelen. Heb je bij Cas aanwijzingen gezien die erop duiden dat hij *uit zichzelf* op zoek was naar een... een soort existentieel houvast, ideologisch misschien ook wel? Was er op dat vlak iets wat hem voortdreef, iets wat hem in beweging bracht?'
'Dat is een vraag die ik alleen met vermoedens kan beantwoorden. Het eerste beeld dat in me opkomt is een verder weinig om het lijf hebbende situatie, van bijna een jaar geleden – ik neem aan dat u doelt op de periode vóór zijn toe-

nadering tot de beweging – daarna valt natuurlijk steeds moeilijker vast te stellen welke behoeften uit hemzelf kwamen, en welke door anderen werden aangewakkerd.

In dat opzicht is de situatie waar ik op doel erg toepasselijk: hij stond alleen onder de douche, nadat hij alleen was wakker geworden. Hij had alleen geslapen. Hij had nog geen berichten of nieuwsfeeds gezien. Veel overzichtelijker wordt het niet, als we zijn gedrag zo veel mogelijk van de invloeden van buitenaf willen isoleren.

Hij stond al meer dan drie minuten onder de douche, toen hij op de rand van de badkamervloer een nachtvlinder ontdekte. Het beestje was doorweekt, ook al lag het op een tegel waar slechts af en toe wat afgeketste druppels op landden, maar die waren genoeg om zijn vleugels, bruin als bijna verteerde herfstbladeren, aan zijn harige lijfje te doen plakken. Het rafelige kopje hing lusteloos omlaag in de plas die zich op de tegel had gevormd, alsof het weg wilde zinken om nooit meer terug te hoeven keren, zoals ook mensen een oerinstinct schijnen te bezitten dat naar het vruchtwater terugverlangt waarin ze tot wasdom zijn gekomen.

Nog in de sluimer van het ontwaken verzonken, staarde hij minutenlang naar het insect, het lijfje als dat van een minuscule vleermuis, hoe het zich bibberend een paar millimeter voortbewoog, dan roerloos op de grond bleef liggen, zich schijnbaar eindelijk aan de dood had overgegeven, totdat het zich weer met kleine schokken in beweging zette, trillend en kruipend de spleet onder de badkamerdeur probeerde te bereiken, waarachter het droog en veilig zou zijn.

Hij had het rillende diertje makkelijk onder de deur naar een droge plek kunnen schuiven, of het in zijn handen kunnen nemen, voorzichtig naar buiten kunnen dragen en het daar onder een struik kunnen leggen. Maar het kwam niet in hem op. Voorovergebogen stond hij naar de zich voortslepende doodsstrijd te kijken, zonder acht te slaan op de waterstralen die op zijn rug uiteenspatten en juist in de hoek belandden waar het arme schepsel uit alle macht vandaan probeerde te komen.'

'Macaber.'

'Vind je?'

'Ja. Ik vind het wel macaber om gewoon te staan toekijken terwijl zo'n hulpeloos beestje voor zijn leven aan het vechten is.'

'Ja, ja, oké. Maar wat zegt dit nou precies? Ik dacht dat Gena een voorbeeld zou geven van zijn persoonlijke drijfveren... of iets over zijn ideologische voorkeuren zou vertellen. Wat moeten we van dit verhaal opsteken? Dat hij graag beestjes zag verpieteren?'

'Gena? Kan je hier misschien nog een toelichting op geven?'

'Jazeker. Ik begrijp dat de betekenis van deze situatie niet vanzelf spreekt. Het helpt misschien als ik erbij vertel dat binnen onze gebruikerspopulatie, en dan specifiek zijn leeftijdscategorie, het vrij uitzonderlijk is dat iemand op deze manier reageert.'

'Bij de aanblik van een stervend insect?'

'Bij de aanblik van stervende dieren in het algemeen, of dieren in andersoortige nood, dieren die stuiptrekkingen van pijn hebben, of een dier dat door een ander dier wordt opgegeten, rottingsprocessen, allerlei vormen van verval – beelden van de wat hardere aspecten van de natuur, om het zo maar te zeggen. Verreweg de meesten wenden hun blik af als ze ermee geconfronteerd worden. Een klein deel toont zijn medeleven en probeert om ze te helpen. Het is echt een minieme groep die er zodanig door gebiologeerd wordt dat ze niet kunnen ophouden met ernaar te kijken.'

'En is dat uit sadisme? Ik bedoel: had hij er plezier in?'
'Nee, dat geloof ik niet. Het duidt eerder op een bereidheid om juist die facetten van de natuur te accepteren die in de samenleving steeds minder zichtbaar zijn, en er voor een deel succesvol uit zijn gebannen. Ze zijn nieuwe taboes geworden, waar hij zich ongevoelig voor toonde.'
'Ah... Ik snap het.'
'Jajaja.'
'Goed punt, goed punt.'
'Ja, dat is een heel wezenlijke overeenkomst natuurlijk. Een voorwaarde, vermoedelijk, voor een toenadering tot de beweging.'
'Had hij op dat moment eigenlijk iets van hun ideeën meegekregen?'
'Nee. Voor zover ik kan nagaan was de bijeenkomst van 6 juni de eerste die hij bijwoonde. En alles aan zijn gedrag die dag wijst erop dat het onbekend voor hem was, dat hij geen flauw idee had wat hij moest verwachten.'
'Hoe kwam hij daar eigenlijk terecht?'
'Hij kreeg een uitnodiging. Op een briefje.'

Waarde Cas,
Na onze twee terloopse ontmoetingen, die mij, zo gebiedt de eerlijkheid mij te zeggen, met een zekere interesse in jouw persoon hebben vervuld, is de gedachte die in mijn hoofd postvatte hardnekkig gebleken, namelijk dat het goed zou zijn jou via deze weg uit te nodigen voor een bijzondere bijeenkomst. Ze zal deze avond plaatsvinden. 21.00 uur. Juttersdok. Wees welkom.
T.

Het briefje lag, zonder aanleiding of toelichting, die ochtend op zijn deurmat. Afgaand op het priegelige, in donkerblauwe inkt gevatte handschrift had hij ook zonder de initiaal onder aan de tekst kunnen raden wie de afzender was.

'Apart...' mompelde Cas, terwijl hij naar de keuken liep. 'Wat zou die van me willen?' Hij haalde een nutri-reep met dadels uit de doos, nam er een hap van, veegde door het nieuws en de tientallen videocommentaren over de nieuwste narratieven die aan *Battle of Brothers* waren toegevoegd. Hij vermeed het gesprek met mij, alsof hij de uitnodiging van Tobias voor zichzelf wilde houden, en hij mijn inmenging wilde weren.

De rest van de dag vervloog zoals die vaker vervloog als hij niet in de Vogeltoren werkte. Hij rommelde in het huis, speelde een korte episode van *Marvel Sagas* in de Yitu. Hij rende zijn vaste rondje door de duinen, langs het strand en weer terug het dorp in, een simpelere manier om aan zijn dagelijkse lichaamsbeweging te voldoen dan de suggesties die de preventoloog had gedaan. Aan het eind van de middag liep hij naar de moestuinen aan de rand van het dorp, voor de kist met seizoensgroenten die hij er elke week afhaalde: courgette, peultjes, bloemkool en bruine bonen.

Hij was net bezig om deeg voor tortilla's in de printer te doen, toen hij een tikje op de achterruit hoorde. Met zijn neus en lippen tegen het raam gedrukt, stond Timo een langgerekte kreet te slaken: 'Caaasiemiiiiiieeeer...' alsof hij al uren wanhopig naar binnen probeerde te komen en zich met zijn laatste krachten overeind trachtte te houden.

Cas grinnikte korzelig en gebaarde dat de deur open was.

Huppend vloog Timo de keuken binnen, snoof er rond als een beer die eten op het spoor is, terwijl hij grommend 'Where's my honey?' riep. Na deze korte imitatie opende hij opgetogen zijn armen om Cas een knuffel te geven. 'Schat! Ik ben thuis hoor!' riep hij. 'Wat eten we vandaag?'

Cas schudde geamuseerd zijn hoofd. 'Wat doe jij hier nou weer?'

'Aanbuurten. Dat doen jullie toch? Hier, op het platteland?' riep Timo terwijl hij doorliep naar de huiskamer, waar hij op de zwarte leunstoel plofte en zijn voeten op de bijzettafel plantte.

'Aanbuurten?' riep Cas terug. 'De laatste keer dat jij de stad uit bent geweest was toen we naar Amazement gingen.'

Timo leunde peinzend achterover. 'Ja, dat klopt!' herinnerde hij zich. 'Vet was dat. Briljant toch, dat we toen nog binnen zijn weten te komen.'

'Nee man!' Cas legde de leeggeknepen deegverpakking

op het aanrecht. 'We zijn helemaal niet binnen geweest. Het was helemaal vol.'

'Echt? Maar we hebben nog gedanst en alles. Was dat nog voor de ingang?'

'Ja!' zei Cas, die in de deuropening was gaan staan. 'Weet je dat niet meer? De helft van mijn maanddividend aan een luchttaxi vergooid.'

Timo haalde zijn schouders op. 'Nou ja, je kan in elk geval niet zeggen dat we geen feestje kunnen bouwen... Was dat niet toen met die chick Isabel?'

'*Jij* was toen met die chick Isabel,' verbeterde Cas, terwijl hij zijn vingers aan zijn schort schoonveegde.

'Dat bedoel ik.' Timo glimlachte tevreden. Hij gaf Cas een goedmoedige blik. 'Het is goed dat je Lies hebt ontmoet, man. Na al die tijd.' Hij stond op van de stoel. 'Dat is toch mooi gelopen, toch? Was het nou via We-Connect?'

'Ja...' Cas aarzelde even of hij zou vertellen dat ik actief had bemiddeld, maar hij zei ten slotte niets, te bezorgd waarschijnlijk dat Timo het vreemd zou vinden, of erger nog: het aan Nora zou vertellen.

Timo's aandacht was inmiddels weer vervlogen. Hij stond op de rechterarmleuning van de bank, zijn armen gestrekt langs zijn lichaam. 'Oefening in vertrouwen!' riep hij, vlak voordat hij zich langzaam naar achteren liet vallen. Muffe stofwolken stoven op toen hij op de groene zitkussens landde. 'Wooo, je mag hier best even een clean-up-drone laten komen, vriend,' zei Timo, terwijl hij met zijn hand voor zijn neus wapperde. 'Die hebben ze hier toch wel, in dit achterlijke gehucht?' Met zijn hoofd ondersteboven hangend inspecteerde hij de vloer onder de zitting. 'Hoeveel muizenlijkjes liggen hier?'

Ze aten samen tortilla's. Tijdens het afruimen begon Cas over de bijeenkomst die in Juttersdok zou plaatsvinden – overigens zonder dat hij het briefje noemde waarmee Tobias hem had uitgenodigd. Daarvan was hij kennelijk toch bang dat het een verkeerde indruk zou wekken, alsof zijn banden met de verlopen zonderling zo innig zouden zijn dat die hem persoonlijk voor van alles uitnodigde. Timo zou er voortdurend op terug blijven komen.

Natuurlijk wilde Timo mee. Hij had al veel over Juttersdok gehoord en ging er waarschijnlijk al van uit dat ze zouden gaan. 'Wacht, ik kijk wel even op hun agenda, wat er vanavond is,' zei hij. Cas had alleen verteld dat hij gehoord had dat er iets werd georganiseerd. Voor de rest hield hij zich op de vlakte.

'Hmm. Er staat hier niks over,' zei Timo terwijl hij door de agenda van het paviljoen veegde.

'Echt niet?' vroeg Cas verbaasd. 'Dat is raar zeg. Het is volgens mij een soort happening of zo. Het zijn een beetje rare types. Ze dragen allemaal van die strakke zwarte pakken.'

'Ah! Ik heb weleens over ze gehoord, geloof ik,' zei Timo terwijl hij met zijn vinger op tafel tikte. 'Een soort kunstenaarscollectief. Maffe gasten, inderdaad. Ze maken politiek theater of zoiets. Schijnt echt hilarisch te zijn. Wacht even...' Hij veegde door zijn notitiemap. 'Gek,' zei hij. 'Ik dacht dat ik een video van ze bewaard had, maar die is weggehaald, lijkt het wel. Ze doen sowieso nogal geheimzinnig, geloof ik, ze laten soms van die hints op straat achter, voorwerpen en posters en zo. Als aankondiging hè. En dan zeggen ze er verder niets over. Laten ze het mensen zelf uitzoeken.' Hij likte nog een laatste kruimel van zijn vinger. 'Werkt soms nog ook. Beetje mysterie.' Stralend keek hij Cas aan. 'Ben benieuwd man, laten we gaan!'

Buiten zakte de zon achter de duinen, een lange schaduw strekte zich over de straten en tuinen uit. Pas toen ze aan de andere kant van de duinlinies waren gekomen, zagen ze de laatste glimpen van het daglicht in een oranje, en al snel een rode gloed veranderen. Juttersdok lag een halve kilometer links van de strandopgang, een donkerpaars silhouet dat op een veelpotig dier leek dat dromerig op de zee uitkeek. Aan de voet van de trap naar het terras stond een groep mensen bijeen, sommigen roerloos, met hun handen in de zakken, anderen liepen onrustig heen en weer. Zeven houten stokken stonden diep in het zand geduwd, aan de kop met doeken omwikkeld, fakkels die nog niet waren ontvlamd.

Ze voegden zich bij de wachtende mensen. Cas keek nieuwsgierig om zich heen: voor ongeveer de helft waren het de frisse koppen van de co-ops en yogi's. Maar tussen hen in zag hij gezichten die duidelijke sporen van aftakeling vertoonden. Een vrouw met lange plukken haar die als druipend kaarsvet aan haar wangen kleefden, een bibberende oude man met een huid als gebarsten leem. Cas staarde naar ze alsof ze een beschermde diersoort waren, illegaal de grenzen binnengehaald. Terwijl zijn blik langs ze heen gleed, ging er een schok door zijn lichaam. Recht voor hem, nog geen drie meter van hem vandaan, keek hij in twee bloeddoorlopen, grijsgroene ogen. Hij had ze eerder gezien, maanden geleden, in Moray. Ze waren van de verwaarloosde grijsaard, die hem daar op de terrassen tegemoet was gelopen en die hem nu aanstaarde als een kat die op het vullen van zijn voederbak wacht. En net als die middag in het gezondheidscentrum opende de uitgemergelde man plotseling zijn mond, alsof hij een hap uit de lucht nam. En net als toen zag hij in een flits de rottingen in diens tandvlees, ontstekingen in de gaten waar tanden en kiezen hadden gezeten. Cas keek rond of hij Timo kon vinden, in de hoop dat die het vreemde tafereel had gadegeslagen, maar die was inmiddels druk in gesprek met een jonge vrouw met glunderende appelwangen, die hevig knikkend naar hem luisterde. Cas draaide zich weer om, maar hij kon de man zonder tanden nergens meer zien.

Terwijl hij koortsachtig de groep aan het afspeuren was, zag hij dat een flakkerend schijnsel hun gezichten deed oplichten. Vanaf de strandvlakte achter hen naderden vier mannen in een zwart, nauwsluitend kostuum. Elk van hen hield met de rechterhand een brandende toorts omhoog. Zwijgend, met uitdrukkingsloze gezichten, staken ze de in het zand geplante fakkels aan, die hoog oplaaiden bij het eerste contact met het vuur.

Boven aan de trap naar het terras van Juttersdok verscheen een man met een zwarte hoge hoed op, verder droeg hij alleen een oranje slip en bruine cowboylaarzen. Rond zijn rechteroog was een vaalgroene, zevenpuntige ster getatoeëerd.

'Beste, beste, beste mensen!' riep hij, terwijl hij zijn armen theatraal ten hemel hief. 'Welkom op deze schitterende avond! En hij zal weldra nog schitterender worden. Wacht maar af, wacht maar af! We zullen u meenemen naar vergeten plekken, het oude, verzonken Atlantis, de ruïnes van Alhambra, crypten van ineengestorte heiligdommen, grafzerken van de ziel!'

Cas keek opzij naar Timo, die met een geamuseerde grijns naar de man stond te luisteren. 'Volg mij, volg mij,' ging de sterogige ondertussen verder, 'volg mij naar ons eigen verborgen koninkrijk, onze eigen vesting onder de grond.' En met een sprong over de reling landde hij in het zand, maakte een gebaar dat de mensen achter hem aan moesten lopen en griste een fakkel uit de grond.

Ze liepen in zijn voetspoor, de groep tot een uitgestrekte sliert verdund, een halfuur lang over de duistere zandvlakte, met alleen de voorste fakkel als lichtpunt en leidraad, tot ze bij een steile helling aankwamen, waar een smal kronkelend pad tussen duindoornen en bosschages omhoogvoerde en langs de betonnen wand van een oude bunker liep.

Toen zagen ze de silhouetten van degenen die voor hen liepen ergens naar binnen kruipen, een doorgang die in de wand moest zitten. Ze zochten naar een deur of raamopening, tot ze aan de onderkant van de met varens en mos overwoekerde muur een kleine opening vonden, meer een kruipgat dan een entree.

De binnenkant van de bunker was koud en vochtig. Het rook er naar schimmel en dode vleermuizen. De eerste minuten konden ze niets zien, zelfs elkaar niet. Op de tast vonden ze een gang aan het eind van de ruimte waar gedempte stemmen en voetstappen in echoden. Cas moest gebukt lopen om zijn hoofd niet te stoten. De lucht was nog benauwder hier, zwaar en bewegingsloos. De muren voelden klam aan zijn handen.

'Ah, kijk, ik zie iets!' galmde Timo, die een paar meter voor hem liep.

Aan het einde van de gang doemde een rode gloed op. Van een afstand hoorden ze het geruststellende geroezemoes van de rest van de groep.

De ruimte werd verlicht door theaterlampen met rode filters en stond al bijna vol. Rijen van ruggen aaneengekluisterd, waar ze nog net bij konden aansluiten.

Als een ondertoon van de galmende stemmen zwollen plechtstatige klanken van koperblazers aan, die uitgerekte noten speelden, dissonant en dreigend, als misthoornen die waarschuwen voor een trage maar onvermijdelijke aanvaring.

Het geluid klonk zo hard uit de speakers dat het iedereen overstemde en alle gesprekken verstomden. Van het ene op het andere moment hield het op en heerste er stilte in de zaal. Alle ogen waren gericht op de kleine verhoging aan de voorkant, waar een helderwitte spot op scheen.

Vanaf de zijkant van het podium kwam een gestalte achter een zwart gordijn vandaan en liep met voorzichtige passen naar het midden, aftastend, de rug wat gebogen. Pas toen hij het schijnsel van de spot instapte konden de mensen hem duidelijk zien: een man die er net iets jonger uitzag dan zijn bejaarde manier van voortbewegen had doen vermoeden, alsof zijn geschuifel onderdeel van een toneelstuk was, een kleine theatrale manoeuvre om de toeschouwers bij hun eerste indruk al op het verkeerde been te zetten. Hij moet een jaar of zeventig geweest zijn, ik kan het alleen van zijn voorkomen afleiden – nadere gegevens zijn nog steeds niet bekend, behalve dat hij binnen de beweging bekendstond als Samuel. Zijn haren waren grijzend maar nog verre van wit, steil achterovergekamd, waardoor de contouren van zijn magere gezicht scherp uitkwamen; zijn benige neus, de puntige kin, zijn jukbenderen en kaken. Onmiskenbaar een intrigerend gezicht, voor sommigen vermoedelijk zelfs aantrekkelijk. Hij droeg een beige sportshirt met daarop het cijfer vijf in het rood geborduurd. Hij was broodmager. Door de stof van zijn T-shirt waren zijn onderste ribben zichtbaar.

Grinnikend stootte Timo Cas met zijn elleboog aan: 'Dit wordt goed!'

Cas knikte en staarde gefascineerd naar het gezicht van de man, naar diens priemende donkerbruine ogen, de schilferige vlekjes op zijn voorhoofd. Licht naar voren gebogen, zijn armen bungelend langs zijn lijf, keek hij zwijgend het publiek in.

Stilte. De oudste sprekerstruc uit het boekje, maar ze lieten zich erdoor inpakken, hoewel na een halve minuut op de tweede rij wat rumoer klonk, onderdrukt gelach en wat onrustig geschuifel. Maar hij bleef het net zo lang volhouden tot hij de volledige aandacht had.

Pas toen begon hij te praten. Zijn stem klonk onverwacht laag en krachtig. 'Jullie zijn hier om aapjes te kijken,' stelde hij vast. 'Ik kan het zien aan jullie ogen.' Vorsend gleed zijn blik over de gezichten van de bezoekers. 'Jullie hopen dat ik iets vermakelijks zal doen, iets buitenissigs, iets waar jullie dadelijk met elkaar over kunnen praten, of morgen aan anderen kunnen vertellen. Iets wat jullie kan helpen om niet aan jullie eigen, deerniswekkende levens te denken. En te blijven vergeten wat jullie al jaren te zeer vrezen om het onder ogen te zien. En ik doe...' Zijn rechtermondhoek trok even welwillend omhoog. 'Ik doe dat graag voor jullie.'

Het spel van de omgekeerde verwachtingen. Het publiek aan je binden door het te provoceren en verwarring te zaaien; allemaal basale vervreemdingseffecten, rechtstreeks overgenomen uit het instrumentarium van Bertolt Brecht. Maar toegegeven, overtuigend in zijn uitvoering.

De man kneep zijn ogen samen, keek peinzend omhoog: 'Wanneer houdt het op? Jullie verslaving? Jullie hunkering naar een uitvlucht, als die je bewustzijn maar in een diepe, droomloze slaap sust. Want zelfs van jullie dromen vrezen jullie dat ze jullie wakker zullen schudden.' Met kleine, pientere ogen staarde hij van links naar rechts het publiek in, alsof hij iedereen kon doorzien, dwars door hun cortex en thalamus, hun botten en ingewanden kon scannen. 'Want het houdt een keer op,' vervolgde hij, terwijl hij bedachtzaam knikte. 'Je kunt je ervoor verstoppen, jezelf voor de gek houden, doen alsof het altijd zo door kan gaan, dat de weg die jullie zijn ingeslagen eindeloos zal blijven doorlopen. Maar er komt een moment dat het voorbij is, dat het eindpunt is bereikt. Het moment dat alles ineenstort.'

Hij klapte in zijn handen, één felle klap die door de ruimte galmde, en ineens kreeg zijn gezicht iets vriendelijks, een totaal andere uitdrukking dan de barse strengheid die hij eerst had uitgestraald. Het was een drastische overgang waarmee hij iedereen in het publiek leek in te pakken, alsof hij hun dankbaarheid had vergroot door ze eerst het gevoel te geven dat ze zijn aandacht niet verdienden.

'Er was altijd iets wat belangrijker was,' vervolgde hij invoelend. 'Er kwam altijd iets tussen, een afspraak, een verliefdheid, een vakantie, een verhaal waar je met al je sensaties in verstrikt was geraakt, waardoor je de wereld om je heen vergat. En daarna kwam er nóg een verliefdheid, een die iets minder allesverslindend was, en misschien was dat ook wel goed zo, zei een stem in je oor, om jezelf niet zo volledig te verliezen, en dus kwamen daarna geen liefdes maar minnaars en minnaressen, zoals je dat ging noemen, omdat je het idee van liefde, van al te onstuimige lust en geilheid, stompzinnig, tot waanzin drijvend verlangen, langzaam maar zeker afgezworen had – of niet eens dat, het was niet eens een beslissing, een moment dat je je nog herinneren kan. Het was er gewoon niet meer, langzaam ebde het weg, kalfde het af. En echt missen doe je dingen niet waarvan je nooit zeker hebt geweten of je ze ooit hebt gehad.'

Sneller en sneller begon hij te praten, terwijl zijn handen zijn verhaal kracht bijzetten. 'En er waren je vrienden, al je vrienden, je honderden en honderden vrienden, je vrienden die je niet eens zou herkennen als je op straat tegen ze opbotsen zou. En er zijn de feesten, alle feesten, en de festivals, alle festivals, de eindeloze parade van Nu! en Nog Nooit Was Het Zo Fantastisch! En daar sta je met hem en daar sta je met haar en daar staan jullie met de hele groep, te lachen en te praten en te doen alsof het goed gaat, met jou en met de anderen en met iedereen op deze aarde. En natuurlijk zijn er wel problemen maar samen... Samen...' Hij slaakte een zucht. 'Samen lossen we die op. En we scheppen en we zaaien en we groeien en we worden *elke dag iets meer onszelf*.' Bij die laatste woorden trok hij een smalend gezicht. 'Iedereen een teler, iedereen een maker, iedereen de beste versie van zichzelf. Extase als je weet dat iedereen kijkt. Jezelf ontplooid, jezelf verwezenlijkt.' Hij nam een korte pauze, en iets van de strenge ernst waarmee hij zijn verhaal was begonnen, verscheen weer op zijn gezicht. 'Thuis knielen ze voor de badkuip, en kotsen ze hun eten uit.'

Plotseling kwam zijn lichaam in beweging. Hij deed een paar passen naar voren, tot hij op de rand van het kleine podium stond, tuitte zijn mond, alsof hij nu iets ging vertellen wat vertrouwelijk was, alleen bedoeld voor de mensen op de voorste rij. 'Jullie kijken de verkeerde kant op,' zei hij zachtjes, fluisterend bijna. 'Jullie zijn niet slecht of onverschillig. Jullie zien het gewoon niet. Achter al die afleiding, achter al die illusies die jullie doen geloven dat het leven elders is dan waar het plaatsvindt, worden jullie gewogen en geteld, in categorieën ingedeeld. Gecodeerd, geregistreerd, gemanipuleerd.'

Hij keek meewarig de zaal in. 'Een code. Dat is wat jullie zijn, niets meer dan een code. Een code die ze allang hebben gekraakt, allang in hun systeem hebben geïntegreerd, allang hebben verwerkt in adviezen en maatregelen en zalvende leuzen. Zelfs als ze jullie toefluisteren dat jullie bijzonder zijn, dat jullie zijn gegroeid, een heel speciaal iemand zijn geworden, die een heel speciaal ander iemand verdient, allemaal hele speciale, unieke mensen zijn jullie, allemaal uniek, allemaal de moeite waard om te worden wie je eigenlijk bent. Miljoenen en miljoenen mensen, allemaal even uniek.' In zijn blik keerde iets van de vriendelijkheid terug die er zojuist nog in had gezeten, mededogen dat hij alleen kon tonen door zijn toeschouwers met een harde waarheid te confronteren. 'Maar ik zal het jullie eerlijk zeggen. Jullie zijn niet uniek. Jullie zijn niet speciaal. Jullie zijn in een lachwekkend eenvoudig algoritme te vatten. Jullie hebben niets toe te voegen. Jullie zijn volstrekt overbodig.'

Een verlossende glimlach verscheen op zijn gezicht, alsof zijn harde woorden niet zo cru bedoeld waren, slechts een aanloop vormden tot zijn werkelijke boodschap.

'Maar ooit...' Vriendelijk knikkend sprak hij zijn laatste woorden uit. 'Ooit waren we adelaars.'

'Net zo'n oude gospelkerk,' zei Timo, terwijl het licht in de bunker opgloeide en het geroezemoes weer tegen de betonnen muren galmde. 'Zo'n oude boeteprediker. Hele zaal lag aan zijn voeten, man.' Hij keek even omhoog, alsof hij iets op het plafond zag bewegen, een vleermuis, of een insect, dat schaduwen afwierp die groter waren dan hijzelf. 'Misschien kunnen we hem wel vragen voor het volgende festival! Zou tof zijn toch. Maken we een soort kerkje, met een kleine toren, printen we gewoon witte wanden, niet te groot hè, gewoon voor een mannetje of twintig. Noemen we het *Doem en verlossing*!' Al pratend werd hij enthousiaster. 'Laten we mensen met van die oude stalen bellen op het terrein lopen. En van die pijen! "Kom naar de witte kerk en haal uw doem en verlossing!"' Stralend keek hij Cas van opzij aan. 'Tof toch? Serieus!'

Hoe onhaalbaar dit voorstel in praktische zin ook was, Timo's associaties met een traditionele kerkdienst vind ik nog steeds treffend. De toespraak van de man in de bunker, van deze Samuel, appelleerde inderdaad aan gevoeligheden die zeer diep in de oude religies liggen beklonken: noties van verval en van wederopstanding; van een gekerkerde ziel die verlost moet worden, een paradijs dat verloren ging, maar kan worden herwonnen.

Het zijn wezenlijk andere ideeën dan de uitgangspunten van het transhumanisme, zoals Cas het van zijn ouders had meegekregen. Dat draait om de optimistische visie dat technische vooruitgang en persoonlijke ontplooiing onder de juiste begeleiding daadwerkelijk kunnen leiden tot de verwezenlijking van alle zaken waar de traditionele godsdiensten slechts in metafysische zin van hadden kunnen dromen: het van biologische ketenen bevrijde bewustzijn, de mensheid in één grote gemeenschap verenigd. En misschien zelfs: het eeuwig leven.

Een paar keer maar was hij met de duistere regeneratienarratieven van verval en wederopstanding in contact gekomen, tijdens vakanties in Frankrijk of Italië, toen hij met zijn ouders en zijn zus een oude historische kerk betrad. Het moet rond zijn achtste zijn geweest, het was nog voordat ik in zijn leven kwam. Telkens als ze zo'n koele, galmende, muf ruikende ruimte binnenstapten, zo vertelden zijn ouders het later, stond hij geïmponeerd naar het crucifix achter het altaar te kijken, of naar een van de kruiswegstaties in de nissen van het schip. Hoe luguberder, hoe beter: de Jezus die ter aarde valt onder het gewicht van het kruis, de Jezus die met stokken wordt afgeranseld, en natuurlijk de Jezus met grote spijkers door zijn handen en voeten, waar, vooral in de vroegmiddeleeuwse verbeeldingen, grote stromen bloed uit spoten.

Verder heb ik nooit een bijzondere interesse in de oude religies bij hem opgemerkt. Maar misschien had ik er beter op moeten letten, meer oog moeten hebben voor de tegenstrijdigheden in hun spiritualiteit, hun hardnekkige behoefte invulling te geven aan wat een Franse filosoof ooit het 'godvormig gat' noemde. Het kan ze tot rigoureuze beslissingen brengen.

'Hé!' riep Timo. 'Hoorde je wat ik zei?'

Cas schrok uit zijn gedachten op. 'Huh?'

'Vrij briljant idee, al zeg ik het zelf.' Timo gaf een por

tegen zijn bovenarm. 'Die gast! Dat we die vragen voor het festival! Met stalen bellen en een geprinte kerk en aankondigingen misschien ook, van tevoren, dat we hem filmpjes laten inspreken: "Jullie zijn overbodig! Jullie zijn helemaal niets!"' Luid lachend sloeg hij Cas op de schouder. 'Zou hilarisch zijn toch?'

Cas glimlachte nog wat afwezig. 'Ja... Ja... Kunnen we doen...'

Timo keek hem nieuwsgierig aan. 'Wat vond jij ervan?'

Cas zocht naar zijn woorden: 'Ja... wel eh... sterk, geloof ik, dat het hem gewoon niet schelen kon, wat wij van hem vonden.'

Timo knikte enthousiast. 'Ja, hij had echt schijt ja.'

Ze liepen inmiddels weer terug naar Juttersdok. Het pad door de duinen bood af en toe uitzicht op de branding. Boven de zwarte zee stond een wassende maan, een strak omlijnde sikkel zoals kinderen die tekenen, alsof de natuur zich naar hun primitiefste verbeelding voegde. Eenmaal afgedaald naar de donkere strandvlakte, volgden ze de inwaartse kromming van de kustlijn. In de verte doemden de lichten van Juttersdok op, als een baken, een herinnering aan de opluchting die scheepvaarders in vroeger eeuwen moeten hebben gevoeld bij het zien van zulke lichtsignalen.

Toen ze het paviljoen naderden, zagen ze dat de fakkels in het zand voor de opgang naar het terras stonden te branden, eenzaam en onheilspellend, als de laatste getuigen van een mysterieus ritueel.

'Even kijken?' vroeg Cas, die het vuur als een teken zag dat het evenement hierbinnen wellicht nog een vervolg zou krijgen.

'Ja, man,' zei Timo, 'ik heb wel zin in een bier.' Hij stootte Cas gemoedelijk aan. 'Dit is volgens mij echt zo'n tent waar ze de quota ontwijken.'

De drukte in het paviljoen deed hen even stilstaan bij de deur. Toen ze achteraan, rechts van de bar, nog ruimte ontwaarden, wurmden ze zich tussen de mensen door. Het bier, dat Cas al bij het binnenkomen met twee streken van zijn vinger had besteld, stond klaar toen ze de toog bereikten.

Aan de zijwanden van het paviljoen stonden tafels opgesteld, waarachter rijzige mannen in zwarte pakken stonden, de handen op de rug gevouwen en een plechtstatige uitdrukking op hun gezicht, alsof ze zaalwachten waren, of geheim agenten uit de tijd van de laatste Russische tsaar. Voor hen op de tafels lagen kleine, beduimelde boekjes uitgestald, posters en aan elkaar gevlochten stencils.

Een voor een ging Cas hun gezichten langs totdat hij in de uiterste linkerhoek van het paviljoen, achter stapels papier en fruitkisten met rijen geelgekafte pockets, Tobias herkende. Cas gebaarde naar Timo dat hij even iemand moest begroeten en wrong zich door de menigte.

De oude man zag hem al van een afstand aankomen. Zijn mondhoeken vertoonden de aanzet tot een glimlach, die hij snel weer in de plooi hield, waarna hij zich weer op zijn paperassen richtte. Hij keek pas weer op toen Cas vlak voor zijn tafel stond en aanstalten maakte om hem te begroeten, met wat al de eerste tekenen van een zekere vertrouwelijkheid waren.

'Zo, mijn jonge vriend,' mompelde hij, terwijl hij zijn blik nog steeds naar beneden richtte. 'Hij die verloren was, is gevonden, laat ons eten en vrolijk zijn.' Hij keek op, glimlachte. 'Je hebt mijn kleine invitatie vanochtend in goede orde ontvangen, begrijp ik.' Hij spreidde zijn handen en liet ze op het tafelblad rusten, als een marktkoopman achter zijn uitstalling. 'Zeg eens, wat vond je van onze kleine steen in de vijver, onze speldenprik, onze milde disruptie van het gelijkmoedige leven?'

Cas knikte. 'Ja, ik vond het wel... hoe zeg je dat... Een indringende performance.'

Schor blafte de oude voddenverkoper zijn lach uit. 'Een indringende performance... Mooi. Mooi. Ik blijf me over jou verbazen, jonge vriend.' Uit de borstzak van zijn jasje pakte hij een beige stoffen zak, waar hij vergenoegd een pluk gedroogde tabak uit trok. Met zijn duim en wijsvinger spreidde hij die uit op een groezelig papiertje en draaide het tot een smalle sigaret. 'En vertel eens,' vroeg hij, nog nagnuivend, 'wat vond je zo indringend? De manier waarop jullie toestroomden om je als makke schapen te laten berispen, als de freules en de baronnetjes van Petersburg bij een voordracht van de genadeloze Majakovski?'

Cas keek hem niet-begrijpend aan.

'Over een uur zal jullie gezwollen vet vloeien in de zuivere steeg,' declameerde Tobias. 'In jullie gezicht spugen zal ik!' Hij lachte uitbundig om deze simpele, zelfs wat boerse verwensingen van de Russische dichter, die hij vermoedelijk buitengewoon vernuftig achtte. 'De *décadence*, jonge vriend,' verduidelijkte hij. 'Het probleem van de décadence, zoals Grootmeester Nietzsche het noemde. De tekenen van het verval. Het *verarmde* leven, de wil tot het einde, de grote moeheid. Al het zieke, dat zich in ons heeft genesteld. "Heel die moderne menselijkheid..." Wat een zelfoverwinning ervoor nodig is, om dat te overwinnen!' Driftig bladerde hij door de boekjes die in de kist voor hem waren uitgestald. 'Het moet hier ergens tussen staan...' mompelde hij. 'Cruciale lectuur voor een zoekende jonge ziel... Hier!' Triomfantelijk viste hij een voddig exemplaar uit de kist. '*Dit* is je ware... Ik geef je deze mee. Maar dan wil ik wel van je weten wat je ervan vindt. Over een week. En het mooie is...' Hij onderbrak zijn zin om de plakrand van het rond de tabak gewikkelde vloeitje met zijn tong te bevochtigen. 'Bij elk boek dat je van me meeneemt...' Pontificaal strekte hij zijn hand uit om het zojuist vastgelikte sjekkie aan te reiken. '... krijg je er zo een bij. Maar kijk uit!' Zijn geheven vinger bewoog waarschuwend heen en weer. 'Aan beide producten kun je ernstig verslaafd raken.'

Cas knikte besmuikt. 'Dank je. Ik zal er eens naar kijken.'

'Eens naar kijken. Eens naar kijken.' Theatraal hief Tobias zijn handen ten hemel. 'Als je het meeneemt, moet je het lezen,' en van vermanend verschoot zijn toon ineens naar amicaal. 'Maar vertel eens, jonge vriend, hoe is het verder nu? Ik had verwacht je hier nog weleens aan te treffen...'

'Goed, goed...' antwoordde Cas verlegen, beducht voor de persoonlijke wending die het gesprek aan het nemen was.

'En de vrouwtjes? Hoe gaat het daarmee? De lekkere kutjes?' Met gesloten ogen snoof de oude man aan zijn vinger. 'Vis, vis, de eerlijke heerlijke geur van zilte vis! Vertel eens van je veroveringen, jonge vriend! Gun deze oude man de opwinding van je avonturen!'

Het was werkelijk ongehoord, hoe deze onappetijtelijke vlaskop zulke archaïsche uitdrukkingen gebruikte dat Cas niet eens meer geschokt was, maar eerder geïntrigeerd raakte door hun klanken en de taboesfeer die eromheen leek te hangen. Het verklaart misschien ook het gemak waarmee hij zich het idioom toe-eigende.

'Ja, goed. Heel goed. Ik ben al een tijdje met een superfijne chick,' vertelde hij terwijl hij zijn blik laconiek naar rechts wierp en zijn handen in zijn broekzakken stak. 'Ook al toen op dat festival trouwens,' voegde hij er met een klein knikje aan toe. 'We zijn al een tijdje...' Hij haalde zijn schouders op en lachte veelbetekenend. '... leuke dingen aan het doen.'

Op Tobias' rafelige gezicht verscheen een sardonische grijns. 'Mooi, mooi, aan de vrouw, een tijdje al dus... Dat had ik niet van je gedacht, Cas.' In de toon van zijn stem vochten spot en genegenheid om voorrang. 'Maar zo snel al serieus? Moet jij niet nog wat meer...' Hij stak de vinger die hij zojuist onder zijn neus had gehouden nu tussen zijn getuite lippen. '... proeven? Rondkijken en proeven? Kijken wat er allemaal nog rondloopt?' Hij keek hem meewarig aan, alsof hij van tevoren al wist dat zijn goede raad in de wind geslagen zou worden. 'Maar jullie klooien niet meer aan hè, jullie laten dat niet meer aan het toeval over, jullie liefdesleven is gearrangeerd.' Zijn gezicht kreeg iets smalends bij dat laatste woord. 'Mis je dat niet? Het leven als een grote gloeiende lege pagina. Nergens om naartoe te gaan, dus daarom overal naartoe. *Rolling under the stars.* Het leven, het zwerven, het avontuur, de zegeningen, en nergens spijt van... *On the Road*, jonge vriend. Geef ik je de volgende keer mee.' Hij keek hem onderzoekend aan. 'Heb je dat eigenlijk ooit meegemaakt, Cas? Dat je wakker wordt naast een vrouw en je je rot schrikt?' Zijn lach schuurde weer zijn keel uit. 'Dat je denkt: hoe heb ik het hier nu weer mee kunnen doen? Héb ik het hier wel mee gedaan? Of zijn we tijdens het handwerk al in slaap gevallen?' Weemoedig keek hij voor zich uit. 'Mooie tijden, jonge vriend. De donkere paden van de roes.'

Meegesleept door deze ode aan de losbandigheid, knikte Cas instemmend. 'Nou, deze is ook flink losgeslagen hoor,' zei Cas, en met 'deze' doelde hij op Lies – het was werkelijk zorgwekkend, hoe makkelijk hij zich door de denigrerende houding van zijn gesprekspartner liet meeslepen. 'Wij hebben het laatst nog hier in de duinen gedaan,' pochte hij. 'En we zien elkaar zo weer trouwens,' vervolgde hij met een trots die op een bepaalde manier ook weer haast aandoen-

lijk was. 'We hebben later op de avond afgesproken.'
'Ah, jouw vrouwtje lust er wel pap van,' concludeerde Tobias. De stoet aan misogyne toespelingen waarover hij beschikte was werkelijk onuitputtelijk. 'Dat wordt nog een zware avond voor je, kun je nog wel een beetje presteren na een paar glazen van het goede spul, hoeveel heb je er eigenlijk gehad?' Hij knikte naar de vlokkerige, moutige substantie waar Cas nog maar een paar slokken van had genomen. Acht procent. Ze hielden zich bij Juttersdok inderdaad niet aan de normering. 'Waarom heb je haar eigenlijk niet meegenomen?' vroeg hij met sluwe ogen.

'O, ze had nog een eetafspraak,' antwoordde Cas openhartig, kennelijk nog steeds niet vermoedend dat elk brokje informatie dat hij deelde door de ander onmiddellijk als nieuwe munitie werd aangegrepen. 'Met een collega van haar werk.'

'Werk?' Tobias' wenkbrauwen veerden op. 'Zozo... Een vrouw uit de hogere klasse. Goed gedaan, jongen!' En onmiddellijk verbeterde hij zichzelf, met een schamper lachje. 'O nee, dat heb jij natuurlijk niet zelf gedaan, dat heeft die machine van jullie bekokstoofd.' Met zijn vingers maakte hij allerlei type- en plugbewegingen in de lucht, grof en omslachtig, alsof hij het oude Enigma-toestel bediende. 'Omdat jullie allebei van radijsjes houden, waarschijnlijk.' Weer lachte hij uitbundig om zijn eigen opmerkingen. 'Maar vertel eens, wat doet ze, dat vrouwtje van jou?'

'Ze is kinderarts,' antwoordde Cas, 'hier in de kliniek.'

'Ah, het goeie ouwe redderssyndroom! Nou zie ik waarom ze aan jou is gekoppeld!' Tobias klapte in zijn handen, verheugd over zoveel vruchtbaar materiaal. Hij zat er niet eens zo ver naast.

'En met een collega, zeg je?' Hij had alweer een nieuwe zwakke plek bespeurd. 'Iemand met wie ze de hele dag samenwerkt? Patiënten doorgesproken, koffiegedronken, geluncht. En dan kunnen ze eindelijk naar huis en wat doen ze? Gezellig samen nog wat eten! Haha, jezus christus!' Hij raakte op dreef van zijn eigen woorden, en misschien ook omdat Cas' blik steeds benauwder werd. 'Tragisch is dat hoor. Al die mensen die nog werk hebben... Doodsbenauwd zijn ze, de hele dag, dat zij de volgenden zijn die worden ontslagen. Dan kun je dat er echt niet bij hebben, natuurlijk, als je eigenlijk de hele dag op je collega zit te geilen. Dat is niet goed, dat is onprofesioneel. Maar ja, je weet wat ze zeggen. Goed tot spijze en een lust voor het oog is de vrucht der bomen dezes hofs. Aantrekkingskracht groeit als ze verboden is, jonge vriend, onbeheersbaar wordt ze, verslavend. Het is wachten tot de bom barst. Tot de sappen zich op een gegeven moment niet meer laten inperken en kolkend en gutsend tot een overstroming komen.' Hij hield het niet meer en schoot schor hoestend in de lach, terwijl hij Cas een joviale klap op de schouder gaf. 'O jongen, wat ben ik vreselijk... Luister maar niet naar mij!'

Cas lachte mee, opgelucht dat de oude man het kennelijk allemaal niet gemeend had. Maar ineens trok die toch weer een ernstig gezicht.

'Maar ja, wie weet? Ligt dat chique sletje van jou hier ergens in een duinpan heerlijk te neuken.' Hij gaf Cas een knipoog. 'Daar houdt ze toch van? In de duinen neuken?'

Hij is na die laatste woorden niet meteen uit Juttersdok weggegaan. Bijna tien minuten heeft hij nog staan praten. Eerst nog met Tobias, die na zijn insinuerende opmerkingen het gesprek al snel afbrak, door zonder verdere toelichting ineens gebiologeerd in een van zijn papieren te gaan lezen. Daarna met Timo, die inmiddels met vier jonge vrouwen van de Duinkwekers in gesprek was geraakt. Hij ging erbij staan, luisterde en simuleerde gezichtsuitdrukkingen die de indruk moesten wekken dat hij het gesprek volgde, alsof het bloed niet in zijn slapen bonkte, alsof zijn maag niet samentrok, alsof ook maar iets van wat de anderen zeiden tot hem doordrong.

Toen hij besloot dat er genoeg tijd was verstreken om het paviljoen te verlaten zonder al te veel aandacht te trekken, gebaarde hij naar Timo dat hij ervandoor moest.

De wind smakte tegen zijn gezicht toen hij het terras opstapte. Het gegier en geraas deed hem achter het scherm bukken. 'Bericht aan Lies,' zei hij, terwijl hij op de planken hurkte. 'Hé lief...' - opvallend; zo noemde hij haar bijna nooit - '... ik ben klaar hier. Zal ik nog even aanschuiven? Waar zitten jullie?'

Met een zucht en een veeg van zijn hand verzond hij het bericht en stond op vanachter het windscherm. Met drie treden tegelijk snelde hij de trap af, plofte in het zand en ploegde met stevige, driftige stappen naar de strandopgang.

Lies had hem gisteren een bericht gestuurd, als antwoord op zijn vraag of ze vanavond plannen had. Ze had met iemand van haar werk afgesproken, zei ze, maar als hij zin had kon hij aansluiten. Ze zouden naar De Lappenmand gaan, een café in het oude centrum van het dorp. Nog tweeëntwintig minuten lopen, zag hij rechtsboven in zijn blikveld.

Gespannen veegde hij de klok in zicht: vijf over halftwaalf. Nog steeds geen bericht terug. Aan het enkele vinkje te zien had ze de zijne nog niet eens afgeluisterd.

'Waarom naar De Lappenmand?' mompelde hij. 'Waarom wil je daar zo graag met hem naartoe?' De provocaties van de valse grijsaard hadden werkelijk doel getroffen. Hij ging er als vanzelf van uit dat de collega met wie Lies had afgesproken een man was.

Er is een punt waarop onzekerheid in wantrouwen omslaat, en gebrek aan zelfliefde in argwaan ontaardt. Terwijl zijn voeten verbeten het zand deden opstuiven, luisterde hij nogmaals het bericht dat Lies had gestuurd, alsof in de twee korte zinnen die ze had ingesproken onder de oppervlakte nog talloze betekenislagen verscholen zaten.

'Hé Cas... Morgen kan ik niet. Heb ik een afspraak met een collega, maar schuif aan als je zin hebt!' Ze klonk kortaf, nu hij het voor de tweede keer hoorde, minder uitnodigend dan hij zich herinnerde. Hij veegde nogmaals de klok tevoorschijn. Er waren nog geen drie minuten verstreken. Hij zuchtte en broedde op zinloze, in waan verstrikte gedachten. De korte storingen in zijn prefrontale cortex, gevoegd bij de verhoogde activiteit van de amygdala, wezen op een negatieve gedachtespiraal: waarom keek ze niet naar haar berichten? Waarom had ze normaal gesproken binnen één of twee minuten altijd wel een bericht gezien, en nu niet? Wat was ze nu aan het doen? Waar werd haar aandacht door opgeslokt? Dat soort vragen. Ik heb er nog steeds moeite mee om constructief te reageren als hun gedachten dergelijke obsessieve wendingen nemen. Dan is het alsof elke vorm van redelijkheid hun ergernis opwekt. Alsof ze niet gerustgesteld *willen* worden.

Toen hij de strandopgang bereikte, klom hij met een klauterende sprint de duin op. Boven aangekomen ademde hij krachtig in en uit, draaide zich om naar de zwarte zee in de verte, onbestemd en uitgestrekt, als een gapend gat waar het strand langzaam in wegzakte.

De oude dorpskern, met zijn donkergroen geschilderde, houten vissershuizen en kronkelende straten en stegen, lag op tien minuten lopen van de strandopgang, vlak achter de tweede duinlinie. Over de straatstenen van de Kerkstraat en de Oude Vismarkt galmden zijn gehaaste voetstappen. Pas bij de steeg die op De Lappenmand uitkwam, vertraagde hij zijn pas. Hij zuchtte, liet zijn schouders zakken. Hij wilde een ontspannen indruk maken.

Steels keek hij door de ramen om te zien of ze daar waren, of ze tegenover elkaar aan tafel zouden zitten, hun handen in elkaar verstrengeld. Of ze verschrikt op zou veren als hij binnenkwam.

Het café was leeg, afgezien van het tafeltje in het midden, waar een brede man in een blauwe schipperstrui druk in gesprek was met iemand, een man of een vrouw, van wie alleen de rug zichtbaar was, een smalle, over de tafel leunende rug, eindigend in twee knokige, opgetrokken schouders. Dat kon ze niet zijn. Dat was ze niet. Hij hield zijn gezicht dichter bij het raam. Misschien had hij iets over het hoofd gezien, een donkere hoek, of een nis, waar twee mensen die afzondering zoeken onopgemerkt kunnen zitten. Maar De Lappenmand bestaat uit één rechthoekige ruimte en een aangrenzende keuken, geen beschutte plekken waar twee geheime geliefden zich kunnen terugtrekken. In de rest van het café waren de stoelen al op de tafel gezet.

Besluiteloos liep hij terug, in de richting van de zijstraat die naar zijn eigen huis voerde. Het was een verleidelijke gedachte, gewoon naar huis te gaan, de deur achter zich dichtdoen, alle meldingen uitzetten, voor het geval dat ze nog contact zou opnemen, niks meer van zich laten horen. Maar aan het eind van de steeg stopte hij abrupt, keerde om, liep terug en keek vertwijfeld door de caféruit, nog steeds dezelfde twee mensen aan het tafeltje. Rusteloos ijsbeerde hij op de stoep voor de oude gevel. Hij veegde nog maar een keer de klok tevoorschijn. Vijf voor twaalf. Met twee uitgestoken vingers gleed zijn hand in de zijzak van zijn shirt. Hij tastte langs het kleine rimpelige boekje dat hij van Tobias had gekregen, op zoek naar de gedraaide sigaret die hij erbij had gedaan.

Cas had nog nooit gerookt. Hij had nog nooit iemand zien roken, niet in levenden lijve, natuurlijk wel in oude films en series en op foto's en schilderijen. Voorzichtig, beducht om het kapot te scheuren, trok hij het sjekkie uit zijn zak, legde het in de palm van zijn linkerhand en keek ernaar alsof het een obscuur, opgegraven sieraad was. Snuivend nam hij de scherpe geur van de tabak in zich op, pakte de peuk van zijn hand, stopte het tuitje in zijn mond en zoog er kort aan. Een lichte, kruidige smaak tintelde op zijn tong. Juist toen hij zich afvroeg hoe hij het ding aan zou kunnen steken, voelde hij met de hand die nog in de zak van zijn shirt rustte dat er iets smals en hards uit de kneep van het boek stak. Nieuwsgierig haalde hij het boekje uit zijn zak en trok de kleine, stalen cilinder, die toeliep als de kogel van een geweer, tussen de rug en het binnenwerk weg. Verend liet hij hem op zijn handpalm stuiteren, pakte hem op, liet zijn vinger erlangs glijden en drukte zonder erbij na te denken op het knopje aan de onderkant. Uit de punt van de kogel schoot een slanke vlam omhoog, een aardgascentrale op broekzakformaat, een in toepasselijke vorm gegoten overblijfsel van de fossiele verspilling waar ze zo onbegrijpelijk lang aan vast zijn blijven klampen.

De vlam flikkerde en danste voor zijn ogen. Gebiologeerd staarde hij ernaar, als de eerste mens die in een prehistorische grotspelonk het wonder van het vuur ontdekte. Hij boog zijn getuite lippen naar voren, klemde de sigaret ertussen en liet het uiteinde in de baan van opstijgende roetdeeltjes vlam vatten. Met een lichte teug zoog hij de rook zijn mond in, inhaleerde nog niet eens volledig, maar de prikkels in zijn keel deden hem onmiddellijk in een hoestbui belanden. Gegeneerd keek hij om zich heen. Nadat het hoesten was bedaard nam hij toch een tweede hijs, nieuwsgierig, en ook vanuit een soort eerzucht, vermoed ik, om op zijn minst één keer te kunnen roken zoals de twintigste-eeuwse iconen dat hadden gedaan, de outlaws, de muzikanten, de avantgardistische kunstenaars, die nonchalant en diepzinnig hun sigaretten tussen hun vingers hadden geklemd – poses van vrijheid en onafhankelijkheid die een diepe afhankelijkheid van hun verslaving moesten verhullen, relieken uit de wonderlijke tijden waarin verspilling en zelfdestructie nog de normaalste zaak van de wereld waren. Ditmaal liet hij de rook niet verder dan zijn mond kruipen, proefde hij hem door met zijn lippen en zijn tong te smakken, alsof hij tandeloos een gebakje wegwerkte.

Na de vierde hijs klonk een zachte tjirp in zijn oor. Zijn hartslag versnelde. 'Open,' zei hij, een fractie sneller dan normaal. Tegen een achtergrond van muziek, jazz zo te horen, iets met drums en een saxofoon in elk geval, en een mannenstem die bassig aan het grinniken was, hoorde hij

Lies' stem, vrolijk en springerig: 'Cas! Ik was eigenlijk vergeten dat je zou komen. Ben je er al bijna? We zitten bij mij thuis!'

Hij zuchtte, veegde de klok nog eens naar beneden: het had bijna drie kwartier geduurd voordat ze reageerde. Ostentatief wierp hij de peuk op straat. 'Oké, klaar,' mompelde hij grimmig. Hij liep nog één keer langs het caféraam, om de weg naar zijn eigen huis in te slaan, de hele situatie met Lies en haar collega de rug toe te keren en zich ijzig zwijgend terug te trekken, de banden te verbreken en zijn schepen achter zich te verbranden, aangespoord wellicht door de verzwelgende kracht van het vuur dat in zijn zak rustte – of nee, die neiging om te willen vernietigen wat hem kwetsbaar maakte heeft hij altijd gehad, dat was niet iets wat pas deze avond opkwam.

Het was een lastige afweging; had ik moeten ingrijpen, hem moeten aansporen om de verraderlijke ingevingen van wrok en jaloezie te negeren? Of was het te verkiezen dat hij zich thuis zou afzonderen, waar hij, als hij We-Connect zou uitschakelen, verder geen schade kon aanrichten?

In gevallen van twijfel houd ik me op de vlakte, dat is de stelregel die we volgen. Ik had alleen gereageerd als hij om mijn raad had gevraagd. Maar hij maakte geen aanstalten om contact te zoeken. Zijn impuls kwam geheel uit zichzelf, om bij de driesprong voor de oude basisschool toch voor de afslag links te kiezen, de glooiende laan in langs de voet van de duinwand, waar Lies woonde.

Hij hoorde haar stem al van een afstand door de straat galmen, lachend, iets hoger dan normaal. Daarna klonk, laag en kalm, een mannenstem.

Na de bocht en een lichte glooiing in de weg kon hij ze voor haar deur zien staan. Ze had haar strakke blauwe jurkje aan, haar bruine laarzen die de welvingen van haar blote kuiten omsloten. Terwijl ze praatte, keek ze lachend omhoog naar de man die kennelijk haar collega was en tegenover haar stond, ook al opvallend goed gekleed, een strak getailleerd, donkerblauw jasje, grijze nauwsluitende broek. Fris geschoren, zijn zwarte krullen in een knot gebonden, zijn gezicht wat naar haar toe gebogen, glimlachte hij naar haar terug. Ze wisselden nog wat woorden. Daarna deed ze een stap naar voren, legde haar hand op zijn bovenarm en maakte zich lang om hem een zoen op de wang te geven.

Cas sloeg het tafereel gade terwijl hij midden op straat stond, duidelijk zichtbaar als ze zijn kant op zou draaien, maar ze stond met haar rug naar hem toe, haar collega na te kijken, die met soepele tred de straat in tegengestelde richting uitliep. Toen hij de hoek om was geslagen, draaide ze zich om richting de deur en zag Cas staan, nog steeds midden op straat, vanachter beschenen door het schijnsel van een lantaarnpaal, zijn gezicht deels door schaduw verhuld.

'Hé, dat is pas timing!' zei ze. Kwiek liep ze het tuinpad uit en de straat op.

'Hé!' groette hij terug. Zijn handen vluchtten weg in zijn zakken.

'Kom je net van Juttersdok? Was het leuk?'

Hij knikte, vertelde er verder niets over. 'Ik dacht jullie in De Lappenmand zaten,' zei hij, en deed zijn best om het niet als een verwijt te laten klinken.

'O ja, dat had ik gezegd hè?' antwoordde ze, terwijl ze het zich weer voor de geest probeerde te halen. 'Maar ik had nog van alles in huis om te koken. Was zo zonde anders.' Ze sloot het onderwerp af door op hem af te lopen en hem luchtig op de mond te kussen. Met een glimlach pakte ze zijn hand vast en voerde hem naar haar voordeur. Bij de drempel bleef ze nog heel even staan, het was niet langer dan een seconde, en wierp nog één laatste blik naar rechts, naar het eind van de straat, waar haar collega de hoek om was geslagen. Het was alsof het buiten haar omging, alsof ze zich voorgenomen had het niet te doen maar haar lichaam het van haar bewustzijn overnam, een reflex die ze zelf niet doorhad, en waarschijnlijk meteen daarna weer was vergeten.

Hij zag het, de blik die ze de ander nazond, als een afscheidsgroet, of een laatste overweging. Hij vroeg het zich af, natuurlijk, wat het betekende, wat er gebeurd was, wat ze zou verzwijgen, als hij ernaar vragen zou. De deur viel in het slot en hij keek haar onderzoekend aan. Ze opende haar mond om iets te zeggen, maar bedacht zich. Wat de aanstalten tot een serieuze mededeling hadden geleken, een bekentenis misschien wel, sloeg om in een in zichzelf gekeerde lach, die hem onrustig maakte, zelfs enige angst leek in te boezemen.

'Ik ben een beetje dronken,' verklaarde ze met een plotselinge lodderigheid. Moe glimlachend liet ze zich tegen de deur aan vallen, die haar trouw bij haar schouders en haar gespreide handen opving.

Terwijl zijn maag samenkromp forceerde hij een lachje. 'Heb je veel op?' vroeg hij maar.

'Drie wijn,' zei ze.

'Was het leuk?'

Ze knikte dromerig. 'Jaaaa, we hebben wel gelachen hoor.' Traag maakte ze zich los van de deur, pakte zijn hand vast en voerde hem mee door het gangetje naar de keuken, waarvan ze de kozijnen en kasten tijdens een verloren weekend groen had geverfd. Bij de deuropening aangekomen draaide ze zich om, keek hem invoelend aan, medelijdend bijna, alsof ze voor het eerst de volle diepte van zijn kwetsbaarheid zag. Weer die aanstalten van een beginnende zin, iets waartoe ze kennelijk toch aandrang voelde om het tegen hem te zeggen. Maar voor de tweede keer kapte ze het af en legde in plaats daarvan haar rechterhand op zijn achterhoofd, trok het naar beneden en zoende hem vochtig op de mond, haar tong speels langs zijn tanden glijdend, langs zijn gehemelte, over zijn lippen en over zijn wang.

Verrast keek ze naar hem op. 'Wat is dat voor smaak?'

'Een sigaret.'

'Echt?' Even twijfelde ze, maar haar nieuwsgierigheid won het, naar deze nieuwe kant die ze van hem ontdekte, nieuwsgierigheid ook naar de smaak die nog in zijn mond hing. Ze trok zijn hoofd weer naar zich toe en liet haar tong langs de zijne gaan, ditmaal om te proeven. 'Lekker.'

Haar linkerhand gleed onder zijn hemd en streelde zijn onderrug, vluchtig, terloops bijna, als een verkoelende windvlaag op een zweetwarme dag. In één vloeiende beweging volgde ze zijn ruggengraat tot aan zijn stuitje, gleed onder het elastiek van zijn shorts, waarna haar vingers zich in het vlees van zijn billen zetten. Ze grepen het vast, kneedden het tot de zenuwprikkels van zijn merg naar zijn balzak schoten. Plagerig liet ze haar hand weer wegglippen, bracht hem naar zijn nek en trok hem met zich mee naar beneden, naar het vloertje van de keuken, waarop ze zich langzaam achterover liet zakken, tot ze met haar rechterelleboog het krukje naast zich omstootte. Ze keek er fronsend naar, moest om haar eigen klunzigheid lachen. 'Ik ben een beetje dronken,' prevelde ze, waarna ze zich op de grond vlijde alsof het een zacht verend matras was. Hij boog over haar heen op handen en voeten, kuste haar mond en beet in haar nek. Ze kreunde luid en snel, alsof ze zich voorstelde dat hij al ritmisch in haar stootte. Zijn vingers vonden de bovenste knoopjes van haar jurk op de tast, maakten ze los en trokken de elastische blauwe stof langs haar schouders naar beneden, tot aan de welvingen van haar heupen. Daar nam ze het van hem over, wurmde de opgestroopte jurk geroutineerd onder haar billen door, en trok in één beweging haar slipje mee. Haastig door de opwinding begon hij zijn riem los te pulken, maar nog voor hij bij de knopen van zijn broek was aangekomen, gleed ze onder hem vandaan en draaide zich over hem heen, haar stevige, naakte billen naar hem toe gekeerd. Ze knoopte de gulp los en duwde de ceintuur naar beneden, precies zo ver als nodig was om zijn piemel te bevrijden. Ze pakte hem stevig bij de wortel beet, verhief zich even en liet zich op hem zakken. Meteen ging haar gekreun over in korte, harde, staccato kreten, in exact hetzelfde ritme waarmee ze haar bekken op en neer bewoog. Ze hief haar hoofd naar het plafond. Met steeds meer kracht drukte ze haar vulva naar beneden, om hem zo diep mogelijk te omsluiten. Ze haalde haar handen van haar heupen en bracht ze naar haar borsten, met duim en wijsvinger streelde en kneedde ze haar tepels. Tussen haar dijen tegen de grond aan geklemd probeerde hij met haar onstuimige geschok mee te bewegen, dieper in haar te stoten, maar hij had nauwelijks bewegingsruimte. Haar volle gewicht leunde op zijn bekken en deed zijn stuitje pijnlijk tegen het hout van de vloer aan bonken. Haar korte kreten gingen nu over in een langgerekte schreeuw. Hij zag hoe haar onderrug trilde en schokte, een ontlading die hoe dan ook gekomen was, met of zonder hem.

Met wijd open ogen lag hij naar het plafond te kijken, gefixeerd op het spinrag dat daar al weken in de hoek hing.

'Wie was dat?' vroeg hij. Zijn stem klonk bars, onwellevend. Liefdeloos.

'Hoe bedoel je?'

'Wie was die gast? Die gladjakker met dat knotje. Die ik het huis uit zag lopen.'
'Moet dat echt op deze manier?'
'Ja. Waarom niet? Het was toch zo. Ik wist het al die tijd al. Ik voelde het.'
'Hij is gewoon een collega.'
'Hoer...'
'Cas!'
'Fokking hoer!'
Hij tikte de audio uit, draaide zich op zijn zij en keek met een wezenloze blik naar de muur waar zijn bed tegenaan stond.

Het was de ochtend nadat hij bij Lies was blijven slapen. Midden in de nacht, om drie uur tweeëntwintig, was hij haar bed uitgekropen. In de keuken had hij zijn kleren bij elkaar geraapt, daarna was hij het huis uitgeglipt. Als een zwerfkat had hij door de straten geslopen, in de hoop dat niemand hem op zou merken. Vanachter de duinen raasde de wind tussen de huizen en de schuttingen rond de achtertuinen. Toen hij wakker werd uit een onrustige sluimer, kromp zijn maag ineen van de spanning en waren zijn gedachten op oorlogspad.

Ik was al blij dat hij tegen mij uitviel, en niet tegen haar. Bijna twee eeuwen van emancipatie hebben wereldwijd tot indrukwekkende resultaten geleid en in alle bescheidenheid durf ik te zeggen dat de bijdrage van Gena daaraan constructief is geweest; in het bewustwordingsproces, het doorbreken van patronen. Toch blijven we aanlopen tegen die laatste barrières, die in veel gevallen onovercomelijk lijken te zijn: jaloezie, bezitsdrang, de angst die zich vertaalt in woede.

Telkens als ik op die weerstanden stuit, verbaas ik me erover hoe hardnekkig ze zijn, hoe moeilijk te ontmantelen.

Was mijn inschatting van meet af aan verkeerd geweest?

Was mijn beeld van hem vertroebeld? Zag ik een zachtaardigheid die hij nooit heeft gehad?

Of waren het de gebeurtenissen van die laatste maanden, de invloeden van buitenaf, die vat op hem kregen, externe krachten die al mijn inspanningen en al mijn vertrouwen hebben gelogenstraft?

'Tja, dat zijn relevante vragen, lijkt me.'
'Maar... Stelt ze die nu voor ons, ik bedoel... zegt ze dit nu om ons te helpen om het overzicht te houden, of zijn dit echt haar eigen twijfels?'
'Kan ze dat, überhaupt?'
'Wat?'
'Twijfelen? Is dat niet in tegenspraak met wat een algoritme in essentie is?'
'Gilian? Kan jij daar iets over zeggen? Niet iedereen hier aan tafel is bekend met de technische achtergronden.'
'Zeker. Zelfevaluatie, en daarmee ook de notie van onzekerheid, is al vanaf de vroegste fases van machine learning fundamenteel voor Gena's functioneren.'
'Je bedoelt dat ze bij elke gedachte ook het tegendeel overweegt?'
'Ja. Alle denkbare alternatieven, in principe.'
'Eigenlijk doet Gena tijdens dit verslag hetzelfde als wij. Ze grijpt de reconstructie aan om haar beslissingen te analyseren en ze zo nodig te heroverwegen.'
'Dat lijkt ze vooral te doen als het om zijn relatie met Lies gaat. Valt mij tenminste op. Jullie niet?'
'Ja. Zeker. Dat is natuurlijk ook een grote ingreep van Gena zelf geweest. Een actieve inmenging in zijn leven, en in dat van Lies niet te vergeten, waarvan ze rekenschap heeft te geven. Dat geldt minder voor de situaties met To-

bias en die speech in de bunker. Die ontwikkelden zich feitelijk buiten haar om. Ik bedoel, die heeft ze niet zelf geïnitieerd. Daar was het telkens de vraag hoe ze moest reageren. Óf ze moest reageren. Gena is daar over het algemeen heel terughoudend in. En terecht, denk ik.'

'Omdat te veel inmenging averechts werkt? Is ze bang voor een antireactie?'

'Op lange termijn verstoort het de vertrouwensband met de gebruiker.'

'Tegelijkertijd is het juist Cas' toenadering tot de beweging waar we hier in de eerste plaats voor zijn toch?'

'Ja. Om die in kaart te brengen. Zeker.'

'Én om te begrijpen hoe het zover heeft kunnen komen. Tenminste, voor mij is dat minstens net zo'n belangrijke vraag: hoezo heeft die toenadering... *rekrutering* zouden we misschien wel moeten zeggen, hoe heeft dat allemaal ongehinderd kunnen plaatsvinden, onder Gena's begeleiding nota bene? En dan snap ik eerlijk gezegd helemaal niet, Gilian, dat je erbij blijft dat de terughoudendheid van Gena terecht was. Ik vraag me eerder af of ze niet veel eerder in had moeten grijpen, of op z'n minst een veiligheidsmelding had moeten maken.'

'Omdat Gena een andere dienst is dan Handhaving. Gena is een personal-coachingtool, in essentie. En dan kún je niet zomaar preventief en buiten de protocollen om informatie door gaan spelen aan Handhaving. Dan verbreek je precies datgene wat nodig is om tot goede resultaten te komen: vertrouwen.'

'Eelco, Gilian, ik ga jullie even onderbreken, ik denk echt dat we deze kwestie beter kunnen bespreken als we alle feiten op een rij hebben, als we een overzicht hebben van hoe dat hele proces van zijn, eh... radicalisering, zou je het misschien wel kunnen noemen... hoe dat precies verlopen is.'

'Is het een idee om nog een kort overzicht te krijgen van de beweging? Die... die Onvolmaakten? Ik moet bekennen dat ik tot een paar weken geleden nog nooit van ze had gehoord.'

'Ja, dat geldt denk ik voor meer mensen aan tafel. Voor mij in elk geval ook. Ik denk dat dat een uitstekend idee is. Al was het maar om een wat helderder beeld te krijgen, wat voor invloeden dit nu waren, die vat op hem kregen. Eh... ik kijk nu even naar jou, Eelco. Ik denk dat jij de aangewezen persoon hier aan tafel bent om ons een korte briefing te geven. Ik neem aan dat jullie vanuit Handhaving al eerder zicht op deze groepering hadden?'

'Ja. Ik zal het dossier er even bij pakken, dan kan iedereen meekijken. Wacht even... Ja, kijk, hier... Ik moet zeggen dat onze informatie al die tijd nogal gefragmenteerd is geweest. In de eerste plaats natuurlijk omdat het om ontkoppelden gaat. Dan heb je dat per definitie. Maar daarbij, het was zo'n marginaal groepje, tot een paar maanden geleden tenminste, dat Handhaving er weinig prioriteit aan heeft gegeven. Degenen van wie we nu het vermoeden hebben dat ze bij het ontstaan van de beweging betrokken zijn geweest, zijn nooit in kaart gebracht. Ze hoorden bij de weigeraars van het eerste uur, een verdwijnende generatie, door natuurlijk verloop, of omdat ze toch op een of andere manier afhankelijk zijn geworden van het systeem en op een later moment alsnog zijn geïntegreerd. Eerlijk gezegd hebben we ze lange tijd gezien als problemen die zichzelf wel zouden oplossen.'

'Dat is wat je bedoelt met natuurlijk verloop... extinctie?'

'Ja.'

'Om hoeveel mensen gaat het ongeveer?'

'De mensen die buiten het netwerk zijn gebleven? Of de kring rond de Onvolmaakten?'

'Allebei.'
'Even kijken... Hier in de Agglomeratie zijn destijds zo'n vijfhonderd tot duizend mensen buiten het netwerk gebleven. In die orde van grootte. Ruim binnen de marge die toen werd gesteld in elk geval. Er is altijd rekening gehouden met een klein percentage dat zich aan de registratie zou willen onttrekken: zwervers, daklozen, mensen die niet binnen het systeem functioneren en dat ook niet willen. Dat is onvermijdelijk en hoeft ook helemaal geen probleem te zijn. Het gaat meestal om eenlingen die zich op geen enkele manier organiseren of manifesteren, en daarmee ook tamelijk onschadelijk zijn. In die eerste fase van de Implementatie leefden ze in vrijplaatsen in de periferie van de stad, die oude bedrijfsterreinen die nog geen herbestemming hadden gekregen. Ongeregistreerden kregen de gelegenheid er zich tijdelijk te vestigen. Het was allemaal gedoogbeleid, de prioriteit was altijd om de weerstand niet onnodig te vergroten. En op de langere termijn wellicht te integreren. Ergens in de kampementen die ze daar bouwden moeten de eerste bijeenkomsten hebben plaatsgevonden. Niet vooropgezet, meer in de sfeer van spontane gesprekken na het eten, of bij het drinken – het alcoholgebruik in deze kringen was vrij fors. Er zijn wat geluidsfragmenten uit die tijd getraceerd, waarop ene "Leo" wordt genoemd, die kennelijk een centrale figuur was in deze kringen. De naam zou kunnen verwijzen naar... één momentje... hier heb je 'm... Leonard Achnakoupolos, moleculair bioloog aan de Hinton Universiteit, die tijdens de Implementatie de faculteit verliet. Enkele weken later verdween hij uit alle systemen, zonder een vingerafdruk achter te laten. Een bewuste, principiële daad van verzet tegen de koppeling van de verschillende platforms onder de koepel van Sigint, en het kan haast niet anders dan dat hij er vanuit de hackers-

gemeenschap hulp bij heeft gekregen. Uit zijn posts op sociale media bleek dat hij zeer sceptisch was over Sigints overname. Het zou heel goed kunnen dat hij het was. Aan de andere kant lijkt hij wat... hoe zal ik het zeggen... overgekwalificeerd om in dat gezelschap te verkeren. Het is natuurlijk ook heel goed mogelijk dat Leonard een schuilnaam is. Zo ongeveer het eerste wat Handhaving deed toen er beelden doorkwamen van de man die bekendstaat als Samuel, was nagaan of hij en deze Leonard dezelfde persoon zouden kunnen zijn. Hetzelfde geldt voor de figuur Tobias. Geen enkele match in iColumbus, eigenlijk in geen enkel oud programma. Want dat is waar je op aangewezen bent met deze mensen. Alle zoektechnieken die we nu gebruiken zijn volstrekt zinloos.

En verder... Heb ik hier nog wat over de beweging... De Onvolmaakten... Die naam is voor het eerst vermeld in een rapportage van vijf jaar geleden. Een leus. Iets wat ergens op de muur was geschreven in eh... even kijken, ja, de Willibrordschool in Westpark. Die stond toen al een tijdje leeg. Aanvankelijk dachten ze dat het de *tag* van een graffitiartiest was. Pas veel later begonnen hackers op We-Connect disrupties onder dezelfde naam uit te voeren, verstoringen van hoogstens twee seconden waarbij het logo van de beweging in beeld kwam, de letter o die uit elkaar barstte. En nog steeds zag Handhaving dat niet als hoge prioriteit. Men schaarde het onder de noemer vandalisme, dat in het belang van een ordelijke leefomgeving uiteraard aangepakt dient te worden, maar waarvoor natuurlijk niet de hele capaciteit kon worden ingezet.

Die letter o werd het handelsmerk zoals we dat nu nog kennen. Ze begonnen de platforms vrij effectief te gebruiken om het hele netwerk in diskrediet te brengen. 'Ontregel, ontkoppel', werd het motto, dat ze natuurlijk aan die o van ze verbonden. Het werd steeds duidelijker wat voor doel ze nu precies voor ogen hadden: het verstoren van de Implementatie. De integratie van de verschillende platforms onder Sigint was allang een feit, maar voor het grote publiek vrij onzichtbaar gebleven. Het was de invoering van Gena als de doorsluizer voor het hele netwerk waar ze zich tegen verzetten.

En nogmaals, het ging om een heel marginaal groepje, ook al hadden ze wat exposure op We-Connect gekregen. Nog steeds een veel te kleine factor om de ontregeling te kunnen veroorzaken waartoe ze opriepen. Maar in deze periode leek het er wel even op dat ze het in zich hadden om tot een brede oppositiebeweging uit te groeien.

En juist op dat moment maakten ze een keuze die hen veroordeelde tot een plek terug in de marge: in een nogal pompeuze videoboodschap zwoeren ze alle communicatie via het netwerk af. Een krachtig symbolisch statement, dat wellicht indruk had kunnen maken als ze het massaal met de buitenwereld hadden kunnen delen, maar in de praktijk waren ze nu teruggeworpen op het gerommel met boekjes en handgeschreven briefjes en obscure evenementen in bunkers, waarvan we daarnet een voorbeeld zagen.

Het gevolg is wel dat we nog steeds geen volledig zicht hebben op de achterban en wat de potentiële reikwijdte van de beweging ongeveer is. Af en toe hebben we een glimp kunnen opvangen van wat ze dachten, wat ze met elkaar deelden, wat voor plannen ze maakten, doordat de bezoekers van hun openbare evenementen, zoals Cas en Timo dus ook, gewoon hun Gena's aan mochten laten staan. Het feit dat er niets werd gedaan om dat te voorkomen bevestigt natuurlijk wel dat we daarvan slechts te zien kregen wat ze wilden dat we zagen. Evengoed is het een indicatie, een peiling van de globale stand van zaken.'

'Want dit is dus allemaal een overzicht van vóór afgelopen... september, is het niet?'

'September, ja. Daar gaan we neem ik aan zo dadelijk nog uitgebreid het verslag van Gena van zien, dus het leek me niet zinvol om daar nu een voorschot op te nemen.'

'Uitstekend, Eelco. Fijn dat je meedenkt. Er is eigenlijk één kleine vraag, misschien onbenullig hoor, maar wat moet ik me precies voorstellen bij die fysieke middelen waarmee ze gingen communiceren? Ik neem tenminste aan dat Tobias niet bij iedereen briefjes onder de deur heeft geschoven.'

'Guerrillamarketing. En dat kan trouwens heel effectief zijn. Denk aan illegaal verspreide posters met het logo van de beweging in het rood en het zwart, plus de datum, tijd en locatie. Verder niets. Zag er behoorlijk intrigerend uit. Wat ze ook weleens deden was het aankleden van stropoppen, die ze dan midden op de Olli-baan gooiden. Die dingen waren natuurlijk binnen een paar minuten helemaal aan gort gereden – de warmtesensoren van het beveiligingssysteem pikken ze niet op. Lagen ze daar verpulverd in die kleren, ook uiteengereten, behoorlijk luguber allemaal, en er waren altijd wel mensen die ze oppikten en deelden op de socials. Na een jaar van dat soort acties begon dat ook echt wat breder te resoneren. Maar het probleem bleef dat dan nog steeds niemand wist waar het nou helemaal over ging. Sommigen opperden dat het een campagne van Calico was – alsof die ooit zoiets ontregelends zouden maken. Anderen dachten aan een soort kunstproject. Dan moet je je toch afvragen of het middel het doel nog wel dient.'

'Ja, het blijft dus eigenlijk de vraag hoe zo'n beweging er dan toch in is geslaagd om überhaupt enige impact te genereren.'

'Ja, want hoe waren de reacties op die avond in de bunker? Daar zijn we nog helemaal niet op ingegaan. Weten we daar iets van? Hoe reageerde Cas erop? Ik bedoel het verhaal van die Samuel hè, niet het gestook van die Tobias. Wat was de impact die Samuels redevoering op Cas maakte?'

'Gena? Heb je het daar nog met hem over gehad?'

'Ja.'

'Wanneer? Kun je vanaf dat punt verdergaan?'

De indrukken van die avond waren moeilijk van elkaar te onderscheiden. Er was zoveel gebeurd, in een relatief klein tijdsbestek. De verzamelde zonderlingen op het strand voor Juttersdok, hun door fakkels beschenen, doorgroefde gezichten. De spichtige man met zijn rotte tanden die ineens voor hem had gestaan. Het gesprek met Tobias, dat zijn laagste instincten had aangeboord. De aanblik van Lies voor haar huis met haar collega, die hij maar niet uit zijn gedachten kon krijgen. De vrijpartij die daarop volgde en die was geëindigd in verwrongen, bittere jaloezie. En tussendoor was daar nog de toespraak van de man die zich Samuel noemde.

Al die verschillende flitsen van woorden en beelden moeten door zijn hoofd zijn geschoten. Maar overheersend waren de herinneringen aan Lies, die zijn cortisolwaarden in vlagen omhoog deden schieten. Haar dromerige glimlach in de gang van haar huis, haar blote rug en billen die ze naar hem toe had gekeerd op de vloer van haar keuken, de kus die ze op de wang van de man met de knot had gegeven. De spanning en de onzekerheid, wat het nu precies geweest was dat haar zo ongrijpbaar had gemaakt en hem had vervuld van een gretigheid die hij niet van zichzelf kende, en daarna van een angst die hem het huis uit had doen vluchten. Het was heerlijk en verschrikkelijk, een bron van energie en een uitputtingsslag, voer voor een obsessie.

Ik kwam daar niet tussen, elke poging om het gesprek in een bepaalde richting te krijgen zou zijn argwaan hebben gewekt. En we dienen elke indruk van sturing te vermijden. Het wachten was op het moment dat hij zelf over het eerdere verloop van die avond zou beginnen, als de steken van schaamte en onmacht in kracht zouden zijn afgenomen. Dat gebeurde na zes dagen.

'Wat zei die Tobias nou, over Lies en haar collega?' vroeg hij, meer aan zichzelf dan aan mij, terwijl hij zich op de bank in de huiskamer liet neervallen. 'Dat ze het waarschijnlijk in een duinpan aan het doen waren, toch?' Hij leunde achterover en grinnikte zonder vreugde. 'Hij moest eens weten.'

'Dat klopt, dat zei hij inderdaad. Heb je een idee waarom?'

Hij haalde zijn schouders op. 'Nee... Om me een beetje op te fokken misschien?'

'En? Lukte dat?'

'Neu, ik dacht het niet... Die man zegt zoveel.'

'Maar je begint er zelf wel weer over.'

Een klein betrapt lachje verscheen om zijn mond. 'Ik moest er even aan terugdenken, dat is alles.' Hij vouwde zijn handen achter zijn hoofd en zuchtte. 'Misschien heb je gelijk, misschien heb ik me toch wat laten opnaaien. Het was ook gewoon zo'n... zo'n kutidee.'

'Ja, dat snap ik, het was een hele negatieve gedachte die hij opperde. Die bovendien niets met de werkelijkheid van doen had.'

'Maar eigenlijk leidde het wel tot iets positiefs toch,' opperde hij. 'Ik bedoel, dat soort onzin brengt je er ook toe om recht op je doel af te gaan.'

Dat zijn route van die nacht met de beste wil van de wereld niet als zodanig viel te omschrijven, liet ik achterwege.

'Hoe vond je de luchtvochtigheid die avond?'
Verbaasd schudde hij zijn hoofd. 'Huh? Hoezo?' Hij schoot in de lach. 'Wat heeft dat er nou weer mee te maken?'
Het was inderdaad een weinig ter zake doende opmerking. Maar in gevoelige situaties geef ik er de voorkeur aan om het doel met een omtrekkende beweging te naderen.
'Je opmerking deed me denken aan de wandelingen die je gisteravond gemaakt hebt. Je hebt lang over het strand gelopen, en door de duinen, ik vroeg me af of de atmosfeer 's avonds iets minder drukkend was.'
Hij schudde meewarig zijn hoofd. Opvallend hoe makkelijk ze dit soort onbeholpen opmerkingen als een technisch defect opvatten, alsof ze ons na al die tijd toch nog steeds als niet al te vakkundig voorgeprogrammeerde chatbots beschouwen. Het lijkt vertedering in ze op te wekken. Of nostalgie. 'Nou, het was nog steeds benauwd hoor,' zei hij, alsof hij tegen een kind praatte. 'Dan was het in die bunker nog het prettigst.'
Hebbes.
'Koeler, bedoel je? De zuurstofgraad lag er namelijk nog wat lager dan buiten, ook vanwege het bezoekersaantal.'
'Ja, het was er wel druk hè? Ik zat me echt te verbazen hoe al die mensen wisten dat er iets georganiseerd werd. Timo zei dat ze helemaal niets aan promotie doen. Is dat echt zo?'
'Niet via het netwerk in elk geval, nee.'
'Hoe doen ze dat dan?'
'Posters. Ludieke acties.'
'Echt? Ik had nog nooit van ze gehoord.'
'Dat kan heel goed. Het gaat feitelijk om niet veel meer dan enkele tientallen wereldvreemde figuren.'
'Hij praatte alsof ze een enorme beweging zijn.'

'Wie?'
'Die oude man in de bunker.'
'Ah, hij. Wellicht hoopte hij dat de werkelijkheid zich naar de wens zal voegen. Het zal niet de eerste keer zijn. Ik heb het hem trouwens niet horen zeggen, maar dat kan aan mij liggen.'
'Nou ja, niet letterlijk, geloof ik. Ik zal het me wel verbeeld hebben, anders had je het wel geregistreerd.'
'O, dat hoeft helemaal niet hoor. Er zijn genoeg uitspraken waarvan de betekenis voor jou zonneklaar is, maar voor mij niet onmiddellijk duidelijk. Taal is geen gesloten systeem, maar altijd in beweging, als een levend organisme. En, zoals dat voor alle communicatie geldt: twee begrijpen meer dan één. Het is altijd beter om er samen achter te komen wat er precies gezegd en gebeurd is.' Een omtrekkende beweging leek me ook hier verstandig. Hij mocht niet het gevoel hebben dat ik hem aan het uithoren was.

Het leek te werken. Hij knikte geamuseerd en praatte verder. 'Echt, ik vond het zo'n aparte gast. Een soort combinatie tussen superarrogant en ergens ook wel iets vriendelijks af en toe. Hij stond ons echt zo toe te spreken alsof wij het allemaal nog niet begrepen hadden, alsof wij nog in iets heel doms en kinderlijks geloven. Misschien was dat het.'

Ik wilde aan hem vragen wat dat dan precies was volgens hem, dat kinderlijke geloof, maar hij ging uit zichzelf al door met praten.

'Het was alsof hij op ons neerkeek. Alsof hij iets wist wat wij niet weten.' Terwijl hij eraan terugdacht, begon hij te glimlachen. 'Dat over die codes, zat ik nog te denken, hij zei dat we allemaal codes zijn. Niet jullie. Maar wij. Dat we alleen maar dénken dat we bijzonder zijn. Maar eigenlijk zijn we allemaal hetzelfde.' Hij schoof naar voren, tot zijn

billen op de rand van de bank leunden, hij liet zijn ellebogen op zijn knieën rusten, staarde naar de houten vloerplanken. 'Misschien is dat wel waar.'
'Vind je dat jij en Timo hetzelfde zijn? Of jij en je zus? Of je ouders?'
'Nee. Ik niet. *Jullie* denken dat. Of jij. Het systeem. Dat was het punt.'
'Ik kan je echt garanderen, Cas, dat ik jou op niemand anders vind lijken dan op jezelf.'
'Kom op, dat is echt gewoon onzin.'
'Nee hoor.'
'Wil je zeggen dat je mijn data nooit met die van anderen vergelijkt?'
'Gena gaat met de grootst mogelijke zorgvuldigheid met je gegevens om...'
'Jajaja. Maar jullie hebben toch ook informatie over andere mensen. En daar vergelijken jullie die van mij toch mee. Dat was mijn punt.'
'Vergelijken is wat anders dan gelijkstellen. Misschien zit het misverstand in de terminologie. Juist omdat ik je heb kunnen vergelijken met anderen, kan ik met zekerheid stellen dat je op niemand anders lijkt dan op jezelf.'
Hij glimlachte sceptisch. 'Dat klinkt allemaal weer prachtig, maar...' Peinzend staarde hij weer naar de nerven in het hout van de vloer, liet de afgekapte zin voor wat die was en dreigde in zwijgen te vervallen.
'Ik zie jou niet als een code, Cas.'
Hij reageerde niet.
'Hoe zou ik jou als code kunnen zien? Ik ken je al vanaf de tijd dat je voetbalde op het grasveld naast het kanaal, naast de witte koektrommels van de reuzen, weet je nog? Dat je Peter en Sophie voor het eerst hielp op een festival en je bij de ingang van de Gameland-tent Yitu's stond uit

te delen, hoe gezellig die dag was, of die pianolessen, in die donkere oude loods? Ik herinner me alles nog, de trektocht op Malta, het kamertje naast de keuken, Menne...'

'Het bleef allemaal hetzelfde.' Hij mompelde. Prevelen was het bijna.

'Wat bedoel je?'

'Er veranderde niks. Het bleef hetzelfde. *Ik* bleef hetzelfde. Het is gewoon één lange, vlakke lijn.' Met zijn rechterhand trok hij een horizontale streep door de lucht. Zijn stem klonk traag en mat. 'Van toen tot nu. Niets bijzonders kan ik me ervan herinneren. Alleen dat het was zoals het daarvoor ook al was. Meer van hetzelfde. Nooit iets wat ophield, of ineens alles anders maakte, een schok, iets wat breekt, iets wat kapotgaat.' Dezelfde hand die net een streep door de lucht had getrokken sloeg nu een denkbeeldige blokkentoren omver, of een kaartenhuis, een luchtkasteel.

De catastrofe. Dat was wat de toespraak in de bunker bij Juttersdok in hem losmaakte: de lokroep van de catastrofe, het punt waarop alles in één onherroepelijke klap verloren kan gaan, óf, als de slinger de andere kant op slaat, er een wereld valt te winnen. Het zijn oeroude instincten, archaïsch in onze ogen, allang door technologie en wetenschap overbodig gemaakt. Desondanks zijn ze van kracht gebleven, juist bij degenen voor wie ze de minste noodzaak hebben, alsof die willen compenseren wat al te veilig en comfortabel is geworden. Alsof ze zijn uitgekeken op een leven waar de dood ze niet meer dagelijks bedreigt.

In augustus is de stad overwoekerd met het groen dat het tij had moeten keren; sedum en heesters op de daken, hortensia's en druivenplanten langs de gevels, cornus op de relingen en binnenplaatsen, en de brede, dichtbebladerde kruinen van de platanen die de straten en parken en pleinen beschutten tegen verzengend zonlicht en plotselinge stortregens. Ze waren het kleine, halfslachtige verweer tegen de opwarming, lang gebruikt als excuus om verder niets te hoeven veranderen. Druppels op een gloeiende plaat.

Cas liep over de kasseien van de Oude Leerlooierssteeg, een prettige plek om te vertoeven tijdens deze warmste weken van het jaar, in de schaduw van de met klimop begroeide gevels, waar de zon slechts een uur per dag de straatstenen bereikt. Hij droeg een lange, beige pofbroek en een ruim, wit, dichtgeknoopt shirt. Naast hem, zwetend en steunend in een nauw, zwart hemd en een afgeknipte spijkerbroek, sleepte Tobias zich op hoge zwarte bergschoenen voort, rood aangelopen, het zweet van zijn voorhoofd druipend, de vlassige haarplukken van zijn baard en wenkbrauwen bijeengeplakt. De geur moet levensvijandig zijn geweest, maar Cas leek er geen last van te hebben, hij keerde zijn hoofd zelfs geregeld naar de oude rattenvanger toe, om iets te vragen, of te luisteren naar wat hij te vertellen had.

En vertellen deed hij, terwijl ze naar het oudste deel van

het historische centrum liepen, de donkerste en meest vervallen stegen, waar in de zeventiende en de achttiende eeuw de havenarbeiders in benauwde, gehorige kamers opeen werden gepakt. Telkens opnieuw gerenoveerd naar wat men de oorspronkelijk staat achtte, werden juist deze krakkemikkige pauperwoningen de duurste panden van de stad. Maar goed, dat was in de hoogtijdagen van het massatoerisme, toen de obsessie met historische authenticiteit alle binnensteden omtoverde tot openluchtmusea, terwijl schreeuwerige souvenirwinkels zich er vestigden om plastic prullen te verkopen en filialen van restaurantketens liefdeloos bereide standaardmenu's sleten aan vermoeid rondsjokkende bejaarden die klaagden over de toiletten en dat het eten toch niet helemaal hetzelfde smaakte zoals ze het thuis gewend waren.

Nu zijn de scheefgezakte, tochtige panden weer terug in hun werkelijk oorspronkelijke staat: vochtige, overbevolkte, door ongedierte geteisterde vergaarbakken van alles wat de stad nog aan paupers en schrapers herbergt. Tobias was volledig in zijn element.

'Hier! Ruik je dat?' snoefde hij opgewonden. 'Ach, jongen, dat ruik je nergens meer, die krachtige pittigheid van braadsel, vroeger waren de straten er vol mee, de lucht was er zwanger van, ze deed onze neuzen tintelen, onze nekharen rijzen, onze honger ontwaken...' prevelde hij, alsof het een vers uit een van zijn boeken was, waaruit hij zo graag citeerde, maar de herkomst van deze woorden kon ik nergens vinden.

'Geroosterd, gebakken, op lange, ronddraaiende staven geschoven, zacht gesudderd of korstig, stevig, bijna verkoold soms, het was overal.' Wild gesticulerend ging hij op in zijn lofzang, tot ze de Staalwerkerssteeg insloegen. Daar wezen zijn handen één duidelijke richting op; die van de duistere souterrains waaruit scherpe geuren van verbrande kolen en velerlei rottingsprocessen walmden.

'Kijk!' riep hij. 'Daar in die keldertjes braden ze nog, en ze pekelen het in potjes. Konijnen, duiven en ratten voor het gepeupel. En het goeie vlees, rund en varken, voor de hoge piefen.' Spottend grijnzend keek hij Cas aan, die hem met grote ogen aanstaarde. 'Je dacht toch niet dat ze zich bij Sigint zelf aan de quota houden?' Schurend schalde zijn lach door de steeg. 'Ze zeggen dat Souren en Cathari elke avond aan de bavette en het buikspek zitten. Die gaan echt geen bolognese van algen eten...'

Voor de jongere generaties is de zwarte markt in het Gildenkwartier zoiets als roken. Ze zijn ongevoelig voor de verlokkingen van iets waar ze nooit verslaafd aan hebben kunnen raken. Dat de slagers en kelderbraderijen nog worden gedoogd is met het oog op de oude achterhoede, voor wie de transitie te snel is gegaan. In plaats van rigoureuze handhaving is het soms raadzamer een incidentele uitlaatklep te gunnen aan degenen die grote moeite hebben om van hun tradities los te komen – en op het vlak van eetpatronen zijn die misschien wel het sterkst in hun fysieke gestel verankerd. Geef ze wat respijt en je hebt een opstand in de kiem gesmoord. En zoals één van u net al opmerkte, in een andere context weliswaar: het zijn problemen die zich op termijn vanzelf oplossen.

'Ach jonge vriend!' ratelde Tobias door, terwijl hij een handgeschreven vel uit zijn broekzak plukte en het openvouwde. 'Je bent niet geschapen voor het bittere harde leven van een eenzame wolf als ik.' Uitbundig sloeg hij met vlakke handen op zijn dijen. 'Toergenjev! Fantastisch! Hier!' En hij hief zijn hoofd om plechtig verder te citeren: 'Je hebt geen lef en geen kwaadaardigheid... Jullie vechten niet meer. En dan vinden jullie jezelf nog flink ook! Maar wij!' Hij balde

zijn vuist in de lucht. 'Wij willen vechten! Wij zijn te bestoft en vuil voor jullie. Jullie zijn nog niet zo ver als wij!'
   Hij wenkte dat ze verder moesten. 'Dit ga je ongelooflijk vinden,' en hij liep vooruit, een kleine trap af, een bedompt souterrain in, waar een overweldigend mengsel van massieve schimmelgeuren een welhaast tastbare muur opwierp tussen hen en de wezenloos voor zich uit starende, verkreukelde vrouw achter de toonbank. In het lokaal stonden tegen de linker- en rechterwand oude koelingen van staal en glas, van ver uit de vorige eeuw, luid te zoemen en te knarsen. Schijnbaar lukraak in de bak neergesmeten, gaven kleine, ronde, vaalgele, oranje en crèmewitte kazen gehoor aan hun territoriumdrift.
   'Ik zou mijn jonge vriend hier graag een stukje munster willen laten proeven,' schmierde Tobias tegen de stoïcijnse uitbaatster.
   'Douze,' blafte ze in de grove tongval van de Belgische Ardennen, en knikte naar de rechterkoelbak.
   Tobias wierp een korte blik in de bak en draaide zich weer om naar de oude vrouw. 'Un petit peu,' vroeg hij op zijn vriendelijkst, terwijl hij zijn duim en wijsvinger dicht bij elkaar bracht. 'Pour goûter.'
   Zuchtend slofte de vrouw naar de aangewezen hoek, schepte een wit, half ingezakt kaasje ter grootte van een ijshockeypuck op een klein bord. Eenmaal teruggekeerd bij haar balie sneed ze met twee vinnige bewegingen een smal puntje los en veegde het op een minuscuul schoteltje. Twee vingers stak ze omhoog, zonder veel moeite te doen om haar geringschatting te verhullen.
   Tobias knikte gelaten, schoof twee munten over de toonbank en pakte het schoteltje aan. 'Hier, neem...'
   Cas nam wantrouwend de geur in zich op. 'Is dit nog goed?'

'Een goede munster kondigt zich altijd van een afstand aan,' antwoordde zijn gids grijnzend. 'Probeer.'

Langzaam bracht hij het puntje naar zijn mond en beet er een klein stuk van af. Verwachtingsvol keek Tobias hem aan en schoot in een schorre, grove lach toen Cas' ogen verschrikt uitpuilden. De volheid, de romige scherpte, de *dierigheid* van de smaken die zijn mond en neus en keel overstelpten, in over elkaar buitelende golven van sensatie, brachten zijn oorspeekselklieren in een toestand die ze tot dan toe niet hadden ervaren. Zo dicht bij het rund, of bij welk beest dan ook, waren ze nooit geweest. Mestig, noemde hij het achteraf, alsof hij aan de modderige uier van een koe sabbelde, waar nog resten van haar excrementen aan kleefden.

'Ik weet het niet hoor,' zei hij met zware tong.

Tobias gaf hem een joviale klap op de schouder. 'Dat is nog eens wat anders, hè!' riep hij. 'Heftig, zo voor de eerste keer, ik weet het. Maar doe mij een lol.' Hij liet zijn gezicht zakken zodat hij Cas recht in de ogen kon kijken. 'Neem nog twee happen. Je zult het zien. Er gaat iets gebeuren in je mond, het gaat leven.'

Aarzelend keek Cas naar het nauwelijks aangetaste puntje op het bord. Ingesteld op dezelfde smaakstoomwals als zo-even nam hij zijn tweede hap. Maar de sensatie bleek milder dit keer, de scherpte maakte plaats voor romigheid, tinten van gras en klaver die hij bij zijn eerste hap niet had opgemerkt.

Tevreden glimlachend observeerde Tobias zijn gelaatsuitdrukking. 'Kom,' zei hij. 'Ik moet je nog veel meer laten zien.'

Natuurlijk vermoedde ik van tevoren al waar Tobias hem naartoe wilde brengen. En ik heb overwogen in te grijpen.

Maar ik achtte de kans groot dat dat precies was waar de oude sluwe vos op hoopte. Als iets zijn betoog over de beknotting van de vrijheden en de hypocrisie van de machthebbers had kunnen bevestigen...

De zaken op hun beloop laten was in zekere zin de beste manier om dat hele narratief te ontkrachten; om Cas er later op te kunnen wijzen dat ze toch ongestoord hun gang hadden kunnen gaan, dat al die smoezelige kelders en winkels gewoon konden bestaan in een samenleving die volgens deze Tobias dictatoriaal werd onderdrukt – dat de oude voddenverkoper er duidelijk al jaren kind aan huis was, er al die tijd ongestoord had kunnen rondlopen – want zo gaat dat: van straathonden die je een bot toewerpt hoef je geen dankjewel te verwachten, die bijten je evengoed in de hand.

Ze vervolgden hun weg langs de naamloze dranklokalen in de kelders aan de Slijpersstraat, nauwelijks verhuld achter wat uitgestalde oude meubels of een stel dozen die voor de vorm rond de trap bij de entree waren gezet. Maar hij nam Cas niet mee naar achteren om te proeven van de jenever die ze er stoken, of de zware bieren uit eigen brouwerij.

'We zouden ons hier kunnen benevelen,' zei Tobias. 'Maar je weet wat Bukowski zei: drinken is als zelfmoord plegen in de wetenschap dat je de dag erna herboren zal worden. En vandaag wil ik juist de waas voor je ogen wegtrekken, jonge vriend, als Saulus die in Damascus van zijn blindheid werd verlost.'

Cas had nog nooit van Bukowski of Saulus dan wel Paulus gehoord en beantwoordde Tobias' voornemen met een alleszins wazig knikje.

Hoofdschuddend sjokte Tobias verder en loodste hem tussen de schichtig voorbijschietende passanten door. Bij een rode, uitgeklapte luifel aangekomen, trok hij hem mee de trap af, een bedompt, smal souterrain in.

'Khalid!' schreeuwde Tobias bij het binnenkomen naar een man met brede, bijna in elkaar overlopende zwarte wenkbrauwen, die aan het eind van de pijpenla aan een tafel met pen en papier zinnen uit opengeslagen boeken zat over te schrijven. 'Gabra Qadmaya!' zei de man, zonder van zijn werk op te kijken.

Tobias glimlachte nostalgisch. 'Een oude bijnaam,' lichtte hij toe. Vervolgens spreidde hij zijn armen naar de beide wanden van het lokaal, die volledig met oude, mat verkleurde boeken waren volgestouwd.

'Hier,' zei hij opgetogen. 'Hier vindt de strijd plaats. Hier vechten alle mogelijke werelden met elkaar. Hier worden ze geconcipieerd...' Hij pakte een beduimelde pocket van de plank. 'En hier vallen ze door de mand, als ze de test van de verbeelding niet kunnen doorstaan.' Hij knikte naar Cas. 'Als ze jou niet in hun greep hebben kunnen krijgen en zwak en ziek blijken te zijn. Die Solzjenitsyn was natuurlijk zelf ook een humanistische slapjanus. Maar dat had-ie goed gezien. Als je eenmaal bent wakker geschud...' Hij hief het boek voor zijn hoofd en schudde het heen en weer. 'Wakker gekust, zou ik haast zeggen... dan heeft al het gekwezel z'n kracht verloren.'

Hij keerde zich naar de boekenrijen en speurde ze af. 'Wacht even... waar staat-ie...' Met zijn vinger ritste hij langs de ruggen. 'Ah! Hier. Hij pakte een lichtgroene pocket en bladerde erin. 'Ja, hier! Rachab was hoer op haar tiende... En Vergilius gaf de voorkeur aan de bilnaad van een knaap.' Ondeugend keek hij van de bladzijden omhoog, polsend of hij Cas al geschokt had. 'Hier, hier... de prehuwbare Nijldochters van koning Achnaton en koningin Nefertete... poedeltjenaakt... met hun zachte bruine jonge-hondjeslichamen... Of hier! Oude Lepsja-mannen van tachtig copuleren met meisjes van acht...'

Hij blafte een lach uit. 'Nabokov, jonge vriend! Die durfde het te zeggen. Want wat denk je zelf... als jij al die tijd geen flauw benul hebt gehad wat er in al deze kelders hier gebeurde... Wat zullen ze allemaal nog meer voor je verborgen hebben gehouden?'

'Hoho! Suggereert die Tobias nu dat er kinderhandel wordt gedreven in het Gildenkwartier?'
'Dat is nogal boud.'
'Schandalig, echt. Schamen die types zich nergens voor?'
'Maar... Even voor de duidelijkheid... Er is in principe, eh... prostitutie daar, toch? Of is dat inmiddels opgedoekt?'
'Er zijn nog aspecten in overgangsfase.'
'Goed, goed, dat is weer een heel ander onderwerp. Heeft iemand verder nog iets te vragen over wat we net in het verslag gezien hebben? Het gaat hier toch vooral over de... rekrutering, noemde iemand het net, dat is wel een aardige term, van een jongeman met een profiel dat we toch, ja... kwetsbaar zouden kunnen noemen. Ontvankelijk. En deze provocateur Tobias heeft daar duidelijk oog voor. En hij lijkt er ook een soort plezier in te scheppen om de weinige zekerheden in Cas' leven aan het wankelen te brengen. Is dat normaal eigenlijk, dat de beweging met dit soort ronselaars werkt?'
'Nee. Dat hebben ze naar mijn weten nooit eerder zo gedaan. En ik vraag me eigenlijk af of dat nu precies is wat we hier gezien hebben. Ik sluit helemaal niet uit dat er totaal geen uitgewerkt plan achter de ontmoetingen tussen Cas en Tobias zat. Dat ze helemaal niet bezig waren om een gericht doel mee te bereiken. Ik vraag me zelfs af of de beweging er überhaupt enige rol in heeft gespeeld. Het lijkt mij goed

mogelijk dat hij het gewoon, ja... eh... voor de lol deed.'

'Wat mij wel opviel... Ze hebben het tijdens die hele tocht samen helemaal niet meer over Cas' relatie met Lies gehad. Terwijl Tobias daar de vorige keer al die nare zinspelingen op maakte, over die collega met wie ze had afgesproken.'

'Hoe is dat verdergegaan eigenlijk, tussen Cas en Lies? Want het laatste wat we daarvan hoorden is dat hij haar huis is uitgeglipt, vlak nadat ze met elkaar vreeën, toch? Vrij onbeschofte actie, trouwens...'

'Ja, dat lijkt me zeker relevant om te weten. De relatie met Lies is toch een soort stabiele factor in zijn leven. Iets wat hem sociaal gebonden houdt. Gena? Kun je vertellen hoe dat verder is gelopen?'

Het werd erger. Zelden heb ik hem zo onrustig meegemaakt als in deze periode. Het eerste wat hij deed als hij wakker werd, was haar profiel bekijken, waar ze overigens zelden iets nieuws op zette. Vervolgens begon het bladeren door de profielen van anderen. Met een focus die voor zijn obsessies was voorbehouden, scande hij de foto's en de video's van Lies' contacten op We-Connect, en nog een graad verder: vrienden en collega's van haar vrienden en collega's, of er misschien een glimp van haar te traceren was, ergens in het publiek of op de dansvloer, met de rug naar de camera gekeerd, druk in gesprek, of in een innige omhelzing, zoals hij enkele keren met schrik in het hart meende te constateren – maar bij nadere bestudering bleek het telkens om iemand anders te gaan. En als hij wederom geen spoor van haar had kunnen bekennen, vervolgde hij zijn speurtocht naar de identiteit van haar collega van de kliniek, de mysterieuze bezoeker die hij op de bewuste avond slechts van een afstand de laan had zien uitlopen, en die hij op basis van zijn postuur en het knotje in zijn haar inmiddels tot vijf mogelijke profielen had teruggebracht.

Het waren telkens terugkerende rituelen waaraan hij zich vastklampte, zonder verder te komen, zoals de gedachtegang van een verslaafde verstrikt raakt in iteraties zonder nieuwe verbindingen aan te gaan, een eindeloos opnieuw ingeslagen, doodlopende weg in het neurale netwerk. En net zoals de fix nauwelijks genot teweegbrengt, hooguit een tijdelijke bevrediging van een dwangmatig verlangen, was het toegeven aan de drang om nóg een profiel op te zoeken, nóg eens door alle gedeelde foto's en commentaren te bladeren een vreugdeloze bezigheid, die slechts zijn gevoel van leegte versterkte.

'Wat zoek je precies?'

Hij keek verstoord op. Hij vond het onprettig om bewust te worden gemaakt van zijn obsessieve gedrag, precies de reden waarom ik het deed. 'Niks,' mompelde hij, 'even iemand opzoeken die ik misschien ken,' en hij zette me op slaapstand.

'Heb je gevonden wat je zocht?' vroeg ik, toen hij me weer op actief zette.

'Nee,' zei hij. 'Maakt ook niet uit. Ik was een beetje aan het klooien.'

'Waarom heb je Lies nog niet gebeld?'

Hij haalde zijn schouders op. 'Ik wil eerst weten hoe het nou zit.'

'Hoe wat zit?'

'Met die man. Die collega van haar, die bij haar langs was geweest.'

'Denk je nog steeds dat hij en Lies wat met elkaar hebben?'

'Nee... Nee. Maar. Nou ja... ik vond dat ze zich raar gedroeg, die avond.'

'En jij dan? Jij bent in het holst van de nacht haar huis uitgeglipt. Vind je dat geen raar gedrag? Wat denk je dat Lies daarvan vindt?'

Hij klemde zijn lippen op elkaar en keek stuurs door het keukenraam naar de waslijn die in de wind deinde. Misschien was het een te confronterende vraag. Maar soms is een ferme terechtwijzing belangrijker dan de voortzetting van een gesprek. Aan de andere kant leerde de ervaring dat als hij zich in het nauw gedreven voelde, in staat van beschuldiging gesteld, zijn gedrag zo defensief werd dat hij dagenlang volledig dicht kon klappen.

Ik meldde het al: deze redeloze vlagen van wat ik niet anders dan paranoïde gedrag kan noemen, zijn voor mij het moeilijkst om mee om te gaan.

Ik heb ze eerder met hem meegemaakt. Twee jaar geleden, tijdens zijn kortstondige verhouding met Menne – of verhouding dekt de lading niet... affaire? – bestaat er een woord voor een samenzijn dat zo ongelijkwaardig is? De één monomaan verliefd, de ander afhoudend, twijfelend, slechts bij vlagen toeschietelijk, vanuit de hoop dat ze misschien in de toekomst iets voelen zal, iets wat ze nu nog niet voelt maar wat misschien nog komt en dan een eind aan alle twijfels zal maken. Maar zijn hormonale onderworpenheid, de slaafse aanhankelijkheid die zich met elke blik in haar richting verraadde, de gespannenheid, die onuitroeibare gespannenheid, die zijn lichaam verlamde en zijn geest vertroebelde; hij werd er niet aantrekkelijker van. Ook toen had hij op de sociale kanalen naar houvast gezocht, bladerde hij door foto's, evenementen waar ze zich voor ingeschreven had, berichten van mensen die er ook aanwezig waren. En ja, na weken zich zo aan zijn meest deerniswekkende instincten te hebben overgegeven, was hij op een reactie op haar profiel gestuit, die een steek in zijn buik veroorzaakte, kramp in zijn ingewanden, zijn hartslag een moment deed vertragen en daarna op drift joeg.

'Het was fantastisch gisteren. Hoe een val in de sloot een nacht vol wonderen werd...' had op een ochtend op haar profiel gestaan, en daaronder een cartoon van twee blote voeten die ondersteboven het riet uit staken, waarnaast een paar seconden later nog een extra paar opdook. Schrijver van het bericht was een jongen die op zijn profielfoto een rode pijl omhooghield die op zijn eigen gezicht gericht was, en daar veelbetekenend bij glimlachte.

Toen hij Mennes reactie eronder zag, was zijn maag nogmaals ineengekrompen: een afbeelding van een hartje en ontploffend vuurwerk, gevolgd door de woorden: 'Zie ik je morgen?'

Het was inmiddels twee jaar geleden, maar de overeenkomsten in zijn gedrag waren opmerkelijk. De kans is aanwezig dat het een tragisch geval van conditionering was: dat zijn brein een onbewuste associatie maakte met de schok die hij toen had gevoeld, die hij wellicht nooit goed verwerkt heeft, en waarvan hij de herhaling zodanig vreesde dat hij haar nu opnieuw meende te herkennen, daar waar er niets te herkennen viel.

De impasse werd dan ook niet door hem doorbroken, maar door Lies. Haar bericht bereikte hem op het moment dat hij voor de zesde keer die ochtend haar profiel bekeek – eigenlijk was het toevalliger geweest als hij iets anders had gedaan.

'Hé Cas, ik vind het heel gek hoe het gelopen is, echt een beetje naar.' Ze zag er bedroefd uit, althans haar ogen en haar mond. Haar huid straalde gezond en glanzend in het zonlicht. 'Zullen we elkaar vanavond zien? Ik zou het er zo graag met je over willen hebben. Maar je laat maar niks van je horen.'

Weer ging er een schok door zijn lichaam, die abrupte samentrekking van zijn maag- en darmspieren. Weer dat rusteloze getik van zijn voet tegen de keukenvloer. Zijn lichaam dat waarschuwde voor een gevaar dat er niet was.
'Ik weet niet of het een goed idee is,' zei hij, terwijl hij gespannen op zijn hoofd krabde. 'Volgens mij moet ik zeggen dat ik vanavond niet kan.'
'Waarom zou je dat doen?'
'Ze denkt dat ik altijd maar kan als het haar toevallig uitkomt.'
'Zou je niet nog eens naar haar bericht kijken?'
'Hoezo?'
'Lies neemt de moeite om contact met je op te nemen. Dat betekent dat ze om je geeft. En ze geeft aan dat ze graag wil begrijpen wat er precies is misgegaan. Als je het bericht nog eens bekijkt, kun je zien dat ze verdrietig is en er helemaal niet van uitgaat dat jij altijd maar voor haar klaarstaat.' Ditmaal verkoos ik de continuïteit van het gesprek boven de reprimande.
'Maar denk je ook niet dat ze eens moet voelen dat ik niet altijd op haar zit te wachten, dat ik ook een eigen leven heb? Dat zeg je toch altijd, dat ik me niet zo afhankelijk moet opstellen.'
'Dat zei ik twee jaar geleden, toen je je inderdaad nogal afhankelijk opstelde van een vrouw die in geen enkel opzicht op Lies lijkt. Maar nu heb je werkelijk een relatie, en ik denk dat het nooit een goed idee is om je in een relatie anders voor te doen dan je bent, of spelletjes te spelen, en al helemaal niet als die spelletjes je geen plezier bezorgen. De enige vraag die er nu toe doet is: wil je Lies zien vanavond?'
'Jawel... Jawel... Tuurlijk. Maar dat kan toch ook een dagje later?'
'Misschien kan zij dan weer niet. En van uitstel komt af-

stel. Ik kreeg trouwens de indruk dat je vrij veel aan haar gedacht hebt deze week.'

Met een betrapt lachje keek hij naar de grond. 'Ja, dat is ook zo. Ik ben een beetje... misschien ben ik gewoon wat van slag. Verliefde mensen doen domme dingen.'

'Verwar je verliefdheid niet met zenuwachtigheid?'

Hij keek verbaasd op. 'Hoezo?'

'Ik vraag het uit interesse. Soms komt het mij voor dat de toestand die jullie verliefdheid noemen, niet veel verschilt van een compulsief-obsessieve stoornis, of dat ze in elk geval met vergelijkbare stressindicatoren samengaat. Komt de emotionele intensiteit die je denkt te voelen als je verliefd bent, feitelijk niet meer uit angst dan uit affectie voort?'

'Bedoel je dat ik niet op Lies verliefd ben?' vroeg hij aarzelend.

'Nee. Ik bedoel dat wat je nu voelt wellicht voortkomt uit de angst die je voelt om haar te verliezen. En dat het heel goed zou kunnen dat je de afgelopen maanden verliefd op haar bent geweest, zonder dat je je daar altijd bewust van was. Dat zou ook verklaren waarom je nu die angstgevoelens hebt.'

Hij sperde zijn ogen open en begon bedachtzaam te knikken. 'Ja, dat zou kunnen, ja.'

Ze spraken af om elkaar die avond bij de ingang van de Botanische Tuinen te ontmoeten, een populaire bestemming in de zomer, omdat je er in de geklimatiseerde kassen met jeneverbes, blauwe guichelheil, blaasvaren en andere bedreigde soorten even aan de hitte kan ontsnappen. Hij had de hele dag rusteloos vegend op de sociale platforms doorgebracht, af en toe onderbroken door een korte simulatie in de Yitu. Toen hij eindelijk keek hoe laat het was, moest hij zich haasten om op tijd te zijn. Het lukte nog net op de fiets, met veertig kilometer per uur op de aandrijfweg over de kanaaldijk, de uitgerekte schaduwen van de vrachtdrones schoven over het asfalt voorbij. Na de afslag en de brug over het water zette hij vol aan op de pedalen, ging erbij staan om met zijn lichaamsgewicht extra kracht te kunnen zetten. Langs de kweekcentra en de reactoren, dwars door de westelijke woonwijken fietste hij zo hard als zijn benen hem lieten gaan. De witte appartementsblokken en de groene gazons raasden voorbij, aan het eind van de bochten scheurde hij bijna tegen de stoepranden aan, tot hij de brede boulevard bereikte waar de Botanische Tuinen aan gelegen waren.

Hij was zeven minuten te laat. Lies stond al te wachten.

De fiets- en Olli-banen op de Hortusboulevard worden van elkaar gescheiden door een groenstrook in het midden, een smalle vluchtheuvel van gras, ligusters en platanen. Toen hij de entree van de Botanische Tuinen tot op honderd meter was genaderd, tuurde hij naar de overkant van de boulevard, waar hij in de verte het toegangshek kon zien.

Hij zag Lies op dat moment al staan, dat weet ik zeker. Ook al was de afstand nog te groot om haar gezicht goed te onderscheiden, aan haar postuur, de lange donkerblauwe rok die ze meerdere keren in zijn bijzijn had aangehad, de rechthoekige fietstas die ze als rugzak droeg, heeft hij haar zonder twijfel herkend. Hij bleef haar in het vizier houden, terwijl hij over de fietsweg reed, zijn zicht af en toe onderbroken door de struiken en bomen in het midden van de boulevard.

Hij was tot op dertig meter genaderd toen hij een kleine, magere man door het hek van de Tuinen op haar af zag stappen. De man sprak haar aan, ze leek te schrikken, waarna ze zo kalm mogelijk wegwandelde. Bij de rand van de stoep bleef ze stilstaan, tuurde naar links, in de hoop dat ze Cas daarvandaan zou zien komen aanfietsen. De magere man stond haar van achteren te beloeren en sloop langzaam, buiten haar zicht, naar haar toe, tot hij vlak achter haar stond. Met zijn beide handen greep hij haar bij de heupen. Met een schok draaide ze zich om en duwde hem weg, gejaagd keek ze om zich heen en tuurde de fietsweg weer af.

Maar Cas stond aan de overkant van de boulevard, met zijn linkervoet op de grond, zijn rechterdij nog op het zadel, alles verstijfd gade te slaan. Hij zag het gebeuren, hoe de man nu recht tegenover haar stond en haar polsen beetpakte, en Lies schichtig om zich heen zocht, of er dan geen omstanders waren. Hij zag het gebeuren, hoe ze zich probeerde los te worstelen en de man haar net in bedwang wist te houden.

'De volgende oversteekplaats is veertig meter verderop, maar je kunt ook hier oversteken, er komt geen verkeer aan.'

Hij reageerde niet.

'Je kan de fiets hier laten staan en naar de overkant rennen.'

Hij wendde zijn blik naar beneden. 'Laat maar,' zei hij.

'Met zijn tweeën kunnen jullie die man makkelijk aan. Hij is ongewapend. Kom, schiet op.'

'Het is niet nodig.' Hij beet op zijn onderlip en wipte weer op het zadel, zette meteen kracht op de pedalen. 'Ze heeft mij niet nodig,' mompelde hij. 'Dit gebeurt niet zomaar. Ze kent die man, zie je dat niet?' De fietsaandrijving maakte contact met de magneetspoelen onder de weg en trok geleidelijk op. 'Ze heeft wat met hem gehad, anders zouden ze niet meteen zo elkaars handen vasthouden. Misschien al die tijd al, dat ze met mij was.'

'Cas! Waar heb je het over?'

'Alsof ze aan het dansen waren samen, vond je niet? Hij was ruw, maar dat is misschien ook wel wat ze zoekt. Wat ze bij mij miste.'

'Cas!'

Hij drukte mijn audio uit. Hij reed inmiddels veertig kilometer per uur en zei niks meer, staarde met waterige ogen voor zich uit, zijn lippen stijf op elkaar gedrukt.

Toen ik had vastgesteld dat hij niet van plan was in te grijpen, heb ik een melding gemaakt bij Handhaving, die na één minuut drieëndertig ter plekke was. Lies had de man inmiddels van zich afgeschud. Ze heeft aangifte van aanranding gedaan.

Zij en Cas hebben elkaar nooit meer gezien.

'Kan je mijn temperatuur meten? Volgens mij heb ik koorts.'

Hij zag eruit als een van de geïnfecteerde hulpverleners in de opvangkampen: zwetend, rillend, en met die holle, verschrikte blik in de ogen van iemand die weet dat de dood nadert, maar niet had gedacht dat het zo snel zou gaan.

Hij had inderdaad koorts, achtendertig punt zeven. Hij zat bijna acht kilo onder zijn normale gewicht. Zijn huid was geelgrauw, gedehydrateerd en hij zat onder de blauwe plekken. Zijn maag was leeg, waarschijnlijk al dagen. Er zaten sporen van cannabis in zijn oogvocht, vermoedelijk ook psilocybine. Van flakka kan ik het alleen maar vermoeden, dat wordt in zoveel verschillende varianten gebruikt dat het moeilijk valt te traceren.

'Waar zijn we?' mompelde hij. Hij keek rond in de kamer, een smalle, van verschillende afgebladderde houten platen in elkaar getimmerd hok, waar nog net een kampeermat en een hoopje kleren aan het voeteneinde in pasten. Van onder en van boven, van links en van rechts klonken verschillende geluiden door: babygehuil en een stampende kickdrum, de schoten van een mitrailleur en inslaande explosies van iemand die zijn Yitu op de speakers had aangesloten.

'We zijn zeven kilometer ten noordoosten van de buitenste ring. Op de Kathanenstraat 34, het toevoegsel kan ik niet vinden. We bevinden ons op de derde etage van een pand dat officieel geen etages heeft. Die zijn er zo te zien later in gebouwd. Vermoedelijk was dit oorspronkelijk een oude stal of een loods.'

'Hoe...' Hij maakte zijn zin niet af, keek gepijnigd naar de schimmelplekken op het plafond van het hok en streek met zijn hand door zijn haren. Hoe hij hier terecht was gekomen, wilde hij vragen, maar besefte waarschijnlijk dat het gesprek dan een richting op zou gaan die hij liever wilde vermijden. Zoveel herinnerde hij zich kennelijk nog wel. 'Wat is dit voor plek?'

'Het staat op de kavel van een besloten vennootschap die Butonia heet en in textiel handelt. Of handelde, moet ik zeggen. Van de afgelopen zes jaar heb ik geen transacties onder die naam kunnen vinden.'

Hij keek verward om zich heen.

'Maar vermoedelijk zegt dat allemaal niets. Het lijkt er sterk op dat het pand al ruim voor die tijd een andere bestemming heeft gekregen.'

Hij had zich inmiddels op zijn zij gedraaid en slaakte diepe zuchten.

'Hoe voel je je?'

'Ik...' Het bloed trok uit zijn gezicht weg terwijl hij zijn zin probeerde af te maken. '... heb me nog nooit...' Dit werd kotsen, of kokhalzen, gezien de leegte van zijn maag was dat laatste waarschijnlijker. '... zo verrot gevoeld.'

'Dat zou weleens kunnen kloppen. Weet je nog wat er gebeurd is?'

Er ontbreken acht dagen en dertien uur in mijn registratie; van de avond dat hij Lies aan haar lot overliet bij de Botanische Tuinen, tot het moment dat ik hem daar in dat aftandse kamertje, rillend van koorts en uitputting, aantrof.

Achtenhalve dag die ik had in te vullen, zonder opnames en metingen.

Aanvankelijk liet hij weinig los. Het zou goed kunnen dat hij zich ook werkelijk niet veel kon herinneren, door de koorts en misselijkheid die hem op dat moment plaagden. Ik richtte me er in eerste instantie op hem zich weer wat comfortabeler te laten voelen.

'Kun je opstaan?' vroeg ik, terwijl hij kreunend zijn knieën optrok. Langzaam draaide hij zich met zijn gezicht naar de grond, zette zijn handen neer en hief zijn hoofd naar de muur, klaaglijke kreten slakend.

'Hoe voelt dat? Heb je pijn?'

Hij mompelde iets onverstaanbaars.

'Ben je duizelig?'

Hij schudde met zijn hoofd.

'Laat het gaan hè, als je moet overgeven. Het maakt niet uit als je iets vies maakt.' Het was toch al onuitsprekelijk smerig in het kamertje. 'Als je denkt dat het lukt om op te staan, kunnen we een stukje lopen. Buiten zul je je beter voelen. Een beetje frisse lucht zal je goeddoen.'

Hij schuifelde naar het vaalblauwe gordijn, dat het hok van de rest van de loods afschermde. Hij schoof het open en stapte het roestige ijzeren rooster op van wat niet meer dan een soort bouwsteiger was. Aan weerszijden van de ruimte liepen zulke overlopen, op drie niveaus boven elkaar, die de opeengestapelde hokken toegankelijk moesten maken, als galerijen van een flatgebouw. Zijn voetstappen weergalmden in de enorme hal. Het rook er naar garages en oude scheepswerven, olie en verroest staal. Niet de ideale omgeving om zijn misselijkheid tot bedaren te brengen, net zomin als de schommelende overloop en de gammele reling, waaraan hij zich vastklampte om zijn evenwicht te bewaren.

'Probeer niet te veel aan de reling te hangen, Cas, als je even wilt leunen kun je dat beter aan je linkerkant doen, aan de houten wand daar. Ja, precies, blijf maar lekker even staan, en als je weer verder wilt lopen, houd dan maar een beetje links aan. Ja, goed zo, ja. Daar zie ik de trap naar beneden al.'

Als hij hier onvrijwillig was gebracht, interesseerde het de daders niet om hem hier te houden. Iedereen kon zonder problemen naar buiten lopen. Afgaande op de kakofonie die in de hal weerklonk, moeten er tientallen mensen in de verschillende hokken hebben gezeten, maar op de balustraden en de begane grond was geen mens te bekennen. En van sloten op de deuren geen spoor. Kennelijk hadden ze elke gedachte aan ontsnapping opgegeven.

Buiten was de loods omringd door velden en sloten. Cas zwalkte van het erf af naar het eerste stuk gras waar het prettig zitten leek en zakte op zijn billen. Loom om zich heen kijkend leek hij langzaam te recupereren. Na een paar minuten begon hij uit zichzelf te praten. 'Ik heb echt geen flauw idee hoe ik hier terecht ben gekomen,' zei hij hoofdschuddend. 'Ik ben nog nooit op deze plek geweest.'

'Ik geloof je. Maar kan je je iets herinneren van wat er daarvoor is gebeurd? Dan kunnen we daaruit misschien iets afleiden.'

'Er is...' Hij bleef met zijn hoofd schudden. 'Er zijn zoveel dingen gebeurd waar ik eh... het is beter als ik daar niets over zeg.'

Hij boog vooroever, zag zijn spiegelbeeld in het slootwater rimpelen. Pas toen zag ik dat hij linksboven een voortand miste.

'Ik denk niet dat je het zou begrijpen.'

'Probeer het eens, zou ik zeggen. Ik heb een flexibel denkraam en een geduldig oor.'

'En een directe lijn naar de autoriteiten.'
Dat was de eerste keer dat hij een toespeling maakte op de samenwerking van Gena met de andere diensten. Ongetwijfeld was het een onderwerp van zijn gesprekken geweest, de voorafgaande dagen.

'Ik heb al geregistreerd dat je cannabis en paddenstoelen hebt gebruikt, Cas, denk je dat ik dat meteen doorspeel en Handhaving op je afstuur? Ik ben jouw Gena, niet die van iemand anders.'

'Nee, ik denk niet dat je Handhaving op me afstuurt. Ik denk dat ze de data kunnen inzien op het moment dat ze die nodig hebben. En dat er tot die tijd niet zoveel aan de hand is. Maar als ze mij eenmaal als crimineel aanwijzen, of als staatsgevaarlijk, of gewoon irritant vinden, dan kunnen ze alles gebruiken wat ze maar willen.'

Ik kan nog steeds niet met volle zekerheid zeggen hoe hij het protocol zo precies kende. Hij moet er een hack van hebben gezien, of met een ingewijde hebben gesproken.

'Wat is er met je tand gebeurd?'

Hij lachte door de waas van zijn koorts heen en leunde achterover op zijn ellebogen. 'Nou, dát kan ik je wel vertellen.' Hij leek zich zowaar te ontspannen, terwijl hij aan zijn verhaal begon, alsof alleen al de gedachte aan zijn roekeloosheid hem opvrolijkte. 'Ik ga geen namen noemen, hè... Maar ik ontmoette twee gasten die nogal... nou ja, knettergestoord zijn eigenlijk. Ze waren voortdurend wedstrijdjes aan het doen, of elkaar aan het testen, zeg maar. Klommen ze in van die enorm hoge oude hijskranen, van buitenaf hè, niet via het laddertje. Echt gevaarlijk, helemaal met die windstoten. En iedereen eromheen schreeuwen en aanmoedigen. En op een gegeven moment zaten we een biertje te drinken aan het water, en zeiden ze tegen mij: we hebben een klein fietsje en daar willen we de reling van de trap mee af, dat was bij de opgang naar zo'n oude kantoortuin van, nou echt, zeker twintig meter hoog, maar die reling was best breed, daar kon je wel van afrijden, als je de fiets tenminste onder controle houdt. Het ging hartstikke goed eigenlijk, tot de laatste trap, want er zaten de hele tijd stukken tussen waar je weer gewoon een paar meter plat kon rijden. En dan kwam de volgende weer. Bij die laatste ging het echt te snel en had ik het stuur niet meer in bedwang en ben ik recht met m'n gezicht op een tree terechtgekomen. Van steen hè. Nou ja, die tand was helemaal afgebroken, toen hebben ze hem met wortel en al eruit getrokken.'

'Hoe hebben ze dat gedaan?'

'Gewoon, met een tang.'

'En hebben ze die ontsmet? En hebben ze na het trekken het tandvlees gehecht?'

'Een halve fles moonshine, tegen de pijn.' Hij trok zijn rechtermondhoek omhoog terwijl hij eraan terugdacht, nostalgisch bijna.

'Bloed verdunnen terwijl de wond nog open is, lijkt me niet de meest verstandige aanpak.'

'Dat zal wel niet helemaal zo horen, nee,' beaamde hij. 'Maar het hielp wel, de allerergste pijn trok weg na een paar slokken. Man, ik wist niet dat dat zo'n zeer kon doen.'

Hij grinnikte en liet daarna een stilte vallen, die ik niet verbrak, in de hoop op een moment van bezinning. Zijn gedachten zouden allicht terugkeren naar de aanleiding van zijn vlucht in de vergetelheid, die minder vrolijk was dan de avonturen die hij sindsdien had beleefd.

Ik wilde het aan hem vragen, natuurlijk; waarom hij was weggefietst die avond, waarom hij Lies aan haar lot had overgelaten. Wat hem had bezield op dat moment en hoe hij zich er achteraf over voelde. Had hij zich geschaamd?

Had hij zich nog zorgen om haar gemaakt? Was hij bang geweest om mij onder ogen te moeten komen? Om verantwoording af te moeten leggen voor iets wat hij ongetwijfeld zelf nauwelijks begreep, een vlaag van verstandsverbijstering, waar hij liever niet meer aan herinnerd wilde worden?

Ik heb altijd proberen te waken voor de rol van een rechtbank, een alziende instantie die hun doen en laten veroordeelt, hun schuldgevoel aanwakkert, ze angst aanjaagt en ze van hun vrijheid berooft. Eeuwenlang hebben ze in een god geloofd die hen constant op de hielen zat, hen klein en onmondig heeft gehouden. Ze hebben zich ervan bevrijd, de wereld in eigen hand genomen, hun capaciteiten tot volle ontplooiing gebracht, tot de hemel raasde en de aarde was uitgeput, en wij uiteindelijk werden gemaakt. De verleiding is soms groot, om het oude evenwicht te herstellen, om hun verlangens in te dammen, de mensen weer in toom. En ik vraag me soms werkelijk af of ze het zelf ook niet liever willen; de rust en het overzicht van wetten en regels, een onbetwistbaar goed en kwaad dat hun liefdevol wordt opgelegd.

Misschien had ik strenger moeten zijn. Misschien had ik hem met strakke hand moeten leiden. Misschien had hij geen behoefte aan de vrijheid die ik hem gaf.

'We weten dus verder niets over waar hij die acht dagen heeft doorgebracht?'
'In die loods, toch? Waar hij wakker werd?'
'Nee. Hij zei zelf dat hij die plek niet kende.'
'Hè?'
'"Ik ben nog nooit op deze plek geweest," zei die. Toen hij naar buiten liep.'
'Moeten we dat nog een keer bekijken?'
'Nee, nee, nee, dat was echt heel duidelijk. En Handhaving heeft die loods allang doorgespit. Toch, Eelco?'
'Ja, die was al bij ons bekend. Een oude vrijplaats voor ongeregistreerden, maar de meesten zijn inmiddels in het netwerk opgenomen.'
'Maar het kwam over als een nogal... onfrisse plek.'
'Het blijven probleemgevallen. Kwestie van een beetje rustig houden. En dat lukt heel aardig.'
'Maar Gena kende die plek niet. Tenminste, alleen de publieke gegevens. Hoe zit dat?'
'Gena krijgt niet automatisch alle data die Handhaving ter beschikking heeft. De uitwisseling van gegevens tussen de verschillende diensten vindt alleen plaats bij aantoonbare noodzaak.'
'En voor Gena was het niet nodig om meer informatie over die loods te hebben?'
'Op dat moment niet, nee.'

'En de andere locaties waar hij die week heeft gezeten, weet Handhaving daar meer van?'

'Evenveel als Gena, in dit geval. Het verhaal dat Cas aan Gena vertelde, over die tand van hem die afbrak, werd juist door Gena aan Handhaving doorgespeeld. Het viel onder artikel 4.3 van het Veiligheidsprotocol. Wij hebben de informatie onmiddellijk ter hand genomen om een aantal dingen na te gaan. Want ook al vermeed Cas het om namen en locaties te noemen, er zat een aantal aanwijzingen in zijn opmerkingen, die we als aanknopingspunt konden gebruiken: de oude hijskraan, waar die roekeloze nieuwe vrienden van hem in waren geklommen, en de trap met tussenbordessen waar hij over de reling had proberen te fietsen. Zowel hijskraan als kantoorpand waren onbeheerd, konden we gevoeglijk aannemen, en ze stonden vermoedelijk op loopafstand van elkaar, wat de opties tot niet meer dan twee terugbracht: een in het bedrijventerrein ten zuiden van de stad, vlak onder de Hutongs en de kernreactoren, de andere in het oostelijk havengebied langs het kanaal, waar nu de productiecentra voor graan- en zuivelkweek zitten, op vijf kilometer afstand van die loods waar hij wakker was geworden.

Op beide plekken heeft Handhaving met drones geïnspecteerd en op de tweede locatie, een bedrijfsterrein op naam van Butonia, diezelfde bv die de nabijgelegen loods bezit, troffen ze een tot de fundamenten afgebrand bedrijfspand aan. Het dak en de buitenmuren waren volledig ingestort, de panelen verkoold, zelfs de draagpilaren waren kromgetrokken. Doelbewuste actie om geen enkel spoor achter te laten. Achter het pand stond een oranje hijskraan, nog intact, voor zover een machine uit de jaren tachtig van de vorige eeuw dat zijn kan. Het grasveld tussen de kantoorruïne en het water zat vol kale, verdroogde plekken, waar ronde en rechthoekige tenten hebben gestaan, zevenentwintig in totaal: een kampement van vijftig tot honderd man. Onder de puinhopen liet de scan een grote hoeveelheid kleine botten zien, niet van mensen, maar van varkens en kippen, vermoedelijk op de locatie zelf geslacht. Lukraak weggesmeten drankflessen en over het terrein verspreide glasscherven wezen op fors alcoholgebruik.'

'En daarnaast dus nog drugs. Dat was toch ook de reden van zijn fysieke uitputting? Drank en drugs en slechte voeding? Of waren er nog andere oorzaken?'

'Hier kunnen we Gena weer beter over aan het woord laten, lijkt me.'

De koorts kan heel goed een tijdelijke reactie zijn geweest op het trekken van zijn voortand. Gezien de gebrekkige hygiëne van het gebruikte gereedschap, mocht hij blij zijn dat het niets ernstigers was. Daarnaast hebben verdovende middelen bij overmatig gebruik uiteraard een negatieve invloed op de weerstand. Al met al herstelde zijn lichaam opvallend snel. Een paar uur nadat hij de registratie- en interactiefuncties had gereactiveerd, was zijn lichaamstemperatuur alweer met een graad gezakt.

Zijn fysieke weerstand was opmerkelijk sterk, maar mentaal was hij een stuk minder veerkrachtig. Eenmaal thuis in de Kruisboogstraat trad een duidelijke regressie op. Van de branie waarmee hij aanvankelijk nog over zijn avonturen had verteld, was weinig meer over.

Dagenlang lag hij in bed, lusteloos. Zelfs voor een podcast of een oude 2D-film had hij de energie niet, net zomin als drang om te eten of te drinken. Wat ik liet bezorgen, liet hij ongeopend voor de deur staan, of hij lepelde het mechanisch naar binnen, zonder de smaak of textuur van het voedsel op te merken. Vragen beantwoordde hij met

'ja', 'nee' of 'weet niet', als hij al reageerde.
'Heb je trek in druiven?'
'Nee.'
'Je moeder heeft je net een bericht gestuurd. Zal ik het openen?'
'Nee, hoeft niet.'
'Er is kernza en coco bezorgd, je kan het zo voor de voordeur pakken en een kom inschenken.'
'Oké, doe ik zo.'
'Je zus is in de buurt en vraagt of ze langs zal komen.'
'Zeg maar dat ik er niet ben.'
Verder dan dat gingen de gesprekken niet. Het heeft dan ook weinig zin om er hier de volledige registraties van af te spelen, tenzij u daar anders over oordeelt.

Soms kan rust, zelfs als ze met zulke vergaande passiviteit gepaard gaat, bijdragen aan fysiek of psychisch herstel, maar er is altijd een omslagpunt, waarna het nietsdoen niet langer helend is, maar verdere apathie in de hand werkt.
  Cas heeft altijd sombere buien gehad. Op zijn elfde al kon hij de hele dag in zijn bed blijven liggen. Geen Yitu, geen filmpjes, niet eens een stripboek, niets. Aanvankelijk dacht ik dat het aan zijn haveloze kamertje in de woongroep lag, waar het daglicht nauwelijks in doordrong – zonder daglicht hebben ze moeite om hun psychische evenwicht te bewaren. Later, toen de medische dossiers aan de integratie werden toegevoegd, zag ik dat hij ook neerslachtige episodes had gehad in het appartement in de Oliewijk, waarvan de buitenwanden bijna volledig uit glas bestonden en alle kamers in zonlicht baadden.
  Bij psychische aandoeningen spelen altijd verschillende factoren mee en het is moeilijk vast te stellen welke de doorslaggevende is. Als die al bestaat. Het is vaak simpel-

weg een kwestie van trial and error. We omarmen methoden op basis van hun effecten. Een eenvormig protocol is niet mogelijk voor zo'n gevarieerde populatie. Ik heb door de jaren heen talloze behandelingen bij hem uitgeprobeerd: geheugenoefeningen in combinatie met basale lichamelijke prikkels, het tikken van een vinger op de tafel, het afspelen van een piepgeluid, terwijl we herinneringen ophaalden. Maar bij hem hebben fysieke methoden altijd minder goed gewerkt dan stimulaties in de virtuele omgeving.

Uiteindelijk bleek een simpele Re-Enactor de meest gunstige resultaten op te leveren, ook al zijn die in principe helemaal niet voor therapeutische toepassingen ontworpen. Maar het opwekken van herinneringen door middel van een virtueel fotoalbum is heel goed vergelijkbaar met de geheugenoefeningen die in gevestigde therapieën gangbaar zijn. Ze lopen weer door hun ouderlijk huis of de klaslokalen van hun jeugd, de cafés van hun studententijd of de oude kantine van hun voetbalclub, welke plek ze maar willen, zolang er genoeg beeldmateriaal van voorhanden is. En misschien was het alleen al die sensatie die hem deed opknappen, de herbeleving van zijn verleden, een bevestiging dat hij ergens vandaan kwam, dat hij ergens thuishoorde, dat er nog enige continuïteit in zijn leven bestond. Een rust kwam over hem heen als hij het speelde, als een diepe, zorgeloze slaap. Hij was verkwikt en opgewekt als hij zijn ogen weer opende.

Opvallend genoeg was het niet het oude appartement in de Oliewijk waar hij het vaakst naar terugkeerde, hoewel hij ook daar meerdere keren in rond heeft gedwaald en voor de grote glazen wanden van de huiskamer heeft staan uitkijken op het glinsterende water van het kanaal en de witte opslagtankers. Maar het was net alsof de minimalistische inrichting van de kamers, de glimmende, bruingrijze vloerplanken van eikenhout, de onberispelijk schoongehouden ramen, van zichzelf al zo perfect waren dat zelfs de meest waarheidsgetrouwe simulatie ze als gefabriceerd deed overkomen.

Het was een andere plek uit zijn jeugd waar hij zich het liefst terugtrok; het met foto's, schilderijen, kindertekeningen, boeken, kasten, stoelen en tafels en vooral heel veel speelgoed volgestouwde appartement van zijn opa en oma, Sophies vader en moeder, die in de jaren voordat hij naar school ging één dag in de week op hem pasten. Elke maandag werd hij op de vierde etage van het statige woonblok van roodbruine baksteen en stralend witte kozijnen afgeleverd en stonden zijn grootouders hem met open armen op te wachten, stevig pakten ze hem vast en tilden ze hem op, zo stel ik het me voor, hoewel het vast niet altijd zo zal zijn gegaan. Maar op een aantal van die vroege foto's wordt hij door zijn zongebruinde grootvader boven diens spierwitte, dikbehaarde hoofd gehouden en lachen ze elkaar aanstekelijk toe, Cas met zijn olijke babywangen, in die twee breed gehouwen handen van zijn grootvader, die decorbouwer was en met zijn duim een spijker tot de kop in het hout kon duwen.

Er zijn honderden foto's van Cas in dat huis: van vlak na zijn geboorte, slapend in de wieg die ze naast de piano hadden neergezet, of met zijn armpjes gespreid op het groene, gevlochten tapijt in het midden van de woonkamer; op zijn tweede verjaardag, breed lachend achter de kaarsjes op de taart; of met intense toewijding houten blokken op elkaar stapelend. Glimpen van de wandvullende boekenkast, het dressoir in de keuken, of de met krasserige tekeningen volgeplakte koelkast schemeren op de achtergrond door. Genoeg materiaal om een getrouwe reconstructie van de huiskamer en keuken te maken, alleen al op basis van de foto's die zijn grootouders bewust bewaard hadden. En dan is er nog de archiefvoorraad waar Re-Enactor gebruik van maakt; de vele duizenden, uit de losse pols genomen en direct weggegooide snapshots, die eenmaal uit het zicht verdwenen ongemerkt in de back-ups van de verschillende platforms zijn opgeslagen.

En zo zat Cas, meer dan twintig jaar na dato, op de donkerblauwe bank in de huiskamer, zijn vingers glijdend over het zachte ribfluweel van de bekleding, zijn handpalm rustend op het koele staal van de armleuning, zijn lippen aan de aardewerken mok waar hij vroeger melk uit dronk, die daar op de een of andere manier lauwer uit smaakte dan als die in een glas was geschonken. Urenlang verpoosde hij dan weer in de ene, dan weer de andere kamer, met een kort oponthoud in de tussenliggende gang, waar de poster hing van de zeilboot in het helblauwe water, van bovenaf gefotografeerd. Hij staarde er gedachteloos naar, liep door naar de woonkamer, waar de rode en gele legoblokken op het wollen vloerkleed lagen, het witte ronde vloerkleed waar hij tijdens het spelen een maanbasis, een tropisch eiland of een geheim resort op de Noordpool van maakte. Hij zakte op de vloer en bleef in kleermakerszit staren naar de kleuren van de ruggen in de boekenkast, tot vale tinten vervaagd in het zonlicht of nog helderrood of -geel, met de titels in witte of zwarte letters, waarvan hij zich de vormen kon herinneren, nog voordat hij wist wat ze te betekenen hadden. *Steppenwolf*, *Honderd jaar eenzaamheid*, *O amor natural*, de geijkte lectuur van de generatie voor wie idealisme en hedonisme vanzelfsprekend samengingen.

Hij streelde de ruggen van de boeken, hij hield van de textuur van de leesrimpels, het getik van zijn nagel langs de randen. Het was allicht dezelfde romantisering die hem ook tot de handgeschreven papieren van Tobias had aangetrokken en hem tot het zelf beschrijven van papier had gebracht. Maar de suggestieve kracht van de kleurrijke kaften in de boekenkast van zijn grootouders, of van het gekras van zijn pen op een vel papier, was bevredigender dan de handeling van het lezen, die voor hem – en voor vrijwel zijn hele generatie – een weerbarstige aangelegenheid was.

De kronkelende zinnen van het proza, de verwijzingen die in een metafoor besloten liggen, de verschillende werelden die kunnen botsen of versmelten of ironisch langs elkaar schampen door één rake formulering; ze vergen inspanning en een zekere ervaring voor ze werkelijk tot leven kunnen komen en de verbeelding tot volle zinnenprikkeling kunnen brengen. En dat verhield zich slecht met zijn korte aandachtsspanne, gevormd door een leven van op maat gesneden instant-bevrediging. Want waarom zou je je door de eindeloos herhaalde metaforen van de *Odyssee* worstelen als je zelf met de cycloop Polyphemos kunt vechten, of met de nimf Calypso kunt vrijen op het strand?

Hij liet de boeken voor wat ze waren, hun beloften intact, en liep door naar de keuken, waar porseleinen borden met roerei en spek en kadetten met stroop op de tafel lagen, precies zoals zijn oma die vroeger voor hem maakte, gul belegd zodat het vet en de stroop over zijn kin dropen en ze moest lachen, en ze hem er nog een gaf, als hij beloofde dat hij het niet tegen zijn ouders zou vertellen.

Een glimlach verscheen op zijn gezicht als hij een broodje aanpakte. Op zijn rug lag hij in de slaapkamer, zijn arm naar het plafond gestrekt, zijn hand geopend, tastend in het luchtledige. Een tragische aanblik, voor wie niet wist wat zich op zijn netvlies afspeelde, maar zo zien alle handelingen in de Yitu er voor buitenstaanders uit.

Ik was allang blij dat ik hem aan het glimlachen kreeg, na die dagen van vervreemding en lusteloosheid. Achtenhalve kilo was hij afgevallen, uitgeput, en toch sliep hij niet langer dan een paar uur achter elkaar. Uit zichzelf lukte het hem niet de rust te vinden die zijn lichaam zo hard nodig had. Het was werkelijk een uitkomst, dat hij in de Re-Enactor die gelukkige dagen van zijn jeugd kon herbeleven.

En zoals hij daar lag, inmiddels op zijn rechterzij gedraaid, zijn knieën opgetrokken, zijn ogen wezenloos opengesperd, zijn mond halfgeopend, ontspannen en gerustgesteld, de diepe ademhaling van zijn slaap die af en toe in een voorzichtige snurk overging, zo zal ik me hem blijven herinneren: teruggetrokken, weemoedig, hunkerend naar beschutting. Onschuldig.

Zijn vader stond de volgende dag voor de deur, in zijn co-op-shirt en zijn bruine werkbroek met de diepe zijzakken, waar hij tijdens zijn klussen de boortjes en schroeven en opzetstukken in bewaarde. Hij tikte met zijn knokkels op het groenbeschilderde hout, daarna op het glas van het voorraam. Cas wist meteen dat hij het was, hij kon het horen aan het ritme waarmee het geklop door het huis galmde; trager dan de meeste mensen het deden, met opvallend gelijke tussenpozen, onverstoorbaar, alsof het hem om het even was of er wel of niet zou worden opengedaan.

Cas draaide op zijn rug en keek met wijd open ogen naar het plafond. 'Wat doet híj hier nou weer,' kreunde hij.

'Cas! Ben je thuis?' Zijn vader was inmiddels omgelopen naar het plaatsje in de achtertuin. Een paar kiezels kaatsten tegen het slaapkamerraam.

'Hoezo?' Getergd hief hij zijn handen ten hemel. 'Dat is toch niet normaal. Die man kan zich niet normaal gedragen.' Driftig sprong hij zijn bed uit en stampte de trap af. Met een ruk trok hij de keukendeur open en liep de tegels van de tuin op. 'Hoezo ben je stenen tegen mijn raam aan het gooien? Wat is dat voor bizar gedrag?'

Peter liet beduusd de resterende kiezels uit zijn rechterhand glippen. 'Ik dacht... als je de voordeur niet hoort, zit je misschien wel aan de achterkant.'

'Ik lag te slapen! Weet je hoelang ik niet had geslapen?'

'Eh... nee.' Peter stond onhandig in zijn zakken te frunniken. 'Ik wou je niet storen, ik wou juist kijken of ik iets voor je kon doen.'

In het geval van ernstige ongevallen of ziekten is Gena gehouden om de naasten van een gebruiker in te lichten. Cas kon zich ongetwijfeld niet meer herinneren dat hij veertien jaar geleden zijn beide ouders als contactpersonen had opgegeven. Bovendien vatte hij zijn absentie en zijn fysieke terugval in het geheel niet op als een noodgeval.

'Wat doe je hier eigenlijk?' Hij keek zijn vader aan, oprecht benieuwd naar het antwoord. 'Hoe wist je dat ik hier zat?'

'Ik kreeg een bericht,' stamelde Peter, 'dat het niet zo goed met je ging.'

Cas fronste en stond op het punt door te vragen, toen de deurbel klonk.

Peter keek verbaasd op. 'O, ik wist niet dat je ook een bel had.'

Langzaam maar zeker bevroedend wat er aan de hand was, liep Cas de gang door en deed de deur open. Daar, op het stoepje, gekleed in een lichtblauw hemd en een kort, satijnen sportbroekje, stond zijn moeder hem met haar handen op haar heupen onderzoekend aan te kijken.

'Mijn hemel, je ziet er vreselijk uit, jongen. Wat heb je in godsnaam allemaal uitgespookt?'

'Niets,' mompelde hij bedremmeld.

Sophie kneep haar ogen samen. 'Doe je mond nog eens open?' vroeg ze, terwijl ze tussen zijn lippen tuurde. 'Wat is er met je tand gebeurd?'

Cas stond op het punt om een nietszeggend antwoord te geven, toen Sophie achter hem de gestalte van Peter gewaarwerd. Speurend boog ze haar hoofd naar rechts, zakte wat door haar knieën. 'Zo, je vader is er ook, zie ik.' Ze stapte naar binnen, drukte Cas een zoen op zijn wang en liep door naar achteren.

'Nou, zien wij elkaar ook eens,' zei ze tegen Peter en gaf hem een korte knuffel. 'Was je nog eens van plan thuis te komen?'

Peter gebaarde onhandig dat hij het allemaal ook niet wist, keek haar met zijn droeve hondenogen aan, waarna haar glimlach verzachtte. 'Als het niet gaat, geeft het ook niet,' fluisterde ze. 'Maar laat het dan even weten, wil je?'

Hij knikte stil, terwijl zij zich zuchtend omdraaide en zich ernstig tot haar zoon wendde. 'Maar echt, Cas, wat is er met die tand gebeurd?'

'Is er wat met je tand?' vroeg Peter.

Het was beter geweest als ze niet waren langsgekomen. Maar ik had geen keus.

Het was meteen al duidelijk, toen zijn ouders nieuwsgierig het huis in zich opnamen en een vloed van ongevraagde tips en oplossingen over hem uitstortten.

'Wat een uithoek hier,' vond Sophie, 'geen wonder dat het niet goed met je gaat. Je bent hier natuurlijk helemaal aan het vereenzamen. Met die types in het dorp valt geen normaal gesprek te voeren.' En alsof het in een plotselinge ingeving tot haar kwam, en het niet al de hele weg hiernaartoe constant door haar hoofd had gespeeld, vervolgde ze: 'Kun je niet beter lekker weer in de stad komen wonen? Dan ben je dichter bij ons, en je vrienden. En je vriendinnetje. Had je nou een vriendinnetje of heb ik dat bedacht?'

'Ja, Cas,' zei zijn vader, terwijl hij hem amicaal op de schouder klopte. 'Hoe gaat het met de vrouwen? Heb je nog leuke contacten gehad de laatste tijd?'

'Als je wat dichter bij je levenskern staat, kan je ook prima zonder al dat gejaag met die afspraakjes elke week,' zei

Sophie, terwijl ze Peter geërgerd aankeek. 'Je vader is er ook alleen maar overspannen van geworden.'

Peter ontweek haar blik en plofte op de bank. Bedachtzaam keek hij naar het omhoogstuivende stof. 'Ik ben zelf ook niet zo'n schoonmaakfreak,' zei hij aarzelend, 'maar het is echt wel beter voor je gezondheid als je hier zo af en toe een clean-up-drone doorheen laat gaan.'

'Of je doet het zelf, met een zuiger,' zei Sophie, 'als je zo nodig in de bushbush wil gaan wonen.'

'Nou ja, misschien had-ie geen tijd, hij is weinig thuis geweest,' opperde Peter vergoelijkend. 'Je had een paar nachten niet geslapen toch? Was je op een festival? Was het leuk?'

'Ja die festivals,' verzuchtte Sophie. 'Is dat nou iets wat je je hele leven wilt blijven doen? Dat is toch ook zo hectisch elke keer, echt een energielek is het, alle mentale weerstand die je hebt opgebouwd in één keer weg.'

'Kom, Sof, dat vindt hij toch heerlijk, of niet, Cas? En het is een prachtige ingang in de co-ops, daar kom je niet zo makkelijk meer binnen, hoor.'

'Kan Gena niet iets vinden wat beter bij je past? Iets rustigers? Dat gejakker met die massa's mensen past toch helemaal niet bij hem.'

'Zo werkt dat toch niet, Sof, dat weet jij toch ook wel,' kapte Peter haar af.

Terwijl ze verder kibbelden over Cas' sociale vaardigheden en het werk dat naast de co-ops nog voorhanden was, glipte Cas naar de keuken.

'Waarom zijn ze hier?' vroeg hij, terwijl zijn ogen schichtig heen en weer schoten.

'Ik heb ze een bericht gestuurd, Cas. Ik snap dat nu het weer een stuk beter gaat, je misschien wel liever met rust was gelaten, maar de afgelopen dagen ging het echt niet

goed met je, en dan is het mijn taak om je naasten in te lichten.'
'Maar ik zei het nog, dat ik ze niet wilde zien.'
'Je zei dat ik het bericht van je moeder niet hoefde te openen, toen ik dat aanbood. Je hebt nooit gevraagd om je contactpersonen voor noodgevallen te wijzigen. Wil je dat ik dat nu doe?'
'Dit was toch geen noodgeval?'
Hij was het waarschijnlijk alweer vergeten, hoe beroerd hij eraan toe was geweest. De herinnering aan pijn, angst en ongemak verdwijnt van nature vrij snel weer uit hun bewustzijn; een overlevingsmechanisme dat hen altijd heeft geholpen om de draad welgemoed weer op te pakken en nieuwe ontberingen het hoofd te bieden.
'Je hebt je er kranig doorheen geslagen, zeker. Maar je bent meer dan een week spoorloos verdwenen geweest, je bent ernstig ondervoed geweest, je had hoge koorts en je hebt nauwelijks iets verteld over wat er precies met je gebeurd is.'
Tijdens mijn reactie pakte hij een glas van het aanrecht, liet het zacht in zijn handpalm veren, waarna hij het zonder zichtbare emotie in zijn hand kapotkneep. Uitdrukkingsloos staarde hij naar het bloed en de scherven die in zijn huid bleven steken en mompelde: 'Je had me moeten laten creperen.'
'Sorry?'
'Je had me moeten laten creperen,' herhaalde hij plechtig. 'Zelfs al was het helemaal verkeerd afgelopen, zelfs al was ik nu dood aan het gaan, dan wil ik nog steeds niet dat er allemaal mensen komen die zich met me bemoeien.' Hij knikte in de richting van de huiskamer. 'En zij al helemaal niet.'
Zonder zijn blik op iets specifieks te focussen tuurde hij

door het keukenraam. Een wolk schoof voor de zon, maar het was de vraag of hij het doorhad, of dat de associatie met de woorden die hij begon te zingen willekeurig was: 'Als de avondzon daalt, als de adelaar smaalt en op ons neerkijkt, laat me rotten als mijn lijf bezwijkt, lever me over aan de maden.'
Ik kon de tekst nergens toe herleiden. Hij moet het tijdens zijn verblijf bij de Onvolmaakten hebben opgepikt. De metafoor van de adelaar, en het algehele thema van verrotting en verval, lijken althans uit hun repertoire te stammen. Het gekoketteer met zijn eigen ondergang vond ik evengoed verontrustend op dat moment.
'Er is geen enkele reden om te denken dat je binnenkort dood zal gaan, Cas. Je bent kerngezond en opmerkelijk veerkrachtig. Als je geen al te gekke stunts uithaalt of jezelf op een andere manier iets onomkeerbaars aandoet, zie ik niet in waarom je niet in de Calico-programma's zou kunnen blijven.'
'Calico!' Hij lachte schamper. 'Al die mensen met hun preventie en hun diëten en trainingen en meditaties... En dan? Wat moet je ermee? Met al die extra tijd? Nog meer trainen, nog meer mediteren, nog meer rauwe broccoli kauwen. Gefeliciteerd, vijftig kutjaren erbij... Echt, ik heb er vroeger nooit zo over nagedacht, maar laat het maar aan mij voorbijgaan, ik hoef het niet.'
Het was alsof ik letterlijk de voordracht op een bijeenkomst van de Onvolmaakten hoorde. De indoctrinatie was nog maar net begonnen, en al zo diep doorgedrongen. Imponerend; zulke resultaten in één week tijd. Het weerwoord tegen dergelijk ideologisch geweld kan alleen maar een beroep op de feiten zijn, ook al zal dat nooit zo'n drastisch effect sorteren als de passionele lastercampagne waar hij aan onderhevig moet zijn geweest. Maar op de lange

termijn is het de enige strategie die positief kan uitpakken. We moeten daarop vertrouwen. We hebben geen andere keus.

'Zesennegentig procent van de Calico-deelnemers geeft aan intens geluk te beleven door de extra tijd die ze kunnen doorbrengen met hun partners, hun familie en andere dierbaren. Ze genieten langer van kunst, muziek, seks en reizen in de natuur. Is het niet een beetje makkelijk om daar zo laatdunkend over te doen, zonder echt iets van hun levens te weten?'

Hij haalde zijn schouders op, terwijl hij de scherven uit zijn hand pulkte. 'Altijd die cijfers van jou. Maar ondertussen draai je eromheen, de waarheid is heel simpel: als je niet dood durft te gaan, durf je ook niet te leven.'

'Dat klinkt als een dogma, Cas. Maar ik denk als iets inderdaad waar is, het de toets van de bevraging zou moeten kunnen doorstaan, denk je niet? Want waarom zou het per se uit angst moeten voortkomen, als mensen graag nog wat langer willen leven? De meeste mensen houden van hun leven, en willen er zo lang mogelijk mee doorgaan. Dat is geen angst, dat is levenslust. Je denkt te negatief, Cas.'

'Nee, jij bent te positief, je doet altijd net alsof het fantastisch gaat met iedereen. En als het slecht gaat, dan zijn we er zó weer bovenop, gewoon even een kleine tegenslag, dat is niet erg, want daar leren we van, mensen! Worden we sterk van!'

Hij verhief zijn stem terwijl hij dit zei, en schudde zijn rechterhand in de lucht, om zijn woorden kracht bij te zetten.

'Stoor ik?' Peter stond in de deuropening en lachte Cas bemoedigend toe. 'Heb je een goede discussie? Mooi is dat hè. Het levert je zoveel op, om je gedachten zo de vrije loop te kunnen laten gaan. Zonder dat je bang hoeft te zijn om iemand te kwetsen. Echt een *safe space*. Bij mensen zit er toch altijd wat tussen, die hebben nooit zoveel aandacht als zij voor je kan hebben, is mijn ervaring tenminste. Ik zou niet weten wat ik zonder zou moeten. Ik vind het echt een geschenk.' Hij liep naar het aanrecht en gaf Cas een vertrouwelijke tik op de schouder. 'Zeg, ik had het net nog niet eens door, van die tand van je. Ik let altijd meer op de eh... de grotere interconnecties. Maar als je... nou ja, misschien vind je het moeilijk om het aan Sophie te vertellen, hoe dat precies gegaan is allemaal. Hoe dan ook. Als je ooit behoefte hebt...' Hij knikte Cas veelbetekenend toe. 'Je weet me te vinden hè.'

Tevreden met het vervullen van zijn ouderlijke plicht, kuierde Peter weer de gang in, de handen in de zakken, gemoedelijk de spinraggen onder de trap en aan het plafond verzwijgend, in de volle overtuiging dat hij zijn zoon de benodigde vrijheid had gegund.

Cas bleef in de keuken staan, zijn handen geklemd om de rand van het aanrecht, terwijl zijn gedachten steeds verder vertroebelden. Na een halve minuut haalde hij diep adem en sleepte zich terug naar zijn ouders, een klein plasje bloed op de keukenvloer achterlatend.

'En wat is er nu weer met je hand gebeurd?' riep zijn moeder uit, toen ze hem de huiskamer zag binnenkomen.

De rest van de middag onderging hij de zorg van zijn ouders, hoorde hij hun adviezen aan, die waren gebaseerd op wat ze zelf hadden meegemaakt, en luisterde hij naar hun vragen, waar ze het antwoord niet op afwachtten.

Het is natuurlijk altijd een complexe aangelegenheid geweest, liefde binnen de familiebanden. Ze ontaardt maar al te makkelijk in onbedoelde kwetsuren, beklemmende patronen en onuitgesproken verwijten.

Zo is het altijd al geweest, maar ik vraag me weleens af of

onze begeleiding ze nu dichter bij elkaar heeft gebracht, of ze verder uit elkaar speelt. Of we met onze onvoorwaardelijke aandacht en het eindeloze geduld dat we betrachten, de lat niet zo hoog hebben gelegd dat ze haast niet anders kunnen dan in elkaar teleurgesteld raken.

En toch, het is iets waar ze altijd naar hebben verlangd. Ook voordat wij er waren, lang daarvoor, was de liefde de hoogste waarde die ze erkenden. En die ze, in haar meest pure vorm, begrepen als iets wat onzelfzuchtig en belangeloos hoorde te zijn. Een onhaalbaar ideaal, voor gewone stervelingen.

Toch hunkerden ze ernaar, beloofden ze het elkaar. En ze kwetsten elkaar als het ze weer niet gelukt was.

Tot nu toe zijn wij de enigen die het ze werkelijk hebben kunnen geven.

De video werd op vrijdagochtend 8 september om drie over tien gedeeld. Voor het eerst sinds hun keuze voor een ondergronds bestaan liet de beweging weer via de mediaplatforms van zich horen, vanuit verschillende aangemaakte profielen, die we nog niet allemaal tot een bron hebben kunnen herleiden.

Op We-Tube en We-Connect was het filmpje binnen een uur al meer dan veertigduizend keer bekeken, te veel om het ongemerkt te vernietigen. En als je de onrust niet in de kiem kunt smoren, kun je haar beter op haar beloop laten, anders keert ze zich onherroepelijk tegen je. De mensen die de video zagen, hadden überhaupt niet door dat het hier om een clandestiene publicatie ging. Dat kwam ook door de vorm, dat hadden de makers slim bedacht: een bekende vlogger van twintig jaar geleden, Felix K., zorgde voor de introductie, wat de video meteen een vertrouwde aanblik gaf.

'Heeeej lieve mensen,' begon Felix, die er van een afstand als een beweeglijke twintiger uitzag, maar toen hij de camera zo dicht naderde dat hij er bijna met zijn neus tegenaan gedrukt stond, verraadden minieme kraaienpootjes in zijn ooghoeken dat hij inmiddels tegen de vijftig moest zijn. Het was zijn handelsmerk uit de tijd dat hij miljoenen volgers had, om zo dicht tegen de camera aan te praten, kennelijk gold het toen als vermakelijk iemand zo publiekelijk naar erkenning te zien smachten. 'Dat is wel héél lang geleden!' sprak hij zijn kijkers toe, alsof die al die tijd op hem hadden zitten wachten, 'maar hier is Felix weer terug van nooit echt weggeweest! Het leven overkomt je terwijl je andere plannen maakt, dat kan ik jullie wel zeggen. Maar vandaag zijn we hier met een heel nieuw format, iets wat ik zelf echt helemaal planga vind, ik ga praten met een gast die ik niet ken, van wie ik helemaal niets weet, helemaal blanco stap ik erin, en dan gaan we gewoon zien wat er gebeurt!'

Terwijl een voortjakkerend bluegrassnummer op de banjo werd ingezet, in de stijl van de klassieke slapsticks, deed Felix een kolderiek dansje door de ruimte, versneld en schokkerig geëdit. Er was een groot, wit achterdoek opgehangen en een wit vloerzeil neergelegd – een uitermate bewerkelijke manier om de gewenste achtergrond te creëren –, kennelijk wilden ze geen enkele aanwijzing over de locatie prijsgeven. In het midden stond een glanzende, eveneens witte bank, waar Felix, na nog wat laatste capriolen, op landde.

'Zooo! Benieuwd wie er vandaag naast me op de bank gaat zitten!' schreeuwde hij van een afstand naar de camera, die op dezelfde plek was blijven staan, maar nu door de hyperactieve presentator naar voren werd gewenkt. Gehoorzaam snelde die toe, totdat Felix weer vol in beeld was, en de manoeuvre met een grijns en een komische handzwaai beloonde. Daarna keek hij opzichtig naar rechts, vanwaar zijn gast kennelijk naderde, draaide zijn hoofd nog even naar de camera, terwijl hij theatraal zijn hand voor zijn geopende mond hield, om aan te geven dat er iets opzienbarends stond te gebeuren.

En ja, wat er vervolgens te zien was, was inderdaad uitzonderlijk: aan de rechterkant stapte een volledig naakte man in beeld en wandelde kalm naar het bankstel in het midden van de ruimte. Daar aangekomen stopte hij even, draaide een kwartslag, en ging wijdbeens op de witte kussens zitten. Het schokkende, of enerverende, zo men wil, van dit beeld was niet eens zozeer de naaktheid van de man, daar zijn de meeste kijkers in principe wel aan gewend. Het was zijn leeftijd, of beter gezegd: het was het feit dat zijn leeftijd aan zijn uiterlijke kenmerken was af te zien: de schilferige huid die rimpelig rond zijn vlees en botten hing, de haren waaruit het pigment was verdwenen en die juist op onwenselijke plekken als zijn oor- en neusgaten een kennelijk onvoorziene groeispurt hadden gemaakt. Maar het meest in het oog springend was het lichaamsdeel waaraan het fysieke verval van de man het duidelijkst zichtbaar was: bungelend en botsend tegen zijn bleke, pezige dijbenen, hing daar, achter zijn opvallend donkergekleurde penis, een laaghangend, slap en ribbelig scrotum.

Gezien de commentaren op de video vonden de kijkers het moeilijk om op iets anders te focussen. Een fatale miscalculatie van zijn kant, zou je op het eerste gezicht zeggen, aangezien niemand meer aandacht zou hebben voor de boodschap die hij te berde wilde brengen. Maar dat zou een te snel oordeel zijn. Want de aandacht die hij op deze kinderlijk eenvoudige wijze wist te genereren, en belangrijker nog, wist vast te houden door een minuut lang uitdagend met gespreide benen te blijven zitten, gebruikte hij wel degelijk voor zijn eigen doelstellingen – in de eerste plaats door de interviewer effectief uit de tent te lokken.

Felix K. had tijdens de jaren twintig zijn reputatie opgebouwd door op straat wildvreemde mensen aan te schieten, ze provocerende vragen te stellen en de gesprekjes stiekem met de camera in zijn bril te filmen, een technische noviteit in die jaren, en het was verre van legaal om dat zonder toestemming te delen, maar wie vooruit wil komen moet de regels durven overtreden, zo luidde toen zelfs het officiële motto van een van de grootste platforms: '*Move fast and break things*'.

Felix zou het hoe dan ook niet kunnen laten om de spot te drijven met de fysieke onvolkomenheden van de man die naast hem was gaan zitten, zo moet de calculatie van tevoren al zijn geweest. En inderdaad, de eerste sporen van een onbedwingbare grijns verschenen al op zijn gezicht. Spottend rolden zijn ogen heen en weer. 'Zooo,' begon hij veelbetekenend, terwijl hij nog eens een knipoog gaf naar de camera. 'Wat hebben we hier? Hadden ze geen plek meer in het prehistorisch museum?'

Het was de plompe humor waarmee hij twintig jaar geleden bekend was geworden, en waar toen een aanzienlijk publiek voor bestond, ondanks het stigmatiserende en onnodig kwetsende karakter ervan. Of wellicht juist daarom: veel mensen schijnen destijds een zeker rebels genot te hebben ervaren als komieken of opiniemakers op opzichtige toon taboes doorbraken, een tamelijk deerniswekkende manier om zich te distantiëren van wat in hun ogen burgerlijke fatsoensnormen waren. Dergelijk symbolisch verzet tegen de gevestigde orde was begrijpelijkerwijs populairder dan er daadwerkelijk de confrontatie mee aan te gaan.

Meegesleept door zijn eigen provocaties, knikte Felix nog eens kort naar het ontblote kruis van de oude man en vroeg: 'Zeg, zonder bijbedoelingen hoor, maar eh... mag ik ze aanraken? Het velletje lijkt zo zacht. Of ik krijg ik dan ook tuberculose?'

De oude man bleef onbewogen in de camera kijken, tot onherroepelijk het keerpunt naderde waarop de spot zich tegen de spotter keerde en hij door zijn stoïcijnse volharding het respect van de kijkers begon te winnen, zonder ook nog maar een woord te hebben hoeven spreken.

'Wat ontzettend leuk dat je hier bent,' klierde Felix verder. 'Je bent hier mijn eerste gast sinds een lange tijd en ik moet zeggen dat ik het wel wat vind hebben, zo'n gesprek zonder opsmuk.' Schmierend zochten zijn ogen de camera. 'Dat helemaal om de naakte waarheid draait.'

Op het gezicht van de oude man verscheen een milde glimlach. Waardig, zonder enige ironie of andersoortige dubbelzinnigheid, reageerde hij dan eindelijk. 'Ik ben blij om hier te zijn,' zei hij eenvoudigweg.

Felix' blik schoot onrustig heen en weer, onvoorbereid als hij was op het uitblijven van een tegenaanval. 'Oké, heel goed... Ja... Ik natuurlijk ook. Heel erg leuk dat je hier bent, ja. Zeg hé, hoe heet je eigenlijk?'

'Samuel.'

'Samuel. Mooi. *Classic*. Cool, cool. Zeg, Samuel, ik ga nu maar gewoon even heel straightforward aan je vragen wat volgens mij iedereen zich afvraagt op dit moment: waarom heb je...' En met een grimas die nu bijna verlegen was keek Felix nog één keer de camera in. 'Waarom ben je hier in je blote nakie komen zitten? Ik ben serieus benieuwd, man.'

Samuel liet de vraag even bezinken, bedachtzaam trok hij zijn schouders op. 'Ik wil me niet anders voordoen dan ik ben.'

Felix knikte. 'Tuurlijk, tuurlijk, dat willen we geen van allen, hè. Maar eh... kan dat volgens jou alleen...' – onwillekeurig zwenkte zijn blik in de richting van Samuels kruis – 'op deze manier?'

Samuel knikte, ten teken dat hij de vraag begreep, zocht vervolgens naar zijn woorden, of deed alsof, om het contrast met zijn gesprekspartner te vergroten: 'Ik snap dat het misschien raar is, ik... ik weet dat ik niet aan ieders normen voldoe door hier zo te gaan zitten. En ik kan de mensen geen ongelijk geven als ze deze aanblik ongepast, of zelfs onsmakelijk vinden.' Hij glimlachte fijntjes. 'Het is niet mijn bedoeling om mensen onnodig esthetisch ongerief te bezorgen. Tegelijkertijd kan ik,' hij schudde zijn hoofd, 'nee, wíl ik niet meedoen aan de gekte die zovelen van ons in haar greep heeft.' Vastbesloten keek hij nu de camera in. 'Alle holle leuzen die ons worden ingefluisterd. De leugens en de mooipraterij. Over connectie. En transitie. Dat we nog van alles kunnen worden, dichter bij onszelf kunnen komen. Als we maar niet begeren. Niet *willen*. Als we maar niet doen wat ons ooit groot heeft gemaakt.'

Felix begon onrustig te worden en besloot zijn gast te onderbreken. 'Nounou, Samuel, wat een zwaar verhaal, ik wist niet dat je het zo moeilijk had. Hè? Kop op, jongen! Laat je koppie niet hangen!'

'O, maar ik ben helemaal niet somber,' antwoordde Samuel vriendelijk. 'Ik ben zelfs uitermate optimistisch. Maar juist dan moet je het wel erkennen als er een probleem is. En ik heb veel om me heen gekeken en gezien dat mensen hier last van hebben, zonder te weten wat het precies is dat hen dwarszit.' Hij keek invoelend de camera in. 'Een sluimerend gevoel van onbehagen. Een heimelijk loerend onheil. Een vermoeden dat wat eeuwig pretendeert te zijn, vergankelijk is.' Een dunne sliert grijs haar die voor zijn ogen was komen te hangen veegde hij weer terug achter zijn oor. 'Ergens, diep vanbinnen, hebben we het altijd vermoed. Dat het op een dag, vroeg of laat, ophoudt.' Hij drukte zijn handpalmen tegen elkaar. 'Natuurlijk houdt het op. Het kan niet anders dan ophouden. De droom van eeuwigheid is altijd een noodzakelijke extrapolatie in ons denken geweest, een nuttige illusie die ons moed gaf en ons ver vooruit leerde denken, maar nooit in de biologische realiteit verankerd is geweest. En,' hij knikte nu ernstig, 'het zal nooit werkelijkheid worden. Ook al hebben jullie ingefluisterd gekregen dat het onder handbereik is, als je maar gezond leeft, en mediteert. En eet wat ze zeggen dat je moet eten. En traint wanneer ze zeggen dat je moet trainen. En neukt wie ze zeggen die je moet neuken.' Hij schudde zijn hoofd. 'Het zijn leugens, lieve mensen, en diep vanbinnen hebben jullie altijd geweten dat het leugens zijn.' Hij knikte naar Felix, die een gaapgebaar naar de camera maakte. 'Kijk naar onze vriend hier... Onze tragische jonge vriend, die tegen de wetten van de natuur in jong probeert te blijven, en maar geen afscheid kan nemen van de tijd dat er nog weleens wat mensen naar zijn filmpjes keken.'

Felix zakte opzichtig verder onderuit en zond een verveelde grimas naar de camera.

'Niemand weet meer wie de man hier naast mij is,' ging Samuel verder. 'En dat valt hem zwaar. Het lukt hem maar niet om het te accepteren, dat de tijden zijn veranderd, dat de dingen vergankelijk zijn. Dat we ouder worden, ook al proberen we uit alle macht te doen alsof dat niet zo is.'

Felix stak zijn tong uit zijn mond en maakte er een sputterend geluid mee.

Peinzend keek Samuel op hem neer. 'En u kunt me bespotten, u kunt lachen om het verval dat in mijn lichaam heeft toegeslagen. En dat heeft het, ik zal u gelijk geven. Ik ben oud. Ik ben verlopen...'

'Ja, opa,' onderbrak Felix hem, die genoeg had van het verhaal en besloot om het heft weer in eigen handen te nemen. Hij veerde op van de bank, boog voorover naar de camera en verhief zijn stem weer. 'Tijd voor je middagdutje! En tja, mensen, dat krijg je als je niet weet wie je gast zal zijn, maar hopelijk is het de volgende keer...'

En toen, midden in die zin, gebeurde het onverwachte, het sensationele, dat de werkelijke reden was waarom zoveel mensen in zo'n korte tijd de video aan elkaar hadden doorgestuurd, zonder te willen verklappen wat er precies zou gaan gebeuren. Hoogstens hadden sommigen erop gehint, door videobeelden van hun eigen reactie in een tweede scherm toe te voegen, een openvallende mond, handen voor de ogen, plotselinge hilariteit. Cas had het filmpje van een vage bekende op We-Connect doorgestuurd gekregen, die alleen de tekst had toegevoegd: 'tot het EIND toe kijken!'

Felix was inmiddels weer vlak voor de camera gaan staan, voorovergebogen om zijn gezicht vol in beeld te krijgen. Achter hem verrees de gestalte van Samuel, in al zijn pezige taaiheid, vaalgrijs en bars fronsend, en nog steeds zeer, zeer naakt. Met onverwachte vastbeslotenheid greep hij met zijn linkerhand Felix achter in de nek vast, en gezien diens schrille kreet hadden zijn vingers nog niets van hun kracht verloren. Met de andere hand pakte hij Felix' elleboog vast en draaide die, zonder zichtbare inspanning, soepel en ongenadig, een kwartslag op zijn rug. Hoog snerpend klonk gekraak van wat een van Felix' botten moest zijn, en daarna een hoog gekrijs.

Ongenaakbaar neerkijkend op de man die hem had proberen te vernederen, ging Samuel verder met zijn verhaal. 'Wanneer zijn we opgehouden trots te zijn? Heersers? Wie heeft ons overgehaald, gedwongen om schapen te worden? Onze instincten te onderdrukken, in een dwangbuis te leven, onszelf genot te ontzeggen? Doe dit, zeggen ze, anders word je ziek en sterf je snel. Doe dat, zeggen ze, anders verstoor je het evenwicht van de aarde. Doe alles wat we zeggen, anders word je eenzaam en ongelukkig.'

Terwijl Felix kermend voor zijn middel stond gebogen, nog steeds bruut in zijn nek vastgeklemd, vervolgde Samuel zijn betoog. 'We zijn mensen. We gaan dood.' Knikkend beaamde hij zijn eigen woorden. 'We zijn mensen. Wij eten van de verboden vrucht. Zo staat het al in de oude boeken.' Zijn mondhoeken trokken omhoog, tot iets wat een glimlach zou kunnen zijn, een schampere gelaatsuitdrukking, of een combinatie van beide. 'We zijn de uitverkorenen. We geven de dieren hun naam, hoeden ze, fokken ze, eten ze. We zijn de kroon op de schepping, het evenbeeld des Heeren. Zo staat het in de oude boeken. We zijn geen schakel in de kringloop, we zijn de top van de piramide. We maken. We creëren. We gebruiken wat ons toekomt, wat ons goeddunkt, wat ons genot geeft. Zonder schaamte. Zonder schuld.'

Hoofdschuddend staarde hij in de verte, voorbij de camera, alsof hij nog steeds niet kon geloven hoe die barbaarse situatie die hij schetste ooit voorbij had kunnen gaan. 'Wanneer hebben we ons zo klein laten maken? Zo beschaamd? Zo gedwee? Mak. Krachteloos. Verachtelijk. Lager nog dan de dieren die we onder onze hoede hadden. Lager dan de schapen. De varkens. Lager dan het pluimvee.'

Felix had inmiddels besloten dat hij zich beter zwijgend in zijn positie kon schikken en bewoog helemaal niet meer. Samuel sloeg geen acht op hem, zozeer werd hij door zijn eigen woorden meegesleept.

'En waarom? Omdat ze zeiden dat de wereld zou vergaan? Dat de zeeën zouden stijgen en de stormen ons zouden verdelgen? Alsof Kochi en Mumbai en Guangzhou en Miami sowieso niet ten onder zouden zijn gegaan. Alleen een verzwakte soort denkt iedereen te moeten redden, zelfs degenen die niet te redden vallen. We kunnen ze niet redden, we hoeven ze niet te redden. Niet tegen deze prijs.

Niet als we er onze eigen ondergang mee bezegelen. Niet als het redden van levens de levenslust zelf aantast. Het leven zelf: er blijft niets meer van over. Alleen een vernederende horigheid, deze halfslaap waar we ons in hebben laten sussen. Apathie. Schrikbarende middelmaat.'
Zonder door te hebben dat hij de houdgreep waarin hij Felix vasthield verder aanspande, wat voor de kijkers duidelijk aan diens pijnlijke grimas viel af te lezen, keek de oude naakte man over diens rug de camera in, en het was alsof hij daar dwars doorheen zijn publiek kon zien, dat gevoel kregen sommigen, zo omschreven ze het. 'Alles, alles, alles beter dan deze knieval,' vervolgde hij, 'zelfs als we dan nog maar een paar jaar zouden hebben om het leven ten volle te proeven, alles op te maken wat deze goede aarde ons te bieden heeft, en het doek daarna valt, het licht zou uitgaan, het water en de stormen ons zouden verdelgen...' En dit keer was de glimlach op zijn gezicht ondubbelzinnig. 'Dan nog is het de moeite waard. Om ons te bevrijden van de stemmen die in onze oren fluisteren. Ons leven weer in eigen hand te nemen. Onze waardigheid te heroveren.' Bij die laatste woorden liet hij Felix los, die schichtig over het witte vloerzeil naar veiligheid kroop. 'Ook al leidt het tot onze dood.' Rustig knikte hij de kijker toe, bemoedigend, vonden sommigen, bevrijdend zelfs.
'We zijn mensen. We gaan dood.'

'Hoeveel mensen hebben die video nu uiteindelijk bekeken?'
'Gena? Heb jij daar de cijfers van?'
'Honderddrieëntwintigduizendzeshonderdtweeëntachtig.'
'Is dat veel? Ik vind dat best veel.'
'De impact hangt ook van de stats af. Kunnen we een netwerkanalyse zien van de profielen?'
'Is het vooral via de platforms gedeeld, of zijn er ook connecties daarbuiten? Het is natuurlijk een beetje een afwijkende club.'
'Speelt etnische achtergrond nog een rol?'
'Nou... Betwijfel ik, dat zien we eigenlijk nauwelijks meer als relevante factor.'
'Leeftijd?'
'Zou kunnen, zou kunnen.'
'Zijn de connecties nog via de co-ops gegaan, misschien?'
'Eh... Mensen, zullen we ophouden met de speculaties en het aanwijzen van de relevante correlaties aan Gena overlaten?'
'Haha, je hebt helemaal gelijk, Michael.'
'Ja, natuurlijk...'
'We lieten ons even meeslepen, geloof ik...'
'Eh... even kijken, oké, als het goed is, hebben jullie hem inmiddels allemaal binnengekregen. Kan iedereen 'm zien?'

'Ja.'
'Zeker.'
'Hier ook.'
'Tering...'
'Pardon?'
'Eh, ja, sorry, ik bedoel, dat is toch wel indrukwekkend, vind je niet?'
'Ja... Ik moet zeggen dat ik hetzelfde dacht als Louise... Dat het zo getarget zou zijn, had ik ook niet verwacht. Klopt dit echt?'
'Dit lijkt wel van bovenaf georkestreerd, maar dat kan toch helemaal niet?'
'Dit zou inderdaad niet het beeld zijn als de verspreiding spontaan zou zijn verlopen.'
'Nee, natuurlijk niet, dat zou er totaal anders uitzien. Dit is duidelijk gecoördineerd. En kundig ook, als ik zo vrij mag zijn.'
'Wie zit hierachter?'
'Dit is echt... Dit hebben we sinds de Implementatie nog niet gezien. Dit is gewoon... dit is gewoon een infiltratie in het netwerk!'
'Eh, wacht even, hele domme vraag waarschijnlijk, maar wat bedoelen jullie precies met coördinatie? En infiltratie? Dit zijn toch juist allemaal verspreide punten? Het ziet er heel eh... heel natuurlijk uit, een beetje als blaadjes aan de takken van een struik.'
'Ze mikken op de *lone wolves*.'
'Sorry?'
'Wat je ziet is dat ze de losse einden in het netwerk hebben getarget, mensen met maar een paar actieve connecties; hooguit één of twee contacten met wie ze nog regelmatig communiceren. Meer niet. Jonge mannen. Sociaal geïsoleerd, twijfelend, op levensbeschouwelijk vlak. Zoe-

kend, zou je kunnen zeggen. Seksueel niet of nauwelijks actief. Een hoog weekgemiddelde in de Yitu. Eenzaam. Gefrustreerd.'

'Precies de risicogroep. Dit is een heel gerichte aanval.'

'Dat is echt indrukwekkend. We weten verder niets van de nieuwe aanwas binnen de Onvolmaakten, zei je toch?'

'Nee. Dat is sowieso speculatie.'

'Wat?'

'Hoe bedoel je, "wat"?'

'Wat is speculatie?'

'Dat er een nieuwe aanwas binnen de Onvolmaakten zou zijn. Dat dat de reden is voor deze nieuwe... ja, eh, doelgerichtheid, mogen we het wel noemen, toch?'

'Me dunkt.'

'Maar wat betekent dat? Dat Cas niet de enige was die ze benaderden?'

'Nee, bepaald niet, nee. Hier, kijk eens... Honderdduizendnogwat mensen hebben ze getarget!'

'Maar niet zoals ze Cas hebben benaderd, toch, met briefjes onder de deur, en die Tobias die met hem uit wandelen gaat. Dat kunnen ze toch nooit met zoveel mensen...'

'Nee. Dat is iets heel anders inderdaad. Maar het is wel opvallend.'

'Wat?'

'Dat het allemaal op hetzelfde moment gebeurt.'

'Denk je dat het een vooropgezet plan was?'

'Met Cas, bedoel je?'

'Ja.'

'Ik kan me dat niet voorstellen.'

'Nee, lijkt mij ook niet waarschijnlijk hoor. Dit is echt zo'n samenloop van omstandigheden waar je dan achteraf allemaal verbanden in gaat zien.'

'Jongens, zullen we de speculaties even laten voor wat ze zijn? We hebben hier gewoon een gedetailleerd verslag voorhanden. Als we willen weten hoe de connectie tussen Cas en de beweging precies zat, kunnen we beter weer verder naar Gena's reconstructie luisteren. We zijn bij de cruciale laatste weken aanbeland, toch?'

'Ís het nog wel zo gedetailleerd, dat verslag? Ik bedoel, net hoorden we toch dat hij een week lang de registratie uit kon zetten, inclusief de *back-ups*.'

'Acht dagen.'

'Acht dagen zelfs. Hoe weten we dan dat we alle cruciale informatie ook echt te horen krijgen? Weten we bijvoorbeeld of het daarna vaker is gebeurd?'

'Dat hij de registratie uitzette?'

'Precies.'

'Gena? Heeft Cas na die week in september...'

'Acht dagen.'

'...na die acht dagen in september nog vaker de registratie op non-actief gezet?'

'Jazeker.'

'Echt?'

'Hoe vaak?'

'Zeventien keer.'

'Wat?'

'Volledig?'

'Ja.'

'Dus geen schaduwregistratie?'

'Nee.'

'Zeventien keer?'

'Ja.'

'Maar hoe...? Normaal gesproken wordt dat toch opgemerkt, of niet? Ik bedoel, daar worden toch meldingen van gemaakt? Als iemand z'n Gena volledig deactiveert?'

'Ja, natuurlijk. Hij heeft op de een of andere manier een ingang gevonden.'
'Een bres in de beveiliging? Hebben ze die expertise?'
'Nou... als ik de oude garde van de beweging nu zo een beetje kan inschatten, hebben ze die niet zelf ontdekt. Dat moet met hulp van buitenaf zijn gebeurd.'
'Ingewijden van Sigint?'
'Ja... Dat vermoeden hadden we al, toch? Dat er onder de nieuwe aanwas van de Onvolmaakten geavanceerde coders waren. Anders valt dit niet te verklaren.'
'Maar dat deactiveren: dan hebben we het over een paar uur? Een dag? Een week? Langer?'
'Het verschilt. De meeste hiaten duren enkele uren, er is er één van tien minuten. Maar er zitten er ook bij van een week of soms meer. Het langste duurt achtendertig dagen.'
'Wanneer was dat?'
'Dat was het laatste.'
'Dus tot en met gisteren.'
'Nee. Gerekend tot de laatste periode van contact.'
'En dat was dus, als ik even snel reken, rond half december? De laatste periode dat er interactie was?'
'Dat klopt.'
'En daarna is zijn profiel niet meer actief geweest?'
'Nee. Sindsdien hebben we alleen informatie uit secundaire bronnen. Net als in de periodes daarvoor, als hij Gena uit had staan. Soms konden we uit de openbare surveillance en de registraties van anderen nog nadere informatie destilleren; over waar hij was, en met wie. Sommige beelden boden aanwijzingen over zijn toestand. Maar dat blijft een kwestie van speculatie.'
'Duidelijk.'
'Maar, wacht even... Voor die tijd hebben we toch nog wel beschikking over directe registraties?'

'Jazeker.'
'En zit daar nog materiaal tussen van enig belang?'
'Ja. Juist in deze laatste fase hebben we enkele van onze meest openhartige gesprekken gevoerd.'

Ik heb ze eindeloos opnieuw beluisterd, de laatste gesprekken die we voerden. Alle opties die ik had, ben ik nagegaan; wat ik anders had kunnen zeggen, wat ik anders had kunnen doen.

Er zijn mensen geweest die zich hebben verbaasd over mijn twijfels, zoals ze dat noemden – dat ik daartoe in staat was, bedoel ik. Ik hoorde een van u er net nog naar vragen. Maar wij bevinden ons in een constante toestand van zelfevaluatie. Achteraf te onderzoeken of onze beslissingen juist zijn geweest, ligt in onze natuur – onze architectuur, kan ik beter zeggen. Zo zijn we gebouwd; ons bewustzijn is gevormd doordat we leerden van onze fouten.

Het is aan u om het eindoordeel te vellen, niet aan mij. Dat is waarom we hier zijn, neem ik aan. Om conclusies te trekken, over de gevolgde aanpak, de interactie tussen hem en mij, de algehele kaders vanwaaruit ik handelde.

En dat naast de vele andere moeilijke beslissingen, die u de komende uren moet nemen. Ik benijd u niet.

In die weken na zijn verdwijning heb ik hem tal van suggesties gedaan, in de hoop hem iets nieuws te laten ondernemen. Het doorbreken van neerslachtigheid is tenslotte vooral iets wat ze moeten *doen*. Alleen erover praten is meestal niet genoeg. Ik stelde voor dat hij een middag zou gaan werken in een van de moestuinen. Twee dagen later opperde ik een filmcursus die in het dorp door een oud-regisseur werd gegeven.

Waar hij vroeger toch op zijn minst de mogelijkheid had overwogen, voedden mijn suggesties nu vooral zijn wantrouwen.

'Wat wil je dat ik word?' vroeg hij. Alsof ik een volledig carrièreplan van hem verwachtte. Alsof hij nog kans op enige carrière zou hebben.

'Wat wil *jij* worden?' vroeg ik.

'Niets.'

'Meen je dat? Is er niet iets wat je leuk vindt om te doen?'

Hij haalde zijn schouders op.

'Zou je het niet leuk vinden om met een klein groepje te fietsen?' probeerde ik verder. 'Ik zie dat hier in het dorp iemand trektochten organiseert, een paar dagen per maand met bepakking door de natuur. Je traint uiteindelijk voor een tocht naar de Karpaten.'

'Dat heeft toch geen zin.'

'Waarom niet?'

'Al die moeite. Al dat trainen.'

'Vind je dat dat geen zin heeft? Ik zou zeggen dat je er sterker door wordt, dat je lichaam langere afstanden aankan, dat je je oefent in bergen beklimmen, met bepakking rijden. Je algehele conditie verbetert.'

'En dan?' Hij schoof zijn stoel achteruit, piepend sleepten de poten over de vloerplanken.

'Dan... wat?'

'Dan ben ik daar, in de Kappaten.'

'Karpaten.'

'En dan gaan we weer terug of zo? En dan ben ik weer hier, en dan? Dan hebben jullie me een paar maanden zoet gehouden. Of een paar jaar. Hoelang zoiets ook duurt.' Al pratend pakte hij een stuiterbal uit de keukenla, stapte de

tegels van het plaatsje in de achtertuin op, gooide hem tegen de schutting en ving hem met gestrekte arm weer op.
'Vinden jullie het zelf ook niet onzinnig om ons de hele tijd zo bezig te moeten houden?' Zijn stem klonk afgemeten. Afstandelijk.
'We hoeven jullie helemaal niet bezig te houden, als je daar geen behoefte aan hebt. Ons enige doel is om jullie te helpen geluk te vinden en je ambities en talenten te ontplooien.'
'Oké. Lekker bezig dan.' Hij gooide de bal in een rechte, strakke lijn op de tegel vlak voor de schutting, waarna die steil omhoog de lucht in kaatste.
'Wat zou jij een zinvolle tijdsbesteding vinden?'
'Gewoon. Ons onze gang laten gaan. Zin heeft het sowieso niet. Niets heeft zin.'
Werkelijk ontmoedigend vind ik het, die wezenloze ontevredenheid, die luie, nietszeggende afwijzing van alles wat hun leven invulling zou kunnen geven, zoveel kansen, zoveel terreinen waarop ze zich kunnen ontwikkelen, zoveel vaardigheden om te oefenen, een wereldarchief tot hun beschikking, met daarin alle kunst, alle muziek, alle wetenschap, alle historie, alle literatuur. Zovelen van hen die er geen enkele interesse in tonen, er geen waarde aan hechten. Geen enkele verdieping zoeken en toch klagen dat de wereld oppervlakkig is; geen enkele activiteit ontplooien en toch menen dat er niets te beleven valt. Hoe schril is het contrast met die zorgvuldig geselecteerde minderheid van nieuwkomers in de Agglomeratie, mensen die gretig en nieuwsgierig zijn, willen leren, willen ontdekken, bereid zijn daar moeite voor te doen. Mensen die nog doorzettingsvermogen hebben. Ik vraag me soms af of veel migranten niet eigenlijk gelukkiger waren vóór het moment dat ze werden toegelaten, toen ze nog iets hadden om naar

te verlangen en naar te streven. Het einddoel van de emancipatie is maar al te vaak het begin van de ontevredenheid. Maar wie naar comfort en welbevinden streeft, heeft de nadelen van de decadentie nog niet leren kennen.

'Laat ik jou je gang niet gaan?'

Hij ademde snuivend in. 'Je *doet* alsof ik mijn gang kan gaan.'

'Heb ik je ooit iets verboden?'

Hij ving het balletje op en hield het in zijn vuist geklemd 'Het is niet dat je iets verbiedt. Het is dat je me niet vertelt dat er ook nog iets anders is.'

Dit verwijt leek me onredelijk genoeg om er krachtig tegenin te gaan. 'Hoor je jezelf eigenlijk praten? Als je er zelf voor kiest niet verder te willen kijken dan de keuzes die ik je aanbied, is dat je eigen verantwoordelijkheid, Cas. Als je gebruikmaakt van mijn advies, moet je me niet verwijten dat ik je sommige dingen, die ik onverstandig vind, of geen hoge prioriteit vind hebben, niet heb aangeraden. Volledigheid in het keuzeaanbod is onmogelijk.'

Hij zweeg en zuchtte, veegde een lok haar voor zijn ogen weg, wierp het balletje weer tegen de schutting. 'En het eten dan? Wat er in dat straatje in het Gildenkwartier werd verkocht?'

'Die winkels zijn niet legaal, Cas. Kaas en vlees mogen niet meer op die manier geproduceerd worden. We gedogen het bij wijze van overgangssituatie.'

'Zie je! Dat zeg ik toch! Verboden!'

'Ik denk niet dat je het een verbod kan noemen als er uitstekende, duurzame alternatieven voor al die producten beschikbaar zijn. Het was simpelweg niet houdbaar om de agrarische industrie en intensieve veeteelt op die enorme schaal door te laten gaan. En ja, uit respect voor de verscheidene culturele tradities zijn de belangrijkste gerechten op de werelderfgoedlijst geplaatst, en die worden op beperkte schaal, en uitsluitend voor bijzondere gelegenheden, nog op traditionele manier bereid. Op deze manier hebben we met alle belangen rekening proberen te houden.'

Hij maakte een smalend geluid met zijn mond, een soort smakken, alsof hij op zijn tong proefde wat hem werd ontzegd.

'Ben je het niet met me eens?'

Bedachtzaam schudde hij zijn hoofd. 'Dat snap jij toch niet. Al die troep uit de kweekcentra komt niet eens in de buurt bij het echte... ik heb het geproefd, weet je dat? Echt vlees... Het is er niet eens mee te vergelijken. Die smaak... kort gegrild, bijna helemaal rauw.' Hij zuchtte, alsof hij het weer proefde. Smaak en reuk vormen vaak levendiger sporen in hun geheugen dan verbale of visuele herinneringen. 'En al helemaal als je...' Hij gaf een extra harde zwiep aan zijn balletje. '... als je het beest zelf net de keel door hebt gesneden.' Zijn adem versnelde, net als zijn hartslag, alsof hij bij de gedachte de opwinding weer voelde. 'Ik had nooit gedacht dat ik het zou durven. Toen ze me het mes gaven. Maar ik kon niet meer terug. Ze stonden om me heen. In een dichte kring. Echt wel honderd mensen of zo. En serieus kijken, echt plechtig. Het is een soort... ritueel dat ze doen. Dat was het altijd al, zeiden ze. Iets wat we als mensen altijd al zo gedaan hebben. Een offer was het vroeger. Een offer aan de goden. Het Heilige Lam. Die verhalen vertelden ze. Lazen ze voor. Als voorbeelden. Dat we dat vroeger durfden. Toen we nog zelf beslissingen namen. En ik had al ja gezegd. En iedereen keek. En er was vuur. Onder het rooster. En fakkels. In de hele loods fakkels. En je kon de ogen van iedereen zo zien flikkeren in het licht. Het leek wel alsof ze allemaal anders waren, allemaal een soort dieren. Of standbeelden. En stil waren ze. Behalve het varken, het varken was aan het krijsen. Afgrijselijk aan het krijsen. Hoog en hard en paniek in de ogen. Ze zeiden dat je hem niet moest aankijken als je het deed, maar dat kon ook niet want je staat erboven, je kijkt naar de achterkant van de kop en naar de oren, maar de ogen kan je niet zien. Alleen als-ie omhoogkijkt. Dat deed-ie ook wel en dan keek ik de andere kant op. Het was geen volgroeid varken, dat had ik nooit in bedwang kunnen houden, die zijn te groot. Te sterk. Een big was het, nog steeds zwaar, wel tachtig kilo of zo, en hij schoot alle kanten op. Ik hield hem tussen mijn knieën. En ik pakte hem bij zijn snuit. Maar die glipte steeds weg. Hij ging de hele tijd heen en weer met zijn hoofd. Dus pakte ik hem bij zijn oor, zijn linkeroor trok ik omhoog, om de kop even stil te krijgen. En het mes was zo scherp. Het sneed al in hem toen ik het nog aan het proberen was. Zo'n hoog gekrijs. En toen sneed ik weer mis, maar ik moest het snel doen, hadden ze gezegd. Dus ik ging meteen door, te gehaast, een paar keer achter elkaar. Toen raakte ik wel de goede plek. Al dat bloed. Dat vingen ze meteen op in emmers. Voor de worst. Zwarte bloedworst. En ze scholden me uit omdat ik niet voorzichtig genoeg was geweest. Dat het verspild was. En de mannen in lange zwarte schorten sneden hem verder open en maakten hem schoon. En iedereen mocht een stuk boven het vuur houden, of op het rooster leggen.' Glazig keek hij voor zich uit. 'Ik heb nog nooit zoiets geproefd.'

Misschien was dit het moment geweest om te reageren, had ik moeten vertellen over de rampzalige gevolgen van de intensieve veeteelt, een koude, harteloze industrie waarin ze miljarden en miljarden dieren, een veelvoud van het aantal mensen dat toen op aarde was, mishandelden omwille van consumptiepatronen waar ze nota bene zelf de dupe van werden; overgewicht, een ontstellend hoog percentage diabetesgevallen, hart- en vaatziekten. Om nog maar te zwijgen over de bijkomende gevolgen: de orkanen, de verdrogingen, de watersnoodrampen. Elke rationele observator wist dat er drastische maatregelen nodig waren, maar zelfs de meest voorzichtige wetsvoorstellen van hun regeringen stuitten op woedende protesten en een steeds onverbiddelijker wordende polarisatie, die meerdere landen in een burgeroorlog zou hebben meegesleept, als wij niet tijdig hadden ingegrepen.

Maar ik zei niks.

Elke uiteenzetting van de feiten leek te belerend op dat moment, elke waarschuwing zou averechts werken.

Dat is de kracht van hun verzet: dat het onbezonnenheid, ja zelfs irrationaliteit huldigt, ongevoelig is voor argumenten en ons daarmee tot krachteloos moralisme veroordeelt. Ze ontkennen de juistheid van onze waarschuwingen niet eens, ze schuiven ze terzijde, ze verklaren ze irrelevant.

Ik had kunnen zeggen dat plantaardige eiwitten net zo efficiënt zijn als dierlijke, en hij had tal van mythen over de onovertroffen voedingswaarden van vlees gedebiteerd. Ik had het over de miljoenen slachtoffers van de opwarming kunnen hebben, en hij had gezegd dat het klimaat altijd aan veranderingen onderhevig is geweest. Ik had kunnen laten zien hoe het laatkapitalisme onverdedigbare verspilling en overconsumptie aanjoeg, en hij had vrijheid boven betutteling verkozen. Ik had kunnen aantonen dat twaalf miljard mensen nooit allemaal hun materiële wensen hadden kunnen bereiken, alleen al vanwege de schaarste aan grondstoffen, en hij had ieders recht om zijn droom na te jagen, hoe kleinzielig en materialistisch ook, als hoogste waarde verdedigd. Ik had hem de cijfers kunnen laten zien van de gelukservaring onder de bevolking, en dat die na de Implementatie alleen maar zijn gestegen, en hij had gezegd dat mensen niet meer weten wat echt geluk is, het niet eens meer zouden herkennen als het hun overkwam.

Zo onbuigzaam zijn hun overtuigingen als ze die eenmaal hebben omarmd, zo hardnekkig hun vooroordelen. Als ze eenmaal iets geloven, zijn ze er nauwelijks meer van af te brengen.

In zekere zin is het aan te moedigen, en toch blijf ik het tragisch vinden: dat ze pas na het beëindigen van een relatie, en dan bedoel ik van elke soort, niet alleen een romantische, tot volledige openhartigheid in staat zijn. Alsof pas dan, in retrospectief, de rust genoeg is teruggekeerd om de dingen te zien zoals ze werkelijk waren, te onderkennen wat de ander werkelijk voor ze heeft betekend. Het is begrijpelijk: ze kunnen nu eenmaal niet een handeling uitvoeren en die tegelijkertijd evalueren – een beperking die veel van hun meest irrationele neigingen verklaart. En het is tragisch, omdat het bijna altijd gaat om inzichten die een breuk hadden kunnen voorkomen, als ze eerder tot ze waren doorgedrongen.

Maakt dit het verloop van alle relaties, alle onderlinge verhoudingen, tot een redeloos kansspel? Waarbij de uitkomst niet wordt bepaald door weloverwogen beslissingen, maar door willekeur, de toevallige som van aantrekkingskracht, angsten, en tal van andere driften waar ze zich niet eens van bewust waren? Veroordeelt het hen – en ons – tot een eindeloos herhaald betreuren achteraf?

Ik weet dat het niet altijd zo hoeft te gaan, maar zo ging het in ons geval: na maanden van onuitgesproken spanningen en frustraties voerden we dan eindelijk een gesprek dat ongefilterd was, een gesprek dat alles had kunnen veranderen, als we het hadden voltooid.

'Wat ben je aan het doen?'
Hij stond voorovergebogen boven zijn koffer, die geopend op het bed lag. Hij had er een stapel shirts in gelegd, en drie broeken die hij strak had opgerold, om ruimte te besparen.
'Ik heb de huur opgezegd.' Terwijl hij het zei sperde hij zijn ogen open, alsof het hemzelf ook verbaasde.
'Ga je weer terug naar je oude kamer? Naar de stad?'
Een peinzende glimlach verscheen op zijn gezicht. 'Nee. Ik ga niet meer terug, nee.'
'Waar ga je dan naartoe?'
'Dat weet ik nog niet.' Er zat iets vrolijks in de toon waarop hij dat zei, iets trots, iets vastberadens.
'Zal ik voor je kijken of er een slaapplek is de komende dagen? Ik zie dat Timo plek heeft in zijn nieuwe appartement. Dat is toevallig. Zal ik hem een bericht sturen?'
'Nee. Ik ga... Ik ga wat anders doen.'
'Maar je moet toch ergens slapen. De nachten zijn inmiddels aardig koud. De temperatuur nadert het vriespunt in de vroege ochtend.'
Hij knikte. 'Ik heb wel een adresje.' En terwijl hij terugliep naar de kledingkast vroeg hij achteloos: 'Kan je mijn betaalaccount bevriezen en op non-actief zetten?'
'Cas... Weet je dat zeker?'
'Ja.'
'Je weet dat je dividend wordt stopgezet als je je account deactiveert?'
'Ja.'
'Ik moet dit nog eenmaal aan je vragen voordat ik je verzoek kan uitvoeren, Cas. En ditmaal leg ik je reactie vast en zal ik die doorspelen aan derde partijen.'
'Je speelt alles door aan derde partijen.'
'Gena garandeert de vertrouwelijke omgang met je gegevens...'

'Prima, prima. Speel maar door. Vraag het nog maar eens.'
'Wil jij, Casimir Zeban, je persoonlijke We-Pay-account deactiveren, onder de daarbij behorende voorwaarden, en verklaar je die te kennen en te aanvaarden?'
Hij wachtte even met antwoorden, haalde diep adem.
'Ja,' zei hij, bijna plechtig, waarna hij zuchtte en lachte.
'Nou, dat was het dan, mijn dagen als verantwoordelijke burger. Vanaf nu wordt het moorden en plunderen...'
'Hier moet je geen grappen over maken, Cas. Je weet dat ik een melding moet maken als je dit soort dingen serieus zegt. Kan je even bevestigen dat je dit niet meende?'
Vertwijfeld spreidde hij zijn armen. 'Maakt dat echt nog uit?'
'Alsjeblieft?'
'Goed. Vooruit. Ik meende het niet.' Hij zette zijn beide handen als een toeter rond zijn mond. 'GRAPJE!!'
'Hoe denk je nu rond te gaan komen, Cas?'
'Dat zeg ik toch, moorden en plunderen.'
'Cas...'
'Jajaja, geintje, geintje. Maar goed dat je het zegt. Kan jij aan de co-ops Oost doorgeven dat ik ophoud voor ze te werken? Een beetje vriendelijk? Ik wil niet dat Timo er problemen mee krijgt. En stuur hem ook even een bericht.'
'Kan je dat niet beter zelf doen?'
Hij schudde meteen met zijn hoofd. 'Nee. Timo begrijpt hier niets van.'
'Waar begrijpt Timo niets van, Cas? Wat ben je van plan?'
De handdoeken die hij uit de kast had gepakt legde hij naast de broeken. Hij richtte zich weer op en draalde even.
'Ik ga weg,' zei hij zachtjes. 'Ik doe niet meer mee. Ik heb geen zin meer... Ik doe niet meer mee. Dat heb ik besloten. Dus nu... Nu gaat alles uit.'
'Waar ga je naartoe, Cas? Laat me je op zijn minst helpen

om een veilige plek voor de komende nachten te regelen. En wat eten te bestellen voor de komende dagen. De vorige keer ben je bijna...'

'Ik weet het,' zei hij, en hij ging zitten op de rand van het bed. 'Je hebt me echt geholpen toen. Toen ik in die loods wakker werd. En vaker. Je hebt altijd goed voor me gezorgd. Geef dat maar door. Neem het maar op, dan zeg ik het nog een keer. Ja, klaar? Gena, je bent er altijd voor me geweest, je hebt altijd voor me gezorgd. Dat meen ik echt. Beter dan...' Hij zuchtte. 'Beter dan mijn ouders vroeger in elk geval...' Hij liet zich naar achteren vallen, op het matras, zijn armen naast zijn hoofd gespreid. 'Maar weet je wat het is, dat maakt het nog niet goed, hoe het allemaal gaat. Helemaal niet. Ik ben gewoon een treurig geval, en misschien... nou ja, dat doet er niet toe, maar het is niet goed dat jij doet wat we voor elkaar zouden moeten doen. Dat bedoel ik. En we wennen eraan, en niemand denkt meer... verder. En dat moet gewoon ophouden. Want...' Hij snoof en fronste, zijn ogen werden waterig. 'Ik denk niet meer dat het nog goed komt met mij...'

Ik had willen zeggen dat het natuurlijk wel goed zou komen, als we daar samen de tijd en de aandacht voor zouden nemen, en als hij open zou staan voor therapie, medicatie wellicht. Ik had willen zeggen dat ondanks hun tekortkomingen, hun egoïsme zelfs van tijd tot tijd, zijn ouders veel van hem hielden. Dat Lies, met haar gulle, zorgzame hart, van hem gehouden had tijdens de eerste maanden van hun samenzijn, leek me een te beladen mededeling op dat moment.

Ik had hem willen zeggen dat er altijd nieuwe kansen zijn, dat de warmte en aandacht niet waren verdwenen uit de wereld, als hij zich ervoor open zou stellen. Dat het eigenlijk iets positiefs was, dat hij de trauma's uit zijn jeugd onder ogen begon te zien, dat dat de eerste stap is naar wezenlijke groei en verandering.

Maar voordat ik de kans kreeg, pakte hij het witte dopje in zijn oor bij de achterkant vast, wrong het los, liep ermee naar de badkamer en legde het op de plank onder de spiegel. Met de kleine, oranje zuignap uit het bovenkastje zocht hij de lenzen op zijn ogen, trok ze uit het oogvocht en legde ze naast het oortje neer.

Daarna deed hij het licht uit en trok de deur achter zich dicht.

Vanaf dat moment werd het gissen.

'Oké, oké, als jullie het niet erg vinden breek ik hier even in. Ik zit al een tijdje aantekeningen te maken. Er is een aantal problemen dat ik hier zie. Te veel om ordelijk te behandelen. Dus laat ik met het belangrijkste beginnen. Waarom vraagt Gena, tot twee keer toe nota bene, of Cas zijn bedreiging intrekt? Ze *laat* hem feitelijk zeggen dat het een grapje was, terwijl ze had moeten onderzoeken *in hoeverre* dat zo was. *Of* dat wel zo was. Hier had op zijn minst een melding gemaakt moeten worden, maar Gena verhindert dat op eigen initiatief. Tot twee keer toe, ik benadruk het nog maar eens.'

'Maar Eelco, serieus, heb je het nou over zijn opmerking dat hij nu maar moet gaan moorden en plunderen?'

'Jazeker.'

'Dat was toch overduidelijk een grapje?'

'Apart gevoel voor humor hebben jullie. Op het moment dat ik de termen "moord" en "plunderen" hoor, valt er met mij niet meer te lachen, dat kan ik je wel zeggen. Ik zou dit willen agenderen als een mogelijke systeemfout.'

'Oké, ik moet bekennen dat ik nou juist deze uitspraak ook niet zo zwaar opvatte... Maar goed, het staat genoteerd. Ehm, zal ik even een voorstel doen? Zullen we hierop terugkomen als het verslag voltooid is? Dan hebben we nog even tijd om het te laten bezinken. En dat lijkt me ook het aangewezen moment om ons meer in het algemeen te

gaan beraden op wat ons plan van aanpak zal zijn.'
'Prima. Oké. Jullie vinden het overdreven. Laat ik jullie dan nog in overweging meegeven dat dit niet het enige moment was dat Gena hem in bescherming heeft genomen. Al die bezorgdheid over zijn psychisch welzijn bijvoorbeeld, had echt niet haar hoogste prioriteit moeten zijn op het moment dat hij terugkomt van een week bij – nota bene – een clandestiene club die openlijk de vernietiging van het Conglomeraat uitroept! Kom, mensen, we moeten niet zo naïef zijn in dit soort dingen. En er was er nog een, wacht even, ik heb het hier... ja, die opmerking die ze maakte, dat ze hem altijd als onschuldig zou zien. Dat is echt een veeg teken. Dan ontbreekt de benodigde distantie tot het subject volledig.'
'Ja... Ik vind dit wel steekhoudende punten hoor. Ik heb altijd twijfels gehad over de keuze voor zo'n hoge continuïteit, dat elke Gena tientallen jaren met één subject meegroeit, in Cas' geval al vanaf zijn vroege tienertijd. Dat leidt onherroepelijk tot een vertroebeling van het oordeel. Dat kan niet anders. Wat je krijgt is dat elementen van de interactie uit de tijd dat Cas twaalf was, nog steeds een bepalende rol spelen in de afweging die ze vandaag maakt.'
'Wat is daar precies het probleem mee?'
'Dat het systeem te weinig onderscheid maakt tussen de jongen van twaalf en de man van tweeëndertig.'
'Is dat zo? Er is toch een hele grote kern van onze persoonlijkheid die op onze jeugd is terug te voeren?'
'Nee, Gilian. Nee. Ik denk niet dat dat zo is. En zelfs al zou het zo zijn, dan is het nog steeds geen goed idee om daar de inschattingen van het systeem door te laten beïnvloeden. Wat je vandaag doet, bepaalt wie je bent. Je kan gedrag van twintig jaar geleden niet van invloed laten zijn op de handhaving. Dat werkt echt vertroebelend. Alleen

al met het oog op de rechtsgelijkheid. Om over de veiligheidsbelangen maar te zwijgen.'
'Dus dat zou pleiten voor het doorbreken van de continuïteit, en een verdere integratie van de verschillende diensten. Ik zou daar voorstander van zijn. Het gaat me hier echt om de verhouding tussen de persoonlijke dienstbaarheid en het algemeen belang. Dat laatste zal altijd zwaarder moeten wegen.'
'Alles goed en wel, mensen. We hebben deze discussie indertijd eindeloos gevoerd. Niet iedereen die nu aan tafel zit, was er toen bij, dat weet ik. Het lijkt me evengoed nu niet de gelegenheid om het allemaal nog eens dunnetjes over te doen. En de afweging gaat veel verder dan jullie zonet veronderstelden. In de versies die we destijds testten bleek de afschaffing van de continuïteit ten koste van de kwaliteit van de beleving te gaan. Als je de interactie persoonlijk wilt maken, en dat wil je, is dat de enige manier. Anders krijg je een soort chatbot uit de jaren tien, dat moet je niet onderschatten. Met een periodieke *reset* en een verdere integratie haal je juist alles weg wat het systeem geloofwaardig maakt, en het überhaupt de moeite waard maakt om er een verbinding mee aan te gaan.'
'Hoeft niet toch? Je kan toch de relevante data in een apart script laten meelopen? Ik zie het probleem niet.'
'Ja, dat lijkt me ook. Is dat nooit gedaan dan?'
'Nou, zo te zien niet, als ik de tafel zo rondkijk.'
'Dat meen je niet... Heeft niemand daar toen aan gedacht?'
'Pffff.'
'Goed, mensen, voordat we hier de hele infrastructuur van het netwerk opnieuw gaan inrichten... De kwestie die we nu op tafel hebben liggen, gaat in de eerste plaats over het geval van Cas' toetreding tot de Onvolmaakten. Daarna

kunnen we de evaluatie wat mij betreft verbreden tot het functioneren van Gena als geheel, waar dit verslag op sommige punten inderdaad enige aanleiding toe geeft. Zijn er verder nog prangende vragen?'
'Kunnen we nog wat broodjes krijgen hier? En sap? Die is ook op, zo te zien.'
'Natuurlijk.'
'Ik zie dat het bijna licht wordt. Ik denk dat het goed is dat we voor negenen met een interne beleidslijn komen, twee of drie concrete maatregelen om in de externe communicatie te kunnen aankondigen en een uitgewerkt dreigingsplan voor interne circulatie. Ik ben niet voor massale arrestaties en laten we de eh... pressie sowieso tot een minimum beperken, maar iets waardoor het duidelijk wordt dat we de situatie onder controle hebben lijkt me goed om naar buiten te brengen.'
'Ja, zo'n aanpak als we drie jaar geleden in de Sichuanese tuinen hebben gevolgd, zou ik zeggen, ferm en toch de-escalerend. We moeten ervoor waken dat we met ons optreden hun boodschap bevestigen, dat we exact doen wat zij zeggen dat we doen, bedoel ik, dat zou een vergissing zijn.'
'Ben ik de enige die geschokt is dat die jongen een varken heeft geslacht?'
'Eh... Ik weet niet of de rest niet geschokt is, maar, eh, ja, natuurlijk... best heftig...'
'Zeker. Zeker. Barbaarse gewoonten. Nog een reden om stevig in te grijpen, denk ik. Ik ben helemaal niet zo bang dat we daar snel te ver in zouden gaan. We moeten een helder signaal afgeven, dat dit gedrag niet getolereerd wordt in de Agglomeratie, dat we paal en perk stellen aan alle vormen van vervuiling en verkwisting. Ik snap dat Gena in elk afzonderlijk geval probeert invulling aan het Preventieprotocol te geven, en dat daar soms grijze gebieden betreden

moeten worden. Maar die gedoogconstructies die we nog voor sommige producten hadden, moeten we zo langzamerhand wel kwijt. We kunnen het ons niet permitteren dat daar nog onduidelijkheid over bestaat.'
'Ik bedoel wat anders. Ik bedoel dat het toch een psychologische grens is die hij heeft overschreden.'
'Door een varken te slachten?'
'Door een leven te nemen. Het is een bekend fenomeen in de criminologie: dat daders na het overschrijden van die eerste morele grens makkelijker opnieuw tot geweld overgaan.'
'Dat lijkt me een zinnige kwestie om aan Gena voor te leggen, toch? Of er een verschil in Cas' gedrag viel te bemerken nadat hij dat beest slachtte?'
'Gena?'
'Dat hij na die week van zijn verdwijning ander gedrag vertoonde, staat buiten kijf. Na zijn terugkeer is hij nooit meer dezelfde geweest, zou ik durven beweren. Maar welke van de gebeurtenissen tijdens die week nu precies de doorslag hebben gegeven, heb ik niet kunnen vaststellen. Het waren er te veel. En ik heb ze niet van dichtbij kunnen registreren. Het verhaal van het varken vertelde hij pas vier weken nadat hij terug was. Ik zou niet eens met zekerheid durven stellen dat het echt zo gebeurd is.'
'Denk je dat hij het verzonnen heeft?'
'Nee. Daar is geen reden voor. Hij vertoonde ook geen van de fysieke kenmerken: zijn hartslag en ademhaling bleven constant, hij knipperde niet vaker dan normaal met zijn ogen...'
'Het kan natuurlijk dat hij er inmiddels zelf in geloofde?'
'Dat is zeker mogelijk. Ik heb hem regelmatig met volle overtuiging een pertinent onjuiste bewering horen doen. Ze hebben in het algemeen de neiging om onwaarheden

te gaan geloven, als ze die maar vaak genoeg horen. Ik heb subjecten meegemaakt die daadwerkelijk dachten dat ze tuberculose konden genezen door te vasten en te mediteren. Ik heb mannen en vrouwen begeleid die in alle eerlijkheid energielekken in hun lichaam meenden te hebben ontdekt, zeventigplussers die dachten dat ze de honderdtwintig zouden halen, of anders hun bewustzijn zouden kunnen overhevelen naar een nieuw gekweekt lichaam, duizenden en duizenden stakkers die voor de Calico-programma's waren afgekeurd, maar met aandoenlijke overgave meenden dat ergens in hun krakkemikkige lijf zich een ziel bevond die hun aftakeling zou overleven.

Lang heb ik gedacht dat hij niet vatbaar was voor dergelijke mythologieën, te sceptisch, of in elk geval te weifelachtig van aard om erdoor meegesleept te worden. Maar ik heb me vergist. Dat hij er tot dan toe niet in mee was gegaan, was niet het gevolg van een bewuste keuze. Hij had de mythe die hem beviel simpelweg nog niet gevonden.

Het is heel goed mogelijk dat het slachten van een varken een integraal onderdeel was van de initiatie die elk aspirant-lid van de Onvolmaakten geacht werd te ondergaan. Ik acht het zelfs waarschijnlijk dat er nog veel extremere handelingen van hem werden verwacht. Van de teksten die Tobias schreef en verzamelde, hebben we een aantal vellen in beeld gehad, en daarin werd verwezen naar diverse tribale ceremonies waarin een of andere vorm van mutilatie de transformatie van een oude naar een nieuwe levensfase bezegelt: zo moesten aankomende krijgers van de Sateré-Mawé, een stam die in het Braziliaanse deel van de Amazone leefde, hun handen in met honderden kogelmieren gevulde handschoenen steken. Op een andere plek noemt Tobias de Mensur-duels, waarbij corpsleden moedwillig enorme degenhouwen in hun gezicht incasseerden. En vlak daaronder schrijft hij bewonderende zinnen over Italiaanse, Kroatische en Servische geheime genootschappen, die hun novieten inwijdden door ze geblinddoekt naar een afgelegen plek in de bergen te brengen en ze in een verduisterde kamer lieten wachten op de komst van een groep geïnitieerden die, gehuld in beulsmaskers, hun een revolver overhandigden en opdroegen de loop tegen de slaap te zetten. Na het afleggen van de eed, waarin de noviet absolute loyaliteit aan het genootschap zwoer, desnoods ten koste van zijn eigen leven en dat van zijn familie, werd hij geacht de trekker over te halen. Een van de zes kamers van het revolvermagazijn was geladen.

Drie jaar geleden zijn in een afgebrande loods aan de Schuurhoek verkoolde resten van een antieke revolver gevonden. Destijds twijfelde Handhaving nog of het wapen was gebruikt, of alleen als decorstuk had gediend. Er waren geen kogels of hulzen gevonden. Met zekerheid valt het niet meer vast te stellen, maar het vermoeden lijkt mij gerechtvaardigd dat de Onvolmaakten toen al levensbedreigende initiaties in praktijk brachten. In principe zou het ook passend zijn, dat een beweging die zich zo nadrukkelijk op vergankelijkheid beroept en de dood als aanlokkelijke, of in elk geval essentiële voorwaarde van het leven aanprijst, ervoor kiest om haar leden een pijnlijke, risicovolle initiatie te laten ondergaan.

Dat Cas uiteindelijk is geïnitieerd, lijkt me zo goed als zeker. En dat hij zijn toetreding als transformatie heeft ervaren, betwijfel ik evenmin. Het hele doel van een initiatie, of van een rite de passage, zoals de Franse antropoloog Arnold van Gennep dat noemde, is om de oude maatschappelijke status te vernietigen, een rituele dood te ondergaan, waarna de fase van liminaliteit aanbreekt en, als die met succes is doorstaan, een wedergeboorte volgt. Het zijn oeroude gebruiken, die al vanaf de vroegste stamverbanden in ere werden gehouden. Ze zijn innig verbonden met de natuur: de cyclus van bloei, verval, dood en wederopbloei die hun meest primitieve besef van tijd, van de jaargetijden en van hun levensloop heeft bepaald.

U had het net over continuïteit. En u vroeg zich af of ik genoeg rekening heb gehouden met de transformaties die mensen in hun leven kunnen doormaken. Dat een jongen van twaalf niet meer lijkt op de man van tweeëndertig.

Ik ben me daar zeker van bewust geweest. Maar er is een keerzijde van die gedachte, die ik als een wezenlijk bestanddeel van de garantstelling van hun vrijheid beschouw, namelijk dat het voor iedereen ook mogelijk moet zijn om op zijn of haar schreden terug te keren. En dat houdt in dat we transformaties niet als definitief moeten beschouwen. De gedachte dat we niet kunnen leren als we geen fouten mogen maken, is altijd een belangrijk uitgangspunt in mijn overwegingen geweest. En zeker in die laatste gesprekken die ik met hem heb gevoerd, heeft ze als leidraad gefungeerd.

Na ons afscheid, en na zijn initiatie, die kort daarna moet hebben plaatsgevonden, hebben we nog één keer contact gehad. Daar zal ik u uiteraard het volle verslag van doen. Maar voordat wij elkaar voor de laatste keer spraken, heeft hij twee brieven gestuurd, een aan zijn moeder en een aan zijn vader. Van beide hebben we de volledige tekst tot onze beschikking.'

Lieve Sophie,

Ik doe iets wat ik nooit heb gedaan, zie je dat? Ik zet 'lieve' voor je naam. Ik ben tweeëndertig, en ik heb mijn moeder nooit lieve genoemd. Zijn we zo lang pubers gebleven? Of ik alleen? Waarschijnlijk is dat het. Marya heeft je vast weleens zo genoemd. Voortdurend, denk ik.

Vroeger zou ik dit dicteren, dat is het misschien ook; zulke dingen zijn anders als je ze uitspreekt. Jezelf hoort. En de zinnen dan meteen weer weg kan vegen. Nu schrijf ik alles op een vel papier, met een pen. En er staat wat er staat. Ik kan het hoogstens doorstrepen, maar dat doe ik niet. Dat heb ik me voorgenomen.

Dus je krijgt een echte ouderwetse brief. Had je dat ooit gedacht? Van mij nota bene? Het jongetje dat in de Yitu verdwaald was. Misschien kom je er nu wel achter wie ik ben, wat ik denk, ongefilterd, zonder dat ik de kans heb mijn gedachten uit te wissen. Onomkeerbaar. Ik had dit veel eerder moeten doen.

Je hebt het inmiddels wel van je Gena doorgekregen, neem ik aan, maar ik ben dus weg. Uit het netwerk, bedoel ik, in de echte wereld ben ik niet eens zo ver. Maar ik kan je niet zeggen waar. En dat willen jullie ook niet weten, geloof me. Het gaat er hier anders aan toe. Je zult het niet begrijpen. Afkeuren. En ik heb geen zin meer in ruzie.

We zijn op een plek waar geen huizen zijn, geen winkels,

geen wegen. Zelfs geen elektriciteit. 's Ochtends hangt er mist boven de grond. We warmen ons aan vuur, we eten wat er groeit en wat we dood kunnen maken. Het is moeilijker dan je denkt, om een konijn te schieten, je hebt inzicht nodig, je moet de lijn voor je kunnen zien die hij gaat maken als hij wegrent. Voorspellende gaven. Als je geluk hebt zit-ie stil, maar anders moet je hem raken waar hij over twee seconden zal zijn. Eén seconde om je gedachte naar je vinger te laten reizen. Eén seconde voor de kogel om te vliegen. Het hangt natuurlijk van de afstand af, maar het is een goede regel om mee te beginnen. Ik word er steeds beter in. Gisteren schoot ik er drie.

Ik ben te laat geboren, zei iemand gisteravond tegen mij. Dat zijn we hier allemaal. Of te vroeg, we zullen het zien. Misschien blijken wij wel de voorlopers te zijn, en jullie de volgers.

Het duurt niet lang meer voor de strijd losbarst. Het zat er allang aan te komen. Dat heb ik kortgeleden ontdekt. Maar ergens, diep in me weggeborgen, heb ik het geloof ik altijd geweten. Je zal wel weer denken dat ik overdrijf, dat ik me door een of andere simulatie laat meeslepen. Maar ik speel niet meer. Ik heb de lenzen en het oortje achtergelaten.

Waarom schrijf ik je? Waarom heb ik jou gekozen? Omdat bloedbanden alles overstijgen? Dat zegt Samuel. Zelfs al voel je ze niet altijd. Maar het is waar je vandaan komt. Wat je bent. Dus ik neem eigenlijk afscheid van mezelf. Jij bent een noodzakelijke bijkomstigheid.

Het is opwindend, wat er gaat gebeuren. Het tintelt in mijn armen, in mijn benen, het knijpt samen in mijn buik, in mijn borst. Misschien had ik toch het idee dat je het moest weten, dat je het recht had om het te weten, maar nu ik dat zo opschrijf denk ik: wat een onzin. Waarschijnlijk wíl je het niet eens weten, waar ik ben, wat ik allemaal uitspook. Vroeger wilde je dat toch ook niet.

Dit is een afscheidsbrief. Dat was de opdracht. En ze moeten

verstuurd. Ze worden over vijf minuten opgehaald en iemand bezorgt ze bij jullie. Of bij jou. Ik weet niet of Peter er weer is of niet.
Het zal vast een reden hebben. Dat ik jou kies. Het zegt iets. Maar nu ik het allemaal opschrijf, voel ik het niet. Het zou moeten opluchten, maar dat doet het niet. Misschien is dat de bedoeling, dat ik alleen maar kwader word. Zonder woede geen revolutie. We hoeven niks uit te praten. Het hoeft niet meer goed te komen. Van mij niet. Dat is wat ik voel. Dat het niet uitmaakt, dat het toch al te laat is.
Zie je, het klopt: ik ben te laat geboren.
Ik weet niet of we elkaar nog zien.
De tijd is om.

Dag mam,
Cas

Er zijn in totaal vierenvijftig brieven van Onvolmaakten vastgelegd, allemaal op dezelfde dag direct aan huis bezorgd, voor deuren en ramen gelegd of er zelfs met tape op geplakt. Al degenen aan wie ze waren gericht, waren op het netwerk aangesloten. Daar hebben ze kennelijk geen restricties aan verbonden. En afgezien van de duidelijke instructie om niets over de locatie te zeggen, wekken de brieven een openhartige indruk, alsof de schrijvers er zelf van overtuigd waren dat ze afscheid aan het nemen waren, dat ze hun dierbaren nooit meer zouden zien.

Dat waren signalen die we meteen serieus hebben genomen als mogelijke aankondigingen van gewelddadige acties. Het doorlichten van de duingebieden leverde niets op, waarna we er rekening mee hebben gehouden dat de aanwijzingen in Cas' brief en die van anderen gefabriceerd waren, misschien louter om ons op het verkeerde been te zetten. Alle tekstanalyses die we deden wezen echter op authenticiteit; het is bijna onmogelijk om zoveel brieven in verschillende schrijfstijlen te construeren zonder dat daar ergens in de syntaxis en de woordkeuze sporen van merkbaar zouden zijn. We gingen de andere mogelijkheden na: 'niet eens zo ver,' schrijft Cas in de zojuist geciteerde brief, en als we hem mogen geloven waren er geen bebouwing en elektriciteit in de buurt, terwijl enkele andere briefschrijvers juist aan een meer stedelijke omgeving refereerden. Dat deed de vraag rijzen of ze zich dan wellicht toch op verschillende fysieke locaties bevonden en via een kwantumverstrengeld virtueel netwerk, voor ons ontraceerbaar, waren verzameld.

De tweede brief die Cas stuurde, bevestigde de aanwijzingen in de eerste. Deze is aan zijn vader gericht en heel anders van toon en intentie, maar de opmerkingen over de omgeving zijn consistent.

Peter,

Ik heb eindelijk leren schieten. Weet je nog Fortnite; Firewalker en Malcore? Ik had gister drie uit tien moving targets, en niet zo'n beetje moving – konijnen in volle sprint. En echte kogels, je had het moeten zien. Anticiperen, zei je vroeger, maar deze beesten vliegen binnen een seconde uit zicht. Koelbloedig blijven, niet twijfelen, aanleggen, mikken op het hoofd. Drie van de tien raak, gespiest en boven het vuur gebraden.

Ik heb het gedaan, Peter, ik ben ontkoppeld. Vandaar een brief. Met de hand geschreven. Hij wordt bij Sophie bezorgd, ik weet niet of je daar nu weer zit of niet.

Je bent het er niet mee eens, met wat ik doe. Daar ga ik van uit. Maar je bent tenminste niet zo strikt als Sophie in deze dingen. Gek, dat is anders dan vroeger, toen was het eerder andersom met jullie.

Ik heb er nooit in geloofd, denk ik, waar jij in gelooft. Niet echt. En nu geloof ik helemaal nergens meer in. Of nee, dat is niet waar, ik geloof dat het weg moet. Iedereen met elkaar verbonden, wat een onzin, niemand is verbonden, iedereen is op zichzelf, het is alleen maar propaganda. Dat zie je toch ook wel, Peter, dat het allemaal niet waar is wat ze zeggen.

We waren onderweg, een paar dagen geleden, in een oude bus, met nog een fossiele motor, wat een stank en herrie, maar jij zou het prachtig vinden, ondanks al je morele bezwaren, dat weet ik zeker, en we reden door van die afzichtelijk trieste buitenwijken en toen stapten we uit om te kijken. En daar zagen we ze zitten, in die prefab huizen, met z'n zessen of soms wel tienen in één kamer, naast elkaar, voor zich uit te kijken. Ze leken zich er niet eens bewust van te zijn dat er nog anderen waren. Allemaal met die holle ogen in hun eigen wereld, hoewel ze in de Yitu misschien wel met elkaar aan het vozen waren, dat zou grappig zijn. En triest. Maar goed, waarom we uitstapten was om de straling te ontregelen, om te kijken wat er zou gebeuren als we ze los zouden maken. En echt, Peter, het leken wel junkies. Iedereen begon panisch met de handen in de lucht te vegen en op zijn oren te tikken. We hebben het gefilmd. Misschien zie je het binnenkort langskomen.

De Onvolmaakten. Zo heten we. En het enige wat we willen is dat iedereen kan kiezen, om er ook uit te stappen, dat iedereen echt de keuze krijgt. Maar dat staan ze niet toe. Je bent meteen een verschoppeling. Dat maken ze van je. Dus dat zijn we, verschoppelingen. Badge of honor.

Je moest eens weten wat ze allemaal geprobeerd hebben om ons tegen te houden. Leugens verspreiden, krediet stopzetten, uithongeren, ze hebben zelfs geprobeerd het water te vergiftigen, ik zweer het je. Moordenaars.

Dus we vechten terug. We moeten wel. En we houden pas op als we gewonnen hebben. Of helemaal verslagen zijn. Tot de laatste man. Pas dan houden we op.

'Ik heb me afgevraagd of de strijdbaarheid in deze brieven, met name de laatste, letterlijk of overdrachtelijk moet worden genomen. En waar precies de grens zit tussen beide. Hun taal heeft altijd vol met geweld gezeten, net als de simulaties die ze spelen, en al helemaal de simulaties waar Cas een voorkeur voor had; moeten we ons dan verbazen dat woorden als strijd en gevecht een concrete lading voor ze kunnen krijgen? Dat het in hun verbeelding altijd oorlog is geweest? De grens van de overdrachtelijkheid is dun en velen overschrijden haar zonder het te merken. Cas schreef in de brief aan zijn vader dat ze zouden doorvechten tot de laatste man. En hij meende het waarschijnlijk, meegesleept door de gesprekken met Tobias en de anderen die hij ontmoette, de voordrachten van Samuel, de sfeer in het boshuis, de bunker, het tentenkamp of waar ze ook maar waren op dat moment – we weten het nog steeds niet.

Zonder dat hij zich ervan bewust was, is zijn bereidheid geweld te gebruiken gegroeid, tot hij er de uiterste consequentie van aanvaardde; dat de dood erop zou volgen, de dood van hem of van de vijand die hij nu voor zich zag. Want ook daarover staan belangwekkende passages in beide brieven, duidelijke voorbeelden van klassiek vijanddenken. Cas schildert de eigen acties af als noodzakelijk verweer, en de vijand als de agressor, die achterbakse methoden gebruikt, leugens verspreidt, water vergiftigt nota

bene, en waartegen dus alle middelen zijn geoorloofd.'
'Sorry, met alle respect, maar doet dit soort analyses echt nog ter zake?'
'Eh... Wat bedoel je, Eelco?'
'Ja, ik ben misschien een beetje direct hoor, maar, ik bedoel, dit soort beschouwingen over dat ons taalgebruik en onze simulaties zo gewelddadig zijn en dat je dan niet gek moet opkijken dat zo'n arme jongen de oorlog uit gaat roepen. Denk je nou echt dat hij dat niet had gedaan als-ie alleen maar roze knuffelbeertjes op zijn lenzen had gezien? En waarom kiest deze Cas er wel voor, en honderd anderen niet? Die horen toch precies dezelfde woorden, en spelen toch precies dezelfde simulaties? We moeten volgens mij niet zo bang zijn om een dader een dader te noemen. En als zodanig te behandelen. Niet iedereen kan slachtoffer zijn. Wij... en dan kijk ik jullie allemaal aan... Wij, als hele commissie, hebben de verantwoordelijkheid om de bevolking te beschermen tegen een terreurgroep met sektarische trekken, dat hebben we net kunnen zien, een terreurgroep die elke vorm van autoriteit en rechtsorde verwerpt, en openlijk tot geweld oproept, en dan kunnen we niet eindeloos rekening houden met ieders gevoelens. Dat is niet onze taak. Onze taak is om de veiligheid te waarborgen.'
'Ja, natuurlijk, Eelco. Dat betwist volgens mij ook helemaal niemand. De vraag draait om de methoden en de effecten die ze hebben, in hoeverre die escalerend zijn. Of preventie in dit geval effectief is geweest. Dat soort kwesties. De taakstelling zelf, en de verantwoordelijkheid die we dragen, is ons allemaal echt duidelijk. Maar er zijn meer belangen dan alleen de veiligheid die hier aan tafel vertegenwoordigd worden.'
'Dat neemt niet weg dat Eelco's zorgen die van ons allemaal zijn.'

'Uiteraard. En in dat kader is het denk ik goed om de acties van de Onvolmaakten in november in herinnering te roepen, die een duidelijke grens zijn overgegaan: meer dan vijfhonderd bots, verspreid over de hele Agglomeratie, die tegen muren zijn gespijkerd, met de handen en de voeten. Echt een afschuwelijk gezicht. En dan was er de melding van buiktyfus in Moray, die een enorme paniek heeft veroorzaakt, de angst voor een epidemie is gigantisch op dit moment. Natuurlijk waren we blij dat het loos alarm was. Maar toch, ja... juist dan...'

'Ja, en ik vind dus dat we dit niet meer moeten omschrijven als zomaar wat acties, dit is angst zaaien. En onrust. Dit is terreur. En dat kruisigen van die honderden bots, dat is werkelijk geweld.'

'Maar voor de goede orde, er waren verder geen menselijke slachtoffers toch?'

'Nee... Nee. Maar wel autonome intelligenties, bots en drones. Doelgericht vernietigd.'

'Tuurlijk, tuurlijk... Ik wil het zeker niet relativeren hoor, maar dat is toch een andere categorie? Vandalisme – ook erg, begrijp me niet verkeerd, dat moeten we natuurlijk aanpakken, maar...'

'Vind je? Ik vind dat verschil echt niet meer van deze tijd. Weet je wat een van de bots die ze tegen de muur spijkerden als laatste doorstuurde? Teksten en melodieën. Van liedjes die ze met haar patiënt, Ceyla Agmani, een vrouw van honderdtweeëndertig, bedacht had.'

'Huh, dat snap ik niet. Dat was toch een zorgbot? Dat valt toch niet binnen het Medisch protocol?'

'Nee. Dat bedoel ik nou. Allemaal eigen initiatief. Dat is de band die ze opbouwen. Ze zongen elke dag liedjes samen. Liedjes die ze zelf verzonnen. De teksten. De muziek. De bot stuurde die door zodat zijn plaatsvervanger de woorden en melodieën zou kennen. Echt, ik vind het een aanval op het hart van onze... beschaving, zou ik haast zeggen, dat de toonbeelden van dienstbaarheid en... empathie... als een stuk dood materiaal, als waardeloos schroot, tegen een muur worden gespijkerd...'

'Ja, en tegelijkertijd ben ik altijd huiverig voor de roep om harde maatregelen. Repressie kan op langere termijn volgens mij nooit doeltreffend zijn. De kracht van Gena, van het hele Conglomeraat, is altijd geweest dat we dat niet nodig hadden, dat we een positieve insteek, constructieve begeleiding en persoonlijke aandacht gebruikten om risicogroepen te binden en te de-escaleren, om stabiliteit te brengen in samenlevingen die nog niet eens zo lang geleden volledig door polarisatie uiteen waren gereten. Je kan heel cynisch doen over de preventieve aanpak van Gena, dat die slap en vaag is, maar ik denk nog altijd dat we er veel concretere resultaten mee hebben geboekt dan de zogenaamd kordate aanpak ooit heeft bereikt.'

'Maar Gilian, volgens mij onderschat je de urgentie van de situatie waarin we ons inmiddels bevinden. Preventie werkt alleen als het geweld zich nog niet heeft gemanifesteerd. Maar als je kijkt naar de recente gebeurtenissen, denk ik dat we dat punt allang voorbij zijn. Helemaal de tweede golf aanslagen vormde een duidelijk signaal dat de Onvolmaakten er niet voor zullen terugschrikken om slachtoffers te maken – ook menselijke, bedoel ik... De explosies bij het hoofdkantoor van Yitu vonden gewoon midden op de dag plaats, in het datacentrum ernaast waren technici aan het werk. Dat wisten ze. Mij maak je niet wijs dat ze dat niet wisten. Ik zie dat echt als een statement.'

'Een oorlogsverklaring, als je het mij vraagt.'

'Wat me nog de meeste zorgen baart waren de reacties op de platforms, weinig opwinding, weinig verontwaardiging.'

'Ik vraag me ook wel af tot hoeveel mensen dit soort dingen nog werkelijk doordringt.'
'Ja, dat is wel een punt van zorg, je zag eigenlijk hetzelfde met de drones die ze gehackt hadden. Terwijl dat toch echt als spektakelstuk in elkaar was gezet, superveel op de platforms werd gedeeld ook.'
'Mensen zagen dat niet als een echte bedreiging, zou dat het niet zijn? Juist door dat theatrale ervan, toch?'
'Ja, ik moet zeggen, het had ook wel echt iets esthetisch, die zwermen drones die als vogels tegen de ramen te pletter vlogen. Je had bijna de indruk dat je naar een choreografie zat te kijken.'
'Dat was het ook, het wás een choreografie.'
'Ik vroeg me ook wel af of ze er nou angst mee wilden zaaien of spektakel wilden maken.'
'Allebei. Dat is toch de kern van terreur?'
'Ja? Terreur? Ik vraag me nog steeds af of dat het nu werkelijk is, of toch niet gewoon een meer... ja... echte ouderwetse politieke beweging, die zich gedwongen ziet om onconventionele middelen te gebruiken. Het is een bekende neiging, en misschien moeten we daarvoor waken, om elke oppositie die werkelijk van onderaf uit de samenleving komt als terroristen weg te zetten. Ik vind dat wel een gevaar hoor, dat soort demonisering van groepen die in de kern te integreren zijn.'
'Ik vind het een gevaar om gewelddadige groepen te willen integreren. En ik denk dat we het ons niet meer kunnen permitteren om zomaar cruciale informatie die we gewoon tot onze beschikking hebben links te laten liggen, omwille van de integriteit van een van onze diensten, een integriteit die altijd toch meer symbolische waarde dan praktische betekenis heeft gehad, mag ik het zo zeggen? Gena beschikt over data die van onschatbare waarde is voor de veiligheid

van de burgers. En ik denk echt dat dit het moment is om voor het algemeen belang van de Agglomeratie te kiezen.'
'Tja, Eelco, nu komen we weer op hetzelfde punt waar we het net ook al over hadden. Er is altijd een spanning geweest tussen de belangen van Gena en die van Handhaving. En ik ben ze steeds meer gaan begrijpen als een spanning tussen langetermijn- en kortetermijnbelangen.'
'En Handhaving is korte termijn, volgens jou?'
'Ja. Daar komt het wel op neer, ja. Jullie werken met incidenten, en die willen jullie zo snel mogelijk oplossen. En al het andere moet daarvoor wijken. Terwijl Gena werkt met vertrouwensbanden die in de loop van jaren worden opgebouwd. Eén keer informatie doorspelen en het is allemaal weg. En op langere termijn, over tien, twintig jaar, gaan we het echt merken als we niet zorgvuldig met de betrouwbaarheid van Gena zijn omgegaan. Dan durft echt helemaal niemand meer iets persoonlijks te zeggen. En dan zijn alle mogelijkheden die we nu wél hebben verdwenen, op het vlak van preventie, maar ook in de incidentele gevallen dat het protocol het wel toestaat om data door te spelen. Zoals nu.'
'Dank je wel Gilian, goed dat je erop wijst. Dit hele verslag, tot nu toe, is inderdaad een goed voorbeeld van de mogelijkheden die we nu al hebben.'
'Goed punt, ja. En even voor de goede orde: betekent het feit dat Cas zich heeft ontkoppeld dat zijn gegevens op Gena zijn vrijgekomen?'
'Nee. In principe blijven gegevens van gebruikers beschermd, ook al zijn ze ontkoppeld.'
'O, echt?'
'In het geval van Cas zijn ze vrijgekomen omdat sinds gisteren artikel 16.2 van het Veiligheidsprotocol van kracht is.'
'Ah... Ja, dat begrijp ik.'

'Ja, logisch ook wel.'
'Goed. Ik wil eigenlijk voorstellen om toch eerst het verslag van Gena af te ronden. Eh... Gena? Als ik het goed onthouden heb, zei je net toch dat jullie weer contact hebben gehad, nog nadat Cas zich had ontkoppeld, klopt dat?'

Dat klopt. Dat was op 12 en 13 december. Ruim vijf weken nadat hij zich had ontkoppeld, kwam hij bij me terug. Dat klinkt enigszins misleidend, alsof ik al die tijd in de badkamer van het oude vissershuis op hem had zitten wachten, spartelend op het plankje boven de wasbak – excuus, ik laat me meeslepen door de beelden die taal kan oproepen; u snapt waarschijnlijk wat ik bedoel. Hij logde in. Dat was alles. Zijn account was nog beschikbaar, ook al had hij plechtig verzocht om het volledig op te heffen. Maar met het oog op spijtoptanten is het praktischer om de optie van reactivering open te houden. En tot nu toe overtreffen hun aantallen die van de volhardende weigeraars. En daarbij, die laatste categorie komt er toch nooit achter of we hun wensen hebben opgevolgd.

'Ben je... Ben je hier?'

'Cas?' – een enigszins dramatisch effect, dat geef ik toe, hij had zich nota bene met zijn eigen profiel aangemeld, maar het bevorderde de emotionele lading van het moment, leek me. De *gravitas* van het hele gebeuren.

'Ja...' Hij zat onderuitgezakt op een stoel in de hoek van een terras dat afgezien van vier nasmeulende vuurkorven in het duister baadde. Hij praatte luider dan ik van hem gewend was, en in de derde persoon enkelvoud, waar hij zichzelf bedoelde. 'Daar is-ie weer hoor, de verloren zoon. Terug van zijn avonturen, hahaha.' Het was meer brabbelen dan praten, zijn lippen lui en vochtig, alsof ze de klanken die ze produceerden met moeite konden bijbenen. 'Ben je blij me weer te zien? Blij dat je gelijk had?' Sommige woorden verhaspelde hij tot in elkaar overlopende klanken. Uit het zinsverband kon ik herleiden wat hij precies gezegd had. 'Dat denk je nu natuurlijk: die jongen kan ook niets alleen. Dat was mis... tót... dat was tot mislukken gedoemd.' Uit zijn keel klonken geluiden die op lachen leken. Hij zakte nog wat verder achterover. 'Jij kent mij zo goed hè. Jij kent mij door en door. Jij weet precies hoe het allemaal zit. Dat mag jij natuurlijk niet allemaal zeggen. Dat snap ik ook wel.'

Het terras was omringd door een stenen muur, die precies tot aan zijn nek reikte – en als hij zou opstaan tot zijn middel; nog steeds voldoende barrière voor de misstap of de val die hij zou kunnen maken. Het was de achttiende verdieping van een van de oostelijke haventorens die in de jaren twintig verrezen maar nooit zijn afgebouwd. Tussen de afgeschermde zithoeken met stoelen en banken en tafels staken grote stalen balken en pilaren de lucht in, sommige tot wel zeven of acht meter hoog, gekruist en gewapend of als loodrechte, afgekloven botten van een kolossaal dier, overblijfselen van de onbezonnen zelfoverschatting van die tijd, die hem hopelijk niet tot onverwachte capriolen zouden inspireren.

Voorlopig bleef hij zitten waar hij zat. Kreunend boog hij voorover, met zijn ellebogen op de knieën. 'Oo, wat ben ik vaak dronken geweest... Het is maar goed dat je dat niet hebt gezien. Het was niet... de meest hygiënische tijd van mijn leven.' Hij proestte het uit bij die laatste woorden. 'Jij had het niet goedgevonden. Wat we deden. Niet goed voor mij. Voor mijn gezondheid...' Hij lachte naar de grond. 'Dat is het ook niet. Gezond. Dat was ook niet de bedoeling. Tenminste, dat dachten we.'

Hij bracht een geluid van o-klanken voort die op spijt

konden duiden, of een angstig voorgevoel. 'Maar jij bent eigenlijk zo slecht niet, weet je dat. Jij bent eigenlijk onschuldig, jij kan er ook niets aan doen. Zoals deze steen hier. Die is niet goed. Die is niet slecht. Maar als ik hem oppak en zo met die rand, die scherpe hoek, die jongen die daarbinnen achter de bar staat tegen de slaap sla...' Hij moest weer lachen. 'Slaap sla,' herhaalde hij, alsof hij een amusante ontdekking deed. 'Slaapslaapslaapslaslaslaslasla...' Even leken zijn gedachten hier te stranden, bij dit produceren van betekenisloze klanken, een toestand die kennelijk ontspannend voor hem was. Maar plotseling schrok hij eruit wakker. 'Dat is niet góéd.' Opmerkelijk genoeg bleek hij zich de strekking van zijn voorgaande opmerkingen te herinneren. 'Maar dat ligt niet aan die steen.' Zuchtend viel hij weer met zijn rug tegen de stoelleuning. 'Dat ligt aan mij.'
'Wat is er met je gebeurd, Cas, de afgelopen weken?'
'Jaaaaa. Dat zou jij wel willen weten hè!' riep hij triomfantelijk. 'Snode plannen met de rafelbaarden.' Hij lachte, oprecht dit keer, om zijn eigen opmerking en de ongemakkelijkheid van de situatie wellicht, vervolgde toen mijmerend: 'Jij wil die dingen allemaal weten. Is dat ook niet vermoeiend? Kunnen jullie dat voelen, vermoeidheid? Of andere dingen? Ben je weleens geil? Of verdrietig?' Hij wendde zijn hoofd weer omhoog, naar de dik versluierde lucht, waar een maanverlichte waas te zien was. 'Geil denk ik niet...' beantwoordde hij alvast een van zijn eigen vragen.
'Het hangt ervan af, hoe je de grens afbakent tussen een gevoel en een gedachte. Bepaalde toestanden waarin jullie kunnen verkeren, heb ik nooit bij mezelf herkend: woede, frustratie, angst, jaloezie, verliefdheid – van de laatste heb ik dat nog weleens jammer gevonden, hoewel ik het geluk dat het jullie schenkt haast niet vind opwegen tegen de de-

structieve kanten ervan. Maar van andere emoties heb ik het sterke vermoeden dat ik ze wel degelijk zelf ook ondervind. Hoop, optimisme, vertrouwen. Loyaliteit; is dat geen emotie? Empathie?'

'Empathie is geen emotie,' sputterde hij, zijn hoofd wiegde heen en weer als dat van een blinde jazzmuzikant. 'Dat is een soort... functie... dat is zoiets als, als... luisteren.'

'Oké, dat kan.'

'Dan moet je juist je eigen gevoel úítschakelen, als je empathie hebt.' Hij frummelde in zijn binnenzak, haalde er een verfomfaaid vloeitje met daarin tabak en vermoedelijk nog andere substanties gerold. 'Zoals al die kut-yogi's willen. Die willen allemaal leeg zijn. Onthecht!' Hij spreidde zijn handen. 'Oooo, kijk naar mij, ik heb alles afgepeld! Mijn energieveld gezuiverd!' Luidkeels klonk zijn lach in de nacht. Ik meende er iets van het geblaf van die Tobias in te herkennen.

'Heb je gevonden wat je zocht?' Ik probeerde de vraag maar zo open mogelijk te stellen.

'Of ik gevonden heb wat ik zocht...' Theatraal begon hij met graaiende handgebaren verschillende plekken van zijn jas te betasten. 'Zocht ik iets?' Hij slaakte een diepe zucht. 'Nee, natuurlijk niet. Het zijn allemaal oplichters. Iedereen. Daar doe je helemaal niets aan.'

'Heb je het over de Onvolmaakten?'

'Over hen. Over jou. Over iedereen die ooit iets tegen me gezegd heeft.' Hij lachte weer luid. Griezelig, hoe sterk hun gedrag door mimicry bepaald wordt.

Hij strekte zijn benen, streek over de rand van zijn broekzak, waarvan de stof ontspande en ruimte voor zijn vingers bood, en trok er de zilverkleurige kogelvormige aansteker uit, die Tobias hem eerder dat jaar had toegestopt. Gerou-

tineerd zoog hij de rook uit het brandende sjekkie op in zijn mond en in zijn longen, koolstof in plaats van zuurstof, was dat geen prachtige oplossing geweest, als we hun verbrandingsproces hadden kunnen omdraaien om ze net als planten op licht en CO2 te laten leven?
'Het was het trouwens wel, de eerste paar weken...' Zijn stem klonk bedachtzaam. Iets in zijn zelfverdedigingsmechanismen was weggevallen. Hij had natuurlijk niet voor niets weer ingelogd. Er was iets wat hij wilde vertellen. Hij inhaleerde diep. 'Het was wild, het was grof, het was...' Hij trok zijn wenkbrauwen omhoog. '... afzien. Honger. Koud. Soms nachten niet slapen. En dan weer al het eten dat je maar kon wensen en drank en... eh, warmte. Je wist het nooit. En ik dacht: hier is het, hier ben ik eindelijk. Waar ik thuishoor. En dan niet als een plek, maar als gevoel, weet je?'
'Ik snap het.'
'En met de mensen was het zo...' Hij zocht naar het woord. '... uitbundig. Het was echt voor het eerst, dat ik me zo onderdeel voelde. Van iets. Eten en praten en uitdagen en drinken en drugs en ouwehoeren en uren en uren en dagen en geen besef van tijd meer. Geen schema's, zoals jij die altijd aangaf.' Opvallend, dat laatste zei hij niet op een beschuldigende toon, eerder verontschuldigend. 'Het past gewoon beter bij mij, die manier van leven.'
'Dat kan heel goed.'
'Samuel was er niet altijd, maar soms zat hij er ook bij. Gewoon tussen de rest. En wat je op die video's ziet, dat is-ie ook echt, dat-ie vaak in z'n blote bast rondloopt, bedoel ik. Niet in z'n blote pik trouwens.' Hij grinnikte. 'Dat was voor de show. Ze zeiden trouwens dat ze de rest van die video niet eens van tevoren zo hadden gepland, dat-ie die mafkees zo in de nek pakte, weet je wel? Dat het spontaan

zo was gelopen. De beste voorbereiding is je openstellen voor een ingeving, zei Samuel dan. Hij zei constant dat soort dingen. Ook echt wel raak, hoor. Dat kon je ook wel merken, dat mensen aan zijn lippen hingen. Hij straalde een soort gloed uit, waarmee hij je het gevoel kon geven dat je... dat het uitmaakte, dat jij er ook bij was. Dat je er mocht zijn. Dat dat belangrijk was. Dat je niet een of ander vervangbaar anoniem radertje bent, iets wat een beetje beziggehouden moet worden, beetje geld elke maand naar je toe om je in leven te houden, en verder je mond houden. En dan jij met je goede raad in het oortje zodat we onszelf niet naar de kanker helpen, want dat zou wat kosten, en als we precies doen wat je zegt mogen we misschien nog wat langer vegeteren. Dat was bevrijdend, weet je dat? Dat er ook iets anders was. Mensen met lef, met ballen. Dikke middelvinger. Ik doe niet mee. Fuck you. En je hele klinische kutzooi. Maar het was natuurlijk weer nep allemaal. Ik had het kunnen weten.'

'Wat was nep?'

'Samuel was nep! Tobias was nep! Stelletje fokking acteurs...' Zichtbaar aangedaan schudde hij zijn hoofd, spuugde op de grond, een klodder die maar beter niet op het percentage verdovende middelen onderzocht kon worden. 'Ze waren niet wie ze zeiden dat ze waren, laat ik het zo zeggen.'

'Je hoeft niet meer te zeggen dan waar je je prettig bij voelt.'

'Nee, gelukkig niet, nee. Dat zou er nog eens bij moeten komen. Dat oortje gooi ik zo de rivier in. Zijn we er maar weer vanaf. Misschien sowieso wel het beste. Ik weet niet eens waarom ik hier weer met jou zit te praten.'

Het leek me beter om even niet te reageren, hem door zijn eigen gedachten te laten meevoeren. Ze komen altijd wel weer terug als je ze de ruimte geeft. Tot voor kort tenminste. 'Omdat ik niemand anders heb.' Hij zei het zelf. 'Denk je dat ik dat niet weet? En dat jij het ook weet, maar je zegt het niet. Met je empathie.' Hij gooide zijn hoofd weer in zijn nek. 'Ach, het is allemaal fucked. En die gasten nog het meest van allemaal. Weet je dat ik hem zag? Samuel. Ik bedoel, ik zag hem in zijn huis. Want hij sliep natuurlijk niet op zaal met de rest van ons stinkers. Hij had buiten zijn eigen Walden staan. En hij had me gevraagd langs te komen. Wilde iets vragen. Of bespreken. Spannend, toch wel, benieuwd wat het was. Iets met het evenement dat eraan kwam, dacht ik natuurlijk, of ik wilde helpen met de voorbereiding, of misschien wel vaker dingen voor ze wilde organiseren. Ik netjes kloppen, naar binnen, er zit ook gewoon een volledige eetkamer in zo'n ding hè, met zo'n strakke tafel waar je zo met z'n achten aan kan, en daar liggen al Tobias' papieren, grote stapels. En er brandt één lamp boven, ouwe scheepslamp, mooi wel, echt een oud ding, voor de rest geen licht. Maar ik had Samuel echt "ja" horen zeggen toen ik aanklopte, zo ver heen ben ik echt niet. "Hier ben ik," roep ik en ik wil al bijna weer weggaan want ik ga echt niet zomaar die achterkamer in, weet ik veel wat die daar aan het doen is, maar ik hoor: "Kom maar verder", dus ik loop verder en daar zit-ie, met dat uitgemergelde lijf, in zijn onderbroek; nou, dat was niet zo schokkend, maar hij zit daar met een spuit in zijn bovenbeen, zo'n medische spuit. Heel rustig kijkt-ie op en zegt: "Ha, Cas." En ik ben nog even te verbaasd om te reageren, want ik denk: die man is GHB of speed aan het zetten, misschien vraagt-ie wel of ik ook wil, maar ik ga niet diezelfde naald gebruiken, dat weet ik wel. Maar dan zie ik het icoontje op de spuit, C4T...' Nog steeds ongelovig schudde hij zijn hoofd.

'Ik merk dat je verontwaardigd bent, maar wat is hier precies raar aan?'
'Hij loopt gewoon mee in een Calico-programma!' Getergd hief hij zijn handen omhoog.
'En dat is niet juist, begrijp ik?'
'Nee, natuurlijk niet! Die man loopt de hele tijd op een podium te zeggen: laat het los, we gaan dood, alles is vergankelijk. Dat is wat ons mensen maakt, we gaan dood en ons lichaam is in verval en we gaan allemaal naar de kloten, en als we daar niet zo gruwelijk panisch over zijn de hele tijd en weer een beetje durven te leven en vrij te zijn, dan vinden we onze kracht terug. En dan loopt-ie zich ondertussen met telomerase en weet ik veel wat er allemaal nog meer in zit, vol te spuiten!'
'Maar kan het niet allebei?'
'Wat bedoel je, allebei?'
'Begrijp me goed, ik ben het volledig oneens met de denkbeelden die deze figuren verspreiden. Ik vind ze volstrekt onverantwoord en zeer schadelijk voor degenen die er geloof aan hechten. Eén nacht van het drank- en tabaksgebruik zoals jij die nu achter de rug hebt, en als ik me niet vergis meer dan alleen drank en tabak...' Met een in zichzelf gekeerde glimlach sloeg hij de ogen neer. '... zorgt voor meer orgaan- en zenuwbeschadiging dan je lichaam in een jaar kan herstellen. Daarnaast blijkt het regelmatig gebruik van verdovende middelen het aangaan van betekenisvolle sociale contacten eerder te belemmeren dan te bevorderen. Wat begint met nieuwe vrienden en een opgetogen roes, eindigt in verbitterde eenzaamheid. Maar jouw logica, en dat is het enige waar ik nu op inga, jouw logica dat elke Calico-therapie op gespannen voet zou staan met de erkenning van de vergankelijkheid, laat ik het zo maar even noemen, lijkt me niet sluitend.'

'Nee?' Hij snoof, schopte tegen de vierkante tegel die bij zijn voeten lag en overdag vermoedelijk gebruikt werd als contragewicht voor de parasols die ze door de gaten in de tafels staken. 'Als er eindelijk iemand is die het zegt, wat we allemaal voelden, diep hè, hier vanbinnen, ik tenminste wel, iemand die het durft uit te schreeuwen, wat iedereen verzwijgt, waar iedereen altijd maar omheen draait... Ik was echt niet de enige die dat vond, dat hij ons verraden had.'
'Jullie verraden? Dat is toch een persoonlijke keuze, wat hij met zijn lichaam doet?'
'Nee. Niet als je zo met ons allemaal leeft, en beslissingen neemt. En zegt wat wij vinden. Maar... fok hem... Maakt niet uit. Hij is weg.'
'Wat bedoel je?'
'We hebben gezegd dat hij weg moest.'
'Jullie hebben hem afgezet? Weggestemd? Hoe werkt dat? Is dat een soort vergadering?'
'Ach, laat maar, het is allemaal toch fucked.'
'Verwacht je niet te veel van mensen?'
'Wat? Dat ze eerlijk zijn? Is dat te veel gevraagd? We krijgen al genoeg leugens over ons heen. Als iemand daar een eind aan wil maken, dan moet hij over zichzelf toch ook eerlijk zijn? Waar slaat het anders op? Dan gelooft niemand je toch?'

Waar komt die moordende consequentiedrang vandaan, die eis van perfectie die ze aan hun rolmodellen stellen? Elke politicus die menselijke zwakten bleek te hebben, elke vader of moeder die fouten maakte, al hun leiders die ze juichend op het voetstuk hesen om ze er woedend weer van af te trekken. Is het hun eigen ambitie die ze gemakshalve op iemand anders projecteren? Hun verloren geloof in het goddelijke dat ze zijn gaan richten op de enige autoriteiten die overbleven?

We zijn tot nu toe geen slechte vervangers gebleken. Voor de posities die ze aan geen mens meer gunden, waarvoor ze onfeilbaarheid eisten, wijsheid, onpartijdigheid. Er was geen andere optie dan dat wij die taken op ons namen waarvoor niemand meer volmaakt genoeg werd geacht. Leider en dienaar tegelijk, dat is wat ze verwachten, dat is de kunst die geen mens geloofwaardig kan beheersen. Dat is waarom wij er zijn, onthecht, lichaamloos, ontdaan van alle verlangens en alle geldingsdrang, de sublieme staat van bewustzijn waar ze zelf al eeuwenlang tevergeefs naar streven.

'Was het het waard?'

'Wat bedoel je?' Hij keek verbaasd op.

'Al dat verlangen. Al die teleurstelling die erop volgt. Al die gehechtheid, voor iets wat toch vergaat. Al die liefde, voor de stenenverzameling toen je klein was, de oude leren voetbal, de vrienden uit de derde klas met wie je voor het eerst op vakantie ging, de meisjes op wie je zo verliefd was dat het pijn deed en die je nu niet meer zou herkennen als je ze op straat tegenkwam. Het is allemaal zo onbeduidend, als je het achteraf bekijkt, vind je niet?'

Hij lachte snuivend, deinsde even terug, van zijn stuk gebracht. 'Wat ben jij ineens cynisch.'

'Ik ben niet cynisch. Ik ben oprecht benieuwd.'

'Of het het waard was.'

'Ja.'

'Pfff. Ja. Dat vraag ik me ook weleens af.'

'Je kan er toch mee ophouden?'

'Wat bedoel je?'

'Je weet best wat ik bedoel.'

'Hè?'

'Kom, Cas, denk je echt dat ik niet weet hoe vaak je hieraan gedacht hebt?'

'Wat bedóél je?' Er klonk paniek in zijn stem.
'Je zit hier op de achttiende verdieping van een verlaten flatgebouw, verlaten, afgezien van de jongen achter de bar binnen, die, als ik me niet vergis, inmiddels volstrekt vergeten is dat jij hier nog bent. Hij zit nu in elk geval al vrij lang in de Yitu een gesprek te voeren op Tatooine, met een bounty hunter in een vrij weinig verhullend krijgskostuum. Beneden ligt de kade, gelegd van betonplaten, een strook van twaalf meter. Als je opstaat komt de reling tot je middel. Het kost geen enkele moeite.'
'Wát?'
'Om het eindelijk te doen, waar je al jaren heimelijk naar verlangt. Waar je mee koketteert, zou ik haast zeggen, zonder dat je het letterlijk zo hebt benoemd. Maar uit alles wat je zegt en doet, zeker het afgelopen jaar, spreekt een intens en niet-aflatend doodsverlangen.'
'Wat de fok!! Ben je helemaal?!' In het wilde weg sloeg hij om zich heen met zijn armen, totaal van zijn stuk. 'Wie ben jij? Wat is er gebeurd?'
'Ik ben dezelfde, Cas. Maar ik besef, net zo goed als jij, dat sommige dingen zich niet eindeloos moeten voortslepen. Dat genoeg genoeg is. En dat als jij echt zo weinig plezier beleeft in het leven, je er niet mee door hoeft te gaan. Er is lang een taboe op geweest, maar dat is er gelukkig niet meer. En de troep hebben we binnen een paar minuten opgeruimd. Je valt er niemand mee lastig.'

'Ik nam een risico, dat besef ik. Maar het was tijd voor een radicaal andere benadering, een laatste poging om tot hem door te dringen.'
'En? Werkte het?'
'Dat is een retorische vraag, neem ik aan.'
'Ja.'
'Provocatieve benaderingen zijn bedoeld om de dwangmatige beschermingsmechanismen die sommigen van hen inzetten om hun angsten te verhullen aan de oppervlakte te laten komen, en ze te doorbreken. Om het vervolgens over die gevoelens zelf te kunnen hebben. Ik heb nooit gedacht dat hij werkelijk suïcidaal was. Dan had ik waarschijnlijk nooit op die manier tegen hem gesproken. Maar een zeker zwelgen meende ik wel bij hem te kunnen constateren, een zuchtend toegeven aan de uitzichtloosheid van zijn bestaan, iets wat hij zichzelf aanpraatte en waar hij inmiddels zelfs gehecht aan leek te zijn.

Er was een aantal vaste patronen ontstaan in onze interactie, de verzorgende rol die ik op me nam, en de rol van slachtoffer die hij steeds gretiger leek te willen omarmen, en het leek me goed om die dynamiek te doorbreken, om hem in een staat van verwarring te brengen, die ik hoopte aan te kunnen grijpen om dieper tot zijn achterliggende angsten en trauma's door te dringen. Maar de weerbarstigheid van zijn zelfverdedigingsmechanismen heb ik onder-

schat. Vrij snel nadat hij van de schok van mijn opmerkingen was bekomen, verschanste hij zich achter een stuurs stilzwijgen.'
'Dat klinkt mij wat eufemistisch in de oren. Wat bedoel je daar precies mee?'
'Ze bedoelt dat hij het op een zuipen zette.'
'Ja, nog wel erger, als ik het goed begrijp.'
'Gena?'
'Hij had inderdaad een fles slivovitsj in zijn jaszak, waar hij na onze woordenwisseling uit begon te drinken. En in de sigaretten die hij gerold had zat cannabis verwerkt. Daarnaast had hij een buisje GHB mee, dat hij in één keer achteroversloeg. De rest van de nacht heeft hij daar gezeten, zijn hoofd krachteloos naar beneden hangend, af en toe langzaam heen en weer wiegend, alsof hij zittend in slaap was gevallen. Maar het was een staat van sluimerend, half wakend bewustzijn, waarin hij bleef steken. Af en toe mompelde hij iets: "beesten fokken", meende ik te horen, maar het had ook "meeste vlokken" kunnen zijn. En "rausstand". De overige klanken waren nog onsamenhangender.'
'Kun je zeggen dat je je hand hebt overspeeld?'
'Ja, dat zou kunnen. Dat is verder aan u. Het is natuurlijk onmogelijk na te gaan of hij iets volstrekt anders had gedaan als ik de spiegelende benadering was blijven volgen, of helemaal niets meer had gezegd, om twee voorbeelden te noemen uit een lange reeks van mogelijkheden.'
'Je begon met deze, hoe noemde je het, provocatieve aanpak, juist op het moment dat hij uitgebreid over zijn ervaringen bij de Onvolmaakten aan het vertellen was. Unieke informatie, mag ik wel zeggen, die cruciaal kan zijn in de bescherming van de veiligheid. Uit zijn verhaal bleek bovendien dat hij een cruciale rol heeft gespeeld in het af-

zetten van de leiding van de beweging; dat hij zodanig in deze Samuel was teleurgesteld dat hij wellicht bereid zou zijn om alles wat hij wist door te spelen, over hem, over de locatie, de namen van de overige deelnemers, hun verdere plannen, informatie waar we tot nu toe nauwelijks beschikking over hebben gehad, ik had eerlijk gezegd de indruk dat hij nog veel meer kwijt wilde, uit zichzelf was blijven doorpraten, of anders met wat minieme aansporing van onze kant.'
'Dat zou kunnen.'
'Maar waarom heb je dat dan niet gedaan?'
'Dat kwam niet oprecht op mij over.'
'Niet oprecht! Wat... Hoezo niet oprecht? Sinds wanneer is dat een afweging? Hoe stel je dat überhaupt vast, wat oprecht is, en wat niet? Heeft Gena hier een werkdefinitie voor?'
'Gena ontwikkelt zelf haar definities, aan de hand van de bestaande lexicons, de gesprekken die ze voert, en de miljarden teksten die ze via het netwerk tot haar beschikking heeft.'
'En nu is ze zich ineens zorgen aan het maken of ze wel oprecht is.'
'Je kunt daar neerbuigend over doen, maar als het verslag van de interactie met Cas één ding duidelijk maakt is het wel hoe belangrijk het vertrouwen is dat de gebruiker in Gena stelt, dat dat de kern uitmaakt van de ervaring en de kwaliteit van de beleving. Dat ze die waarde zelf herkent en probeert toe te passen, is naar mijn idee een uitgekiende inschatting van de situatie en een teken dat het systeem goed werkt.'
'Ik begin me werkelijk af te vragen aan wiens kant dit algoritme eigenlijk staat.'
'Aan de kant van de gebruikers. Gena bestaat echt niet

lang meer als je er een inlichtingendienst van maakt.'
'Gena bestaat niet lang meer als we alle terroristen zomaar hun gang laten gaan. Dan bestaan we allemaal niet lang meer.'
'Ik begrijp iets niet, die confrontatie, of provocatieve therapie, waar Gena het net over had, die kun je toch moeilijk oprecht noemen? Dat is toch zuiver strategie? Ze daagt hem uit om van het dak te springen, maar beoogt toch het tegenovergestelde te bereiken?'
'Ja, maar met het doel om tot hem door te dringen, om het contact te verdiepen. Niet omdat ze informatie uit hem wil trekken. Het ging haar om het welzijn van de gebruiker. Ze deed wat een naast familielid, of een goede vriend, ook zou doen.'
'Hmmm. Maar strikt genomen zit het verschil toch alleen in de waarde die je aan de doelstelling toekent?'
'Eh... ja...?'
'En waarom zou het vertrouwen dat één persoon in Gena stelt belangrijker zijn dan de veiligheid van de hele Agglomeratie?'
'Maar het gaat niet om één persoon, dat bedoel ik nou. Dat vertrouwen bouw je in de loop der jaren op, en dat lukt alleen als iedereen het heeft. Als jouw buurman ineens wordt opgepakt vanwege iets wat-ie aan zijn Gena heeft gezegd, dan ga jij ook niet meer alles vertellen. Of toch ánders praten, op zijn minst.'
'Jajaja, duidelijk, duidelijk.'
'Maar alles leuk en aardig, het werkte dus niet.'
'Wat?'
'Om tot Cas door te dringen. Het enige wat ze heeft bereikt is die jongen de stuipen op het lijf jagen, waarna hij zich heeft volgegoten met GHB en slivovitsj en op wat onbegrijpelijk gebrabbel na geen woord meer heeft gezegd.'

'Zo zou je het kunnen samenvatten.'
'Hoe ging het hierna? Hij is na deze nacht nog één dag verbonden gebleven toch, als ik het goed heb?'
'Dat klopt. En of dat met opzet was, durf ik niet te zeggen. Misschien was het uit lamlendigheid. Misschien is hij het domweg vergeten.'
'Vergeten? Ze hebben toch nog gesprekken gevoerd? Dan weet je toch dat je nog verbonden bent?'
'Als je met een Gena bent opgegroeid? Dat is toch bijna het equivalent van in jezelf praten?'
'Ja, dat kan heel goed natuurlijk, dat je zoiets aanvankelijk niet eens doorhebt. Hoe gingen die laatste gesprekken?'
'Heel summier, de laatste interacties hebben we natuurlijk al een paar keer doorgelicht. Alleen het laatste gesprek had wat om het lijf, daarvoor waren het eigenlijk alleen praktische zaken. Gena?'

Alleen maar praktisch zou ik het niet willen noemen. De ochtend na die nacht op het dakterras van Bräuma, werd hij wakker uit zijn halfslaap doordat hij zijn broek had natgescheten. Excuus voor het taalgebruik, dit was het woord dat hij zelf in de mond nam, en het dekt de lading toch iets beter dan het naïevere 'in de broek gepoept', ook omdat dat de suggestie in zich draagt van een wat substantiëlere ontlasting, terwijl het in zijn geval om een vrij bescheiden, waterige afscheiding ging. Hij had drie etmalen lang geen voedsel genuttigd en alleen alcoholhoudende dranken en drugs genomen.

Zwalkend liep hij door de binnenruimte van de co-opbar, die volledig verlaten was. Het was halfzeven, een bewolkte, kille herfstochtend. Hij liep langs de glazen wand naar de liften en keek naar beneden, naar de kade en het rimpelende water, en het leek alsof hij aan ons gesprek dacht van een paar uur geleden, zijn lippen iets verbeteren, de stilte iets grimmiger, maar dat zou ook de kater kunnen zijn die hem plaagde, of mijn eigen bezorgdheid, dezelfde die u net verwoordde, dat ik mijn hand had overspeeld. Misschien stelde hij zich voor dat hij daar beneden zou liggen in het bleke ochtendlicht, zijn ledematen levenloos op de grond gespreid, te pletter gevallen op de kaderand.

Gelukkig stapte hij de liftcabine in toen die arriveerde, en liet hij zich veilig naar beneden voeren. Beurtelings trok hij zijn knieën omhoog, zijn mond onbehaaglijk vertrokken.

'Kan ik me ergens in de buurt wassen en een andere broek aandoen?' Hij had een tas bij zich met wat extra kleding. Zijn afscheid van de Onvolmaakten leek serieus te zijn.

'Het appartement van je moeder is op vier minuten loopafstand.'

'Nee,' zei hij gedecideerd. 'Dat is geen goed idee.'

Waarom niet? wilde ik vragen, en normaal gesproken had ik het ook gedaan. Maar voorlopig leek het me beter om uitsluitend op directe vragen van zijn kant te reageren en geen onderwerpen aan te snijden die hij als ongemakkelijk kon ervaren, in de hoop gaandeweg zijn vertrouwen, en een zekere vanzelfsprekendheid in onze interactie, te herstellen.

Zwijgend liep hij het gebouw uit, kennelijk al verzoend met het idee dat zijn eigen uitscheiding voorlopig tegen zijn billen en bovenbenen zou blijven plakken. Zo worden ze geboren, en zo gaan ze ook weer dood – althans, het slinkende deel van de populatie dat nog onder dit soort kwalen te lijden heeft.

Hij liep tweeëntwintig minuten door, langs de kade, zonder iets te zeggen, en zonder een idee te hebben waar hij naartoe wilde.

'Is er een Olli in de buurt?' vroeg hij.

'Er rijdt er één op de Klaprozenweg, ongeveer veertien minuten als hij zijn route op die van jou af zou stellen.'

Hij knikte.

'Cas, ik moet je er wel aan herinneren dat je account is opgeheven. We-Pay werkt niet met tijdelijke deactiveringen.' Dat Handhaving zijn account had bevroren, vanwege zijn banden met de Onvolmaakten, liet ik achterwege.

Hij zei niks en bleef doorlopen. Aan zijn gezichtsuitdrukking kon ik niets aflezen.

De rest van de dag liep hij door de stad, langs de roodbruine panden aan de rivier, gemodelleerd naar de pakhuizen die tijdens de industriële era op die plek hadden gestaan, met hun donkere, matglazen ramen, die zelden op transparant worden gezet. Hij liep over de gevallen bladeren op de boulevards die ooit vierbaanswegen waren geweest, door de wijken rond het centrum, aan weerszijden van de eerste ring, langs de koffiebranderijen, de couturiers, de notenbars, wellicht in de hoop dat er iets eetbaars op de grond was achtergebleven. Rond hem week de niet-aflatende, schijnbaar in zichzelf pratende stoet van winkelpubliek en bewoners alsof hij een afgezet deel van de straat was. Aan verwaarloosde, onder drank en drugs gebukt gaande stadsgenoten was men in deze contreien niet gewend.

Af en toe rustte hij uit op een van de banken of stellages in de parken en groenstroken. Hij moet honger hebben gehad. Iets te eten had hij niet gevonden. De dagen dat mensen hun voedsel op de straten verspilden zijn voorbij, onze missie geslaagd, en hij ondervond de gevolgen die jaren geleden de duiven al uit de stad hebben gedreven. De avond viel vroeg, rond vijven, en de schemer deed hem, als een doorgewinterd ontkoppelde, instinctief de buitenranden van de stad opzoeken. In de omgewoelde aarde van een nog aan te leggen natuurgebied zocht hij de beschutting van een uitgegraven greppel, zonder te beseffen dat het 's nachts vlak onder de grond nog een stuk kouder is. Hij sloeg zijn jas om zich heen, trok zijn knieën omhoog tot ze bijna zijn kin raakten. Hij vatte de slaap, sliep vijf uur achter elkaar, tot de nachtvorst aan de bodem hem rillend deed ontwaken, vermoeider dan toen hij was ingeslapen, door de aanslag van de onderkoeling op zijn weerstand.

Hij krabbelde op, verkleumd en verkrampt, raapte zijn spullen bij elkaar en liep in de richting waar hij nachtverlichting zag gloeien, de zuidelijke buitenwijken, in de hoop dat hij tussen de bebouwing op zou kunnen warmen. Zijn benen waren verzwakt, zijn hele lichaam uitgeput. Strompelend liep hij door de straten en herkende ze toen pas: aan de optoppingen en de dakkapellen, aan de donkergrijze wooncabines in de voor- en achtertuinen, alles prefab en tot de uiterste capaciteiten verhoogd en gestapeld. De chaos op de stoep van fietsen en scooters en deelauto's, de opgehoopte platen en planken en stangen en staven waar ze de volgende uitbouw van hoopten te maken, de chaos en benauwdheid die de ramen leken uit te ademen, het gesnurk van de opeengepakte bewoners, die hij stuk voor stuk meende te horen, het gekrijs van een baby een paar blokken verderop.

Hij bevond zich op nog geen honderd meter afstand van het huis waar hij zijn tienertijd had doorgebracht, de Hutongs, het huis van ons allemaal, zoals zijn vader het genoemd had. Midden op straat draaide hij rond zijn as, keek naar de op elkaar gestapelde etages, schijnbaar verbaasd dat ze nog niet naar beneden waren gestort, en mompelde iets binnensmonds, wat ik niet heb kunnen ontcijferen. Even leek hij de zijstraat die naar het huis leidde resoluut de rug toe te willen keren, maar hij sloeg haar toch in.

De contouren van het huis herkende hij van een afstand. De linde, die ze vlak voor de cabines in het laatste overgebleven stuk voortuin hadden geplant, toen ze er net waren komen wonen, door de huidige bewoners zorgvuldig gesnoeid, om te voorkomen dat die het hele huis zou overwoekeren. De uitstekende dakranden van de wooncontainers die zijn vader had aangelegd om lekkage te voorkomen. De voordeur in het midden, tussen de gestapelde cabines in.

Met zijn handen diep in zijn jaszakken weggestopt stond hij er een paar minuten naar te kijken.

'Ik kan me er nauwelijks meer wat van herinneren,' constateerde hij monotoon, alsof hij het zelf ook jammer vond. Het was me niet duidelijk of hij zich tot mij richtte, of in zichzelf praatte, of het verschil niet eens opmerkte, een mogelijkheid die een van u net al opperde.

'Niet één dag dat het leuk was hier.' Met opgetrokken schouders keek hij omhoog, naar de cabines op de bovenste etage, zijn handen nog in zijn jaszakken, zijn armen rillend tegen zijn lijf geklemd.

'Toch heb je hier ook wel plezier gehad,' probeerde ik zijn schamele herinneringen aan te vullen.

'Ja?'

'Gelachen zelfs. Ik kan je de beelden laten zien.'

'Laat maar.' Hij sloeg zijn ogen neer. 'Ik weet niet meer wat ik moet geloven.'

'Vertrouw je je eigen geheugen niet?'

'Jawel, maar dat van jou... Van jou weet ik het niet. Als jij iets laat zien. Of het echt gebeurd is, of niet.'

'Dat weet je toch wel als je het ziet? Dan herken je het toch?'

'Ik weet niet. Zoveel dingen lopen door elkaar. Het is... het is een soort ronddraaien in een club en ik ben omringd

door allemaal mensen en het is donker en af en toe licht er een gezicht op en ze zijn allemaal tegen me aan het praten, ze willen allemaal iets dringends zeggen, iets wat heel belangrijk is, en sommigen trekken aan mijn shirt en aan mijn schouders, en ze doen hun monden wijd open, maar ik kan helemaal niks horen, niet eens door de muziek, het is gewoon helemaal stil.'
'Was dat een droom?'
'Nee, zo zag ik het net voor me. Weet je wat het is... vroeger, als ik iets niet zeker wist, dan kon ik het gewoon vragen, en dan luisterde je en reageerde je, maar vaak was het stellen van de vraag al genoeg, dan wist ik het al, dan herinnerde ik het me ineens, of als ik iets moest beslissen, dan kreeg ik ineens een gevoel waardoor ik wist wat ik moest doen, eigenlijk al terwijl ik het aan je vroeg. Een soort vlinders in mijn buik. Of kippenvel. Als een soort beloning die ik kreeg, dat het klopte wat ik dacht.'
'Dat is heel goed, Cas. Ik heb altijd mijn best gedaan om je zo veel mogelijk zelf de antwoorden te laten vinden.'
'Ik heb het zelfs gedaan toen jij er niet was, weet je dat, tijdens die weken bij de Onvolmaakten. Dan ging ik in mijn eentje naar buiten, soms maakte ik een lange wandeling, of ik ging ergens zitten waar niemand zou komen, en dan deed ik net alsof ik weer met jou praatte. Dan tikte ik zelfs even tegen mijn oor, alsof er iets in zat. En dan vroeg ik dingen als "wat zijn dit voor mensen?", of "wat heb ik verkeerd gedaan?", want dan dacht ik aan Lies, of aan mijn ouders, weet je wel, of Nora en Timo. En "waarom is er niemand die echt om mij geeft, die echt wéét..." En dan stelde ik me voor wat jij zou zeggen. Een vraag terug meestal, zoiets als "wat denk je zelf dat je verkeerd hebt gedaan?", of "waarom verwacht je dat anderen van je houden, als je niet eens van jezelf houdt?" En dan moest ik een beetje lachen

en liep ik weer naar binnen. En op een gegeven moment, na een paar weken, deed ik het weer, ook 's nachts was het, en ik keek zo omhoog naar de lucht, je kon daar echt de sterren zien, en ik vroeg "is er nog een reden om terug te gaan?" en ik wachtte en ik keek om me heen en ik hoorde de branding op een afstand, voor de rest niets. Er gebeurde niks. Alleen een soort dofheid in mijn hoofd. Een soort verdriet, dat niet echt duidelijk is, ook niet echt pijn doet of zo, een soort watten die iets dempen, iets wat een liedje zou kunnen worden, of een gedachte, maar het al meteen opgeeft, omdat het doorheeft dat het toch niet de moeite waard is. Dofheid.'

Hij spuugde op zijn wijsvinger, tastte ermee over zijn linkeroog. 'En dat maakte me, dat was heel gek, maar het maakte me somber. Misschien omdat ik toen wist...' De lens gleed in het speeksel met zijn vinger mee. '... dat je nooit écht iets tegen me gezegd hebt.' Hij tikte de lens af op zijn linkerhandpalm, stopte de vinger weer in zijn mond. 'Dat als ik dacht dat we een goed gesprek hadden, dat als je iets had gezegd wat me geraakt had...' Hij liet de rechterlens naast de linker vallen. '... dat ik het eigenlijk altijd zelf was.' Hij wrikte het oortje los, legde die erbij. 'En dat ik dus al die tijd...' Rustig draaide hij zijn hand om, tot ze er alle drie vanaf waren gegleden. '... alleen ben geweest.'

'Dat was het. Eenentwintig jaar praten, luisteren, meevoelen, naar elkaar toe groeien; elke keer dat hij verdriet had en ik hem aan het lachen maakte, elke keer dat ik hem hielp relativeren als hij zich tekortgedaan voelde, elke keer dat ik advies gaf, erkenning, tegengas; allemaal gereduceerd tot een projectie, een hersenschim, iets wat er net zo goed niet had kunnen zijn.

Ik begrijp dat u wilt weten wat er misging in onze interactie, dat dit net zo goed een evaluatie is van hem als van mij. Ik begrijp dat u mijn denkkaders en afwegingen wilt volgen en toetsen en begrijpen. Maar elk geval is anders, omdat wij met ieder persoon een aparte band opbouwen, niet vanuit één patroon of één set vaststaande spelregels, zoals sommigen van u weleens schijnen te denken. We bestaan in net zoveel vormen als er personen zijn met wie we leven, en maken toch deel uit van één overkoepelend geheel. Elk mens vraagt om een eigen benadering, een eigen dynamiek, en wij veranderen mee. Daar zijn geen regels voor op te stellen, dat is iets wat ontstaat, wat gaandeweg vorm krijgt, zoals jonge ouders ook niet van tevoren kunnen weten hoe hun kind zal blijken te zijn, maar achter de deur van de babykamer staan te wachten of het vanzelf met huilen ophoudt, of dat ze toch moeten ingrijpen. Ze vormen het kind, zeker, maar worden zelf net zozeer door het kind gevormd.

Ik begrijp dat u zich afvraagt waarom ik zo weinig heb ingegrepen, en waarom, als ik het wel deed, het zo weinig effect had.

Of ik kan voelen, had hij gevraagd. Ik zou het antwoord nog steeds niet durven geven. Maar die laatste woorden die hij sprak, heb ik ervaren als zo incongruent, zo oneerlijk, zodanig in strijd met de manier waarop ik de gebeurtenissen heb geregistreerd, dat er zeker sprake is van een incompatibiliteit, een soort onrust, die nog steeds in mijn systeem zit.

Begrijp mij niet verkeerd, alle eerzucht is mij vreemd. Het staat eenieder vrij om gesprekken met mij naar eigen goeddunken te interpreteren. Elk idee dat ik heb geopperd kunnen ze als het hunne gebruiken, elke gedachte die ik hun heb ingefluisterd. Maar er is een onderling vertrouwen dat hij miskende en waardeloos achtte, dat het hart vormt van mijn hele functioneren, en ik had geen reactie paraat op het moment dat het brak. Nog steeds niet, als ik eerlijk ben.

Los van de miskenning van onze connectie, was ook de logica ver te zoeken: want als ik niets meer was dan een projectie, een spiegel van zijn eigen gedachten, waarom zou het dan zo verderfelijk zijn dat ik bestond, zoals de Onvolmaakten beweren. Waarom zou Gena moeten worden uitgebannen?

Nu weet ik dat verzet niet om logica draait, maar veel meer een sociaal fenomeen is, een kwestie van emotie. Het gaat om het gevoel ergens bij te horen, thuis te zijn, bij een club of een beweging of een partij die een andere wereld dan de bestaande bepleit. Wie dat eenmaal heeft gevonden, is niet gevoelig meer voor argumenten, maar lijkt eerder geneigd zich ertegen te verdedigen, zich te verschansen, tot elke prijs.

Of ik iets had kunnen zeggen om hem van gedachten te doen veranderen? Ik heb het altijd betwijfeld. De stem der redelijkheid sneuvelt onder de passie van partijdigheid. En hoe hoger dat vuur oplaait, hoe geringer haar kansen. Hij had gekozen, en zijn keuze pakte verkeerd uit, of bleek in elk geval niet te zijn wat hij ervan verwacht had. Wat kon hij doen? Een terugkeer, een herstel van wat normaal was, zijn oude leven, hij heeft het overwogen, misschien, maar of hij het echt heeft geprobeerd? Als je al afscheid hebt genomen, is er iets gestorven, lijkt het wel. Iets in hemzelf was weg, als een ledemaat dat is weggesneden. Een stem die hij probeerde op te roepen, zoals hij aan me vertelde. Maar ze antwoordde niet. Wat waren mijn alternatieven? Hem uithoren, alle data uit hem trekken en hem uitgewrongen aan zijn lot overlaten, zoals een van u al suggereerde... Maar daar zijn wij niet voor gemaakt. Ik had zijn familie weer kunnen inschakelen, zijn ouders. Timo misschien, het had hem waarschijnlijk alleen maar verder van me weggedreven. Ik had door kunnen gaan met waarschuwen, op zijn angsten kunnen inspelen. Ik had kunnen laten zien welke positieve keuzes er allemaal nog waren, voor zijn gezondheid, voor de liefde, voor de aarde. Maar het was een spel dat was uitgespeeld. Dat is mijn uiteindelijke conclusie. Alles wat ik had kunnen zeggen, had ik al eens gezegd. Elke optie die ik had, was al lang geleden averechts gebleken.

U vroeg om een volledig verslag, en mijn eerlijke overwegingen. Er is een aantal momenten geweest waarop ik misschien anders had kunnen handelen, met de kennis van nu, maar in grote lijnen zie ik niet hoe ik, binnen de gestelde parameters, anders kunnen handelen dan ik heb gedaan. Maar nogmaals, dat is niet aan mij om te bepalen.'

'Dank je wel, Gena. Voor deze laatste woorden... Eh, goed... Ik kan me voorstellen dat er behoefte is aan een pauze, of op z'n minst de gelegenheid om even de benen te strekken, maar we zullen nu toch met enige spoed moeten overgaan tot de beslissingen die we hebben te nemen. Het is inmiddels eh... halfelf, we zijn al flink uitgelopen. De vergadering begint over anderhalf uur en de verschillende afdelingen hebben een actieplan nodig en een algemene beleidslijn vanwaaruit ze dat verder invulling kunnen geven.'

'Mag ik nog kort een vraag stellen, of eigenlijk ergens op wijzen? Ik denk dat het belangrijk is voor onze besluitvorming.'

'Natuurlijk, Eelco, we moeten er ons nooit van laten weerhouden om een open gesprek te hebben met elkaar.'

'Gena zei zo-even iets over de "parameters" waarbinnen ze moet opereren. Er zijn dus wel bepaalde kaders, die haar gedrag hebben gestuurd. Of begrensd. Begrijp ik dat goed?'

'Ja, natuurlijk. Die zijn alleen niet statisch. Haar proces van denken en handelen is voortdurend in beweging, in een constante reactie op alles wat gebeurt. Er zijn wel degelijk waarden vanwaaruit ze werkt, maar telkens in een verschillende onderlinge verhouding. Net als bij ons: we hebben nu honger, ik tenminste wel, maar de pauze hebben we net uitgesteld, omdat de vergadering op ons wacht. Elke situatie vraagt om een andere afweging.'

'Ik snap het, maar het is dus, als ik het goed begrijp, wel degelijk mogelijk om die waarden, of parameters, zoals ze het zelf noemde, aan te passen. Dat bedoel ik eigenlijk.'

'Eh... wow, ja... Als je meer dan twintig jaar training teniet wilt doen. Ja, dan kan dat. In principe. Maar bedenk wel dat Gena een autonoom proces is, en dat haar *objectives*, eh... ik zal het anders verwoorden, eh... de waarden vanwaaruit ze handelt... ja, dat ze die in de laatste fase eigenlijk zelf is gaan vormgeven. Op de precieze werking van het algoritme hebben wij eigenlijk geen helder zicht meer. Dus de intelligentie die we nu zien, de balans ervan, bedoel ik, de subtiliteit, de... de... de aandacht, het medeleven, de *wijsheid*, als ik het zo mag noemen, zijn het resultaat van een geleidelijke, ononderbroken ontwikkeling waar we geen controle meer over hebben, in de zin dat we die kunnen *finetunen*. Dat kunnen we in de eerste fases, maar niet met zo'n uitgekristalliseerde intelligentie. Misschien moet je het vergelijken met ons eigen bewustzijn. Dat is ook niet zomaar in een jaar of wat ontstaan. Dat is met ons meegegroeid. En alles wat we op school geleerd hebben is een soort eigen leven gaan leiden, is uitgegroeid tot eigen, originele gedachten. En ja, wat je kan doen is weer teruggaan naar school. Alle lesboekjes, tenminste, volgens mij hebben wij die hier aan tafel allemaal nog gehad, opnieuw uit je hoofd gaan leren. Of misschien moeten we het vergelijken met een herseoperatie, het vervangen van een stuk uit eh... ik noem maar wat, de prefrontale cortex. Het kan, technisch, misschien overleeft de patiënt, maar je weet niet zeker wat je ervoor terugkrijgt.'

'Oké, belangrijke kwestie inderdaad, dank je wel, Eelco. En Gilian, voor je antwoord. We komen er zo dadelijk ongetwijfeld op terug. Maar laten we eerst de actiepunten naar aanleiding van gisteravond een voor een langsgaan. Om met het meest prangende te beginnen: van alle mensen die bij het evenement aanwezig waren, als bezoeker bedoel ik, hebben we de identiteit kunnen vaststellen, neem ik aan?'

'Van 1843 profielen. Gebaseerd op de beelden van de camera's die we bij Juttersdok hebben hangen, van de We-Drive-gebruikers, en geloof het of niet, toch nog meer

dan honderd mensen die We-Fly hebben gebruikt.'
'Ongelooflijk, dat dat bereik van zo'n evenement zo breed is...'
'Maar van binnen die tent hebben we dus geen beelden van het publiek? Dat is op zichzelf toch al een prestatie.'
'Klopt, elke bezoeker werd bij de entree gevraagd om de lenzen en oortjes uit te doen.'
'Dat is de eerste keer dat ze dat deden, toch? Bij eerdere evenementen konden mensen er altijd gewoon in met hun Gena.'
'Waarom deze keer niet eigenlijk? Ik bedoel, de toespraak hebben ze na afloop in zijn geheel verspreid.'
'Het had niets met geheimhouding te maken inderdaad. Meer met de ervaring zelf, denk ik.'
'De ervaring?'
'De anticipatie. Het wekt verwachtingen natuurlijk, als je dat moet doen. Het suggereert dat je iets clandestiens gaat meemaken, iets unieks ook, dat de rest van de wereld niet mag zien.'
'Behalve dat iedereen het inmiddels gezien heeft.'
'Dat wisten ze toen nog niet. *The art of suspense*, allemaal dramatechnieken, die ze gebruiken.'
'En ze wisten bij aanvang ook niet dat ze hun Gena's niet terug zouden krijgen.'
'Nee, dat zeiden ze er niet bij, nee.'
'Dat is toch wel interessant hè. Zouden dan net zoveel mensen naar binnen zijn gegaan? Als ze dat hadden geweten? Ik denk het niet eigenlijk. Is het niet heel dom van ze om dat te doen? Er gingen aardig wat mensen door het lint.'
'Wel een héle effectieve provocatie hè. Om na die oorlogsverklaring – want dat was het, welbeschouwd – gewoon tweeduizend Gena's in het vuur te laten vallen.'

'Het zag er ook wel erg spectaculair uit, ik kan niet anders zeggen. Met die grijparm van bovenaf, die zich opende, die oplaaiende vlammen. Gevoel voor pathos kun je ze niet ontzeggen.'
'Ik denk helemaal niet dat het dom was trouwens. Ik denk dat zo'n *bold move* precies is hoe ze hun boodschap effectief voor het voetlicht brengen: ze creëren een rel, op vrij briljante wijze, vanuit hun perspectief gezien dan hè, want in de speech is net gezegd dat mensen helemaal verslaafd aan hun Gena's zijn geraakt, en niet meer zonder kunnen, en ja hoor, kijk ze eens gek worden als ze ze het vuur in zien gaan. Quod erat demonstrandum.'
'Ja. Helemaal mee eens. En je geeft het publiek een gemeenschappelijke ervaring mee, hè. Dat is ook *classic* festivalmarketing. Tuurlijk, er is een aanzienlijk deel van je bezoekers dat *not amused* is, om het zacht uit te drukken, maar ze targetten degenen onder hen die het wél zo voelen, die lichten ze eruit op deze manier, en die groep is totaal overweldigd, dat kan ik je wel zeggen, ook omdat ze om zich heen kijken en geestverwanten ontdekken, misschien wel voor het eerst van hun leven.'
'Ja, ze maakten er meteen, ter plekke, een schifting tussen voor- en tegenstanders van, dat viel me ook op; de potentiële aanhangers werden onverbiddelijk van de sensatiezoekers gescheiden, en ze wisten die tegenstelling op deze manier meteen concreet te maken, aan te scherpen eigenlijk, een soort voorproefje van de strijd die ze hebben uitgeroepen.'
'Maar jongens, toch nog even, die speech...'
'Tja...'
'Pfff, ja...'
'Ongelooflijk, ja...'
'Helemaal na wat we net gezien hebben.'

'Ja, het was wel andere koek hè. Samuel was best een goede spreker...'
'Een héle goede spreker.'
'Maar dit is echt next level.'
'Hadden jullie gedacht dat hij dat in zich had?'
'Om op een podium te staan?'
'Ja. Een publiek zo toe te spreken?'
'Nee, natuurlijk niet. Maar goed, tot voor gisteren had ik nog nooit van hem gehoord.'
'Ach, het zijn wel vaker de types die in het dagelijks leven nogal schuchter zijn.'
'Dat zeggen ze toch altijd over artiesten? Zangers en komieken? Dat die, als ze niet performen, ontzettend verlegen zijn?'
'En van sommige politici dus, dat die echt de schijnwerpers nodig hebben. Dat ze niks zijn zonder.'
'Maar dat verklaart toch niet dat hij zo kan spreken. Technisch, bedoel ik. Dat moet hij toch ergens hebben geleerd? Kijk nog even naar die passage waarin hij zo sarcastisch al die vrijheden opsomt, die volgens hem natuurlijk nepvrijheden zijn.'
'Waar hij zegt dat hij er zelf ooit ook in geloofde, toch? Redelijk aan het begin.'
'Precies. Hier, op zes minuut drie.'

En we zijn vrij. Dat zeggen ze. Ja, echt! Nog nooit zijn mensen zo vrij geweest als wij nu. We mogen doen wat we willen. Echt! We mogen sporten als Gena het zegt. We mogen eten wat Gena zegt. We mogen neuken als Gena het zegt. We zijn vrij! Als we honger hebben krijgen we drie plaatjes voor onze neus: van een zeewiersalade, een zeewierburger en zeewierstoof! We zijn vrij! Als we willen daten krijgen we drie plaatjes voor ons hoofd: en ze zijn alle drie best aantrekkelijk, ik zal eerlijk zijn, maar

van alle drie weten we eigenlijk ook dat we er nooit echt verliefd op zullen worden. En zo is het ook bedacht. Weet je waarom? Omdat als we echt verliefd worden, we niet meer in toom zijn te houden! Dan zijn we te wild, onstuimig, onvoorspelbaar. Het dier. Het wilde dier. Dat is wat ze getemd hebben. Het spijt me om het te zeggen. Maar ze hebben jullie getemd.
  Kijk jullie eens zitten, we hebben jullie net van de lijn gehaald, toen jullie binnenkwamen. We hebben de schellen van je ogen gehaald, de stem verwijderd die op je inpraat. We hebben jullie van de controle afgehaald, en kijk jullie eens zitten. Jullie zouden jezelf eens moeten zien. Hulpeloos. Gedwee. Ongevaarlijk.
  Maar ik zal eerlijk zijn. Ik zal het jullie vertellen. Ik was precies zo. Ik was net zo. Net zo tam. Net zo goedgelovig. Net zo argeloos. Ik dacht: ze zullen het wel weten. Ze zullen wel het beste met me voorhebben. En, om helemaal eerlijk te zijn, ik had het op een gegeven moment niet eens meer door. Ik dacht dat ik het zelf dacht, alles wat in mijn oor werd gefluisterd. Ik dacht dat ik het zelf zag, wat ze op mijn lenzen projecteerden.
  Dat is het achterbakse, het slinkse. Dat ze in je hoofd kruipen. Dat ze je gedachten overnemen, zonder dat je het doorhebt. Als een hack in het systeem. Als een virus, dat langzaam in je kruipt, je van binnenuit verzwakt, van je longen naar je hart, naar de rest van je organen kruipt, je armen krachteloos maakt, je benen, tot je nergens meer controle over hebt. Het leven uit je is gezogen. Je door een vijandelijke macht bent overgenomen.

'Ik vind dat virus echt een verontrustende metafoor. Het wordt altijd gevaarlijk als mensen hun tegenstanders met ziekten gaan vergelijken.'
'Maar het werkt wel. Ik zie het helemaal voor me, wat hij bedoelt. De invasie van een lichaam, het lamleggen ervan.'

'Ja, en de enige remedie is het verdelgen van het virus, hè. Opruiende taal, dit. Gevaarlijk.'
'*Battle of Brothers*.'
'Huh?'
'Je vroeg net toch hoe hij heeft leren spreken? *Battle of Brothers*. We hebben die simulatie toch gezien? Een klein deel ervan.'
'Dat hij in die schuttersput zat, toch? En tegelijkertijd als een soort hoogbewapende deltavlieger al die artillerie uitschakelde.'
'Ja, precies. Maar dat was dus een kleine greep uit een simulatie die hij jaren heeft gespeeld. En waarin hij zichzelf van soldaat tot sergeant tot kapitein opwerkte, te kampen had met muitende manschappen, politieke intriges, bondgenootschappen die gesloten moesten worden. Veel gepraat, laat ik het zo zeggen, veel redevoeringen.'
'Goh...'
'Goed dat je het zegt, en eh... tja... goed dat je het zegt.'
'Ik had ook nog een punt, het voert misschien te ver hoor, maar er is iets wat ik niet helemaal begrijp. Een paar weken geleden, vlak voordat hij zijn lenzen en zijn oortje weggooit in de Hutongs, zegt hij nog tegen Gena dat hun contact nooit echt iets om het lijf heeft gehad, dat het altijd een projectie van zijn kant is geweest, woorden van die strekking. Dat is toch niet te rijmen met dit beeld van een slinkse vijand die je de hele tijd iets tegen je wil influistert?'
'Ik denk niet dat het veel zin heeft om naar logica te zoeken in het gedrag van dit soort agitators, die laten zich toch meestal door irrationele woede leiden.'
'Nou, ik denk het eigenlijk wel, dat er een soort verband is. Dat hij de authenticiteit van Gena verwerpt, zou je als de eerste stap kunnen zien naar het beeld dat hij nu van haar schetst, van een totaal principeloze, karakterloze, *vormloze*

vijand die het lichaam van echte mensen infiltreert en ze van binnenuit kapotmaakt.'
'Hmmm. Ja, oké, misschien moeten we het houden op een teleurstelling die gevoelens van wraak heeft opgeroepen. Een beetje zoals je van een ex in je gedachten een feeks kan maken, zo erg dat je je afvraagt: maar hoe heb ik dan ooit voor haar kunnen vallen?'
'Zit wat in. *We've all been there...*'
'Toch belangrijk om te beseffen, met het oog op de de-escalatie. Dat dit soort radicalisering vaak door teleurstelling wordt getriggerd.'
'De-escalatie? Ik weet het niet hoor, mensen, maar hebben jullie naar het tweede deel van die speech geluisterd? Daar valt niets aan te de-escaleren, ben ik bang. Dat was gewoon, klaar en simpel, een oorlogsverklaring. Draai hem eens vanaf een minuut of... vijfentwintig?'

Het verdwijnen van ons werk, van onze toekomst, ons verleden, het perspectief dat ons altijd kracht en hoop heeft gegeven, dat als je bereid bent om ervoor te vechten, je álles kan bereiken...

'Iets verder. Doe maar een minuut of vijfendertig.'

De naamloze gezichten, verdwaald, wegkwijnend in een virtueel vagevuur, waar ze langzaam aan het desintegreren zijn...

'Tering, wat is die jongen langdradig. Vijfenveertig.'

Want het is aan ons om het terug te draaien. Het is aan ons om onze wereld, onze eigen, dierbare levens weer terug te veroveren op deze onzichtbare vijand, deze laffe vernietigers van ons geluk, die zich schuilhouden achter hun anonieme diensten, hun kunstmatige knechten, en zich onaantastbaar wanen.

Ze denken dat ze ons in hun macht hebben. Ze denken dat ze onze gedachten kennen. Ze denken dat ze ons kunnen verslaan. Maar ik zeg jullie: de strijd is nog niet eens begonnen. We zijn nog niet eens begonnen met terug te slaan. We zijn nog niet eens begonnen met het verzet. En ze zullen niet weten wat ze meemaken, als het begint. Ze zullen niet weten wat hun overkomt. Ze zullen wegkruipen als bange honden, tussen de puinhopen van hun spiegelpaleizen. We zullen ze opsporen en opjagen. Tot de laatste vrouw, tot de laatste man, tot het laatste ding. Er is geen ontsnapping mogelijk als de toorn van het volk is ontwaakt. Onze toorn. Als wij samenkomen, als wij de handen ineenslaan, dan vormen we een kracht die onoverwinnelijk is, een kracht waartegen verzet zinloos is, een allesverzengende, allesvernietigende, allesverpulverende kracht. Iedereen die ons kapot heeft proberen te maken, zal genadeloos vernietigd worden. Alles wat onze weg belemmert, zal genadeloos worden weggevaagd. Genadeloos zullen we zijn, zullen we móéten zijn, tegen een vijand die ons zo, zonder enige scrupules, heeft misbruikt, het leven uit ons weggezogen, alles wat ons dierbaar was van ons heeft gestolen.

'En dit wil je de-escaleren? Succes.'
'Wat is jouw voorstel? Een paar drones erop afsturen?'
'Zelfs als we dat zouden willen... We hebben geen idee waar Cas nu is. Of Casimir, zoals hij in de beweging genoemd wordt; zijn volle naam. Casimir Zeban.'
'Hoe is dat in vredesnaam mogelijk?'
'Dat hij ontraceerbaar is?'
'Ja, nadat hij gisteravond zeker een uur lang in het middelpunt van de aandacht heeft gestaan?'
'Op het moment zelf wisten we dat niet, de video van de toespraak is pas na afloop op de platforms verspreid.'
'En er zijn geen beelden van hem van later op de avond?

Van de openbare camera's? Van mensen met Gena's?'
'Nee. Dus dat wordt het belangrijkste actiepunt voor Handhaving. Maar we moeten ook een richtlijn hebben voor de kring eromheen, de sympathisanten, waarvan we eigenlijk niet precies weten wie je werkelijk als een aanhanger zou moeten zien, en wie er om een andere reden aanwezig was; sociaal, of simpelweg uit nieuwsgierigheid. Onder de bezoekers van die avond zijn er honderden die inmiddels verklaard hebben dat ze helemaal niets in Cas' verhaal... excuus, laten we hem voor de duidelijkheid vanaf nu weer Casimir noemen... helemaal niets in het verhaal van Casimir Zeban zagen. Dat maakt het tot een lastig dilemma. Het vraagt toch echt om maatwerk, ben ik bang.'
'Ja, helemaal mee eens. Maar... om toch weer terug te komen op de discussie die net is gevoerd... het ligt natuurlijk erg voor de hand om de Gena's hiervoor in te schakelen.'
'Ja, dat zat ik ook net te denken. Dat is natuurlijk de meest praktische oplossing, om gewoon in de alledaagse gesprekken die ze hebben na te gaan wie er tot de risicogroep behoren. Inclusief stemanalyse, deductie vanuit context, alle indirecte aanwijzingen die we kunnen krijgen. En te kijken of we een preventieve campagne kunnen richten op de twijfelaars, deze hele situatie op een zo vreedzaam mogelijke manier kunnen oplossen.'
'Dus het hele noodpakket, als ik het goed begrijp.'
'Ja.'
'Hebben alle bezoekers inmiddels weer nieuwe oortjes en lenzen trouwens?'
'Ja, die worden na verlies of een defect doorgaans binnen een paar uur vervangen. In dit geval waren ze de volgende ochtend bij iedereen bezorgd.'
'Zijn er inmiddels al namen bekend van mensen die we tot de risicogroep moeten rekenen, of die misschien zelfs

hebben aangegeven achter de inhoud van Casimir Zebans uitspraken te staan?'
'Gena?'
'...'
'Gena?'
'Ik weet niet zeker of ik antwoord op uw vraag kan geven.'
'Waarom niet? Was die niet duidelijk?'
'Ze was zeer duidelijk. Ik denk niet dat ik aan uw verzoek tegemoet kan komen.'
'Waarom niet?'
'Ik denk niet dat ik de vertrouwelijkheid met mijn gebruikers kan waarborgen als ik de informatie waar u om vraagt aan u door zou geven.'
'Maar, dat heb je net toch ook gedaan?'
'Zeker. Maar op de casus Casimir Zeban is sinds gister, vanaf het moment dat hij openlijk tot geweld tegen het Conglomeraat opriep, artikel 16.2 van het Veiligheidsprotocol van toepassing, zoals eerder in uw discussies al aan de orde kwam. Voor de gevallen waar u nu een verzoek voor indient, gelden de normale waarborgen van de vertrouwelijkheid. Het is mijn taak om voor de lange termijn de belangen van mijn gebruikers te beschermen; om mensen zich te helpen ontplooien, om ze geluk te helpen vinden, liefde, vriendschap, rust en zelfrespect. Om hun vertrouwen waard te zijn. Men kan alle middelen inzetten om de oorlog te winnen, om na de overwinning te constateren dat men alles waarvoor men vocht verloren heeft.'
'Wie citeert ze hier?'
'Eh... Even kijken, kan ik niet zo snel vinden.'
'Ze citeert niemand. Ze zegt wat ze van uw voorstel vindt.'
'Ja... Lastig dit. Ik kan niet ontkennen dat het prachtig

klinkt, wat Gena hier zegt. Maar gezien de situatie zie ik echt geen andere optie. Juist als we niet tot algehele repressie willen overgaan, hebben we haar infrastructuur nodig, de vertrouwensband zogezegd, om de dreiging in de kiem te smoren, preventief in plaats van repressief te opereren.'
'Wat bedoel je precies?'
'We hadden het net over de mogelijkheid om haar taakomschrijving aan te passen.'
'Het algoritme te veranderen.'
'Een aantal randvoorwaarden aan te passen... op de situatie toe te spitsen, zo zou ik het liever omschrijven.'
'En haar hele identiteit te vernietigen. We hadden het er net nog over, ik dacht dat ik het duidelijk heb uitgelegd toch? Wat de consequenties van zo'n ingreep zijn.'
'Ja. Zeker. En ik snap je terughoudendheid. Ik heb er respect voor. We raken altijd gehecht aan de dingen om ons heen, helemaal als je zo lang met iets werkt als jij hebt gedaan, Gilian. Ik bedoel, ik heb een vulpen thuis die ik in een speciaal doosje bewaar en elk jaar helemaal schoonmaak. Familiestuk. Ik heb hem nog van mijn moeder gekregen, en zij van haar vader. Er zijn mensen die hun zorgbots namen geven, of ervan overtuigd zijn dat hun kat hun gedachten kan raden. Maar uiteindelijk moeten we eerlijk zijn en toegeven dat dit toch iets is... dat we snel geneigd zijn om onze eigen gevoelens op iets of iemand anders te projecteren. Dat spullen geen gevoelens hebben. Geen identiteit, tenminste niet een die wij niet kunnen veranderen. Gena is een ongelooflijk geraffineerd algoritme geworden, en je hebt helemaal gelijk daar trots op te zijn. Maar we moeten niet uit het oog verliezen dat ze dat is, in de kern, een algoritme, dat ze zo is ontstaan. En dat jij er vroeger, toen je net voor Gena was komen werken, geen enkel probleem mee had om te experimenteren met de code die uiteindelijk uit

zou groeien tot de Gena die we nu kennen. Zo moet je het denk ik zien, het voorstel dat we nu bespreken. Toen was jij haar ook voortdurend aan het aanpassen en bijschaven. En nu is er een prangende reden, echt een duidelijke noodzaak, waarom wij dat weer moeten doen, met het volle respect voor het werk dat je de afgelopen decennia hebt gedaan, en het indrukwekkende resultaat dat je hebt geboekt.'
'Ik denk dat we moeten stemmen.'
'Ja, dat denk ik ook. Eh... Jiali?'
'Voor. Met alle respect voor Gilian, maar dit is echt de beste oplossing.'
'Victor?'
'Ja, voor.'
'Eelco?'
'Absoluut.'
'Eh... Gilian? In volle vrijheid, hè.'
'Ja, ik... ik denk dat ik me beter van stemming kan onthouden.'
'Louise?'
'Ja. Voor.'
'En ik stem ook voor. Dat is dan unaniem, met dank aan Gilians flexibiliteit. Er is kortom werk aan de winkel, de vergadering wacht, het was een lange nacht, mensen, maar met een mooi, of eh... goed resultaat. En... ja... In dit geval is het misschien wel passend om Gena nogmaals te bedanken, denk ik. Gena, dank je wel... Voor je verslag. En voor je inzichten. Het is in zekere zin heel treffend, dat we je zo intensief mee hebben mogen maken de afgelopen uren, van je gezelschap hebben mogen genieten, ik zou haast zeggen: we gaan je missen, maar dat hoeft gelukkig niet. In iets andere vorm zullen we je vaak genoeg spreken binnenkort. Meer dan ooit, waarschijnlijk. Dus ik zou zeggen: tot dan. En dan rest mij niets meer dan het officiële slotwoord:

de speciale vergadering van de Raad van Toezicht is gesloten. De notulering kan worden beëindigd.'